키
다리 아저씨

연하의

연하의
키다리 아저씨

초판 1쇄 인쇄일 2019년 10월 04일
초판 1쇄 발행일 2019년 10월 23일

지은이 | 고지영
펴낸이 | 김기선

편집부 | 김아름, 박신혜, 김에너벨리, 배영주, 신현정, 전유정
디자인 | 한주희

펴낸곳 | 와이엠북스(YMBOOKS)
출판등록 | 2012년 7월 17일 (제382-2012-000021호)
주소 | 서울시 도봉구 노해로 379, 802호(창동, 대성빌딩)
전화 | 02)906-7768 / **팩스** | 02)906-7769
E-mail | ymbooks@nate.com

ISBN 979-11-322-5247-4 03810

값 10,000원

YMBOOKS ROMANCE STORY

연하의
키다리 아저씨

고지영 장편소설

BOOKS

차 례

01화. 검은 고양이 메롱

쪽박. 지금 이 단어 말고 어울리는 단어는 그 무엇도 없다. 자그마치 연달아 다섯 상품이 매출 50%도 미치지 못하는 초라한 성적을 거뒀다.

EE홈쇼핑 방송국 부조정실 구석의 작은방, 일명 콜방에서 나오는 MD의 동그란 어깨가 축 처졌다.

"죄송합니다, 대표님."

이번 구운 찹쌀떡 상품의 MD였던 연하가 나이 지긋한 협력업체 대표에게 고개를 꾸벅 숙였다. 몇 달째 직원들의 월급을 사비로 충당하고 있는 대표의 얼굴 역시 어두웠다. 하지만 그는 연하의 탓을 하지 않았다.

"아닙니다. MD님이 사과하실 일은 아니죠. 뭐가 문제였는지 회사로 가서 분석해 봐야겠어요."

"다음에, 다음번에는 더 잘 나올 거예요. 오늘은 날씨가 너무 좋아서…….”

“다음이 어디 있습니까, 이 냉정한 홈쇼핑 바닥에.”

날씨가 좋아서 외출을 많이 했기 때문에 홈쇼핑을 보는 시청자들이 적었다는 건 핑계에 불과하다. 오늘 매출이 70%만 찍었어도 그 핑계가 통했을 것이다.

“수고하셨어요, 팀장님.”

식품 3팀 팀원들에게 수고했다는 인사를 듣는 연하의 표정이 어색했다. 지난 두 달간 네 시간 이상 자본적 없었고 구운 찹쌀떡으로 세끼를 때운 적도 있었다.

그런데도 또 실패했다. 연하는 방송 후 평가 회의를 위해 모인 팀원들의 얼굴을 똑바로 볼 자신이 없었다. 그래서 오늘은 일단 들어가서 쉬라고만 말하고 돌아섰다.

“어이, 4연패. 아니, 이제는 5연패인가?”

그때 뒤에서 최근 생겨버린 별명을 부르면서 지선이 나타났다. 고등학생 때부터 연하와 친하게 지낸 15년 지기 친구이자 적어도 중박은 친다는 식품 1팀의 팀장이었다.

“한 달 만에 또 별명 갱신이네? 대체 언제까지 갱신할 거야?”

염색한 긴 생머리를 쓸어 넘기며 다가온 지선이 연하의 쪼그라든 어깨에 팔을 둘렀다. 쌍꺼풀 없이 옆으로 긴 눈이 연하를 향해 윙크를 찡긋 날렸다. 대꾸할 힘도 없다는 듯이 그녀를 응시하던 연하가 방송국 출입문을 향해 걸음을 뗐다.

“집으로 갈 거야. 방송 준비한다고 지난 3일간 거의 잠을 못 잤어.”

멀어지는 연하의 단정한 단발머리를 물끄러미 바라보면서 지선이 입을 열었다.

"사택보다 국장실에 먼저 가야 할걸?"

그 순간 동그란 어깨가 움찔 떨리더니 이내 윤기가 흐르는 까만 단발머리가 흩날리며 지선을 돌아보았다.

"또 한 소리 하시겠지?"

연하의 동그란 두 눈에는 걱정과 근심이 가득했다. 그녀가 까만 눈썹을 일그러뜨리며 심각하게 말했다.

"국장님한텐 나 죽었다고 전해 줘."

지선의 붉게 칠한 입술에서 작게 웃음이 터졌다. 불행히도 저 친구는 아직 사태 파악이 제대로 되지 않은 것 같았다. 물론 그게 저 친구의 귀여운 점이지만 말이다.

"안 믿으실걸? 넌 건강한 게 유일한 장점이라고 하시는 분이잖아."

"그럼 급사했다고 전해 줘. 심장마비 같은 거 있잖아. 아님 과로사나."

말을 마친 연하가 다시 문 쪽으로 몸을 뱅글 돌렸다. 그러다 문 앞에 선 인물을 보고 짧은 비명을 내질렀다.

"힉!"

"과로사할 만큼 열심히 한 거 맞아? 근데 오늘 분당 매출이 왜 그 모양이야?"

목소리의 주인공은 쇼트커트 머리에 바이올렛 빛깔의 바지 정장을 입은 온루화 국장이었다. 명품 브랜드인 링 귀걸이의 큐빅이 그녀의 눈빛만큼이나 서늘하게 반짝였다.

"연하, 넌 협력사 사정을 너무 봐줘. 회사를 보지 말고 제품을 봐야지. 영세기업이라고 다 사정 봐줄 거야? 너 지금 자선사업 해?"

팔짱을 끼고 삐딱하게 선 루화가 연하를 매섭게 나무랐다. 평소에는 특유의 화려한 얼굴로 기품 있게 충고만 건네던 그녀였지만 오늘은 달랐다. 그 때문에 자연스럽게 주변 직원들의 시선이 그들에게로 쏠렸다.

"제가 3개월 가까이 매일 먹어보고 시장조사 하면서 꼼꼼히 체크한 거예요."

"그보다 더 좋은 제품이 있는데, 협력사 대표가 아버지뻘이라고 회사 사정이 딱하다고 선택한 건 아니고?"

"그런 거 아니에요. 전 진짜 냉정하게 경쟁 제품들과 비교해서……."

"그런데 지금 결과가 어떻지?"

분당 고작 십여만 원. EE 그룹이 홈쇼핑사를 설립한 이래 최저 매출이었다. 전무했지만 후무할 결과였다. 할 말이 없어진 연하는 입술을 꾹 다물고 고개를 푹 숙였다. 그녀의 정수리에 대고 루화가 차갑게 경고했다.

"이번 일에 대한 책임은 톡톡히 져야 할 거야."

***

사택으로 사용하고 있는 오피스텔로 돌아오자마자 연하는 냉장고에서 술이란 술은 다 꺼냈다. 그리고 취할 때까지 마셨다.

"말도 안 돼."

그런데 어느 순간, 이 소리가 절로 나왔다. 그녀의 허망한 손길이 자신의 단발머리를 헝클어뜨렸다.

"어떻게 이렇게 말도 안 되는 일이 일어날 수가 있지?"

이건 정말이지 그녀의 서른두 해 인생 동안 한 번도 일어나지 않은 일이었다. 용의주도하지 못한 자신을 도저히 용서할 수가 없었다.

"술이 떨어졌어!"

연하의 양손이 빈 맥주병과 소주병을 감싸 쥐었다. 그 옆에는 재고로 남게 된 구운 찹쌀떡이 안주로 자리하고 있었다.

"내가 품위, 연봉, 자존심 죄다 바닥에 떨어뜨려도 절대 떨어뜨리지 않았던 술이었는데!"

대학을 졸업하기도 전에 주변의 부러움을 사며 당당히 입사한 EE홈쇼핑에서 8년간 일하면서 는 거라고는 자책과 술뿐이었다.

유일한 친구인 지선이 바쁠 때 그녀의 곁에 있어 준 건 늘 술이었다. 그런 술이 오늘은 금방 동이 나버린 것이다. 항상 냉장고 가득 채워뒀었는데, 요즘엔 이번 구운 찹쌀떡에 사활을 걸고 있었던 터라 미처 신경 쓰지 못했다.

결국 연하는 비틀거리면서 자리에서 일어났다. 빨간 장지갑을 찾아 손에 들고 현관문을 열었다. 목표는 1층에 있는 편의점. 경보하듯 빠른 걸음으로 엘리베이터를 향해 가고 있는데, 문득 한기가 느껴졌다.

"어머!"

그제야 연하는 자신의 분홍 물방울무늬의 파자마를 내려다보았다.

"나 파자마 차림이었네!"

조금 취기가 돌아서 저지른 실수였다. 다시 집으로 돌아가기 위해 연하는 몸을 틀었다. 그런데 그때 그녀의 시야로 검은 고양이가 들어왔다.

"어? 새끼 고양이……!"

작은 고양이 하나가 복도를 서성이고 있었다. 재빨리 주변을 살폈지만 주인은 보이지 않았다.

우리 사택에서는 애완동물을 키울 수가 없는데.

저렇게 있다가는 꼼짝없이 성격 고약하기로 유명한 경비원 아저씨에게 붙들릴 것이다. 연하는 급한 마음에 고양이에게 성큼 다가갔다.

"야옹아, 아가야, 야옹야옹."

하지만 고양이는 겁을 먹었는지 그녀를 피해 더 안쪽 복도로 들어가 버렸다.

"이리와, 언니랑 아니, 이모랑 같이 가자. 복도는 위험해."

새끼인지라 양심상 언니라고 할 수는 없었다. 호칭까지 정정하면서 새끼 고양이를 쫓고 있던 그때 그 고양이가 열려 있는 문 사이로 쏙 들어가 버렸다.

연하는 길게 생각지 않고 문 사이로 달려 들어가 그 고양이를 덥석 잡았다.

"잡았다……!"

그녀의 손에 무언가 잡힘과 동시에 현관에 불이 환하게 켜졌다.

"뭡니까?"

날이 선 차가운 목소리가 들리자 연하는 술이 확 깨는 기분이었다. 현관에 쪼그려 앉은 그녀가 천천히 시선을 들어 올렸다.

"조, 조시욱?"

그녀가 생각도 없이 불쑥 들어와 버린 곳은 친하지는 않아도 잘 알고 있는 남자의 집이었다.

조시욱. EE홈쇼핑에서 매출이 제일 좋은 패션 1팀 팀장 MD이자 그녀의 2년 후배였다. 사내 최고 인기남이라서 그런지 마이너스의 손이라 놀림당하는 연하를 겉으론 무시하지 않는 유일한 인물이었다.

"유연하 선배?"

아끼는 후배의 집에 이런 파자마 차림으로 방문하고 싶지 않았다. 난감해하는 연하의 눈에 여직원들이 꺅꺅거리면서 찬양하는 근육으로 다져진 탄탄한 몸에 걸쳐진 샤워가운이 보였다. 당황한 그녀가 황급히 시선을 내렸다.

"선배가 우리 집엔 웬일이에요?"

"아니, 여기 새끼 고양이가 이 집으로 쏙 들어가는 거야. 그래서 내가 잡으려다가……."

"고양이요?"

위에서 시욱이 어이없다는 어조로 반문했다. 연하가 천천히 다시 고개를 들자 시욱의 정갈하게 정리된 짙은 눈썹이 구겨지는 게 보였다. 빗어놓은 듯 반듯한 이목구비에 조소가 서렸다.

"선배가 붙들고 있는 건 검정 비닐봉지입니다만?"

"으엑?"

그제야 연하는 자신이 잡은 것이 고양이가 아니라 비닐로 된 검정 봉지란 사실을 알아차렸다. 술에 취한 탓에 검정 비닐봉지를 검은 고양이로 착각한 것이다.

정신이 번쩍 든 연하가 비닐봉지를 움켜쥐며 자리에서 일어서는 순간 시욱이 가까이 다가왔다. 그와 함께 정신을 아찔하게 하는 샤워 코오롱 향이 확 풍겨왔다.

"빨리 나가세요. 국장님 오신다고 해서 열어둔 문인데, 왜 선배가 들어온 겁니까?"

시욱의 아몬드 형태를 띤 두 눈이 연하를 강렬하게 노려보았다. 눈이 휘둥그레진 연하가 도리어 물었다.

"국장님? 이 시간에 국장님이 왜 조 팀장 집엘 와?"

밤 11시가 넘은 시간에 샤워가운 차림의 시욱이 문을 열어둔 채 국장님을 기다리고 있었다. 연하의 머릿속에 한 가지 그럴싸한 가정이 떠올랐다.

"아, 혹시……!"

국장님은 40대 중반의 돌싱이긴 하지만 웬만한 2, 30대 여직원들보다 훨씬 우아한 아름다움을 지니고 있었다. 그런 능력 있고 매력 있는 여성에게 서른인 잘생긴 남자 친구가 있다 해서 이상할 건 전혀 없었다.

그때 시욱이 긴 손가락으로 현관문을 가리켰다.

"괜한 오해 사고 싶지 않으니까 당장 나가세요."

"어, 그래, 미안."

남자 친구의 집에 검정 비닐봉지를 든 파자마 차림의 여성이 있는 걸 본다면 국장님의 기분이 무척 나쁠 것이다. 연하는 재빨리 몸을 뱅글 돌렸다. 그때.

"시욱아, 문 열어놨네?"

복도 쪽에서 루화의 목소리가 들렸다. 화들짝 놀란 연하가 다시 몸을 돌리자 시욱이 복도 쪽으로 소리쳤다.

"엇, 잠깐만!"

그런 다음 반듯한 미간을 구기더니 연하에게로 두 손을 뻗었다.

"잠깐 실례할게요."

그가 연하의 허리를 번쩍 안아 들고는 자신의 방으로 향했다. 워낙 순식간에 벌어진 일이라 연하는 아직도 술이 덜 깬 몽롱한 기분이었다.

풀썩.

시욱이 연하를 새하얀 침대 시트 위에 조심스럽게 내려놓았다. 자리를 뜨기 직전 그가 빠르고 나직하게 경고했다.

"조용히 있어요."

그때 연하가 자신의 발에 걸려 있는 삼선 슬리퍼를 벗었다. 그런 다음 눈앞에 보이는 슬라이딩 장롱 안으로 쏙 들어갔다.

"!"

시욱이 당황한 표정을 짓자 연하가 입에 지퍼를 잠그는 시늉을 해 보였다. 시욱의 정갈한 눈썹이 더욱 일그러지는 순간 연하가 엄지를 위로 척 펴 보이며 입 모양으로만 말했다.

나만 믿어!

그러곤 스스로 장롱의 문을 닫았다. 깜짝 놀라 장롱을 다시 열려던 시욱의 귀에 루화의 목소리가 들렸다. 결국 어쩔 수 없다는 듯 시욱은 방을 빠져나갔다.

한참 후, 시욱은 다시 자신의 방으로 돌아와 화이트 빛깔의 하이그로시 장롱 앞에 섰다. 고급스러운 겉모습과는 어울리지 않게 드르렁 하는 코 고는 소리가 안에서 들려왔다.

"대체 믿긴 뭘 믿으라는 건지."

천천히 손을 뻗어 장롱 문을 열었다. 그 안에서 연하는 자신이 신고 온 삼선 슬리퍼를 품에 꼭 끌어안은 채 곤히 잠들어 있었다. 잠든 연하의 작고 하얀 얼굴을 가만히 내려다보면서 시욱이 입을 열었다.

"어째 이 여자는 변한 게 하나도 없어."

나직하게 중얼거린 그가 두 손으로 연하를 들어 올렸다. 그녀를 자신의 침대로 옮기는 행동이 한없이 조심스러웠다.

***

그런 기분을 아는가. 포근하게 잘 자다가 문득 지금이 몇 시지? 이러면서 화들짝 놀라 깨는 기분. 게다가 깼는데 이곳이 어딘지 모르겠는 황당한 기분.

"힉!"

연하는 그 두 기분을 거의 동시에 느끼고 당황했다. 연하의 커진 두 눈이 자신이 누워 있던 침대와 방 안을 빠르게 훑었다. 지나치게 화이트 톤인 걸 보니 분명 자신의 방은 아니었다. 그때 그녀의 뇌리에 어젯밤 기억이 스쳤다. 검은 고양이 네로 아니, 검은 비닐봉지를 쫓아 들어온 곳은 분명…….

"설마, 조시욱네 집?"

시욱의 표정 없는 반듯한 얼굴을 떠올린 연하의 긴 속눈썹이 파르르 떨렸다. 시욱의 여자 친구가 온 것 같아서 장롱에 숨었는데, 그대로 잠이 든 모양이다.

미쳤네, 미쳤어.

자신이 어떻게 장롱에서 침대로 옮겨졌는지는 중요하지 않았다. 이 상황에서 조시욱과 마주치기까지 한다면 그게 바로 치욕이다. 그러니, 일단 도망이다.

다시는 술을 마시지 않겠다는 가능성 없는 다짐을 하면서 연하는 재빨리 방에서 빠져나왔다. 다행히 시욱의 모습은 어디에도 보이지 않았다. 잰걸음으로 거실을 통과해서 현관으로 가고 있는데, 그녀의 발이 카펫 위에 있던 리모컨을 밟았다.

삑!

그 바람에 TV가 켜졌고 연하는 깜짝 놀라 걸음을 멈췄다. TV 화면에서는 요리 프로그램이 방송되고 있었다.

-오늘의 셰프님은 아주 특별한 분을 모셨는데요. 방송에 나오는 건 오늘이 처음이라고 하십니다. 모두 박수로 맞이해 주세요.

진행자의 목소리를 들으면서 연하는 허리를 숙여 리모컨을 주웠다. 황급히 TV 전원을 끄려던 순간 오늘의 셰프의 얼굴이 화면에 잡혔다.

-도운열 셰프님입니다.

툭!

연하의 손에서 리모컨이 힘없이 떨어졌다. 다급한 상황이란 걸잘 알지만 그녀는 지금 조금도 움직일 수가 없었다. TV에 나온 셰프가 그녀가 너무나도 잘 알고 있는 남자였기 때문이다.

"도운열······?"

남의 집 거실 TV에서 보게 된 이가 당황스럽게도 첫사랑이었다. 겨우 잊었던 첫사랑이 방송에 떡 하니 나와 버려서 연하는 지금 너무 난감했다.

10년 전 어느 날, 미대생이었던 그가 술집에서 시비가 붙어 폭행을 당했고 그로 인해 팔을 다쳤다.

'팔에 마비가 왔다고?'

'그래. 그래서 더 이상 그림을 그릴 수가 없어.'

'아니야. 재활 치료 열심히 하면 분명 뭔가 방법이 있을 거야. 내가 계속 네 옆에 있을게!'

'그건 너무 부담스러워.'

'뭐?'

'헤어지자.'

꿈이 꺾여버린 미소년의 고통스러운 절망이 고스란히 느껴지던 순간이었고 아픈 기억이었다. 그와 헤어지고 두 달 내내 울었고 반년 넘게 다시 만나 달라고 매달렸다. 연하는 과거의 쓰라린 기억을 떠올리고 아랫입술을 깨물었다.

팔에 마비가 와서 그림을 그만둔 걸로 아는데, 요리사가 되었구나. 그렇다면 마비는 다 나은 거겠네. 다행이다.

"하!"

운열의 작고 하얀 얼굴이 TV 화면에서 사라지자 연하는 바닥에 털썩 주저앉고 말았다. 온몸에 힘이 하나도 없었다.

"선배!"

그때 마침 현관으로 들어오던 시욱이 바닥에 주저앉아 있는 연하를 발견하고 한달음에 달려왔다. 그는 조깅을 다녀온 듯 트레이닝복 차림이었다.

"괜찮아요?"

가까스로 정신을 차린 연하가 시욱의 땀에 젖은 얼굴을 확인하고 어색한 웃음을 지었다.

"아, 응. 고마……."

"괜찮으면 그만 나가주시겠습니까?"

그 순간 연하는 정신이 번쩍 드는 기분이었다. 시욱이 몸을 일으키면서 나머지 말을 이었다.

"제가 어젯밤에 잠을 한숨도 못 자서."

"아, 미안, 미안. 내가 너무 민폐를 끼쳤네."

머쓱해진 연하가 후다닥 자리를 털고 일어났다. 황급히 현관문을 향해 걸음을 옮기던 그녀가 문득 발을 멈추고 시욱을 돌아보았다.

"대신, 비밀로 해 줄게."

"네? 무슨 말씀이십니까?"

시욱이 이해할 수 없다는 듯 정갈한 눈썹을 치켜올렸다. 연하가 비장한 표정으로 덧붙였다.

"너랑 국장님 사이."

고개를 갸웃하는 시욱의 관자놀이에서 땀이 한 방울 흘러내렸다. 두 팔에 팔짱을 끼며 그가 쿨하게 대꾸했다.

"글쎄요. 전 별로 비밀로 하고 싶은 마음이 없는데요."

"오오, 상남자. 멋진데?"

연하가 환하게 웃는 얼굴로 칭찬했지만 시욱은 별 감흥이 없는 것처럼 보였다. 노파심에 연하가 걱정스럽게 말했다.

"근데 만약에 그 사실이 알려지면 직원들이 네가 국장님 빽으로 승승장구한 거라고 생각할걸?"

"사실이 아니니까 괜찮습니다."

국장님과 연인 사이인 게 밝혀지면 많은 시기와 비난을 받을지도 모르는데도 시욱은 남자답고 멋졌다. 시욱의 태도에 탄복하며 연하가 말했다.

"캬. 너 진짜 멋있구나. 여직원들이 왜 너만 보면 꺅꺅거리는지 이제 알겠어."

"이제……?"

시욱의 눈망울이 미세하게 흔들렸다. 자신이 사내에서 여직원들의 많은 관심과 애정을 받은 지가 6년도 넘은 것 같은데, 이제야?

"그래도 나는 국장님과 네가 직접 밝힐 때까지 비밀을 지켜줄게!"

그때 연하가 떨떠름한 표정을 짓고 있는 시욱을 향해 밝게 말했다. 시욱이 고개를 한 번 끄덕이자 그녀가 인사를 건넸다.

"그럼 난 이만 가볼게. 다음 아이템 준비해야 하거든."

그런 다음 현관에 가지런히 놓여 있는 자신의 삼선 슬리퍼를 향해 발을 뻗었다. 그 순간 뒤에서 시욱이 작게 중얼거리는 소리가 들렸다.

"아이템 준비하실 필요 없을 텐데."

연하의 몸이 다시 뱅글 돌아갔다.

"응? 뭐라고? 준비할 필요 없다고?"

말간 얼굴로 묻는 연하를 보면서 시욱은 잠시 뜸을 들이다 대답했다.

"천천히 준비하셔도 되지 않나 해서. 어제 방송 끝났잖아요."

그러자 연하가 말없이 시욱을 빤히 쳐다보기 시작했다. 그녀의 평균보다 살짝 큰 듯한 까만 눈동자가 부담스러워진 시욱이 왜 그렇게 보냐고 묻자 연하가 입을 열었다.

"전부터 느낀 건데, 너 참 착하구나?"

"그런 말, 난생처음 듣습니다."

정말 시욱에게는 생전 처음 듣는 말이었다. 하지만 연하는 호탕하게 웃어넘겼다.

"거짓말 마. 나한테 꼬박꼬박 선배라고 불러주는 후배는 너밖에 없어. 그러니까 넌 진짜 착한 거야."

맡은 상품마다 히트를 치지 못하는 날들이 늘어가자 주변 대우도 달라졌다. 그 안에서 시욱만 항상 그대로였다.

말을 마친 연하가 슬리퍼를 신고는 시욱을 향해 말했다.

"암튼, 이번 일은 정말 고맙고 미안해. 그래서 내가 너한테 뭔가 성의를 표하고 싶은데……."

"괜찮습니다."

시욱은 정중히 거절했지만 연하는 전혀 개의치 않는 모습이었다. 다음 순간 그녀가 상큼하게도 웃으면서 물었다.

"너 혹시 육포 좋아하니?"

***

사택이 아닌 회사에서 조금 떨어진 최고급 아파트에 살고 있는 지선의 집으로 연하가 찾아왔다. 그녀는 거실로 들어서자마자 친구의 이름을 부르기 바빴다.

"지선아, 양지선!"

들고 온 가방을 가죽 소파에 던져놓은 연하가 지선의 방으로 들어갔다. 지선이 얼굴에 올려놓고 있었던 마스크팩을 떼어내며 그녀를 맞이했다.

"왔어?"

"지선아!"

연하는 한걸음에 지선에게 달려가 뒤에서부터 그녀의 몸을 끌어안았다. 지선이 다소 귀찮다는 표정으로 장난스럽게 말했다.

"들러붙지 좀 마. 이번엔 또 뭐야? 뭐 때문에 기분이가 좋으셔?"

"내가 이번엔 진짜 대박 상품 하나 봐뒀거든? 고객 품평회는 물론이고 사업부 품평회까지도 반응이 상당히 좋아."

지선이 화장기 없는 동그란 얼굴을 돌려 연하를 쳐다보았다. 그녀의 두 눈에 호기심이 깃들었다.

"어떤 상품인데?"

"참숯으로 구운 육포거든? 근데 이게 그냥 육포랑은 달라. 숯불로 구워서 향부터가 깊고 되게 말랑거려."

"흐음. 맛있겠네."

지선의 얼굴에 미소가 서리자 연하는 냉큼 거실로 달려 나갔다. 그녀가 돌아오길 기다리면서 지선은 레이스 캐노피를 쳐둔 퀸사이즈 침대에 반쯤 누웠다. 곧 연하가 다시 뛰어 들어왔다.

"이거야. 먹어봐. 진짜 대박이야."

'참숯불 육포'라고 써진 봉투를 뜯은 연하가 손으로 떼어낸 육포 조각을 지선에게 건넸다. 그것을 입에 넣고 음미한 지선이 고개를 크게 끄덕였다.

"이건 성공하겠다. 미리 축하해."

절대미각인 데다 실패란 걸 모르는 식품 1팀의 팀장인 그녀의 말이었기에 연하는 함박웃음을 지었다. 그런데 다음 순간 지선이 갑자기 연하의 손을 끌어가 침대에 앉혔다.

"연하야, 나 할 말 있어."

"뭔데 그렇게 진지해?"

심상치 않은 분위기를 감지한 연하가 손에 든 육포 봉투를 얌전히 무릎 위에 올려놓았다. 지선이 점잖게 말을 이었다.

"우리 팀 이번에 새로운 기획으로 방송하는 거 알지?"

"응, 알지. 인기 셰프가 상품을 소개하는 형식이잖아."

"그 인기 셰프가 너도 잘 아는 인물이야."

지선은 여기까지 말했지만 연하는 그녀의 뒷말이 다 들리는 것만 같았다. 지선이 이렇게까지 어려워하는 건 드문 일이었기 때문이다.

"설마, 도운열?"

고등학생 때부터 친구라 지선도 운열에 대해 잘 알고 있었다. 그와 헤어지고 연하가 얼마나 힘들어했는지도.

깜짝 놀란 듯 지선이 쌍꺼풀 없는 두 눈을 동그랗게 떴다.

"어? 너 어떻게 알았어? 아니, 그보다 도운열이 셰프 된 거 알고 있었어?"

"아까 아침 방송에서 봤어."

애써 침착하게 대답했지만 육포 봉투를 쥐고 있는 연하의 손에는 힘이 잔뜩 들어가 있었다.

"아, 그랬구나. 암튼, 유학 다녀와서 이탈리안 식당 차린 지 2년 넘었대. 꽃미남 셰프로 입소문 나서 웨이팅이 기본 30분 이상이고."

말을 하면서 지선은 계속 연하의 표정을 살폈다.

"나도 처음엔 많이 망설였는데, 너무 유명한 셰프보다는 임팩트 있고 잘생긴 셰프가 좋을 것 같아서 도운열로 결정했어."

대학교 다닐 때도 도운열이 얼굴 하나는 끝내주게 잘생겼었다. 잘생긴 데다 예쁘장하기까지 한 스타일이었다. 아무것도 할 줄 모르고 그림만 그릴 줄 아는 순수하고 연약한 미소년 이미지랄까.

"방송국에서 가끔 부딪칠 텐데, 괜찮겠어?"

자신의 눈치를 보는 지선에게 연하는 밝은 미소를 지어 보였다.

"그럼. 난 괜찮아. 10년이나 지난 일인데, 뭐."

꽃 같은 미대생에게 빠져 1년 동안 애틋한 연애를 했지만 끝나는 건 한순간이었다. 배려도 존중도 없었다. 그때의 기억 때문에 연하는 지금까지 연애다운 연애를 해 본 적이 없었다.

"나는 정말 아무렇지도 않아."

아마도.

연하는 이 마지막 말은 입 밖으로 내뱉지 않았다.

***

국장실로 불려간 시욱은 감정이 드러나지 않는 무표정한 얼굴로 루화의 앞에 서 있었다. 표정은 없었지만 누운 아몬드 형태의 쌍꺼풀진 눈매와 붉고 도톰한 입술이 그의 고집스러운 성격을 고스란히 드러내고 있었다.

"어젯밤에 내가 부탁한 건 생각해 봤어?"

책상에 앉은 루화가 시욱을 빤히 올려다보며 질문했다. 곧바로 시크한 그의 대답이 들려왔다.

"다른 팀으로 보내시죠."

"늅. 최고의 팀이어야 돼. 안 그럼 다들 납득을 안 한다니까?"

루화가 답답하다는 듯 자리에서 몸을 일으켰다. 허리에 양손을 척 올린 그녀가 진지하게 말했다.

"네가 걜 안 받아주면 걔 부산 지사로 가야 돼. 식품 3팀 없어질 거니까."

시욱의 까만 눈동자가 미세하지만 분명하게 흔들렸다. 다음 순간 그의 표정에 감정이란 것이 드러났다.

"그래도 어떻게 식품 3팀 팀장이었던 사람을 우리 팀 팀원으로 받습니까?"

시욱이 난감함을 드러내며 눈썹을 일그러뜨렸다. 그사이 루화는 구두 소리를 또각또각 내며 그의 앞으로 걸어왔다.

"식품 3팀 전원이 부산 지사로 좌천될 거야. 하지만 난 유연하 하나만 살릴 거야. 제일 지독하기로 소문난 패션 1팀에 보냄으로써."

어젯밤 시욱은 루화에게서 연하를 팀원으로 받아주라는 부탁을 받았다. 정말 말도 안 되는 일이라 생각했지만 솔직히 지금 시욱은 흔들리고 있었다.

"그게 내가 걜 아끼는 방법이야."

루화가 붉게 칠한 입술 끝을 올리며 웃자 시욱은 헛웃음을 터뜨렸다. 그가 시선을 떨어뜨리며 중얼거렸다.

"누가 지독한 건지 모르겠네."

"암튼, 긍정적으로 생각해 봐. 안 그럼 어제처럼 밤마다 집으로 쫓아갈 거야."

시욱은 대답 없이 몸을 돌렸다. 긴 다리를 이용해 저벅저벅 문을 향해 가던 그가 문득 발을 멈추고 루화를 돌아보았다.

"대체 이모한테 유연하가 뭐기에 그렇게 예뻐해?"

정말 궁금하다는 듯이 묻는 조카에게 루화는 싱긋 웃었다.

"일단 보면 기분이 좋아. 쪼그만데도 존재감이 반짝반짝하거든. 마치 다이아몬드같이."

고개를 설레설레 흔들며 시욱은 국장실을 나왔다. 국장실 문을 닫고서 복도를 걷고 있는데, 복도 끝에서부터 누군가 자신을 부르며 달려왔다.

"조시욱! 아니, 조 팀장!"

루화가 다이아몬드 같다고 말한 연하였다. 연하가 시욱의 앞에 멈춰 서더니 불쑥 뭔가를 내밀었다.

"이거 아침에 내가 말한 육포!"

'참숯불 육포'라 써진 육포였다. 시욱은 관자놀이에 손을 얹으며 연하를 지그시 쳐다보았다. 육포 봉투를 보여주는 연하의 눈빛이 초롱초롱 빛났다.

"우리 팀 기대작이야."

이 여자는 확실히 처음부터 눈이 부시게 빛났었다. 보고 싶지 않은 데도 자꾸만 눈에 들어와서 짜증 났을 정도로.

"맛있지? 아니, 맛있겠지?"

해사하게 웃으며 연하가 말실수를 정정했다. 그녀를 바라보는 시욱의 입가에 자신도 모르게 엷은 미소가 서렸다.

***

연하는 지선과 함께 사내 식당으로 들어섰다. 그 안에서 입사 동기 두 명과 마주쳤기에 그녀들은 반갑게 인사를 건넸다. 그때 동기 중 한 명이 연하를 향해 말했다.

"이제 어쩌냐, 너? 부산 내려가는 거야?"

"그럼 나 부산어묵 좀 보내줘."

또 다른 남자 동기 역시 연하에게 장난스럽게 말했다. 연하의 크고 동그란 눈이 휘둥그레졌다.

"그게 무슨 소리야?"

그러자 동기 둘이서 서로의 얼굴과 연하를 번갈아 쳐다보았다. 남자 동기 기찬이 의아한 표정으로 대꾸했다.

"식품 3팀 없어질 거라던데? 아니야?"

"뭐?"

크게 놀란 연하의 눈망울이 흔들렸다. 전에 국장님이 역대 최저 매출에 대한 책임을 톡톡히 져야 할 거란 말을 한 적이 있었다. 연하는 갑자기 불안해졌다.

"우리도 주방가전 팀에서 들은 거야."

기찬이 덧붙이는 말에 지선이 인상을 찌푸리며 날카롭게 말했다.

"헛소문이야, 그거. 믿지 마."

"우리도 들은 거라니까. 매출이 워낙 안 좋으니까 그런 소문이

나는 거 아니야?"

"야, 무슨 말을 그렇게 해?"

지선이 남자 동기들을 쏘아보며 가까이 가려 하자 연하가 그녀의 팔을 잡아챘다.

"됐어, 지선아. 그만해."

굳었던 표정을 푼 연하가 두 동기를 향해 활짝 웃어 보였다. 이들의 탓이 아니다. 자신이 능력이 좋았다면 나지 않았을 소문이니까.

"그래서 이번엔 꼭 성공할 거야. 대박 상품 하나 찾았거든."

그녀의 해맑은 모습에 조금 당황한 듯 헛기침을 하던 기찬이 심드렁하게 대꾸했다.

"그래. 이번엔 성공해야지. 너만 믿고 있는 팀원 셋이 너무 불쌍하잖아."

동기들에게는 끝까지 웃어 보였지만, 못난 팀장만 바라보고 있는 팀원들의 얼굴이 떠올라 연하의 기분은 한없이 침울해졌다.

***

점심시간이 끝나고 사무실로 돌아오자마자 연하는 제일 먼저 패션 1팀 팀장실로 향했다. 경쟁사 홈쇼핑 방송을 모니터링하고 있던 시욱이 들어오는 연하를 발견하고 헤드셋을 벗었다. 기다렸다는 듯이 연하가 밝은 목소리로 물었다.

"육포 먹어봤어? 맛있지?"

"네. 근데 육포 특유의 맛이 좀 약한 것 같던데요."

시욱의 지적에 연하는 놀란 표정을 짓더니 빠르게 다가왔다. 그녀가 진지한 얼굴로 말했다.

"진짜? 그런 반응은 처음이야."

"짠맛이 좀 덜하달까."

"화학조미료를 안 넣은 건강식이라서 그래."

"건강식이면 대중성이 떨어지잖아요."

책상에 앉은 채 덤덤하게 말하는 시욱을 보면서 연하는 걱정스러운 표정을 지었다.

"네가 그렇게 말하니까 또 망할까 봐 겁난다. 다른 아이템 찾아볼까?"

그러자 시욱의 얼굴빛이 조금 달라졌다. 긴 손가락으로 자신의 턱을 만지던 그가 잠시 후 나직하게 말했다.

"이제 아이템 찾지 마세요."

"왜?"

연하의 티 없이 맑은 눈망울이 시욱을 빤히 쳐다보았다. 그녀의 눈을 살짝 피하며 시욱이 대답했다.

"아니, 뭐, 괜한 수고를 하시는 것 같아서. 새로 찾지 마시고 기존에 방송했던 것들 중에서 반응 좋았던 상품을 다시……."

"잠깐만."

시욱의 말을 자른 연하가 반쯤 열려 있는 시욱의 책상 서랍으로 손을 뻗었다. 그녀가 서랍 안에서 꺼낸 것은 '참숯불 육포'였다. 그것은 자신이 건넸을 때와 똑같은 상태였다.

"안 먹었네? 봉지도 안 뜯었잖아?"

너무나도 새 상품 그대로의 모습이라 연하는 순간 어이가 없었다.

"먹지도 않고서 짠 맛이 덜하다느니 대중성이 떨어진다느니, 그런 말을 왜 해?"

울컥 화가 난 그녀가 시욱을 향해 목소리를 높였다. 열려 있는 문틈으로 패션 1팀 팀원들의 시선이 느껴졌지만 연하는 입을 멈출 수가 없었다.

"너도 내가 5연패 당하니까 우스워? 계속 망하기만 하니까 또 망할 것 같고 그래? 그래서 내가 하는 짓은 다 헛수고 같아?"

연하 자신도 알고 있었다. 이건 동기들에게 당한 일에 대한 화풀이다. 동기들에게는 사람 좋은 척 굴어놓고 만만한 시욱한테 따지는 격이다.

다음 순간 시욱이 자리에서 일어섰다. 슈트 차림의 그가 딱딱하게 굳은 표정으로 연하를 내려다보았다.

"선배 의외로 자격지심이 상당하시네요."

"뭐? 자격지심?"

"열등의식일 수도 있겠네요."

민망함에 연하의 얼굴이 붉으락푸르락 변했다. 시욱을 노려보며 식식거리던 그녀가 격앙된 톤으로 물었다.

"너 내가 다음 상품 성공시키면 어쩔래?"

시욱은 말없이 그녀를 지그시 바라보았다. 그의 까만 눈동자가 난감함을 드러냈다.

성공시킬 리가 없다. 그녀에겐 기회조차 주어지지 않을 테니까.

"매출 110% 찍으면 방금 그 말들 다 취소하고 제대로 사과할 거야?"

다시금 그녀가 물었기에 시욱은 짧게 대답했다.

"100%."

"100% 사과한다고?"

"아뇨. 매출 100%만 찍어도 정중히 사과드린다고요."

그의 대답이 마음에 들었는지 연하의 표정이 조금 누그러졌다. 그녀의 얼굴에서 시선을 뗀 시욱이 책상 위 자료들을 챙겨 들었다.

"그럼, 전 이만 방송 준비 때문에 가보겠습니다."

멀어지는 시욱의 뒷모습을 보면서 연하는 이번엔 꼭 성공시키리라 다짐하고 또 다짐했다.

***

상담원을 통한 주문과 모바일 주문의 콜수를 체크하는 콜방. MD들은 이 방을 MD들의 전쟁터 '워룸(War Room)'이라고 부른다.

시욱은 실시간 주문 현황과 재고 수치를 보여주고 있는 3개의 모니터 화면에서 시선을 떼지 않고 있었다. 전쟁터 한가운데에 있는 사람치고는 꽤 평온해 보였다.

1시간의 방송이 끝나고 시욱은 아무 일 없었다는 듯이 방에서 나왔다. 워룸에서 나오는 그에게로 팀원 중 제일 성격이 밝은 재진이 달려왔다.

"팀장님! 매출 180%예요, 180! 제 키보다 크다고요!"

재진이 손으로 급하게 계산한 것처럼 보이는 전체 판매량 자료를 흔들어 보였다. 패션 1팀 이름값 때문에 부담스럽게 늘어난 물량이었는데도 일부 매진이 뜬 매출 180% 달성. 말 그대로 초대박이 난 것이다.

"수고했다."

툭 던지듯 재진을 격려한 시욱이 앞으로 걸음을 옮겼다. 그를 따라가며 재진이 재잘거렸다.

"수고야 저보다 팀장님이 더 많이 하셨죠. 평소에 두 시간도 안 주무시잖아요."

"그건 불면증 때문이고."

시욱은 오랜 불면증을 앓고 있었지만, 그 덕에 일을 많이 할 수 있었다. 그러다 실적이 좋게 나오면 불면증의 피로도 잊혔다. 자연스럽게 점점 그게 익숙해졌다.

"다들 쉬고 싶으시죠? 그럼 빨리 평가 회의 시작합시다."

방송을 마치고 패션 1팀 팀원들과 쇼호스트 두 명, 협력업체 직원들 총 열 명 정도가 한자리에 모였다. 모두가 피곤한 상태였지만 시욱은 아직 그들을 보낼 생각이 없었다.

"처음 10분간 콜수가 왜 그렇게 낮았는지 분석해 봅시다."

매출이 초대박을 쳤지만 시욱은 거기에 만족하지 않았다. 오늘 방송은 완벽하지 않았고 분명 문제가 있었다.

"처음엔 원래 상품을 보여주는 게 목적이다 보니까 콜수가 다소……."

"보여주는 방식에 문제가 있었다고는 생각 안 합니까?"

시욱이 팀원 김 대리의 의견에 곧바로 반박했다. 목표 매출을 달성하고 그 이상을 팔았건만 시욱은 지금 이 순간 매출이 더 잘 나올 수 있지 않았을까 냉정하게 분석하고 있었다.

"첫눈에 반하게 만들어야죠. 보자마자 사고 싶게 만들어야죠."

시욱의 날카로운 눈빛이 평가 회의를 위해 모인 직원들의 얼굴을 차례차례 훑었다.

"안 그럴 거면 월급을 왜 받습니까? 그리고, 일부 매진 문제는 제가 전에도 언급했던 부분인데……."

1시간 넘는 평가 회의가 끝나고 직원들은 모두 기진맥진한 상태로 흩어졌다. 매출 초대박에 대한 기쁨은 사라진 지 오래였다. 시욱 역시 집으로 돌아가기 위해 사무실 쪽으로 발을 옮겼다. 그때 팀에서 제일 어린 세영이 그에게 다가왔다.

"팀장님, 이거 고다치즈예요."

그녀가 동그란 상자를 내밀자 시욱은 아무 말 없이 팀원 막내를 물끄러미 쳐다보았다. 세영이 발그레 얼굴을 붉히며 말을 이었다.

"와인 좋아하신다고 들어서 특별히 준비해 봤어요. 오늘도 대박 난 거 축하드려요."

"어, 그래. 고마워."

한 손으로 상자를 받아든 시욱이 구석에서 쇼호스트들과 수다를 떨고 있는 재진을 향해 걸어갔다. 그런 다음 재진에게 상자를 툭 건넸다.

"너 먹어."

그 모습을 뒤에서 세영이 다 지켜보고 있었다. 얼떨결에 재진이 그 상자를 받아들자 시욱은 뒤도 안 돌아보고 방송국을 빠져나왔다. 곧바로 집으로 온 시욱은 샤워를 마치고 와인 셀러에서 프랑스산 레드와인을 꺼냈다. 그리고 안주로 집어 든 것은 육포였다. '참숯불 육포'라 써진 봉투를 물끄러미 들여다보자 자연스럽게 연하의 하얀 얼굴이 떠올랐다.

'안 먹었네? 봉지도 안 뜯었잖아?'

그렇게 화를 내는 모습을 본 건 처음이었다. 소파로 걸어가는 시욱의 발걸음에 힘이 하나도 없었다. 무너지듯 소파에 털썩 앉은 그가 나직하게 중얼거렸다.

"그 여자만 안 변한 게 아니야. 나도 참 더럽게 안 변했어."

시욱이 아직 젖어 있는 머리카락을 신경질적으로 긁었다. 또다시 연하의 목소리가 들리는 듯했다.

'너 내가 다음 상품 성공시키면 어쩔래?'

다음 순간 그의 시선이 테이블에 올려둔 '참숯불 육포'로 향했다. 단언컨대 상품성은 분명히 있었다. 하지만,

"분명 성공할 아이템이긴 한데, 당신 손은 이미 떠났다고요…….이걸 어떻게 말해."

안타깝게도 연하가 성공시키지는 못할 것이다.

02화. 세상에서 제일 강한 여자

국장실 문을 여는 연하의 얼굴이 활짝 핀 꽃처럼 예뻤다.

"국장님!"

밝은 표정으로 들어선 연하가 국장실 소파에 앉아 있는 루화에게 다가갔다. 연하의 손에는 요즘 그녀가 밥보다 더 많이 먹고 있는 '참숯불 육포'가 들려 있었다.

"이거 진짜 대박 날 것 같아요. 품평회 반응도 좋고요. 품질 검사도 OK 받았어요. 이제 협력사 심사만 남았는데, 이것도 뭐 금방……."

"헛수고하지 마."

루화가 마시고 있던 커피를 내려놓으며 차갑게 말했다. 멈칫하며 선 연하의 말간 얼굴이 서서히 굳어졌다. 그녀를 응시하며 루화가 말을 이었다.

"식품 3팀 없앨 거야."

"네?"

화들짝 놀란 연하의 얼굴이 새하얗게 질렸다. 그녀의 가는 팔과 다리가 미세하게 떨리기 시작했다.

"너네 팀, 공중분해 된다고."

루화가 냉정하게 덧붙이는 순간 연하는 총에라도 맞은 것처럼 온몸이 휘청했다. 고개를 숙인 채 어깨를 가늘게 떨던 그녀가 천천히 얼굴을 들었다.

"저희 이제 겨우 3년 된 신생팀이에요. 그런데 왜 벌써……."

"팀장이 무능해서지."

연하의 몸에서 힘이 더 빠지는 순간이었다. 쓰러질 것 같이 위태로운 연하를 보면서도 루화는 독한 말을 멈추지 않았다.

"내가 3년 전에 너한테 기대를 걸고 만들어준 새 팀이었고, 초반엔 매출도 나쁘지 않았어. 근데 네가 협력업체 사정만 봐주다가 점점 매출이 떨어졌고, 결국 홈쇼핑 방송국 개국 이래 최저 매출을 기록했어."

연하는 금방이라도 눈물이 터져 나올 것 같았지만 울고 있을 수만은 없었다. 이건 자신만의 문제가 아니었기 때문이다.

"그럼, 우리 팀원들은 어디로 가요? 설마 다 해고되는 건 아니죠?"

자신의 무능함에 괴로웠지만 그보다 자신 때문에 피해를 볼 팀원들 생각에 더 괴롭고 힘들었다.

"부산 지사로 보낼 거야."

"부산이요?"

해고당하는 건 아니란 사실에 안심했다. 하지만 루화의 다음 말은 안심한 그녀를 경악하게 만들었다.

"너는 패션 1팀으로 보낼 거고."

그 순간 연하는 어안이 벙벙했다. 자신이 잘못 들은 건 아닌가 귀를 의심했다. 하지만 루화의 표정은 한없이 진지했다.

"패션이라니……. 저 단벌치기에다 패션엔 문외한인 거 아시면서!"

"거기 가면 넌 그냥 팀원일 뿐이야. 조 팀장이나 잘 서포트해 줘."

패션 1팀이면 조시욱이 팀장인 곳이다. 2년 후배인 주제에 자신을 자격지심 덩어리라 부른 조시욱이. 연하는 점점 가슴이 갑갑해 오는 걸 느꼈다.

"저 그냥 부산으로 보내주시면 안 돼요? 저 바다 진짜 좋아해요!"

공황 상태인 그녀를 대하는 루화의 태도는 너무도 시크했다.

"너 수영 못하잖아. 그냥 남아."

"그치만. 어떻게 그 까마득한 후배 밑에서 일을 해요? 말도 안 돼."

"넌 2년이 까마득이냐? 까마득의 의미를 알긴 아는 거야?"

"걔 팀으로 보낼 거면 차라리 국장님 비서를 시켜줘요!"

"이게 땡깡 부려서 될 일이야? 너 대체 날 얼마나 곤란하게 만들려고 그래?"

일순 연하의 모든 움직임이 멈췄다. 국장님이 추진해서 만든 식품 3팀이 없어진다는 건 그녀의 위상에도 적잖은 영향이 있다는 말이 된다. 거기까진 미처 생각을 못 했던 연하의 눈가가 붉어졌다.

"미안해요. 국장님 입장은 생각 못 했어요."

결국 연하는 눈물방울을 툭 떨어뜨렸다. 그녀를 바라보는 루화의 눈빛이 복잡해 보였다.

***

울지 않으려고 했는데, 존경하는 국장님한테까지 피해가 갔다고 생각하니 눈물이 멈추지 않았다. 연하는 사택으로 돌아오는 내내 울었다. 지난 8년간 이렇게 서럽게 울어본 적이 없을 정도로 울었다.

엘리베이터에서 내린 연하가 눈가를 훔치며 집 쪽 복도로 몸을 틀었다. 그때 막 현관문을 열고 나오는 시욱의 모습이 보였다. 그를 본 순간 연하의 두 다리가 우뚝 멈췄다. 지금까지 그가 했던 말들이 뇌리를 빠르게 스쳐 지나갔다.

'아이템 준비하실 필요 없을 텐데.'

'이제 아이템 찾지 마세요.'

어쩌면 그는 처음부터 알고 있었는지도 모른다. 자신이 그의 팀으로 들어가게 될 거란 사실. 연하는 갑자기 화가 울컥 치밀었다. 그때 그녀를 발견한 시욱도 우뚝 멈췄다. 그가 어색하게 입을 열었다.

"오늘은 복도에 검은 고양이가 없네요."

농담조로 던진 말에도 연하는 반응이 없었다. 그녀는 그저 말없이 시욱을 강하게 노려볼 뿐이었다. 육포 봉투를 뜯지 않은 일로 그녀가 아직까지 오해를 하고 있는 것 같아서 시욱은 재빨리 설명했다.

"아, 저는 안주 사러 가는 길이었어요. 선배가 추천한 그 육포가 사실은……."

사실 '참숯불 육포'는 시욱이 좋아하는 술안주였다. 그래서 연하가 준 것을 먹지 않았어도 맛을 알 수 있었던 것이다. 그때 바로 그 자리에서 즐겨 먹는 술안주라고 말할 수도 있었지만, 자신의 이미지를 먼저 생각했다. 바보같이.

하지만 도저히 그녀에게 육포를 즐겨 먹는 남자라는 이미지를 심어줄 수가 없었다. 그래서 오해받은 상태로 가만히 있었던 건데, 그녀는 아직까지 그녀를 무시한 거라 오해하고 있는 것 같았다.

시욱이 연하의 오해를 풀어주려던 그때.

"넌 처음부터 알고 있었지."

연하가 시욱의 말을 도중에 자르며 나직하게 말했다. 또다시 두 사람 사이에 미묘한 침묵이 흘렀다. 그사이 시욱의 눈에 연하의 붉어진 눈가가 포착되었다. 그러고 보니 눈도 충혈되어 있었고 눈망울도 촉촉했다.

"선배, 울었어요?"

시욱이 놀라 물었다. 가볍게 운 듯한 자국은 아니었다. 그가 한 발자국 다가가며 빠르게 사과했다.

"미안해요."

연하가 자신을 노려보며 울음을 참고 있었다. 그 사실 하나만으로도 시욱은 그녀에게 사과하고 싶었다.

"내가 무조건 미안해요."

그녀가 운 이유를 곰곰이 생각하면 알 것도 같은데 지금은 이성이 바른 판단을 하지 못했다. 감성이 먼저 움직였다.

"잘못했어요."

사과를 하면서 시욱은 10년 전 이렇게 똑같이 자신의 앞에서 눈물을 참고 있던 그녀의 모습을 떠올렸다.

나는 10년 전이나 지금이나 조금도 변함없이 이 여자한테 세상에서 제일 약하다.

"너 진짜 싫어."

연하가 눈물을 꾹 참는 얼굴로 입을 열었다. 그 말이 시욱의 가슴을 묵직하게 때렸다. 그리고 이 여자는 10년 전이나 지금이나 조금도 변함없이 나한테 세상에서 제일 강하다.

***

지선의 아파트에서 연하는 술을 마시며 우울한 기분을 달래고 있었다. 식탁에 앉아 맥주잔을 비운 그녀가 혼잣말처럼 중얼거렸다.

"조시욱은 나쁜 놈이야."

한참을 말없이 술만 마시던 연하가 처음 내뱉은 말이었다. 건너편에 앉은 지선이 쌍꺼풀 없이 옆으로 긴 눈을 깜박거렸다.

"착한 줄 알았는데."

이어지는 연하의 말을 들은 지선이 고개를 갸웃 기울였다. 그러곤 어리둥절한 표정으로 입을 열었다.

"걔가 착해? 걔 원래 성질 드럽기로 유명한데."

"진짜? 난 왜 몰랐지?"

연하가 반쯤 풀린 눈으로 지선을 쳐다보았다. 지선은 시욱에 대한 소문을 떠올리며 고개를 절레절레 흔들었다.

"팀원들 닦달해서 안 재우는 건 기본이고 협력업체 사정 절대 안 봐주는 데다 단가 조정할 땐 피도 눈물도 없어 보일 정도로 냉정하대. 5년 동안 같이 일한 팀원도 조시욱 웃는 걸 본 게 손에 꼽는다더라."

그때 연하가 조그맣게 중얼거리듯이 말했다.

"나는 봤는데."

조시욱 웃는 거.

얼마 전에 자신이 말실수했을 때 시욱이 옅지만 분명하게 웃었었다.

"나도 봤어. 우리가 입사하고 2년 후에 걔가 입사했으니까 벌써 6년 넘었네. 그사이에 웃는 거 한 번 정도는 봤겠지."

지선이 대수로운 일 아니라는 듯한 어조로 받아쳤다. 그러더니 문득 연하의 취기 오른 얼굴을 물끄러미 응시했다.

"괜한 노파심에서 말하는 건데, 웬만하면 걔 성질 건드리지 마라. 전직 권투선수 출신이라 주먹이 꽤 매서울 테니까."

"전직 권투선수?"

지선의 입에서 나온 뜻밖의 단어에 연하는 술이 홀딱 깨는 기분이었다.

"누가? 조시욱이?"

"그럼 내가 지금 갑자기 가전·팀 김 대리 얘기하겠니? 10년도 더 된 얘기긴 한데, 유망주였다고 하더라. 근데 성격이 불같아서 열 받으면 다 때려 부수고 그랬대."

연하는 머릿속이 혼란스러웠다. 물론 그간의 몇몇 사건으로 인해 그녀 안에서 시욱의 이미지가 많이 망가졌다고는 하나 지선이 말하는 정도까진 아니었다.

"프로선수 주제에 일반 사람을 때려서 입원시킨 적도 있다더라. 그래서 스무 살 때 제명당한 거로 아는데."

"난 아무것도 몰랐어. 넌 어떻게 그런 걸 다 알아?"

적잖게 놀란 연하가 두 눈을 동그랗게 뜬 채 지선에게 물었다. 지선이 코웃음을 터뜨리고는 대답했다.

"조시욱이 좀 유명하니? 싫어도 저절로 귀에 들어오더라. 여직원들이 막 내 귀에 조잘조잘 속삭여줘."

사내에서 조시욱의 인기는 No.1이었고 그건 지난 6년간 어떤 괴한 소문이 불어와도 흔들림이 없었다.

"키도 크고 근육도 적당하게 있고 얼굴도 반듯하니 잘생기긴 했으니까. 그래도 네 스타일은 아니지? 넌 좀 예쁘장한 스타일 좋아하잖아, 도운열같이⋯⋯."

지선이 맥주잔을 들어 올리면서 말하다가 멈칫했고 안주를 먹으려던 연하 역시 그 움직임이 멈췄다.

"어머, 미안. 나 취했나 봐."

얼굴이 화악 붉어진 지선이 재빨리 사과했다. 연하에게 도운열 얘기는 폭탄과 같다는 걸 모르지 않았건만 술기운에 그만 실수를 하고 말았다.

"괜찮아. 실제로 내 취향이 그런데, 뭐."

안주로 꺼내놓은 육포를 집어 들며 연하가 쿨하게 말했다. 그러다 문득 호기심 어린 얼굴로 지선을 바라보았다.

"근데 넌 어떤 스타일 좋아하지? 그런 말 한 번도 안 해서 모르겠네."

"나?"

마시던 맥주잔을 내려놓은 지선이 생각에 잠긴 표정을 지었다. 그사이 연하가 말을 이었다.

"전에 오래 사귀던 사람 있었잖아. 어떤 스타일이었어? 나한테 소개해 주려고 한 날 헤어져서 나는 결국 못 봤……. 어머, 미안. 나 취했나 봐."

"복수하는 거냐?"

지선이 흘겨보자 연하는 입가를 가린 채 배시시 웃었다. 결국 지선도 피식 웃음을 터뜨렸다. 팔짱을 낀 지선이 도도하게 입을 열었다.

"생각해 봤는데, 나는 딱 하나만 보네."

"뭘 보는데?"

"몸. 바디. 그중에 엉덩이."

지선이 팔을 풀더니 살짝 구부린 두 손을 공중으로 올렸다. 엉덩이를 연상시키는 그녀의 행동에 연하는 혀를 끌끌 찼다.

"노골적이게 그게 뭐니. 단정치 못하게."

"야, 남자는 힙이야. 여자도 힙이고."

"아니야. 남자는 하얀 살결이지."

"그건 네 취향이고."

"존중입니다. 취향해 주세요."

"앞뒤 바뀌었잖아. 벌써 취했냐?"

두 사람은 동시에 까르르 웃음을 터뜨렸다. 그러는 동안 연하의 우울했던 기분이 훨씬 나아졌다. 그녀는 오랜 친구와 그렇게 밤새도록 술잔을 기울였다.

***

회사 로비에 인사발령 공고문이 붙었다. 어느 정도 예상했던 일이었지만 생각보다 충격은 컸다.

〈인사발령 대상자

식품 3팀 이지수 - 부산 지사

식품 3팀 김원희 - 부산 지사

식품 3팀 주차희 - 부산 지사

식품 3팀 유연하 - 패션 1팀〉

공고문 앞에는 많은 직원이 몰려 있었다. 직원들의 수군거림이 구석에 서 있는 연하의 귀로 고스란히 들려왔다.

"결국 식품 3팀 공중분해 되는구나."

"그럴 줄 알았어. 매출이 바닥이었잖아."

"팀장이었던 사람이 팀원으로 가네. 쯧쯧, 불쌍하다."

다음 순간 연하는 고개를 푹 숙인 채 식품 3팀 사무실로 향했다. 그곳에는 이미 팀원들이 자신들의 짐을 정리하고 있었다. 그들의 모습에 연하는 울컥 눈물이 차올랐지만 꾹 참았다.

"미안해, 얘들아."

최대한 덤덤하게 말을 건넸다. 하지만 팀원들의 얼굴을 똑바로 바라보지는 못했다.

"팀장이 너무 못나서……."

팀원들은 괜찮다는 말만 남기고 짐을 챙겨 사무실을 나갔다. 텅 빈 사무실 안에 홀로 남은 연하는 힘없이 털썩 주저앉았다. 정장 바지가 더러워지는 것도 아랑곳하지 않고 바닥에 엉덩이를 대고 앉은 그녀가 울음을 터뜨렸다.

"흑, 흐윽……."

또르르 흘러내리던 눈물이 점점 줄기가 되어 흐르기 시작했다.

서러웠다. 자신의 팀이 눈앞에서 무너지는 걸 보는 게 이렇게 아픈 일인 줄 미처 몰랐다. 연하는 그야말로 펑펑 울었다.

한참을 울다 겨우 진정이 된 연하가 자신의 눈가를 소매로 닦았다. 코를 훌쩍거리며 그대로 앉아 있는데 남자 구두 소리가 들렸다. 그 구두 소리는 점점 더 가까워졌다.

"뭐 하십니까?"

열려 있는 문틈 사이로 모습을 드러낸 시욱이 연하를 바라보면서 물었다. 연하는 대답 대신 코를 훌쩍거렸다. 대답을 기대한 건 아닌 듯 시욱이 연하를 향해 뚜벅뚜벅 걸어왔다. 그가 연하의 앞에 멈춰서더니 재킷 안쪽으로 손을 집어넣었다.

"이거."

연하는 그가 손수건을 꺼낼 거라 생각했다. 솔직히 지금 이 순간 그의 손수건을 받고 싶진 않았다.

"손수건은 필요 없……."

거절을 하던 도중에 시욱이 내민 것을 확인했다. 그건 분명 부드러운 손수건은 아니었다.

"새로 나온 명함이에요. 이전 명함은 직함이 '팀장'으로 되어 있을 것 같아서 다시 팠어요."

연하는 얼굴이 화악 붉어지는 것을 느꼈다. 그가 내민 명함 통을 밀어내며 연하가 자리에서 일어섰다.

"너, 너 되게 냉정한 애구나?"

연하의 충혈된 두 눈이 시욱을 쏘아보았다. 시욱은 그녀의 날
선 시선을 덤덤하게 마주했다.

"'애' 아니고, '팀장님'입니다."

안 그래도 절망 속에 있는 사람을 아예 구렁텅이로 밀어 넣는구
나 싶었다. 울컥 화가 난 연하가 소리쳤다.

"내가 널 팀장님이라고 부를 것 같아? 이 매정한 후배 놈아!"

연하의 말이 끝남과 동시에 시욱이 팔을 위로 들어 올렸다.

휙-

순간적으로 연하는 그가 전직 권투선수였다는 사실을 떠올렸
다. 어깨를 움찔한 그녀가 두 손으로 자신의 얼굴을 가렸다. 하지
만 어디에도 가해지는 충격은 없었다. 대신 연하의 손에 명함 통이
얌전히 쥐여 졌다.

"아아……."

민망한 기분이 된 연하가 명함 통을 쥐어준 시욱의 눈치를 살폈
다. 그녀가 아주 작게 중얼거렸다.

"때리는 줄 알았네."

지선에게서 들은 그의 과거가 워낙 안 좋았던 탓에 순간 오해를
하고 만 것이다. 시욱이 어이없다는 얼굴을 했다.

"내가 선배를…… 유연하 씨를 왜 때립니까?"

그의 입에서 나온 자신의 이름에 연하는 머쓱한 기분도 잊은 채
황당해했다.

"유, 유연하 씨? 이젠 선배라고 부르지도 않는 거야?"

"당신은 이제부터 제 팀원입니다. 팀원한테 어떻게 선배라고 부릅니까? 그리고 유연하 씨도 팀장인 저한테 선배라고 불리고 싶어요?"

차라리 부산으로 보내달라고 울고불고할 걸 그랬다. 시욱의 차가운 얼굴을 노려보면서 연하는 아랫입술을 잘끈 깨물었다. 지선이 했던 말들이 머릿속에서 맴맴 돌았다.

"이제야 성깔을 드러내는구만."

연하의 나직한 중얼거림에 시욱이 짙은 눈썹을 꿈틀 움직였다.

"뭐라고요?"

무능한 자신을 유일하게 선배라고 부르기에, 적어도 다른 이들처럼 무시하는 눈빛은 아니었기에 참 착한 사람인 줄 알았다. 연하는 괜히 배신당한 느낌이 들어 명함 통을 더욱 세게 움켜쥐었다.

"이렇게 못되게 굴 거면서 그동안 착한 척은 대체 왜 한 거야?"

미간을 슬쩍 좁힌 시욱의 얼굴에서 불쾌감이 고스란히 드러났다. 바지 주머니에 양손을 찔러 넣은 그가 걸음을 떼며 말했다.

"따라와요. 진짜 못된 게 뭔지 보여드릴게요."

***

이런 스케줄을 소화해 본 건 태어나서 처음이었다. 연하는 정신없이 이어지는 팀 회의와 협력사 미팅으로 바쁜 시욱을 졸졸 따라다녔다. 아니, 어쩌면 시욱이 그녀를 끌고 다녔다는 표현이 정확할지도 모른다. 패션 팀 업무는 전혀 모르는 그녀를 무작정 옆자리에 앉혀뒀으니까.

1시간이 넘는 마케팅 팀과의 전략 회의가 겨우 끝났다 싶었는데, 다음 주 방송을 위한 사전 미팅이 그들을 기다리고 있었다. 방송 팀 PD와 쇼호스트들, 협력업체 직원들이 모인 2시간가량의 미팅을 끝내고 나오니 이번엔 패션 1팀 내부 회의가 있었다. 점심도 오후 늦게 샌드위치로 대충 때우고 협력업체와의 미팅을 위해 외부로 나가야 했다.

여기저기 따라다니느라 연하는 기진맥진했다. 게다가 자신을 끌고 다니면서도 시욱은 따뜻한 말 한마디 건네지 않았다. 그래서 더 지쳤다.

해가 질 무렵 연하는 겨우 패션 1팀 사무실로 돌아와 책상에 앉았다. 연하의 탁한 시선이 팀장실 유리 창문을 통해 보이는 시욱의 멀끔한 얼굴을 훑었다. 그 스케줄을 다 소화하고도 머리카락 하나 흐트러짐이 없었다. 자신은 벌써 다크써클이 존재감을 드러내고 있었고 배가 고파 꼬르륵거렸으며 화장도 반쯤 지워진 상태인데 말이다.

자신과 다른 건 그뿐만이 아니었다. 팀장으로서 일하던 방식도 달랐다. 자신이었다면 협력업체 미팅에만 하루 온종일 시간을 투자했을 것이다.

연하의 가늘고 하얀 손가락이 자신의 단발머리를 쓱쓱 빗어 내렸다. 얼굴이 엉망일 테니 헤어스타일이라도 깔끔하게 유지하자 싶은 마음이었다. 그때 그녀의 책상 너머 자리에 앉아 있던 재진이 일어섰다. 서류를 집어 드는 그의 코에서 빨간 피가 흘러내렸다. 그걸 본 연하가 화들짝 놀라 자리에서 일어났다.

"엇! 재진 씨, 코피 나는데요?"

떨어진 피를 본 재진이 황급히 고개를 뒤로 젖혔다. 연하는 재빨리 휴지를 뽑아 그에게 달려갔다. 그때 마침 시욱이 팀장실 문을 열고 나왔기에 근처에 있던 세영이 그를 향해 말했다.

"팀장님, 재진 씨 코피 나요."

휴지로 코를 막고 있는 재진과 그에게 붙어서 어쩔 줄 몰라 하고 있는 연하를 번갈아 보던 시욱이 입을 열었다.

"화장실 갔다 와."

그 순간 연하가 시욱에게로 고개를 확 돌렸다. 그녀의 두 눈은 화가 나 있었다.

"겨우 화장실이요? 사내 양호실로 보내야죠."

연하가 시욱을 향해 분명하게 말했다. 무심한 표정으로 손목시계를 확인한 시욱이 차갑게 대꾸했다.

"시간 없습니다. 중요한 편성 회의가 30분 후에 있어요."

"그래도 그렇지. 사람이 먼저죠!"

목소리가 높아진 연하에게로 시욱이 성큼성큼 걸어왔다. 사무실 안에 긴장감이 흘렀다. 시욱이 가까워진 연하를 서늘하게 쳐다보며 말했다.

"전 일이 먼접니다. 그러니까 자리에 앉아서 업무 파악이나 하세요, 유연하 씨."

연하는 불만 가득한 표정으로 입술을 앙다물었다. 재진이 그런 그녀를 달래 겨우 자리에 앉히고는 혼자 화장실로 향했다.

***

한동안 끊었던 욕이 절로 나왔다. 3년 전 팀장이 된 이후로는 거의 해 본 적이 없었는데 말이다.

"이런 냉혈한! 불한당! 악의 축……!"

가방을 챙겨 사무실을 나온 연하가 복도에서 내뱉은 욕들이었다. 퇴근하기 직전까지 시욱은 팀원들에게 일을 시켰다. 그의 눈치를 보며 퇴근을 미루는 직원들도 있었다. 하지만 연하는 보란 듯이 토트백을 어깨까지 끌어올려 메며 사무실을 빠져나왔다. 연하의 시욱에 대한 원망은 혼자 탄 엘리베이터 안에서도 이어졌다.

"코피 터지면 시퍼런 물이 나오는 거 아닐까? 마음은 딴딴한 강철로 되어 있고?"

편성 회의 때도 사람이 그렇게 냉철할 수가 없었다. 온갖 눈치 싸움과 살벌한 주장이 오가는 경합에 가까운 회의. 그는 그 편성 회의를 통해 황금시간대를 손에 넣었다. 자신은 차지했어도 부담스러워서 다른 팀에게 넘겼을 그 시간대를 말이다.

"유연하?"

엘리베이터에서 막 내린 연하의 이름을 누군가 불렀다. 연하가 자연스럽게 고개를 들었다. 그녀의 눈동자가 남자의 얼굴을 확인하고는 흔들렸다.

"도운열……?"

지선과 일하게 되었으니 언젠가 한 번은 만나겠지 생각했지만 그 시기가 생각보다 너무 빨리 왔다. 연하가 아까부터 어깨를 조이고 있던 토트백을 얌전히 내리는 사이 운열이 다가왔다.

"오랜만이다, 연하야."

"어, 그래."

운열은 10년 전과 많이 달라지지 않았다. 여전히 남자치곤 하얀 편이었고 가는 얼굴선에 악의라고는 전혀 없어 보이는 순한 얼굴을 하고 있었다.

"혹시 퇴근하는 길이야? 그럼 나랑 잠깐 차 마실래?"

갑작스러운 운열의 제안에 연하는 난감한 표정을 지었다.

"아, 그게, 그래, 차 좋지. 근데……."

솔직히 연하는 아직 그의 얼굴을 보는 게 어색했고 자연스럽게 대화를 나눌 자신도 없었다. 연하가 괜스레 자신의 가방을 열었다.

"내가 지금 연락을 해야 되는데, 마침 오네."

오지도 않은 전화가 왔다고 하면서 연하는 휴대폰을 집어 들었다. 그러곤 통화목록 제일 위에 있던 '조 후배'에게 전화를 걸었다. 다행히 조 후배는 전화를 빨리 받았다.

-네, 유연하 씨.

그의 목소리가 들리자마자 연하는 태연하게 말했다.

"네, 팀장님. 무슨 일이세요?"

전화기 너머 시욱이 황당해하는 게 눈에 빤히 보일 정도였지만 연하는 뻔뻔한 표정으로 휴대폰을 고쳐 잡았다. 역시나 시욱이 당황스럽다는 어조로 대꾸했다.

-선배가 아니, 유연하 씨가 전화한 거잖아요.

"아, 그 자료요? 제 책상 위에 있어요."

가상의 그의 목소리가 들린다는 듯이 연하는 대답했다. 역시나 이번에도 시욱은 황당해했다.

-선배한테 자료가 있긴 해요?

"못 찾으시겠어요? 바로 보이는 데 있는데."

-지금 무슨 소리 하시는 거예요?

"아, 그리고 저한테 뭐 시키실 일 있으시다고요? 네, 말씀하세요. 바로 할게요."

연하가 미소를 지으면서 말하고는 운열에게 미안하다는 눈빛을 보냈다. 그때 시욱의 목소리가 다시 들려왔다.

-나한테 와요.

"네?"

이번엔 연하가 당황했다. 휘둥그레진 그녀의 두 눈이 빠르게 깜박거렸다. 시욱의 나직한 목소리가 또다시 이어졌다.

-지금 당장 나한테로 오라고요.

놀란 연하의 심장이 콩콩콩 뛰었다.

***

잠시 후 팀장실의 문을 여는 연하의 표정이 다소 어색했다. 하지만 그 안에 있던 시욱과 눈이 마주치는 순간 그녀는 고개를 빳빳하게 들었다.

"왜 부르셨어요?"

토트백을 팔에 걸친 채 연하가 당당하게 물었다. 그녀를 지그시 바라보면서 시욱은 얼굴을 갸웃 기울였다.

"제가 부른 게 된 겁니까?"

의아하다는 표정이었다. 시욱은 조금 전 그녀와 나누었던 통화 내용을 떠올리며 말을 이었다.

"저는 선배가 빠져나오고 싶은 상황에 놓여 있는 것 같아서 도와드린 것뿐인데."

뻔뻔하게 굴자 생각했지만 시욱의 시크한 얼굴을 보니 더는 힘들 것 같았다. 연하는 힘을 잔뜩 주고 있었던 어깨와 목에 힘을 풀었다.

"그래, 맞아. 고마워."

연하가 축 처진 어깨로 한숨을 폭 내쉬었다. 이제야 긴장감이 조금 풀리는 것 같았다. 그녀의 힘없는 얼굴을 가만히 바라보던 시욱이 자리에서 일어섰다. 뚜벅뚜벅 걸어 중앙에 있는 소파로 다가간 그가 연하에게 앉기를 권했다. 기다렸다는 듯이 연하가 소파에 앉자 시욱도 그녀의 반대편에 앉았다.

"무슨 일인지 물어봐도 됩니까?"

연하는 솔직하게 말할까 말까 잠시 망설였다. 다소 부끄럽기는 했지만 그래도 그에게 도움받은 것이 있으니 사실대로 말하기로 결심했다.

"로비에서 전 남친이랑 딱 마주쳤어."

"전 남친?"

시욱의 쌍꺼풀진 아몬드 모양의 두 눈이 살짝 커졌다.

"10년 정도 전에 사귄 사람인데, 첫사랑이었어. 근데 막상 만나니까 막 어색하고 어쩔 줄 모르겠고 그러더라."

주절주절 말을 늘어놓던 연하가 시욱의 까만 눈동자와 정면으로 마주치자 입을 멈추었다.

"내가 너한테 이런 소릴 왜 하는지 모르겠네. 나 이제 갈게."

연하가 급히 소파에서 몸을 일으켰다. 이 정도 시간이면 운열도 돌아갔을 것이다. 연하는 팀장실 문을 향해 주저 없이 발을 옮겼다.

"아직도 미련 있습니까, 그 남자한테?"

갑자기 뒤에서 들려온 목소리에 연하는 어깨를 홱 틀어 뒤를 돌아보았다. 그녀가 단언했다.

"아니. 전혀."

"그런데 왜 피합니까?"

팔짱을 낀 시욱이 소파에 상체를 기댄 자세로 물었다. 연하는 그 이유를 곰곰이 생각해 보았다.

"으음. 좀 복잡해. 차인 거라 그런가?"

확실히 모질게 차이긴 했다. 매달렸을 때도 차갑게 거절당했고 나중엔 만나주지도 않았었다. 하지만 그렇다고 언제까지 피하기만 할 순 없다는 걸 잘 알고 있었다.

"분명 또 마주치겠지⋯⋯."

그땐 어떡해야 하나 고민하고 있는데 시욱이 불쑥 말을 걸었다.

"제가 남자 친구인 척해드릴까요?"

"뭐?"

연하는 순간 너무 놀라서 머릿속을 가득 채우고 있던 많은 생각들이 펑 하고 사라져버렸다. 시욱이 그녀를 보며 어깨를 으쓱해 보였다.

"저 정도면 가짜 애인으로 훌륭하지 않아요?"

연하가 시욱의 매끈한 피부와 조각같이 반듯한 이목구비를 꼼꼼히 훑었다. 쌍꺼풀진 남자다운 눈매와 베일 듯 날카로운 콧대, 도톰한 붉은 입술. 가짜 애인으로 훌륭하다 못해 넘친다, 넘쳐. 하지만 그가 왜? 게다가 그에겐 여자 친구도 있지 않은가!

"보아하니 안 좋게 헤어진 것 같은데, 통쾌한 복수로 저 이용해 볼래요?"

계속 이어지는 시욱의 제안에 연하는 흔들렸다. 그녀가 마른침을 꿀꺽 삼켰다. 복수를 생각해 본 적은 단 한 번도 없었다. 하지만 시욱의 팔짱을 끼고 운열에게 인사를 건네는 장면을 상상해 봤더니 제법 통쾌했다. 그렇지만 이내 너무 선배답지 못한 행동인 것 같아서 고개를 절레절레 흔들었다.

"에이, 됐어. 너 같은 꼬맹이를 내가 어떻게 이용하니."

그 순간 시욱의 표정이 딱딱하게 굳었다. 이윽고 그가 자리에서 일어나더니 연하에게로 천천히 다가왔다.

슥

연하의 앞에 멈춰 선 그가 허리를 숙였다. 갑자기 훅 가까워진 그의 얼굴 때문에 연하는 숨 쉬는 것조차 잊고 말았다.

"제가 정말 꼬맹이로 보입니까, 유연하 씨?"

그윽한 시욱의 눈빛이 연하를 지그시 응시했다. 물론 이렇게 키가 큰 꼬맹이는 세상에 없다. 하지만 이제까지 연하는 시욱을 까마득한 후배로만 봤단 말이다.

"어, 어! 덩치 큰 상꼬맹이!"

가까스로 대답의 말을 뱉어낸 다음 연하는 뒤로 빠르게 물러섰다.

"난 간다. 잘 있어라, 상꼬맹이!"

연하가 도망치듯 나가버린 문을 쳐다보면서 시욱은 바지 주머니에 손을 찔러 넣었다. 그가 낮게 혀를 찼다.

"저 여자가 진짜……."

***

조그마한 2인용 소파에 지선과 연하가 나란히 앉아 있었다. 상기된 표정의 연하가 말을 이었다.

"그래서 내가 도망치듯 조 팀장한테 갔어."

캔 맥주를 손에 든 채 가만히 연하의 이야기를 듣던 지선이 고개를 돌리며 피식 웃었다.

"그 정도면 도운열도 눈치챘겠다. 네가 걔 피한 거."

연하는 자신이 떠날 때 웃는 듯 우는 듯 어색한 표정을 짓고 있던 운열을 떠올렸다.

"어쩔 수 없었어. 너무 놀랐단 말이야."

10년 만에 만난 그가 생각보다 너무 변한 게 없어서 놀랐고 예상보다 동요하는 자신에게 놀랐다.

"이제부턴 자연스럽게 대해. 아무 힘없는 과거의 존재잖아."

지선이 연하의 무릎에 손을 올리며 진지하게 말했다. 연하는 다부지게 고개를 끄덕였다.

"응. 이젠 그렇게 해야지."

다음 순간 연하가 맥주 캔을 들어 올렸다. 맥주를 마시는 그녀의 옆에서 지선이 휴대폰을 확인했다.

"나 이제 가봐야겠다. 졸려."

그러면서 자신의 눈을 비볐다. 지선이 자리에서 일어서자 연하도 따라 일어섰다.

"밑에까지 데려다줄게."

연하는 오피스텔 입구까지 지선과 함께 내려갔다. 지선을 보내고 다시 엘리베이터를 향해 걸어가는데 엘리베이터 앞에 서 있는 남자의 옆모습이 눈에 들어왔다.

조시욱?

까만 눈썹 하며 날렵한 콧대와 턱선 하며 마치 그림을 그려놓은 듯한 옆모습의 주인공은 연하가 익히 잘 알고 있는 인물이었다. 연하는 천천히 시욱을 향해 다가갔다. 그런데 단정한 그답지 않게 몸을 흔들흔들하는 것이 조금 이상했다.

혹시 술 마신 건가? 궁금해하면서 연하는 시욱의 옆에 멈춰 섰다. 그제야 시욱이 고개를 돌려 그녀를 쳐다보았다.

"아, 선배."

그의 부름에 연하는 그가 술에 취했다고 확신했다. 요즘에는 '선배' 소리를 거의 듣지 못했기 때문이다.

"어, 후배."

이때다 싶어서 연하도 거드름을 피웠다. 그때 엘리베이터의 문이 열렸다. 빈 엘리베이터 안으로 손가락을 뻗으며 시욱이 물었다.

"이거 타실 거죠?"

대답 대신 연하는 먼저 엘리베이터 안으로 올라탔다. 그녀가 시욱에게 타라고 손짓하자 그는 얌전히 엘리베이터에 올랐다.

"술 많이 마셨네?"

멍하니 구석 모퉁이에 기대서는 시욱에게 연하가 물었다. 시욱이 두 눈을 느리게 깜빡거리더니 대답했다.

"국장님이랑 한잔했어요."

그 순간 연하가 자신도 모르게 작게 중얼거렸다.

"아, 여자 친구랑……."

"네? 뭐라고요?"

시욱이 눈썹을 가운데로 모으며 연하를 돌아보았다. 과음으로 인해 속이 울렁거리는데 두통까지 밀려오는 것 같았다.

"응? 아무것도 아니야."

국장님과의 관계를 아직 밝힐 생각이 없는 그에게 괜한 소리를 한 것 같아서 연하는 재빨리 고개를 저었다.

"아니, 분명 무슨 이상한 소릴 하신 것 같은데."

시욱이 지끈거리는 관자놀이에 손을 얹었다. 분명 그녀가 방금 전에 말도 안 되는 소릴 한 것 같은데, 자신이 잘못 들은 거란 말인가.

"나야 뭐, 늘 항상 이상한 소리 하잖아."

연하의 유쾌한 대꾸에 시욱은 바로 인정한다는 듯 고개를 끄덕였다.

"하긴. 그렇긴 하죠."

연하는 자신이 먼저 말해놓고도 막상 그가 순순히 인정하니 기분이 나빠졌다. 연하가 시욱을 쌔려보았지만 그는 그녀를 보고 있지 않았다. 그때 마침 엘리베이터 문이 열렸다.

"너 나중에 술 깨면 보자."

시욱에게서 시선을 거둔 연하가 엘리베이터에서 내리려고 발을 뗐다. 그 순간, 시욱이 그녀의 팔을 덥석 잡고는 자신 쪽으로 확 끌어당겼다. 순간적으로 매우 놀란 연하의 심장이 쿵쾅거렸다.

"뭐, 뭐야? 왜 이래?"

다음 순간 연하의 눈앞에는 시욱의 셔츠가 있었는데, 그 셔츠 너머에는 구릿빛 피부와 반듯하게 튀어나온 쇄골이 자리하고 있었다.

"너 뭐 하는 짓……."

연하가 황급히 시선을 들어 올리자 시욱이 대답 대신 긴 검지로 위쪽을 가리켰다. 반사적으로 연하의 눈이 따라 올라갔다.

반짝이고 있는 층수는 5층. 그들이 내려야 하는 7층이 아니었다. 화끈 달아오르는 얼굴을 내리며 연하가 옆으로 몸을 옮겼다. 그러고는 퉁명스럽게 말했다.

"좀 다정하게 알려줄 순 없었어?"

그녀의 심장은 계속 두근두근 강하고 빠르게 뛰고 있었다.

"놀랐잖아."

연하가 놀란 가슴에 손을 얹고 있는 동안 엘리베이터는 다시 움직였고 곧 그들이 사는 7층에 멈췄다.

"자, 이제 7층 맞지? 잡아당기지 마."

엘리베이터 문이 열리자 연하는 시욱을 힐끔 돌아보며 말했다. 그때 그녀의 눈에 앞으로 나오려다가 비틀거리는 시욱이 들어왔다.

"어, 엇!"

연하는 반사적으로 손을 뻗어 그의 몸을 붙잡았다. 그 반동으로 인해 시욱도 그녀의 팔을 다시 잡고 말았다.

"괜찮아?"

시욱이 머리를 작게 흔들고는 시선을 아래로 내렸다. 연하의 작은 손이 자신의 허리와 팔을 붙잡고 있었다. 그 모습이 마치 자신을 끌어안고 있는 것처럼 보였다.

"이번엔 내가 잡은 거 아닌데."

그녀의 가느다란 팔을 움켜쥐고 있는 손을 내려다보며 시욱이 나직하게 중얼거렸다. 밀착한 상태 그대로 연하가 대답했다.

"알아. 내가 잡은 거니까. 꼭 넘어질 것 같았거든."

연하와 시욱이 서로의 얼굴을 지그시 바라보았다. 그러다 연하는 문득 시욱의 얼굴이 점점 가까워지는 걸 느꼈다. 그렇지만 꼼짝도 할 수가 없었다.

뭐지. 이거 설마……?

숨결이 느껴질 정도로 다가온 시욱의 입술이 자신의 입술에 닿기 직전 연하는 고개를 옆으로 홱 돌렸다. 그녀의 입에서 놀란 목소리가 튀어나왔다.

"너 지금 뭐 하는 거야?"

그녀의 오른쪽 귀로 시욱의 낮은 음성이 들려왔다.

"글쎄요. 내가 뭘 하려고 했을까요?"

연하는 얼굴이 화끈거리고 심장이 쿵쾅거려서 다시 그를 쳐다볼 수가 없었다. 장난에도 정도란 것이 있는 법인데, 그는 그 정도를 넘어섰다. 그런데 그때 시욱이 생뚱맞은 소리를 했다.

"날 잡은 선배가 나쁜 거예요."

"응?"

연하가 의아해하며 고개를 돌렸다. 그녀의 눈에 왠지 서글퍼 보이는 시욱의 까만 눈동자가 들어왔다.

"내가 바닥으로 엎어졌어도 선배는 날 잡으면 안 되는 거였어요."

다음 순간 연하는 천천히 그의 몸에서 손을 뗐다.

"너……."

깜짝 놀라는 바람에 잠시 잊고 있었다. 그가 술에 취했다는 사실을.

"진짜 많이 취했구나. 가서 자."

그녀가 시욱의 손을 떼어내고는 엘리베이터에서 내렸다. 하지만 시욱은 그녀와 같이 내리지 않았다.

03화. 불편한 게 편한 사이

아침부터 패션 1팀 사무실이 소란스러웠다.

"샘플이 내일 안으로 도착 못 한다고?"

긴장감이 흐르는 사무실 안에서 시욱이 목소리를 높였다. 그의 앞에서 고개를 푹 숙인 채 재진이 대답했다.

"공장에 정전이 발생해서 작업이 늦어졌대요. 내일 중으로 완성이 될 거라 빨리 받아도 내일모레라고……."

"넌 도대체 일을 어떻게 처리하는 거야? 제대로 체크했어야지."

방송을 코앞에 두고 있는 메가 히트 상품과 방송을 한 달 앞둔 신상품 그리고 SS 시즌 기획 상품이 동시에 진행되고 있는 상황이라 벌어진 실수였다.

"죄송합니다."

변명 한마디 없이 재진은 허리를 깊이 숙였다. 내일 전체 팀 전략미팅 때까지 샘플이 준비되지 않으면 안 그래도 촉박한 방송 일

정까지 전부 흐트러질지도 모르는 일이었다. 그건 완벽주의자에 가까운 시욱에겐 용납하기 힘든 것이었다.

그때 구석에서 조용히 상황을 지켜보고 있던 연하가 앞으로 나섰다.

"샘플 공장이 어디에 있죠?"

그녀가 재진을 향해 물었다. 재진이 숙이고 있던 고개를 들며 연하를 쳐다보았다.

"김제요."

대답을 듣자마자 연하는 시욱을 돌아보며 시원스럽게 말했다.

"그럼 제가 다녀올게요. 샘플 가지러."

패션 1팀 직원들의 시선이 모두 연하에게로 향했다. 그도 그럴 것이 그녀는 이 안에서 가장 나이가 많고 제일 높은 연차의 선배였던 것이다. 하지만 연하는 전혀 개의치 않고 말을 이었다.

"내일 전략미팅 때까지만 가지고 오면 되죠?"

오랜 경험상 어느 쪽의 잘잘못을 따지는 건 부질없는 짓이었다. 그렇기 때문에 지금은 사태 수습이 우선이었다.

"굳이 유연하 씨가 갈 필요는 없습니다."

시욱이 딱딱하게 굳은 표정으로 말했다. 그는 협력업체 직원을 공장까지 보낼 생각이었다. 하지만 연하가 고집스럽게 자신의 뜻을 피력했다.

"솔직히 다들 많이 바빠 보이는데, 저는 아직 업무 파악 중이라 한가하거든요. 그러니 제가 다녀오겠습니다."

말을 마친 그녀가 배시시 웃자 시욱은 더 이상 아무 말도 하지 않았다. 다음 순간 연하가 재진에게 다가가며 손을 내밀었다.

"재진 씨, 회사 차 키 좀 미리 주세요."

회사 차는 주로 재진이 몰고 다녔기 때문이다. 책상 위에 있던 차 키를 집어 든 재진이 호기심 어린 눈빛으로 물었다.

"운전 잘하세요?"

"그럼요. 저 F1 선수 노렸었잖아요. 붕붕."

연하가 두 손으로 운전대를 잡아 돌리는 시늉을 해 보였다. 자신보다 다섯 살이나 많은 그녀였지만 재진은 그녀가 귀엽게 느껴졌다. 그사이 시욱은 뚜벅뚜벅 자신의 팀장실로 돌아갔다. 그의 뒷모습을 힐끔 쳐다본 연하가 입술을 삐죽거렸다.

"엊그제 코피까지 흘린 사람한테 너무하는 거 아니에요?"

그러면서 재진과 눈을 맞췄다. 재진이 그녀를 향해 어색한 미소를 짓더니 조그맣게 대답했다.

"제 실수니까요."

"재진 씨 너무 착하다."

감동하는 연하를 보면서 재진은 자신의 뒷머리를 긁적였다. 그가 연하 쪽으로 한 발자국 다가서며 나직하게 말했다.

"그게 아니라, 사실 그날 코피 난 거, 그 전날 컴퓨터 게임을 밤새도록 해서 그런 거거든요."

"네?"

연하의 두 눈이 휘둥그레졌다. 재진이 민망해하는 표정으로 말을 이었다.

"팀장님은 절대 무리하게 일 시키시는 스타일 아니에요."

"아……."

그것도 모르고 그날 속으로 얼마나 시욱의 욕을 했던가. 살짝 미안해지는 연하였다.

***

막 회사 차 문을 열었는데, 뒤에서부터 자신에게 다가오는 듯한 구두 소리가 들렸다. 연하는 신경이 쓰여서 고개를 뒤로 돌려보았다. 그러자 한 손에 태블릿PC를 든 시욱이 시야에 들어왔다.

"나도 갑니다."

이렇게 말한 시욱이 연하의 앞에 멈춰 섰다. 그는 태블릿PC에서 시선을 떼지 않고 있었다.

"어딜요? 설마 김제 공장이요?"

시욱은 말로 하는 대답 대신 고개를 한 번 끄덕였다. 연하의 동그란 눈이 더욱 커지더니 이내 일그러졌다.

"아니, 대체 왜요?"

연하는 지난밤 엘리베이터 안에서 이상야릇한 분위기를 풍기던 그를 떠올렸다. 분명 자신이 고개를 돌리지 않았다면 시욱은 키스를 했을지도 모른다. 그 장면을 잊기 위해 어젯밤에 맥주를 세 캔이나 마시고 잤다.

"아무것도 모르는 유연하 씨가 샘플들을 전부 다 들고 올까 봐서요. 내가 선별해서 대여섯 세트만 가져올 겁니다."

덤덤하게 대답하는 시욱을 보면서 연하는 마른 입술을 혀로 축였다. 그와 단둘이 김제까지 가는 건 상상만 해도 불편했다.

"그럼, 팀장님 혼자 가세요."

연하가 잽싸게 이렇게 말하고는 걸음을 뗐다. 그녀의 앞을 시욱이 온몸으로 막아섰다.

"유연하 씨는 운전해야죠."

"운전이요?"

"F1 선수 하려고 했다면서요? 붕붕."

시욱이 손으로 운전대를 돌리는 시늉을 하자 연하의 광대가 살짝 붉어졌다. 아까 자신이 한 행동을 그가 다 보고 있었다고 생각하니 조금 부끄러웠다.

"그거야 농담이죠."

"암튼, 난 가는 도중에도 봐야 할 서류가 아주 많으니까 운전 잘 부탁합니다."

다음 순간 시욱이 뒷좌석에 올라탔다. 결국 연하는 어쩔 수 없다는 듯이 운전석에 올라타 차를 출발시켰다.

한참 도로를 타고 달리다가 내비게이션에서 일러주는 대로 샛길로 들어섰다. 그런데 문제는 그때부터였다.

"여기가 아닌가? 내비는 맞는 것 같은데."

길치라서 내비게이션만 보고 달렸을 뿐인데, 어느새 산속이었다. 연하는 당황해서 차를 세우고 말았다. 차가 멈추자 시욱은 태블릿PC에서 시선을 뗐다.

"도착했……. 여기가 어디예요?"

창밖을 확인한 시욱의 까만 동공이 흔들렸다. 운전석에 앉은 연하가 급히 사과했다.

"미안해요. 제가 길치라서 내비만 보고 온 건데……."

그러면서 뒤를 힐끔 돌아보았다. 시욱이 무서운 표정으로 앉아 있었지만 물을 건 물어야 했다.

"여긴 대체 어딜까요?"

그러자 시욱이 지끈거려오는 관자놀이에 손을 얹었다.

"자기가 와놓고 나한테 묻지 마요."

솔직히 이럴 것 같아서 따라온 거긴 했지만, 너무나도 예상 적중이라 그도 당황스러웠다. 결국, 연하는 애꿎은 내비게이션만 계속 눌러대다 밖으로 나왔다. 화면에는 직진하라고 나와 있었지만, 육안으로 보기엔 더 이상 길이 없어 보였다. 게다가 날도 이미 저물어 어두워지고 있었다. 다시 운전석에 올라탄 연하가 뒷좌석을 향해 또 한 번 사과했다.

"미안해요, 정말."

요즘은 어째 되는 일이 하나도 없는 느낌이다. 연하의 가녀린 어깨가 아래로 축 처졌다.

"됐어요. 초행인 유연하 씨한테 운전을 맡긴 내 잘못이죠."

뒷좌석에서 시욱이 하는 말에 연하는 그의 눈치를 살폈다. 표정은 여전히 무서웠지만 말투는 부드러웠다.

"어두워졌으니까 섣불리 움직이지 말고 사람을 부르죠."

이렇게 말한 후 시욱이 주머니에서 휴대폰을 꺼내 들었다. 그런데 전파가 약한지 신호가 안 잡혔다.

"전화가 안 터지네."

나직하게 중얼거린 그가 차에서 내렸다. 초겨울인 날씨 탓에 제법 서늘한 기운이 감돌았다. 그때 연하가 그를 따라 차에서 내렸다. 얇은 코트 차림의 그녀가 옷깃을 여미며 다가왔다.

"전화 계속 안 터져요?"

"네."

시욱이 휴대폰을 내려다보며 짧게 대답했다. 다음 순간 그의 시선이 연하에게로 향했다. 연하는 미안한 듯 그의 눈을 피했다. 그때 시욱의 눈에 가늘게 떨고 있는 그녀의 어깨가 보였다.

"추워요?"

그러자 연하가 쓴웃음을 지었다.

"네, 좀. 근데 염치가 없어서 추워지도 못하고 있어요."

너무나 그녀다운 대답이라 시욱은 헛웃음이 났다.

"그래도 양심은 있네요."

"그죠?"

연하가 배시시 웃는 순간 시욱이 갑자기 슈트 재킷을 벗었다. 그러고는 그것을 연하의 어깨에 걸쳤다.

"!"

놀란 연하가 일순 움직임을 멈췄다. 당황한 그녀의 입에서 익숙한 반말이 튀어나왔다.

"이렇게까지 할 필요 없어."

연하가 바로 재킷을 걷어내려고 하자 시욱이 손으로 그걸 저지했다.

"벗지 마세요. 팀장으로서 명령입니다."

그 순간 연하의 입이 뾰로통하게 튀어나왔다.

"치잇……. 그거 권력 남용이야."

시욱의 입에서 또다시 헛웃음이 터졌다. 웃기 힘든 상황에 처했는데도 불구하고 자꾸 웃음이 났다.

"나 더 염치없게 만드네."

혼잣말처럼 중얼중얼하면서 연하는 슈트 재킷을 여몄다. 그녀를 보는 시욱의 입가에 더 짙은 미소가 걸렸다. 그때 그의 휴대전화가 울렸다.

Rrrrrr.

"엇, 전화 왔다."

반색한 연하가 두 눈을 반짝거리며 시욱의 휴대폰을 쳐다보았다. 시욱이 발신자를 확인했다.

"국장님이에요."

"아."

루화에게서 걸려온 전화라는 걸 알자마자 연하는 시욱의 재킷에서 손을 뗐다. 그사이 시욱이 전화를 받았다.

"미안하지만, 좀 와줄 수 있어? 길을 잘못 들어선 것 같은데, 날이 어두워져서 설불리 움직이면 안 될 것 같아. 김제 공장 근처인 것 같긴 한데……."

연하는 전화로 상황 설명을 하고 있는 시욱을 물끄러미 바라보았다. 하얀 셔츠 위에 베스트만 걸치고 있는 뒷모습이 꽤 듬직해 보였다. 이윽고 전화를 끊은 시욱이 연하를 돌아보았다.

"아마 바로 올 거예요. 걱정이 워낙 많은 분이라."

당연하다. 남자 친구가 낯선 곳에 있다는데 얼마나 걱정이 되겠는가. 연하가 고개를 다부지게 끄덕였다. 그러다 문득 움직임을 멈추고 조심스럽게 말을 꺼냈다.

"국장님하고는……."

"아직 밝힐 생각 없어요. 국장님이 싫어하시거든요."

"하긴, 좀 그렇지. 나도 싫을 것 같아."

국장님 입장에서는 충분히 불편할 수 있는 일이다. 이렇게 어리고 잘생긴 남자 친구가 같은 회사에 있다는 건. 연하가 그림 같은 시욱의 얼굴을 멍하니 올려다보았다. 그때 그녀와 눈이 마주친 시욱이 다정하게 말했다.

"추우니까 차에 들어가 있어요."

"아니야. 괜찮아. 나도 있을래."

어른스럽게 괜찮다고 대답했지만 쌀쌀해진 바람 때문에 한기가 느껴졌다. 연하가 슈트 재킷을 여미려고 움직이는 순간 재채기가 터져 나왔다.

"엣취!"

"거 봐요. 재채기하잖아."

시욱이 미간을 살짝 좁히며 걱정스럽게 말했다. 연하의 동그란 눈이 베스트만 입고 있는 시욱을 훑었다.

"너는 안 추워?"

"전 이상하게 안 춥네요. 오히려 후끈거려요."

단호하게 고개를 저은 그가 나직한 목소리로 말을 덧붙였다.

"선배랑 있어서 그런가."

그 말에 멈칫한 연하가 긴장한 표정으로 그의 눈치를 살폈다.

"그거 무슨 뜻이야? 열 받는다는 거야?"

"열은 지금 받는데요."

정색한 시욱이 연하에게로 곱지 않은 눈빛을 보냈다. 그때 연하가 또 재채기를 했다.

"엣취!"

입을 가리는 연하의 모습을 가만히 지켜보던 시욱이 중얼거렸다.

"들어가라니까 말 되게 안 듣네."

그러고는 다음 순간 싱긋 웃는 얼굴로 입을 열었다.

"들어가고 싶게 만들어줘요?"

"?"

연하의 말간 얼굴에 물음표가 떴다. 그녀를 지그시 바라보면서 시욱이 물었다.

"어제 나 취해서 뭐 실수한 거 없어요? 특히 엘리베이터 안에서……."

"나 들어갈게. 너무 춥다."

황급히 그의 말을 자른 연하는 마치 바람에 휩쓸린 것처럼 빠르게 차로 돌아갔다. 차 안에서 그녀는 시욱의 시선을 피하려고 눈을 감았다. 그러다 깜박 잠이 들었다.

***

연하는 소란스러운 소리를 듣고 잠에서 깼다. 그녀의 몽롱한 시야에 마주 보고 서 있는 루화와 시욱의 모습이 들어왔다. 반가운 마음에 연하는 곧바로 차에서 내렸다. 다가갈수록 두 사람의 목소리가 또렷하게 들려왔다.

"너 이 자식, 운전을 왜 연하한테 시켜? 쟤 허당인 거 몰라?"

"그래서 지금 무진장 후회 중이잖아."

"지금 그게 후회하는 태도야, 인마?"

상당히 험악하게 들리는 대화였다. 당황한 연하가 재빨리 두 사람 사이에 서며 그들을 말렸다.

"두 분 그만 싸우세요. 저도 있는데 무슨 사랑싸움을 그렇게 살 벌하게⋯⋯."

그런데 싸움을 중재하려고 뱉은 말이 분위기를 더욱 험하게 만들었다. 루화와 시욱이 동시에 미간을 팍 구겼다.

"사랑싸움?"

"무슨 그런 소름 끼치는 소릴 하십니까?"

이 세상에 법이란 것이 없었다면 바로 한 대 칠 기세였다. 연하가 울컥한 두 사람을 번갈아 쳐다보면서 씩 미소를 지었다.

"저 다 알아요. 두 분이 사귀는 사이신 거."

마치 일급비밀을 누설한다는 듯한 비장한 말투와 표정이었다. 루화와 시욱의 고운 얼굴이 방금 전보다 더 험악해졌다.

"뭐라고요?"

"너 미쳤어?"

루화는 그야말로 길길이 날뛰었다. 흥분한 그녀가 예쁜 반지를 낀 검지를 시욱에게로 쭉 뻗었다.

"얘 내 조카야!"

"네? 조, 조카?"

연하는 머릿속이 혼돈 그 자체였다. 황급히 오해하게 된 그날 밤을 떠올려보았다.

"그럼, 그날 밤 조 팀장이 샤워가운 입고 국장님을 기다린 이유가⋯⋯."

"이모가 조카 보러 가는데 샤워가운 차림이면 어떻고 수영복 차림이면 어때?"

그날 시욱의 가벼운 옷차림과 루화의 늦은 밤 방문. 이 두 가지 때문에 연하는 두 사람이 연인일 거라고 믿어버렸다. 그때 시욱이 기가 막힌다는 듯이 연하를 향해 목소리를 높였다.

"그래서 무슨 비밀을 지켜주니 마니 그랬던 거예요? 그딴 오해를 하셔서?"

시욱은 그날 연하가 방에서 그들의 호칭을 엿듣고 이모와 조카 사이란 걸 안 거라 생각했다. 하지만 그녀는 아무것도 듣지 못하고 그저 혼자 오해를 한 것이었다.

"어우, 정말 미안해. 죄송해요, 국장님."

연하가 시욱에게 급히 사과하고 루화에게도 머리를 조아렸다. 그런데 그 순간 루화가 갑자기 눈빛을 달리했다.

"잠깐."

연하의 말속에 그냥 지나칠 수 없는 점이 하나 있었던 것이다. 발목까지 내려오는 긴 블랙 원피스를 입은 루화가 연하에게로 몸을 홱 틀었다.

"시욱이가 샤워가운 차림으로 날 기다렸다는 걸 연하 네가 어떻게 알아?"

"네?"

안 그래도 하얗던 연하의 얼굴이 더욱 사색이 되었다. 루화가 화려한 반지들을 낀 손으로 턱을 괴며 말을 이었다.

"시욱이가 샤워가운만 입고서 집 밖을 돌아다닐 애는 아니란 말이지. 그렇다면……. 너 혹시 그날 시욱이네 집 안에 있었니?"

"흭!"

너무나도 정확한 루화의 추측에 연하가 짧은 비명을 내질렀다. 루화에겐 그 소리가 아주 익숙했다.

"나왔다. 얘 당황하면 나오는 괴상한 소리."

8년 넘게 연하를 지켜본 루화였다. 그런 그녀가 당황해서 어쩔 줄 몰라 하는 연하의 표정을 모를 리 없었다. 다음 순간 루화가 의미심장한 미소를 지었다.

"혹시 둘이 뭐 있어? 설마 사귀는……."

"이제 그만 가시죠, 국장님. 오시느라 고생 많으셨습니다."

그때 시욱이 루화에게 가까이 다가서며 그녀의 말을 막았다. 그 행동에 루화는 더욱더 흥미롭다는 표정을 지었다.

"왜 말을 돌려? 진짜 뭐 있어, 둘이?"

"오시느라 정말 고생 많이 하셨나 봅니다. 헛소리도 계속하시고."

시욱이 눈썹을 살짝 구긴 채 말을 이었지만 루화는 전혀 신경 쓰지 않는 눈치였다. 루화가 이번엔 연하에게로 고개를 돌렸다.

"연하야, 혹시 얘랑 썸 타니?"

그 순간 연하가 어색한 미소를 지었다.

"썸이요? 차라리 커피를 탈게요."

장난스럽게 던진 말에 갑자기 분위기가 싸해졌다. 조용해진 공간 안에 시욱의 한숨 소리가 나직하게 퍼졌다. 이윽고 그가 루화를 향해 입을 열었다.

"들으셨죠? 유연하 씨는 저랑 썸을 타느니 차라리 후배인 저한테 커피를 타겠다는 사람입니다."

"응, 그래. 너희 진짜 아무 사이도 아니구나."

루화가 어색한 표정으로 고개를 끄덕이자 시욱이 무섭게 굳은 얼굴로 말을 이었다.

"김제 공장은 저 혼자 다녀오겠습니다. 그러니까 국장님과 유연하 씨는 회사로 복귀해 주세요."

말이 끝나기가 무섭게 시욱은 타고 왔던 차로 걸어갔다. 그리고 조금의 지체도 없이 차를 출발시켜 가버렸다. 멀어지는 회사 차를 보면서 루화가 낮게 중얼거렸다.

"그렇다고 혼자 가버리네. 하여튼 성질머리하고는……. 어라?"

문득 루화가 고개를 갸웃 기울였다. 다음 순간 그녀가 연하를 돌아보며 물었다.

"쟤 여기가 어딘지 모른다고 하지 않았니?"

"네."

"운전만 잘하는데?"

루화가 다시 시욱이 가버린 방향을 쳐다보았다. 아무래도 이상했다. 혹시 길을 아는데 모른 척한 것은 아닐까 하는 의심이 생겼다. 정말 그런 거라면 자신이 방해한 거란 말이 되는데.

"너네 진짜 안 사귀니?"

두 눈을 가늘게 뜨면서 루화가 묻자 연하는 손을 마구 저으며 부정했다.

"아니라니깐요. 국장님 들어오신 길 따라 나가는 거겠죠."

"흐음."

사귀는 게 아니라면……. 루화의 입가에 슬쩍 미소가 서렸다가 사라졌다.

***

EE홈쇼핑 방송국에 약속 시간보다 일찍 도착한 운열은 사무실로 통하는 복도 끝에서 서성이고 있었다. 그의 눈이 연신 사무실 쪽을 힐끔힐끔 쳐다보았다.

"뭐 찾아?"

그때 그의 뒤에서 아이보리색 투피스를 입은 지선이 다가왔다. 그녀를 돌아본 운열이 고개를 좌우로 저었다.

"아니."

하지만 지선은 그 말을 믿지 않았다. 그녀가 쌍꺼풀 없이 매끈한 눈을 가늘게 떴다.

"설마 연하 찾는 거야?"

방송국에 올 때마다 운열은 홈쇼핑 기획에 집중한다는 느낌보다는 다른 곳에 마음이 가 있는 것처럼 보였다. 그 다른 곳이 어딘지는 충분히 짐작이 갔다.

"걔 출장 갔어. 찾아봐야 소용없어."

지선이 팔짱을 끼며 차갑게 말했다. 운열이 생각보다 연하에게 미련이 많은 듯 보였기 때문에 일부러 냉정하게 굴었다. 그녀를 지그시 바라보며 운열이 입을 열었다.

"나 연하 한 번 만났어."

"응, 알아."

운열에게도 연하는 첫사랑이었다. 하지만 그게 얼마나 소중한 건지 그때는 미처 몰랐다. 그래서 그 첫사랑을 자신의 손으로 직접 부쉈다.

"근데 도망치더라."

연하는 여전히 거짓말이 서툴렀다. 거짓 핑계를 대며 가버리는 그녀의 모습에 운열은 마음이 아팠다.

"아직 널 볼 자신이 없는 거야."

지선의 말에 운열은 조용히 고개를 끄덕였다.

"그러니까 괜히 애 괴롭히지 마."

하지만 그도 괴롭히려고 연하에게 말을 건 것은 아니었다. 다만…….

"나는 그냥 얘기를 좀 나눠보고 싶어서……."

말끝을 흐리는 운열을 가만히 바라보던 지선이 한숨을 폭 내쉬었다. 복잡한 표정을 지은 그녀가 불쑥 말했다.

"걔 남친 있어."

"뭐?"

운열의 옅은 갈색 눈동자가 크게 흔들렸다. 지선이 단호하게 말을 이었다.

"겁나 잘생긴 남친 있다고."

***

연하의 집 거실에 있는 2인용 소파에 오늘도 지선과 연하가 나란히 앉아 있었다.

"뭐? 남친 있다고 했다고?"

연하가 동그란 눈을 크게 뜨며 방금 전 지선이 한 말을 반복했다.

"순간적으로 욱해서 나온 말이야. 내가 그런 말 안 했으면 너한테 계속 들러붙을 기세였다니까?"

"야, 그래도 그렇지, 없는 남친을 그렇게 만들면……."

"이참에 소개팅을 해. 아니면 아는 남자도 없어?"

지선이 자신을 위해서 한 거짓말이었지만 연하는 솔직히 조금 난감한 기분이었다.

"내가 아는 남자가 어디 있어? 아는 여자도 별로 없는데."

"팀원 중에는 없어?"

연하가 열심히 패션 1팀의 팀원들을 떠올려보았다. 일곱 명 중에 성별이 남자인 팀원은 모두 세 명. 그중에 그나마 남자라고 할 만한 인물은 딱 한 명뿐이었다.

"박재진? 근데 좀 어려. 스물일곱이야."

"너무 어리네. 다섯 살 차이잖아. 또 다른 남자는?"

"다들 유부남이라……."

나머지 둘은 유부남이었기 때문에 남자로 칠 수가 없었다. 그때 지선이 불현듯 소리쳤다.

"아! 팀장 있잖아, 조 팀장."

조시욱. 팀원이 아니라서 생각도 안 하고 있었는데, 그도 남자긴 남자였다. 하지만 요즘 연하는 어쩐지 그가 불편했다. 연하가 고개를 절레절레 흔들며 말했다.

"차라리 소개팅을 할게."

그러자 지선이 생각에 잠긴 듯한 표정으로 가만히 있었다. 무언가를 골몰히 생각하던 그녀가 입을 열었다.

"협력업체 직원 중에 진짜 괜찮은 애 하나 있거든? 근데 엉덩이가 빈약해서 내 스타일이 아니야. 그러니까 널 소개해줄게. 넌 엉덩이 안 보잖아."

그러곤 휴대폰을 들더니 달력을 확인했다. 방송과 회의 스케줄을 살피던 지선이 연하에게 말했다.

"다음 주에 운열이 방송국 안 나오는 날 있거든. 그날 사내 카페테리아에서 소개팅하자. 어때?"

적극적인 지선의 태도에 연하는 웃음이 났다. 곧 그녀가 엄지와 검지로 동그라미를 만들어 보였다.

"오케이. 콜."

***

연하는 얼마 전 해외업체와 체결한 계약 서류를 들고 법무 팀으로 향하던 중이었다. 계약사항에 문제는 없는지 확인하기 위함이었다. 서류를 품에 안고 1층으로 내려온 연하가 우연히 시욱의 뒷모습을 발견했다. 거리가 꽤 멀었는데도 단번에 그라는 걸 알 수 있었다.

태평양 닮은 넓은 어깨 하며, 역삼각형을 연상시키는 살짝 안쪽으로 들어간 허리라인 하며, 학도 부러워할 긴 다리 하며 모든 것이 완벽했다. 멍하니 시욱의 뒷모습을 눈으로 좇던 연하가 일순 멈칫했다.

이게 무슨 짓이람? 왜 홀린 듯 남자의 몸을 보고 있지?

난생처음 있는 일이었다. 원래 남자의 몸에는 관심이 전혀 없었단 말이다. 혹시 침이라도 흘린 건 아닌가 싶어서 연하는 얼른 입가를 닦았다. 그때였다.

"연하야!"

뒤에서 운열의 목소리가 들렸다. 오늘이 방송국에 오는 날이었나 보다. 문득 지선의 말이 떠올라 연하는 순간 난감한 기분에 사로잡혔다.

아직 남친이 준비되지 않았는데……!

연하는 일단 부름을 못 들은 척 계속 걸었다. 그런데 운열의 목소리가 자꾸 따라왔다.

"연하야. 유연하!"

아무래도 돌아볼 때까지 쫓아올 생각인 것 같았다. 그를 피해 거의 뛰듯이 걷다 보니 아까 넋 놓고 보았던 시욱의 뒷모습이 가까워져 있었다. 순간적으로 연하는 한달음에 그에게 달려가 팔짱을 쏙 꼈다.

"!"

시욱이 크게 움찔하는 게 느껴졌지만 연하는 팔을 풀지도 발을 멈추지도 않았다. 대신 아주 조그맣게 속삭였다.

"1분만, 이러고 같이 걸어줘."

그 순간 시욱과 눈이 마주쳤다. 직접적인 말은 없었으나 그의 까만 눈동자가 마치 너 미쳤냐고 말하는 것만 같았다. 쫓아오는 운열을 피하기 위해 충동적으로 저지른 일이었지만 이대로 그만둘 수도 없었다.

"제발."

연하가 시욱의 팔짱을 낀 채 작게 애원했다. 다행히 시욱은 그녀의 팔을 빼내지 않고 묵묵히 걸음을 옮겼다. 걷는 내내 연하는 긴장감에 심장이 쿵쿵 뛰었다. 둘이서 로비 끝에 있는 모퉁이를 꺾자마자 시욱이 발을 우뚝 멈췄다.

"지금 뭐 하시는 겁니까?"

시욱의 까만 눈동자가 연하를 쏘아보며 화를 내고 있었다. 잔뜩 긴장한 연하가 마른침을 꿀꺽 삼켰다.

왜 애한테만 늘 이런 모습을 보여주는 걸까.

"여기 회사란 거 잊었어요?"

회사 로비에서 누군가 자신에게 팔짱을 낀 사실 자체도 크게 놀랐지만, 그 누군가의 얼굴을 확인한 순간 시욱은 심장이 내려앉을 정도로 놀랐다. 요즘 정말이지 그녀 때문에 너무 자주 놀란다.

"아, 미안. 내가 또 실수했네."

사과를 하면서 연하는 뒤를 힐끔 돌아보았다. 다행히 운열은 여기까지 쫓아오진 않은 것 같았다.

"이유가 뭡니까?"

시욱의 살벌한 음성에 연하의 고개가 확 돌아갔다. 눈이 마주친 두 사람 사이에 묘한 침묵이 흘렀다. 침묵을 먼저 깬 건 시욱이었다.

"반드시 내가 납득할 만한 이유를 대셔야 할 겁니다."

"그러니까, 내가, 지금 법무 팀에 가던 중이라……."

곤란해진 연하가 손에 든 계약서 봉투를 흔들어 보이고는 걸음을 뗐다. 그런데 두 발자국도 못 가 시욱에게 팔이 붙잡히고 말았다.

"전 남친입니까?"

"힉!"

연하가 화들짝 놀라서 어깨를 움츠렸다. 그게 대답이 된 듯 시욱은 낮게 혀를 찼다. 미간을 좁힌 그가 연하를 서늘하게 쏘아보았다.

"유연하 씨는 바봅니까?"

"뭐, 뭐라고?"

비아냥거리는 말투에 연하는 눈썹을 찡그렸다. 자신이 그에게 실수한 건 맞지만 바보 소리까지 들으니 자존심이 상했다.

"이렇게 언제까지고 도망만 치면 상대는 '미련 있구나'라고 착각을 할 겁니다. 차라리 당당하게 굴지, 이게 뭡니까?"

시욱이 다그칠수록 연하의 표정은 점점 어두워졌다. 하지만 시욱은 격앙된 목소리 톤으로 계속 화를 냈다.

"좀 전에 내가 얼마나 놀랐는지 아십니까?"

아랫입술을 잘근잘근 깨물고 있던 연하가 동그란 두 눈에 힘을 주고 시욱을 노려보았다. 그녀의 입에서 원망 담긴 목소리가 흘러나왔다.

"언제는 이용하라며?"

전에 그가 자신을 이용하라는 말을 하지 않았다면 오늘 그렇게 덥석 덤벼들지는 않았을 것이다.

"이용하려면 제대로 이용하셨어야죠. 등 보이고 도망치는 데 이용하실 게 아니라."

시욱의 차가운 대꾸에 연하는 얼굴이 화끈거렸다. 그가 하는 말이 전부 다 맞는 말이라 얄미울 정도였다. 한참 동안 시욱을 노려보던 연하가 시선을 내려 그가 잡고 있는 자신의 팔을 쳐다보았다. 손을 뻗어 시욱의 팔을 떼어내면서 연하가 말했다.

"미안했어. 이런 일 다신 없을 거야."

연하가 굳은 얼굴로 돌아서자 시욱이 그녀의 앞으로 빠르게 걸어갔다.

"선배……!"

"너한테 다신 피해 안 줄게."

자신의 앞을 막아선 시욱에게 연하는 눈길조차 주지 않았다. 선배라고 불러주고 가끔 다정한 눈빛을 보내기에 마음을 너무 확 열었는지도 모른다. 안 그랬다면 그의 말 한마디 한마디가 이렇게 서럽진 않았을 텐데.

다음 순간 연하가 시욱을 향해 고개를 꾸벅 숙였다.

"그동안, 죄송했습니다."

형식적인 인사를 건넨 연하가 고집스럽게 시욱을 밀치고 가버렸다. 그녀를 바라보는 시욱의 눈동자가 어둡게 일렁였다.

***

퇴근 시간 즈음 재진이 패션 1팀 팀원들을 주목하게 한 뒤 밝게 말했다.

"우리 근데, 유 MD님 환영식은 대체 언제 해요?"

연하가 패션 1팀으로 발령받은 지 일주일이 훌쩍 넘었다. 워낙 바쁜 팀이라 환영식다운 환영식 없이 지나가나 했는데, 재진이 이를 지적한 것이다.

"아, 그래. 하긴 해야 하는데."

긍정적인 반응을 보이는 팀원들 사이에서 연하는 팀장실을 힐끔 쳐다보았다. 벌써 이틀째 시욱과는 말도 하지 않고 어색한 상태였다. 눈이 마주쳐도 무시했고 대화는 업무에 관한 말 몇 마디 나눈 게 전부였다. 지금이야 다소 불편하게 느껴져도 이대로 익숙해진다면 오히려 편해질 것이다. 원래도 그다지 친한 사이는 아니었으니까 금방 괜찮아질 것이다.

"말 나온 김에 오늘 하시죠?"

재진이 연하의 환영식을 위해 적극적으로 나섰다. 연하는 그런 그가 은근히 고마워서 속으로 손가락 하트를 날렸다.

"다들 시간 어때요? 괜찮죠?"

결국 재진의 주도로 회사 근처 호프집에서 연하의 환영식이 열렸다. 주인공인 연하를 포함 팀원 일곱 명 전원이 참석했고, 팀장인 시욱도 조금 늦게 자리에 나타났다.

"팀장님, 여기예요."

막내 세영이 시욱을 자신의 옆자리에 앉게 했다. 하지만 그 자리는 연하의 옆자리이기도 했다. 난감해진 연하가 맥주잔을 들어 올리면서 시욱에게 등을 보였다. 그때 둥근 테이블 너머 재진이 연하와 시욱을 번갈아 쳐다보면서 물었다.

"두 분은 알고 지낸 지 꽤 되셨겠네요?"

그러자 연하가 잔을 내려놓으며 상냥하게 대답했다.

"네. 꽤 됐죠. 6년 넘었으니까."

그런데 그 대답을 들은 시욱이 작게 코웃음을 쳤다. 바로 옆에서 그 소리를 듣게 된 연하가 의아해하며 고개를 돌렸다.

지금 코웃음 친 건가? 아니, 왜? 설마 이젠 내가 하는 말이 다 우습나?

시욱의 옆얼굴을 쏘아보고 있는 연하에게로 세영의 애교 섞인 목소리가 향했다.

"팀장님 첫인상은 어땠어요? 지금처럼 이렇게 시크하고 남자다웠어요?"

다음 순간 연하의 눈이 세영의 예쁘장한 얼굴을 지그시 응시했다. 반짝거리는 눈빛과 발그레 붉은 볼, 미소가 떠날 줄 모르는 입가. 연하는 세영에게서 시욱에 대한 호감이 읽혔다.

"신입사원이 시크해 봤자지, 뭐. 지극히 평범했어."

맥주잔을 다시 들면서 연하가 퉁명스럽게 말했다. 그러자 시욱의 무심한 시선이 그녀에게로 향했다. 그 순간 재진이 불쑥 시욱에게 물었다.

"그럼, 유 MD님 첫인상은요?"

시욱이 재진 쪽으로 고개를 돌리더니 짧게 대답했다.

"참 해맑았지."

이번엔 연하의 시선이 시욱에게로 향했다. 고개를 갸웃한 연하가 긴 속눈썹을 가늘게 떨었다.

해맑아? 나 그때 입사 3년 차로 나름 승승장구할 때라 카리스마 좀 쩔었을 텐데?

도저히 이해하기 힘든 대답이었다. 하지만 그녀 대신 재진이 납득했다.

"지금이랑 똑같네요."

"똑같다고?"

연하가 섭섭하다는 눈빛을 보냈지만 재진은 싱긋 웃으며 안주를 집어 먹었다. 그때 호프집 알바생이 시욱의 맥주를 가져오다가 그의 앞에서 넘어지고 말았다.

"꺅!"

그 바람에 시욱의 정장 바지가 맥주에 젖었고 옆에 있던 세영은 놀라 비명을 질렀다. 별일 아니라는 듯 바지의 물기를 털어낸 시욱이 의자에서 일어나더니 넘어진 알바생에게 다가갔다.

"괜찮아요?"

시욱이 허리를 굽혀 알바생을 살폈다. 넘어진 상태에서 무릎을 움켜쥔 채 아파하던 알바생이 이내 몸을 일으켰다. 그녀가 시욱을 향해 허리를 꾸벅 숙였다.

"정말 죄송합니다. 옷은 제가 다 변상하겠습니다."

하지만 시욱은 바지에 생긴 얼룩을 조금도 신경 쓰지 않는 눈치였다. 그가 어른스럽게 알바생을 위로했다.

"됐습니다. 괜찮아요. 부자라서 돈이 많거든요."

"그래도……."

"무릎 까진 것 같은데, 가서 약이라도 좀 발라요."

시욱의 긴 검지가 알바생의 찢어진 청바지 틈을 가리켰다. 그곳에선 피가 새어 나오고 있었다. 이를 본 연하가 테이블 위의 티슈를 뽑아 알바생에게 건넸다.

"일단 지혈 먼저 해요."

고맙다는 인사와 함께 알바생이 자리를 뜬 후 시욱은 다시 의자에 앉았다. 젖은 바지를 찜찜해하는 기색은 전혀 없었다. 그 모습에 세영과 여직원 둘은 모두 하트 눈빛이 되었다.

"와, 역시 팀장님, 너무 멋있어요."

"존경합니다, 팀장님."

팀원들이 시욱의 대처가 멋있다며 소란을 피웠다. 그들 사이에서 연하만 조용히 술잔을 기울였다. 역시 조시욱은 헷갈리는 남자다. 착한 건지 못된 건지 노선을 분명하게 해 줬으면 좋겠다. 이렇게 생각하면서 맥주를 마시고 있는 연하의 옆에서 시욱이 여유로운 어투로 말했다.

"이런 곳에서 알바 많이 했었거든. 지금 시간대가 가장 바쁠 때니까 저런 실수야 너그럽게 봐줘야지."

"호프집에서 알바도 했었어요?"

시욱을 초롱초롱한 눈빛으로 바라보면서 세영이 물었다. 그사이 시욱의 새 맥주가 도착했기에 시욱은 그것을 한 모금 마시고는 대답했다.

"그럼. 귀하게 자란 것처럼 보여도 고생 많이 했어, 나."

말을 마친 그가 쓸쓸하게 웃었다. 남부럽지 않은 좋은 집안에서 태어났지만 꿈이 생긴 후부턴 거의 등지고 살았었다.

"왜요? 이유라도 있어요?"

적극적인 세영의 물음에 시욱이 아주 낮은 목소리로 대답했다.

"꼭 지키고 싶은 게 있어서."

어릴 때부터 프로 권투선수가 되고 싶었고 되기 위해 죽도록 노력했다. 몇 시간씩 이어지는 격한 운동과 지독하게 힘든 체중조절, 그리고 부모님의 극심한 반대. 다 참을 수 있었고 견딜 수 있었다. 그만큼 소중한 꿈이었다.

"끝까지 지켜내진 못했지만."

나직하게 덧붙인 시욱이 자신의 술잔을 찾아 고개를 숙였다. 그런데 어디에도 자신이 마시던 술잔이 보이지 않았다.

"그게 뭔데요?"

호기심 가득한 얼굴로 세영이 물었지만 시욱의 시선은 반대편을 향해 있었다. 비어 있는 두 개의 술잔을 몸 앞에 둔 연하가 자리에서 일어서 있었던 것이다. 시욱이 그녀를 올려다보며 미간을 좁혔다.

"유연하 씨, 지금 뭐 합니까?"

말아 쥔 손을 턱 근처까지 올린 연하가 비장한 표정으로 공중을 향해 주먹을 날렸다. 처음엔 오른손, 그 다음엔 왼손, 다시 오른손.

"쉭쉭."

그러면서 그녀는 입으로 이런 소리를 냈다. 하지만 그걸 인정하지는 않았다.

"이것은 입으로 내는 소리가 아니여. 주먹이 공중을 가르는 소리재."

술에 취한 그녀의 모습이 꽤 재미있어서 팀원들은 모두 웃음을 터뜨렸다. 더러는 박수를 치는 이들도 있었다.

"아니, 왜 갑자기 에어복싱을 해요? 게다가 사투리는 또 뭐고요?"

한참을 웃던 재진이 일어나서 연하를 말렸다. 그로 인해 다시 자리에 앉게 된 연하가 이번엔 재진의 술잔을 노렸다. 가볍게 그녀의 팔을 잡아 저지하며 시욱이 재진을 향해 말했다.

"몰랐지? 유연하 씨 원래 주사 심해."

그런 다음 연하의 팔을 잡은 상태 그대로 일어섰다. 자연스럽게 연하도 그를 따라 일어섰다. 취기가 오른 그녀의 얼굴이 붉었다.

"오늘은 이만 해산하자. 이렇게 계속 놔뒀다가는 혼자 검은 비닐봉지를 쫓아다닐지도 모르거든."

팀원들을 향해 이렇게 말한 시욱이 연하를 데리고 호프집을 빠져나왔다. 팀원들의 동요와 수군거림에도 아랑곳하지 않고 말이다.

차가운 바람이 뺨에 와 닿자 연하는 자신의 팔이 누군가에 잡혀 있음을 깨달았다. 취기가 오른 그녀가 비틀거리며 고개를 돌렸다.

"조시욱?"

시욱의 반듯한 얼굴이 시야에 들어오자마자 연하는 재빨리 그의 손을 떼어냈다.

"놔요. 또 민폐 끼치기 싫으니까."

불과 이틀 전에 피해를 주니 마니 해서 싸웠던 시욱에게 또 도움을 받아버렸다. 하여튼 정신 산란하게 만드는 이놈의 술이 문제다. 시욱을 피해 연하는 빠른 걸음으로 길을 걸었다. 그때 반대쪽에서 오던 남자가 비틀거리다 그녀와 세게 부딪치고 말았다.

"엇, 죄송합니다."

부딪친 어깨가 아팠지만 연하는 일단 사과를 먼저 했다. 하지만 상대는 연하만큼 예의 있는 사람이 아니었다.

"씨, 어딜 보고 다니는 거야, 이 계집애가!"

술에 취한 남자가 연하를 향해 냅다 팔을 들어 올렸다. 연하가 놀라서 굳어진 사이 시욱이 다가와 남자의 팔뚝을 덥석 잡았다.

"얻다 대고 계집애래?"

나직하게 말을 뱉어낸 시욱이 잡고 있는 남자를 서늘한 눈빛으로 노려보았다.

"그리고 이 여자는 제대로 봤어. 네놈이 제대로 안 본 거지."

"뭐? 이 새끼가!"

휙-

남자가 이번엔 시욱에게 잡히지 않은 왼팔을 들어 올렸다. 그 순간 연하가 그 팔을 막으며 빠르게 소리쳤다.

"그만둬요! 이 남자, 권투선수였어요! 도망치려면 지금 도망치는 게 좋을걸요?"

그 말에 남자가 멈칫했다. 빨리 도망치라는 연하의 성화가 이어지자 남자는 결국 욕지거리를 내뱉으며 가버렸다.

"에이씨, 재수가 없으려니까!"

센 척하면서 가버리는 남자에게서 시선을 뗀 연하가 시욱을 돌아보았다. 그는 놀란 표정으로 굳은 듯 서 있었다.

"내가 권투선수였던 거 알고 있었네요?"

상당히 놀란 낯빛이었다. 그를 마주 보며 연하가 심드렁하게 대꾸했다.

"사내에 소문 다 났던데, 뭐."

다시는 그와 사적인 대화를 나누지 않으려고 했는데, 자신이 먼저 사적인 얘길 꺼낸 거나 다름없으니 어쩔 수 없었다.

"아, 그래요?"

시욱이 고개를 갸우뚱 기울이는 사이 연하는 다시 걸음을 뗐다. 사택으로 향하는 그녀의 뒤를 시욱이 재빨리 따라갔다.

"안다니까 말씀드리는 건데, 아까 에어복싱 하실 때 폼이 영 별로였어요."

도도한 표정으로 계속 걷고 싶었는데 시욱이 그걸 망쳤다. 걸음을 늦추며 연하가 새치름한 어조로 반박했다.

"거짓말 마. 아까 다들 훌륭하다고 박수 치던데?"

아까 팀원들이 박수 치는 걸 분명히 들었단 말이다. 단단히 오해하고 있는 연하를 향해 시욱이 진지하게 설명했다.

"그건 웃겨서 친 거고요. 아까 그 폼으로는, 똥파리 한 마리 못 잡습니다."

"뭐? 너 지금 나한테 똥폼이라고 했어?"

순간 울컥한 연하가 목소리를 높였다. 자기가 잘못 들어놓고 화내는 그 모습에 시욱은 자신도 모르게 웃음을 터뜨렸다. 그를 향해 연하는 계속 화를 냈다.

"이제야 네가 실체를 완전히 드러내는구나. 얼마 전에도 나한테 막 바보라고 하더니……!"

"미안해요."

시욱이 말 중간에 사과를 해버리자 연하는 벌렸던 입을 얌전히 다물었다. 시욱의 사과가 이어졌다.

"그날은 내가 말이 심했어요. 마음 약하고 사람한테 모질게 못하는 게 선배의 좋은 점인데, 화가 나서 바보라고 표현했어요. 후회하고 있고, 정말 미안하게 생각하고 있어요."

"또 그런다……."

고개를 푹 숙인 연하가 나직하게 중얼거렸다. 그 말을 듣지 못한 시욱이 그녀에게로 상체를 살짝 숙였다.

"네? 뭐라고요?"

다음 순간 연하가 고개를 확 들어 올렸다. 술 때문인지 뭐 때문인지 붉어진 얼굴로 그녀가 소리쳤다.

"또 나한테 잘해 줬다가 상처 주려고 그러지? 그럴 거면 애초에 잘해 주지를 마."

시욱은 참 알 수 없는 남자다. 착하고 좋은 남자인 줄만 알았는데, 가끔 매정하게 굴 때가 있다. 그 차가운 모습에 머리가 혼란스럽고 마음이 서럽다.

"남자가 일관되게 행동하란 말이야! 안 그럼 나 자꾸 착각하잖아……!"

버림받은 기억 때문에 사람한테 마음을 잘 안 여는데, 시욱에게는 어느 순간 활짝 열어버렸다. 전처럼 다시 닫고 살려고 해 봤는데 닫기에는 너무 늦은 것 같았다. 자꾸 그에게 눈이 가고 마음이 간다. 그러니 이제는 술기운을 빌려 부탁을 하는 수밖에.

"잘해 줄 거면 계속 잘해 줘."

이게 연하의 솔직한 심정이었다. 다소 이기적인 연하의 진심을 들은 시욱이 손등으로 자신의 입가를 가렸다. 그 손 너머 입꼬리가 자꾸만 위로 향했다.

"그 말, 후회하지 말아요."

얼굴에서 손을 내린 시욱이 진지하게 말하자 연하는 고개를 세차게 끄덕였다.

04화. 미련의 무게

'잘해 줄 거면 계속 잘해 주란 말이야!'

진상도 그런 진상이 없었다. 아침에 눈을 뜨자마자 연하는 어젯밤 자신이 시욱에게 했던 말들이 모조리 떠올라 괴로웠다.

한참을 괴로워하다 느릿느릿 옷을 입었다. 시욱의 얼굴을 어떻게 봐야 할지 몰라 심란했지만 그래도 출근은 해야 했기 때문이다. 거북이 뺨치게 느린 출근 준비를 마치고 집을 나섰다.

사택인 오피스텔에서 회사까지는 걸어서 10분. 그 10분 내내 연하는 어젯밤 기억을 머릿속에서 떨쳐내기 위해 애써야 했다. 회사 건물이 눈앞에 보이자 연하의 걸음이 더 느려졌다. 시욱의 얼굴을 1초라도 더 늦게 보기 위함이었다. 그때.

"안녕하세요, 유 MD님."

뒤에서부터 누군가 인사를 했기에 연하는 몸을 뱅글 돌렸다. 패션 1팀 막내인 세영이 흰 코트를 휘날리며 다가오고 있었다.

"저기서 보고 뛰어왔어요."

흰 코트는 보통 사람이 소화하기 힘든 코트라 생각했는데, 세영은 천사처럼 예뻤다.

"안녕. 회사 밖에서 보니까 더 예쁘네, 세영 씨."

연하는 세영과 나란히 회사를 향해 걷기 시작했다. 이런저런 이야기를 나누던 중 세영이 조심스럽게 질문했다.

"근데 유 MD님, 혹시 팀장님이랑 사귀시는 거예요?"

그 순간 연하는 화들짝 놀라며 고개를 마구 저었다.

"아니! 그럴 리가!"

그러다 연하는 문득 어젯밤 회식 자리에서 시욱과 단둘이 빠져나왔단 사실이 떠올랐다. 연하가 서둘러 변명했다.

"아, 어젯밤 일 때문에 그러는구나. 그건 우리가 사택에 사는 데다 같은 층에 살고 있거든. 그래서 그냥 같이 돌아간 것뿐이야. 게다가 내가 좀 취했었잖아."

그제야 세영의 표정이 밝아졌다. 세영이 핑크빛 감도는 볼을 더욱 붉히며 말했다.

"그럼 저 안심해도 되는 거죠?"

"그럼, 당연하지."

시욱을 좋아하고 있다는 티를 팍팍 내는 세영에게 연하는 사람 좋은 미소를 지어주었다. 나란히 출입문을 통과해 엘리베이터 쪽으로 걷고 있는데 세영이 걸음을 늦추며 말했다.

"먼저 올라가세요. 저는 우편물 좀 챙겨서 갈게요."

혼자 엘리베이터로 향하는 연하의 걸음이 조금 빨라졌다. 출근 시간이 임박해온 탓이다. 그녀의 눈에 닫히고 있는 엘리베이터의 문이 보였다.

"엇, 잠시만요!"

닫히려던 엘리베이터 문이 다시 열렸다. 연하는 기쁜 마음으로 그곳에 올라탔다. 그런데 문 바로 앞에 서 있는 시욱을 보는 순간 기쁜 마음이 조금 사그라졌다.

"아, 안녕하세요."

시욱을 향해 어색하게 인사하면서 연하는 그의 시선을 피했다. 엘리베이터 문을 잡고 있었던 건 시욱인 듯 그가 손을 내리자 문이 다시 닫혔다.

연하는 편하게 서기 위해 구석으로 몸을 밀착시켰다. 그런데 다음 층에서 더 많은 사람이 엘리베이터에 올라탈 줄은 예상하지 못했다. 자연스럽게 그녀는 사람들에게 짓눌리는 상황에 처하게 되었다.

그때, 시욱이 연하와 사람들 틈으로 몸을 집어넣더니 두 팔을 벽에 대고 연하가 눌리지 않도록 몸을 지탱했다. 졸지에 시욱의 팔 안에 갇혀버린 연하는 어쩔 줄 몰라 마른침만 꼴깍 삼켰다.

그들은 고개를 조금만 잘못 돌려도 입술이 닿을 수 있을 만큼 밀착한 상태였다. 시욱이 너무 가까워서 그의 은은한 향수 냄새가 연하의 코를 간질였다.

페로몬 향수라도 뿌린 걸까. 얌전하던 심장이 콩닥거렸다. 참다 못한 연하가 볼을 붉히며 아주 조그맣게 속삭였다.

"왜 이래? 난 괜찮은데."

그러자 시욱 역시 그녀의 귀에 대고 아주 작게 속삭였다.

"잘해달라면서요?"

어젯밤 기억을 온전하게 다시 떠올려주는 발언이었다.

"그래서 노골적으로 잘해 주는 중입니다만."

귓가를 간질이는 숨결에 연하의 얼굴이 더욱 발그레 붉어졌다. 하지만 표정은 뻔뻔하게 만든 채 대꾸했다.

"내가 그런 말을 했었나? 너무 많이 마셔서 기억이 잘……."

그때 마침 그들이 내려야 하는 층에서 문이 열렸고 연하는 재빨리 시욱을 밀치며 엘리베이터에서 내렸다. 그녀를 따라 내린 시욱이 연하의 뒤에서 물었다.

"오늘은 출근이 좀 늦으셨네요?"

다정한 말투였지만 연하는 그게 오히려 부담스러웠다. 아까 봤던 세영의 얼굴도 떠올랐다. 결국 시욱을 돌아본 연하가 애원하듯이 부탁했다.

"그냥 나한테 무관심해 주면 안 될까?"

"너무 늦었다고 생각하지 않으세요?"

지난밤 술에 취한 연하의 진상 아니, 부탁은 보통 강렬한 것이 아니었다. 시욱이 어젯밤 연하를 떠올리며 말을 이었다.

"어젠 그렇게 자기한테 잘해 달라고 울고불고하시더니."

그 순간 연하가 발끈해서 소리쳤다.

"울진 않았어. 그냥 부탁만 했……!"

"다 기억하시네요, 뭐."

연하의 거짓말을 꿰뚫어 본 시욱이 씩 웃었다. 그때 그런 연하를 구원하듯 그녀의 휴대폰에 문자가 도착했다.

"아이고, 문자가 왔구나."

어색하게 대사 읊듯이 말하며 연하는 휴대폰을 꺼내 문자를 확인했다. 지선에게서 온 문자였다.

[소개팅 안 잊었지, 우리 이쁘니? 내일 1시다.]

저번 주에 협력업체 직원을 소개해 주겠다고 했었는데 그게 내일인 모양이다. 문자를 읽던 연하가 시무룩하게 중얼거렸다.

"우리 지선이 보고 싶다. 며칠째 못 봤어."

요즘 지선이 워낙 바빠서 얼굴을 제대로 본 지가 언제인지 모르겠다. 그녀는 자신과 달리 잘나가는 MD라 스케줄이 완전 연예인 급이다.

"사무실 오기 전에 방송국부터 들렀는데, 거기에 있던데요."

연하를 물끄러미 보면서 시욱이 말하자 연하는 다 알고 있다는 듯이 고개를 끄덕였다.

"응, 알아. 지금 방송할 시간이거든."

오늘 지선은 아침부터 방송이 있는 날이다. 연하의 즉답에 시욱은 기함하는 표정을 지었다.

"그런 것까지 체크하고 있어요?"

"그럼. 우리는 사랑하는 사이니까."

연하는 지선의 스케줄을 알고 있고 지선도 연하의 스케줄을 알고 있다. 워낙 친한 사이라 두 사람에게 스케줄 공유는 아주 당연한 것이었다.

"그러니까 둘 다 아직까지 애인이 없죠."

헛웃음을 터뜨린 시욱이 시니컬하게 말했다. 곧바로 눈을 모나게 치뜬 연하가 그를 째려보았다. 아침부터 밤까지 일에 매달리고 사적인 전화는 한 통도 하지 않는 회사 죽돌이에게선 듣고 싶지 않은 말이었다.

"그러는 넌?"

"나는 좋아하는 사람은 있어요."

"뭐?"

생각지도 못한 솔직한 대답에 연하는 하마터면 사무실 복도에서 넘어질 뻔했다. 시욱이 쿨하게 다시 말했다.

"짝사랑하는 중이라고요."

"어머."

연하가 황급히 주변 복도를 살폈다. 다행히 가까이에 있는 직원은 한 명도 없었다. 다음 순간 시욱에게로 한 발자국 다가간 그녀가 속삭였다.

"비밀, 지켜줄게."

작게 웃음을 터뜨린 시욱이 혼잣말처럼 중얼거렸다.

"왜 매번 비밀을 지켜주신다고 하는지 모르겠네. 안 지켜주셔도 되는데."

"아니야. 지켜줄게. 쉿!"

그들 근처로 다가오는 직원을 발견한 연하가 입 앞에 검지를 세웠다. 이윽고 그녀가 검지를 내리고 엄지를 세워 보였다.

"나만 믿어."

그 모습에 시욱은 데자뷔를 느끼며 피식 웃음을 터뜨렸다.

***

EE홈쇼핑 건물의 1층 남자 화장실. 세면대 앞에서 한 남자가 조금 큰 목소리로 통화를 하고 있었다.

"하아, 나도 싫다니까. 근데 거절을 할 수가 없었어. 무려 홈쇼핑 MD 부탁이라니까? 우리 같은 벤더사 직원이 무슨 힘이 있겠냐? 소개팅도 하라면 해야지."

30대 초반으로 보이는 남자는 슬림한 몸매에 꽤 준수한 외모를 지니고 있었다. 하지만 말투는 다소 거칠었다.

"나이도 나보다 한 살 많아. 서른둘. 아씨, 나는 삼십 대 여자하고는 눈도 안 마주치는데."

그때 그의 옆으로 시욱이 걸어와 세면대의 물을 틀었다. 손을 씻는 동안 시욱은 남자의 목소리를 계속 들어야 했다.

"생긴 거? 사진 봤지. 나이에 비해 좀 귀엽긴 해. 단발도 나름 잘 어울리고. 원래 식품 팀 MD였는데 패션 쪽으로 갔대."

손을 씻던 시욱의 움직임이 우뚝 멈췄다.

단발머리에 귀엽게 생긴, 식품 팀에서 패션 팀으로 옮긴 서른둘 MD. 이 회사에는 딱 한 명밖에 없었다.

다음 순간 남자가 자리를 옮기려다가 시욱과 어깨가 부딪쳤다. 시욱이 고개를 까닥 숙이자 남자도 살짝 숙였다.

남자가 다시 걸음을 떼려는 순간 시욱이 그의 앞을 막아섰다. 휴대폰을 든 남자의 눈에 의아함이 서렸다.

"그 소개팅, 내가 합시다."

"네?"

남자가 깜짝 놀라며 귀에서 휴대폰을 뗐다. 시욱이 점잖게 말을 이었다.

"어차피 하기 싫어 죽겠는 소개팅이었고 삼십 대 여자하고는 눈도 안 마주치시는 분이잖습니까."

시욱을 의아한 눈빛으로 보면서 남자는 일단 통화 중이었던 전화를 끊었다. 그를 서늘하게 응시한 채 시욱이 덧붙였다.

"나는 그 삼십 대 여자하고 눈 마주치고 싶어 죽겠는 사람이고."

"아…… 그래도 되나?"

남자가 망설이는 표정을 지었다. 그러자 시욱이 그에게로 한 발자국 다가서며 입을 열었다.

"그쪽 벤더사하고 거래 확 끊어버리기 전에 그냥 조용히 가시죠."

그 살벌한 음성에 남자는 움찔 어깨를 떨고 말았다. 남자가 시욱을 가만히 쳐다보자 시욱이 싱긋 웃었다.

"아직도 내 말 이해 못 했습니까?"

그러고는 남자의 어깨 쪽으로 얼굴을 살짝 내렸다. 시욱이 남자의 귓가에 대고 짧게 내뱉었다.

"꺼지라고."

***

사내 카페테리아에 하늘색 니트를 입은 연하가 오랜만에 정성 들여 화장을 한 고운 얼굴로 앉아 있었다. 그때 그녀에게로 한 남성이 다가와 인사를 건넸다.

"반갑습니다, 유연하 씨."

"아, 네. 반갑……"

연하도 자연스럽게 고개를 들고 인사를 건네다가 순간 멈칫했다. 남자의 얼굴이 낯설어야 하는데 엄청 익숙했던 것이다.

"조시욱?"

시욱이 태연하게 연하의 반대편 의자에 앉았다. 연하가 놀란 표정으로 입을 열었다.

"여긴 웬일이야? 난 여기서 볼일이 있는데."

"소개팅이요?"

"흭!"

시욱의 입에서 나온 단어에 연하는 짧은 비명을 내뱉었다. 그 소리를 들은 시욱이 두 눈을 가늘게 떴다.

"정말 당황하면 나오는 소리 맞구나. 저 '흭!'"

연하는 정말 크게 당황한 상태였다. 대체 그가 어떻게 자신이 소개팅하는 걸 알고 있단 말인가. 당황한 연하의 입에서 거짓말이 흘러나왔다.

"아, 아닌데?"

하지만 모든 사실을 알고 있는 시욱은 그저 코웃음을 칠뿐이었다. 다음 순간 그가 목소리를 가다듬고는 정중하게 말했다.

"그 소개팅남이 바쁘다고 해서 제가 대신 나왔습니다."

연하의 큰 두 눈이 휘둥그레졌다. 이윽고 그녀가 호기심 어린 눈빛으로 물었다.

"그 소개팅남이랑 아는 사이야? 친해? 어떤 사람인데?"

"뭐가 그렇게 궁금해요? 설마 대타인 내가 마음에 안 드는 거예요?"

시욱의 장난스러운 질문에 연하는 순간 대답을 망설였다. 입만 벙긋거리는 그녀의 모습에 시욱은 입가를 끌어올리며 미소를 지었다.

"머뭇거리는 걸 보니 마음에 안 드는 건 아닌가 봐요."

나직하게 중얼거린 그가 의자에서 몸을 일으켰다. 그러곤 연하에게 이렇게 말한 다음 자리를 떴다.

"라떼 마시죠? 주문하고 올게요."

자신이 카페라테를 즐겨 마시는 걸 알고 있는 그에게 연하는 내심 놀라고 말았다. 그녀의 맑은 눈이 오더 테이블 앞에 서 있는 시욱의 뒷모습을 물끄러미 응시했다.

잠시 후, 시욱은 카페라테와 아메리카노 그리고 동물 모양의 쿠키를 들고 돌아왔다. 그가 연하의 앞에 카페라테와 쿠키를 내려놓자 연하는 쑥스러우면서도 불편한 기분을 느꼈다.

"지금 뭐 하는 거야?"

"일관되게 잘해 주는 중이죠."

시욱은 당연한 걸 묻는다는 듯 태연한 얼굴이었다. 더 어색해지는 연하의 표정을 보고 씩 웃은 그가 덧붙였다.

"또 울고불고하실까 봐."

"울진 않았다니까……!"

발끈하는 연하를 귀엽다는 듯이 보면서 시욱은 그녀의 앞에 있는 쿠키를 집어 들었다.

"이 쿠키 맛있어요. 먹어봐요."

손으로 쿠키를 톡 쪼갠 그가 쿠키 조각을 연하에게 내밀었다. 일순 연하의 눈썹이 찡그려졌다.

"부담스러워."

"어쩔 수 없어요. 무조건 잘해 줄 거니까."

후우, 연하의 입에서 절로 한숨이 새어 나왔다. 그에게 이런 걸

원한 건 아니었다. 자신은 그냥 그가 불쑥 차가워지지만 않았으면
해서 한 말이었다.

"내가 괜한 부탁을 한 모양이야."

후회하는 것처럼 보이는 연하를 향해서 시욱은 고개를 좌우로
저어 보였다.

"아뇨. 부탁 때문이 아니라……"

말을 끊은 그가 연하의 말간 얼굴을 지그시 응시했다. 그러곤
입가에 옅은 미소를 띠며 나머지 말을 이었다.

"선배는 그런 대우 받을 만큼 괜찮은 사람이니까요."

예상치 못했던 시욱의 말에 연하의 두 볼이 발그레 붉어졌다.

***

패션 트렌드 시장조사를 위해 사무실을 나서는 연하의 발걸음
이 가벼웠다. 소개팅은 실패했는데, 왜 이리 기분은 좋은 걸까.

그때 그녀의 눈에 사무실에서 방송국 방향으로 뛰듯이 걷고 있
는 지선이 보였다.

"지선아!"

재빨리 그녀를 부르고 그녀가 있는 곳으로 뛰어갔다. 두 손에
각종 서류들과 제품들을 가득 든 지선이 연하를 돌아보았다.

"바빠서 뛰어다닐 정도야?"

"응. 연달아 방송이 잡혀 있어서."

다시 걸음을 떼려던 지선이 뭔가 생각난 표정으로 연하를 향해
돌아섰다. 그녀가 손에 든 것들 중 하나를 쑥 빼냈다.

"아 참. 이거 우리 다음 방송 상품이야."

그녀가 빼서 보여준 것은 '참숯불 육포'라 써진 제품이었다. 연하에겐 참으로 익숙한 그것.

"아……."

두 달 가까이 보고 뜯고 맛보고 즐겼고 제품 품평회, 품질 검사, 협력사 심사까지 전부 통과시켰지만 결국 방송까진 하지 못하고 손에서 놔야 했던 그 상품이었다.

"방송은 내일이고."

"내일?"

그 상품이 바로 내일 판매 방송을 한다는 소식에 연하는 씁쓸한 기분이 들었다. 자신의 손으로 꼭 성공시키고 싶었던 상품이라 솔직히 많이 아쉬웠다.

"네가 이전 단계를 다 클리어해 준 덕분에 우리는 솔직히 방송만 하면 돼서 진짜 편해. 고마워, 친구."

지선이 연하를 향해 환하게 웃어 보였다. 그 웃는 얼굴에 연하는 기분이 조금 나아졌다. 바쁜 지선을 보내고 연하는 터덜터덜 걷기 시작했다. 머릿속에서는 육포가 둥둥 떠다녔다. 지워버리려 애썼는데도 자꾸만 미련이 남았다.

그때 방송국에서 나오던 운열이 그녀를 발견했다.

"연하야."

연하가 천천히 시선을 들어 운열의 선이 고운 얼굴을 마주했다. 이전보다 그를 보는 게 불편하지 않았다.

"그래. 반갑다, 운열아."

연하가 덤덤하게 인사를 건네자 운열의 표정이 밝아졌다. 그가 속쌍꺼풀진 동그란 눈을 빛내며 연하에게 다가갔다.

"얘기 좀 할 수 있어?"

"응. 시간 돼."

전과 달리 긍정적인 연하의 대답에 운열은 붉은 입술을 늘어뜨리며 예쁜 미소를 지었다.

"그럼, 회사 근처 카페로 갈래?"

"그래. 좋아."

연하는 운열의 제안을 거리낌 없이 받아들였다. 그 이유는 분명치 않았다. 다만 한 가지, 지금 연하는 운열보다 육포에 더 많은 미련이 남은 것만은 확실했다.

***

늦은 오후, 한산한 카페 안에 연하와 운열이 마주 본 채 앉았다. 연하를 바라보는 운열의 눈빛에 긴장감이 감돌았다. 그녀는 10년 전과 달라진 게 거의 없었다. 굳이 달라진 점을 꼽자면 긴 생머리가 단발머리로 짧아진 정도였다.

"잘 지냈어?"

"보다시피."

운열의 질문에 연하는 표정 없이 무덤덤하게 대답하고는 카페라테가 담긴 머그잔을 들어 올렸다. 그 순간 자연스럽게 시욱이 떠올랐다. 카페라테와 쿠키를 같이 주며 잘해 주는 중이라고 말하던 그가.

"일은 많이 바빠?"

또다시 운열이 질문을 하자 연하는 시선을 그에게로 돌렸다.

"바쁜 편이야."

대화가 길게 이어지지 않았다. 연하가 대화에 집중을 못 하고 있는 탓이었다. 운열은 조용히 앉아 있는 연하를 지그시 쳐다보았다.

"솔직히 너랑 헤어지고 후회 많이 했어."

갑작스러운 운열의 말에 연하의 동그란 눈동자가 흔들렸다. 당황스럽단 표정을 지은 연하가 정갈한 눈썹을 찡그렸다.

"우린 헤어진 게 아니야. 네가 일방적으로 날 버린 거지."

어처구니없을 정도로 너무나 일방적인 이별이었다. 그와 헤어진다는 건 단 한 번도 생각해 본 적 없는 가정이라 이별을 받아들이기가 죽을 만큼 힘들었다. 눈만 뜨면 울었었다. 배신이란 단어를 실감하게 된 것도 그때였다.

"매달리는 날 참 모질게도 외면했잖아, 너."

"그땐 모든 게 너무 힘들고 괴로웠어. 그림을 그릴 수 없게 된 절망감이 너무 커서 남을 생각할 겨를이 없었어."

운열의 힘든 상황을 알기에 곁에서 도와주고 싶었다. 하지만 그걸 그가 완강히 거부했다.

"지금이라도 나한테 다시 한번 기회를 줄 순 없겠니?"

그런데 10년이 지난 지금에서야 후회하고 있으니 기회를 달란다. 연하는 기가 막혀서 헛웃음이 났다.

"너 지금 무슨 소리 하는 거야?"

우는 동안 상처는 아물었고 견디는 동안 아픔은 무뎌졌다. 이제 남은 거라곤 불편함뿐인데, 이 극명한 온도 차는 대체 뭐란 말인가. 연하는 운열이 10년이란 시간을 우습게 보고 있는 것만 같아서 화가 났다. 그래서 있지도 않은 남자 친구에 대한 말을 꺼냈다.

"지선이한테 나 남자 친구 있다는 얘기 못 들었어?"

운열의 얼굴이 창백하게 굳어졌다. 처음엔 10년 동안 그리워하던 연하를 다시 만나서 기쁜 정도였다. 하지만 그녀에게 남자 친구가 있다는 말을 듣는 순간 모든 것을 다 되돌리고 싶다는 생각뿐이었다.

"들었어. 근데 다시 너를 보니까 그때의 일들이 너무 후회되고, 시도 때도 없이 네가 생각나서 미치겠어."

자신이 이기적이라는 건 아주 잘 알고 있었다. 하지만 운열은 이렇게라도 하지 않으면 더 큰 후회를 할 것 같아서 멈출 수가 없었다.

그때 연하가 운열에게서 시선을 떼며 휴대폰을 꺼내 들었다. 무언가 결심한 듯한 표정이었다. 그녀의 손이 빠르게 문자를 쳤다.

[무조건 잘해 준다고 했지? 회사 근처 카페로 와줘.]

문자를 보낸 다음 연하는 휴대폰을 테이블에 내려놓고 커피를 마셨다. 그녀의 행동을 하나도 빠짐없이 지켜보고 있던 운열이 다시 입을 열었다.

"진심으로 너한테 용서받고 싶어. 힘들겠지만 나를 용서하고 나한테 다시 너를 만날 수 있는 기회를 주면 안 되겠니?"

운열은 절절하게 애원하고 있었다. 그 모습을 가만히 바라보던 연하가 입가에 조소를 머금었다.

"그때 생각난다."

"그때?"

긴장한 운열의 갈색 눈동자가 미세하게 흔들렸다. 그에게 연하는 10년 전 자신의 모습을 투영시켰다.

"내가 너한테 울고불고 매달렸을 때. 그때의 내 기분을 넌 이제 알겠네. 10년 만에."

다시 만나 달라고 매달렸을 때 운열은 이제껏 자신이 알던 사람이 맞나 싶을 정도로 냉정했다. 하지만 그럼에도 그의 마음을 돌리고 싶었다. 돌릴 수 있다고 믿었다. 참 어리석게도 말이다.

"그땐 정말 미안했어. 근데 나 이제 너한테 진짜 잘할 수 있어. 운영 중인 레스토랑도 잘 되고 있고 팔에 있던 마비 증상도 다 나았어."

운열이 자신의 오른팔을 들어 보이자 연하는 가만히 그의 희고 가는 손을 응시했다. 여전히 예쁜 손이었지만 여기저기 생채기가 나 있는 걸 보니 그가 요리사라는 게 실감이 났다.

그때 카페 문이 열리는 종소리가 났기에 연하는 바로 시선을 돌렸다. 그녀의 시야로 말끔한 슈트 차림의 시욱이 들어왔다.

"나 남자 친구가 와서 이제 가봐야 할 것 같아."

"남자 친구?"

당황한 운열의 얼굴이 딱딱하게 굳어졌다. 다음 순간 연하가 자리에서 일어나 시욱을 향해 손을 흔들었다.

"자기야!"

자기란 단어에 시욱은 조금 놀란 표정을 지었지만 이내 부드러운 미소를 입가에 머금은 채 다가왔다. 시욱이 연하의 옆으로 와서

서자 연하가 앉아 있는 운열을 향해 그를 소개했다.

"인사해. 내 남자 친구야."

그런데 시욱을 본 운열의 표정이 심상치 않게 굳어졌다. 눈썹을 구긴 그가 천천히 자리에서 일어섰다.

"조시욱……?"

시욱의 이름을 알고 있는 운열에게 놀란 연하가 두 사람을 번갈아 쳐다보았다.

"어? 둘이 아는 사이야?"

"어릴 때 잠깐 알던 사이예요."

어리둥절해하는 연하를 향해 부드럽게 대답한 시욱이 운열을 돌아보았다. 그가 정중하게 한 손을 뻗으며 악수를 청했다.

"이렇게 만나게 되네요. 오랜만입니다."

"오랜만……?"

하지만 운열은 시욱의 손을 잡아주지 않았다. 그 대신 창백하게 질린 얼굴로 목소리를 높였다.

"네가 어떻게 나한테 그런 인사를 해?"

격앙된 그의 반응에 연하는 깜짝 놀라 두 눈을 동그랗게 떴다. 그녀를 힐끔 돌아본 시욱이 굳은 표정으로 입을 열었다.

"저희 회사 식품 팀과 일하신다고 들어서 한 번은 뵐 거라 생각했습니다."

다신 만나고 싶지 않은 악연이었다. 하지만 셰프가 된 그가 식품 팀과 컬래버레이션 기획을 한다고 들었고 어쩔 수 없이 만나긴 하겠구나 체념했다. 다만 연하 덕분에 그 시기가 좀 앞당겨진 것뿐.

그때 운열이 혼란스러워 보이는 표정으로 시욱과 연하를 번갈아 쳐다보았다.

"둘이 정말 사귄다고?"

"네. 그러니 이제 연하랑 따로 만나는 일은 없었으면 합니다."

시욱이 차갑게 부탁하자 운열의 얼굴이 더욱 일그러졌다. 운열이 충격을 받은 듯 의자에 털썩 앉는 순간 시욱이 연하에게로 손을 뻗었다.

"가자, 연하야."

이렇게 말하면서 시욱은 연하의 손을 덥석 잡았다. 예상치 못한 그의 행동에 연하는 순간 낯선 긴장감을 느끼며 제 손을 감싼 큰 손이 잡아끄는 대로 얌전히 따라갔다.

***

저녁 식사 시간이 지난 20시 타임. '참숯불 육포'의 판매 방송이 시작되었다. 연하는 퇴근도 미루고 방송국 구석에서 방송을 지켜보았다. 1시간의 생방송이 끝나는 순간 연하는 허망한 미소를 지었다. 그러곤 조용히 뒷걸음질 쳐 방송국을 빠져나왔다.

그 후 그녀의 발걸음이 향한 곳은 국장실이었다. 노크와 함께 벌컥 열어젖힌 국장실 문 너머에는 루화가 그녀를 기다렸다는 듯이 정면으로 앉아 있었다.

"국장님, 보셨죠?"

대답 대신 루화는 보고 있던 EE홈쇼핑 채널이 틀어진 TV 화면을 껐다. 리모컨을 내려놓는 루화에게로 연하가 달려갔다.

"자그마치 매진이에요, 매진!"

'참숯불 육포'는 생방송 1시간 동안 10,000개의 재고를 모두 팔아치움으로써 그야말로 대박이 났다. 폴짝폴짝 뛰며 어린아이처럼 좋아하던 연하가 루화의 앞에서 상기된 목소리로 말했다.

"제가 뭐랬어요? '참숯불 육포' 대박 난다고 했잖아요!"

"응. 근데 네가 낸 건 아니지."

그 순간 연하의 덩실거리던 움직임이 우뚝 멈췄다. 총에라도 맞은 것처럼 가슴에 손을 얹은 연하가 괴로워했다.

"윽!"

이럴 때 루화는 참으로 냉정했다. 하지만 맞는 말이었다. 좋은 상품을 발굴해냈다고 해서 MD의 역할이 끝나는 것은 아니다. 그걸 세상에 내놓지 않으면 아무 소용이 없다. 가슴에 손을 올린 채 연하가 코를 훌쩍거렸다.

"저 또 올리지 마세요."

식품 3팀이 없어지지만 않았다면 연하는 지금쯤 세상에서 제일 행복한 얼굴을 하고 있었을 것이다. 침울해진 표정으로 소파에 털썩 앉는 연하를 힐끔 본 루화가 붉은 입술을 열었다.

"육포 그거, 터질 줄 알고 있었어."

"네, 네. 그러시겠죠. 워낙 안목이 출중하시니까."

과거 루화가 팀장이고 연하가 팀원이었던 시절 하는 방송마다 대박이 터졌었다. 그 시절 연하는 특출했던 루화의 센스에 몇 번이고 감탄을 금치 못했었다.

"내가 아니라, 시욱이."

루화가 화려하게 화장한 눈으로 연하를 응시한 채 툭 뱉어내듯 말했다. 연하가 화들짝 놀라며 반문했다.

"네? 조시욱이요?"

갑자기 시욱의 이야기가 왜 나오는 건지 연하는 의아했다. 곧바로 루화가 그녀의 궁금증을 풀어주었다.

"그 입맛 까다로운 녀석이 좋아하는 술안주잖아."

"좋아하는 술안주요?"

연하는 루화의 말을 믿을 수 없다는 듯이 반복했다.

"몇 년 전부터 냉장고에 아주 쌓아놓고 먹던데. 와인이랑 환상 궁합이라나 뭐라나."

몇 년 전? 그럼 그는 처음부터 '참숯불 육포'의 맛을 알고 있었단 말이 된다. 그것도 모르고 자신은 얼마 전에 그에게 봉투를 뜯지도 않고 맛에 대해 말한다며 화를 냈었다. 그것도 엄청.

다음 순간 연하가 자리에서 벌떡 일어섰다. 그러곤 급히 문을 향해 달려갔다.

"죄송한데, 전 이만 가볼게요!"

바람처럼 가버리는 연하의 모습에 당황한 루화가 쇼트커트 머리를 갸웃했다.

"왜 저래?"

***

딩동. 딩동.

흥분한 연하가 시욱의 집 초인종을 쉬지 않고 눌렀다. 곧 현관문이 열리자 연하는 시욱의 말끔한 얼굴을 향해 소리쳤다.

"왜 말 안 했어?"

집에서 쉬고 있다가 갑자기 날벼락을 맞게 된 시욱이 단단하게 팔짱을 끼고는 되물었다.

"다짜고짜 뭐가요?"

그러자 연하가 한 손에 들고 온 '참숯불 육포' 봉투를 그의 얼굴 앞으로 내밀었다.

"이거!"

시욱의 까만 눈동자가 그것을 확인하고는 얌전히 팔짱을 풀었다. 그 순간 연하가 따지듯이 말을 이었다.

"좋아하는 술안주라며? 그럼 맛을 다 알고 있었던 거잖아. 근데 왜 그때 내가 봉투도 안 뜯었다며 화냈을 때 가만히 있었어? 사실 대로 말했으면 오해할 일 없었잖아."

그때 연하는 시욱이 제품을 뜯어서 먹어보지도 않고 맛에 대해 의견을 낸 줄 알고 화를 냈었다. 자신이 우스운 거냐며 소리쳤었다. 그럼에도 시욱은 같이 화를 내고 싶지 않았다.

"지금이라도 오해 풀렸으니 됐잖아요."

시욱이 별일 아니라는 듯 쿨하게 대꾸했다. 하지만 연하는 그 행동을 도저히 이해할 수가 없었다.

"나 그때 오해해서 네 욕 되게 많이 했었단 말이야. 대체 왜 그 랬어?"

상기된 연하의 두 볼은 발그레 붉었고 눈동자는 촉촉했다. 그녀 에게서 시선을 떼지 못하면서 시욱이 솔직하게 말했다.

"정말 모르겠어요? 잘해 준 건데."

그 말에 연하는 얼굴이 화끈거리는 느낌이 들어 입을 멈추었다.

드디어 흥분을 가라앉힌 것처럼 보이는 그녀를 향해 시욱이 제안했다.

"그 육포에 와인 한잔할래요?"

그러면서 손가락으로 연하가 들고 있는 '참숯불 육포'를 가리켰다. 이윽고 연하가 천천히 고개를 끄덕였다.

거실로 들어서자 전에도 본 적이 있는 큰 소파가 연하를 반겼다. 연하가 그곳에 앉자 시욱이 그녀의 앞으로 화이트와인과 안주인 육포를 놓아주었다. 달콤한 화이트와인과 짭짜름한 육포를 함께 맛본 연하가 만족스러운 미소를 지었다.

"맛있다."

"그쵸?"

역시 단맛과 짠맛의 조합은 가히 환상적이다. 화이트와인을 깨끗하게 비운 연하가 고개를 세차게 끄덕였다.

"응, 완전 굿. 막 에어복싱 하고 싶은 맛이야."

그녀의 말에 순간 불안감을 느낀 시욱이 정색했다.

"취기가 확 도는 맛인가 보군요. 그만 드시는 게 좋겠네요."

그가 손을 뻗어 연하의 와인 잔을 가져가려고 하자 연하가 자신의 손을 뒤로 뺐다.

"안 돼. 뺏지 마. 잘해 준다면서?"

"이보다 어떻게 더 잘해 줘요?"

시욱은 기가 막힌다는 표정이었다. 그를 향해 배시시 웃은 연하가 갑자기 생각난 얼굴로 말했다.

"복싱 자세 교정해 줘. 똥폼이라며?"

"똥폼은 선배가 자기 입으로 한 말이죠."

억울하다는 뉘앙스인 시욱의 말도 듣는 둥 마는 둥 연하는 소파에서 일어섰다. 거실 중앙으로 걸어간 그녀가 진지하게 복싱 폼을 잡았다.

"어때?"

어설프다 못해 어정쩡하기까지 한 그녀의 자세를 본 시욱이 짧은 한숨을 터뜨렸다.

"하, 왜 저렇게 폼이 안 나지?"

결국 시욱도 자리에서 일어나 그녀에게 다가갔다. 연하의 앞에 선 시욱이 자신의 턱을 괸 채 말했다.

"일단 엉덩이를 좀 집어넣으시고요. 팔꿈치는 왜 그러시는 거예요? 일부러 그러시는 거예요? 지나치게 벌어졌어요."

팔꿈치를 오므리라고 말했는데, 연하는 그냥 팔과 팔 사이의 거리를 좁혔을 뿐이다.

"팔꿈치라니까요? 혹시 팔꿈치 몰라요?"

보다 못한 시욱이 그녀의 뒤에서부터 자세를 교정하기 시작했다. 시욱의 두 손이 연하를 안 듯이 뻗어져서는 그녀의 양팔을 잡았다.

"그러니까 팔을 이렇게……."

놀라 움찔한 연하가 고개를 돌렸고 그 순간 시욱과 눈이 마주쳤다. 마치 시간이 멈춘 것처럼 두 사람은 백허그 자세 그대로 움직이지 않았다.

그때 연하의 등을 타고 시욱의 심장고동이 느껴졌다. 다음 순간 두 사람은 약속이라도 한 듯 동시에 서로에게서 떨어졌다.

"아이참, 복싱은 나랑 안 맞나 봐."

두근두근 뛰는 심장을 느끼면서 연하가 연기하듯이 어색하게 말했다. 시욱도 얼른 동조했다.

"맞아요. 영 똥폼이에요. 다신 하지 마요."

연하는 갑자기 더운지 손 부채질을 하기 시작했고 시욱은 자리로 돌아가 남은 와인을 깨끗이 비웠다.

05화. 우리가 헤어진 이유

　어두워진 밤. 퇴근하던 중 연하는 회사 앞에 서 있는 운열을 발견하고 굳어졌다.

　"기다리고 있었어."

　롱코트를 입은 운열이 성큼성큼 다가왔다. 연하는 불편함을 숨기지 않고 얼굴에 고스란히 드러냈다.

　"우리 서로 할 말, 끝난 거 아니었어?"

　자신을 불편해하는 연하를 보며 운열은 씁쓸한 표정을 지었다. 그녀의 앞에 멈춰 선 운열이 진지하게 입을 열었다.

　"나랑 다시 안 만나도 좋으니까 내 부탁 하나만 들어줘."

　"뭔데?"

　연하는 그의 부탁이 무엇이든지 빨리 들어주고 얼른 그를 보내고 싶었다. 그런데 운열의 부탁은 가볍게 들어줄 만한 것이 아니었다.

"조시욱이랑 헤어지면 안 돼?"

"뭐라고?"

연하가 두 눈을 크게 뜨며 반문했다. 그의 말이 쉽게 이해가 되지 않았다.

"조시욱은 절대 안 돼. 헤어져."

운열이 한 번도 본 적 없는 낯선 눈빛으로 강하게 말했다. 기가 막혀서 연하는 그저 코웃음이 날 뿐이었다.

"허. 너 지금 뭐 하는 거야?"

연하가 정갈한 눈썹을 구기며 운열을 서늘하게 노려보았다.

"너, 지금 되게 주제 넘는 행동이야."

10년 만에 나타난 아무 힘없는 과거의 존재치고는 지나친 행동이었다. 급기야 운열은 연하를 향해 목소리를 높였다.

"넌 조시욱에 대해 잘 알지도 못하잖아! 그놈이 어떤 놈인지 잘 모르잖아!"

"알 만큼 알아."

"아니. 넌 몰라."

운열이 단호하게 연하의 말을 잘랐다. 이쯤 되자 연하는 그가 이렇게까지 하는 이유가 궁금해졌다. 저번에 시욱과 만났을 때 운열의 분위기가 심상치 않긴 했지만, 이 정도로 싫어하는 줄은 몰랐다. 아니, 단순히 싫어하는 차원이 아닌 것 같았다.

"도대체 시욱이랑 무슨 악연인데 그래?"

운열은 바로 대답하지 못했다. 그때의 기억을 다시 떠올리는 것만으로도 그는 온몸에 식은땀이 흐르는 것만 같았다.

"그냥 그놈이 싫어. 그놈은, 권투선수면서 일반인을 때려 중상을 입혔어.”

“그건 이미 알고 있어.”

운열이 말한 내용은 전에 지선에게서 들은 시욱의 과거와 같았다. 연하의 표정이 조금 어두워졌다.

“아는데도 그러는 거야? 그놈은 화나면 이유 없이 사람을 패는 놈이야. 천사 같은 너랑은 안 어울리는 난폭한 놈이라고!”

운열에게 시욱은 악마와 다를 바가 없었다. 그런 그가 자신의 첫사랑과 사귀고 있다는 사실이 운열은 너무 견디기 힘들었다.

“감히 너랑 다시 잘될 생각 같은 건 이제 안 할게. 그러니까 제발 그놈이랑은 헤어져.”

운열의 표정과 목소리에서 진심이 느껴졌다. 적잖게 당황한 연하의 말간 눈동자가 흔들렸다.

“네가 걱정돼서 미치겠단 말이야. 그놈의 잘난 면상에 속고 있는 네가……!”

“속고 있는 거 아니야. 나도 눈이 있고 귀가 있고 마음이 있어.”

분명 운열이 거짓말을 하고 있는 것 같진 않았다. 하지만 그가 말하는 시욱이 자신이 아는 시욱과 너무나도 달라서 연하는 혼란스러웠다.

“내가 좋은 남자라고 판단해서 만나고 있는 거야.”

연하에게 시욱은 마냥 좋은 남자였다. 이제껏 없었던, 이유 없이 무조건적으로 잘해 주는 유일한 남자.

“그러니까 다신 내 앞에서 시욱이 욕하지 마. 불쾌해.”

끝내 연하는 자신의 눈과 마음을 믿기로 했다. 그녀가 운열을 서늘하게 쏘아보며 말을 이었다.

"그리고 그 '놈' 소리 좀 그만해. 지금 내 눈엔 네가 더 난폭해 보이니까."

***

오피스텔에서 나와 엘리베이터를 탄 시욱은 기모로 된 트레이닝복 차림이었다. 동네 한 바퀴를 달린 후에 시원한 맥주라도 한 캔 마시고 싶은 마음에서 집을 나선 것이었다.

이윽고 1층에 도착한 엘리베이터의 문이 열렸다. 자연스럽게 걸음을 떼려던 시욱이 멈칫했다. 그 앞에 연하가 서 있었던 것이다. 그런데 그녀는 생각에 깊이 잠긴 것처럼 멍한 눈빛이었다.

"선배?"

시욱의 부름에 연하가 화들짝 놀라며 고개를 들었다. 재빨리 엘리베이터에서 내린 시욱이 그녀에게 물었다.

"무슨 일 있었어요?"

그 순간 연하는 조금 전에 만난 운열이 떠올랐지만, 애써 웃으며 고개를 좌우로 저었다.

"아니. 어디 가는 중이야?"

"조깅하려고요."

"이 밤에?"

눈을 동그랗게 뜨던 연하가 이내 눈빛을 달리했다. 그녀가 고민하는 표정으로 입을 열었다.

"나도 뛸까?"

한 바퀴 뛰고 오면 머릿속이 가벼워질 것 같았다. 그러나 그녀는 금방 생각을 바꾸었다. 추위에 약한 그녀에게 밤 조깅은 고난에 가까웠던 것이다.

"아니다. 난 가서 잘게. 잘 뛰고 와."

시욱의 어깨를 툭툭 쳐준 연하가 엘리베이터 버튼을 눌렀다. 문이 열리자 연하는 바로 그곳에 올라탔다. 그런데 문이 닫히기 직전 시욱이 손으로 문을 턱 잡았다. 엘리베이터에 올라타는 시욱을 쳐다보며 연하가 물었다.

"조깅한다며?"

"마스크를 놓고 와서요."

두 사람을 태운 엘리베이터는 천천히 위로 올라갔다. 7층으로 가는 내내 시욱은 연하의 옆얼굴을 물끄러미 보고 있었다.

7층에 도착한 엘리베이터에서 두 사람이 나란히 내렸다.

"오늘은 술 마시지 말고 자요. 많이 피곤해 보여요."

시욱의 걱정 어린 말에 연하는 싱긋 웃으며 손을 흔들었다. 집으로 걸음을 옮기려던 그녀가 무심코 시욱을 돌아보았다. 그는 다시 엘리베이터 버튼을 누르고 있었다.

아까 시욱은 분명 마스크를 가지러 올라온 거라 했다. 그런데 집으로 들어가지는 않고 다시 엘리베이터 앞에 선 것이 이상했다. 고개를 갸웃하며 연하가 그쪽으로 완전히 몸을 돌렸다.

"마스크는?"

연하가 묻자 시욱이 눈을 두어 번 깜박거렸다.

"당연히 핑계죠. 그냥 선배 집까지 바래다준 거예요."

말끝에 그가 씩 웃었다. 가지런한 이를 드러내며 미소 짓는 그 모습에 연하는 순간적으로 설레었다. 다음 순간 손을 흔든 시욱이 엘리베이터에 탔다. 그걸 본 연하가 냅다 그 앞으로 달려갔다.

"잘해 줘서 고마워!"

그녀는 엘리베이터 안의 시욱을 향해 이렇게 말하고는 바로 몸을 돌려 자신의 집으로 뛰어갔다. 그녀의 심장도 콩닥콩닥 같이 뛰었다.

***

나른한 오후, 팀원들의 외근으로 한산한 사무실을 연하가 혼자서 지키고 있었다. 그렇다고 그녀에게 할 일이 없는 것은 아니었다. 사무실로 오는 전화를 모두 받아 일일이 메모해 두는 아주 중요한 업무가 있었다.

그때 패션 1팀 사무실 유리문 너머로 지선이 모습을 드러냈다. 그녀는 사무실 안을 빠르게 훑어보고는 문을 열었다.

"어? 지선아!"

그녀를 발견한 연하가 반색했다. 그사이 지선은 손에 작은 쟁반을 든 채 안으로 들어왔다.

"여긴 웬일이야?"

연하의 책상 위에 쟁반을 내려놓은 지선이 싱긋 웃었다.

"너 맛있는 거 주려고 왔지."

그러면서 찡긋 윙크를 날렸다. 그녀가 쟁반 위에 들고 온 것은 찐빵과 호두과자였다. 데워온 찐빵을 손에 든 지선이 연하에게 말했다.

"너만 주려고 가져온 거야. 팀원들 없을 때 얼른 먹어. 참고로 이건 쌀로 만든 찐빵이야."

배시시 웃으며 찐빵을 건네받은 연하가 그것을 들고 먹기 시작했다. 그러다 기존 찐빵과는 다른 맛과 식감에 감탄했다.

"맛있다. 엄청 맛있어."

맛있는 것을 먹은 연하의 눈동자가 반짝거렸다. 다음 순간 지선이 호두과자를 집어서 건넸다.

"그럼 이건? 이건 쌀로 만든 호두과자."

연하는 곧바로 호두과자의 맛을 보았다. 식감이 부드럽고 씹을수록 고소함이 더해졌기에 눈이 번쩍 떠졌다.

"이것도 진짜 대박인데?"

연하의 눈빛이 더욱 반짝거렸다. 그녀를 관찰하듯 지그시 쳐다보던 지선이 빠르게 말을 이었다.

"솔직히 어느 게 더 나아? 둘 다 쌀로 만든 거라 동시에 방송 진행은 힘들 것 같아서 하나만 먼저 하려고."

"으음. 그러면……."

연하가 작은 턱에 손을 얹으며 고민에 빠져 있던 그때, 팀장실 문이 열리고 그 안에서 시욱이 걸어 나왔다.

"지금 뭐 하시는 겁니까?"

한 손을 주머니에 넣은 채 시욱이 삐딱하게 물었다. 그의 곱지 않은 시선이 와 닿자 지선이 그에게로 완전하게 돌아서며 대답했다.

"친구한테 맛있는 거 먹이는 중인데?"

"업무시간에요?"

시욱의 차가운 표정과 목소리가 노골적으로 못마땅하다는 감정을 드러냈다. 지선이 뭔가 대꾸하려고 입을 여는 순간 시욱이 말을 이었다.

"유연하 씨한테 조언을 구하러 온 건 아니고요?"

기가 막힌다는 듯 지선의 미간이 신경질적으로 좁혀졌다. 불쾌감을 드러낸 얼굴로 지선이 대꾸했다.

"설사 그렇다 해도 그게 뭐 나빠?"

"나쁘죠. 이기적인 거고."

"뭐?"

자신을 사이에 두고 날카로운 대화가 오고 가자 연하는 어쩔 줄 몰라 지선과 시욱을 번갈아 쳐다보았다. 그때 시욱이 낮고 강한 어조로 말했다.

"유연하 씨 지금 바쁩니다. 그만 가주세요."

두 사람의 눈치만 보고 있던 연하가 잽싸게 입을 열었다.

"나 별로 안 바쁜……."

"지난 시즌 히트 상품들 가격대랑 디자인별로 정리했습니까? 신생 업체들 상대하고 새 기획 짜려면 필수적으로 가지고 있어야 하는 리스트입니다. 빨리 정리하세요."

연하의 말을 싹둑 자르며 시욱이 무섭게 말했다. 한동안 본 적 없는 냉정한 모습에 연하는 입이 동그랗게 벌어졌다.

"그리고 정리 끝나면 A 협력업체 물류 창고에 실사 다녀오세요. 다녀오시고 저한테 꼭 보고하셔야 합니다."

시욱의 업무 지시는 멈출 줄 모르고 계속되었고 연하는 점점 창백하게 질려갔다.

"아. 그리고 저번에 보고한 시장조사 내용이 엄청 부실하던데,

다시 다녀오세요."

"그걸 하루 만에 다 해야 돼, 요?"

놀라서 반말로 물을 뻔했지만 가까스로 '요'를 붙였다. 연하가
팀장인 시욱을 애절하게 바라보고 있던 그때 지선이 그녀에게로
몸을 돌렸다.

"미안해서 난 이만 가야겠다. 수고해, 친구."

연하의 어깨를 부드럽게 잡았다가 놓은 지선이 사무실 문 쪽으
로 걸어갔다. 놀란 연하가 재빨리 그녀를 따라갔다.

"잠깐만, 지선아!"

지선이 사무실 문을 열고 나오자마자 연하가 따라 나왔다. 바로
지선의 손을 끌어가 잡은 연하가 밝은 목소리로 말했다.

"둘 중에 호두과자가 더 맛있더라. 적극 추천!"

배시시 웃는 연하를 돌아본 지선이 힘없이 피식 웃음을 터뜨렸
다.

"고마워. 근데 나 때문에 너 바빠진 거 아닌가 몰라."

"괜찮아. 나 요즘 되게 한가해서 좀 바빠져도 돼."

연하의 장난스러운 말에도 지선은 웃지 않았다. 아무래도 조금
전 일 때문에 마음이 많이 상한 것 같았다.

"우리 악덕 팀장 말 너무 신경 쓰지 마. 원래 성질이 좀 그렇잖
아."

시욱의 고약한 성격이야 지선도 잘 알고 있는 부분이었다. 하지
만 오늘 그에게선 묘한 적대감마저 느껴졌었다. 다음 순간 지선이
자신을 위로하는 연하를 향해서 싱긋 웃어 보였다.

"응. 덕분에 기분이 좀 나아졌어. 고맙다, 친구."

"별말씀을."

멀어지는 친구의 뒷모습을 바라보는 연하의 마음이 영 불편했다.

***

퇴근 시간 즈음 사무실로 돌아온 연하는 다소 지친 모습이었다. 그러나 의자에 앉아 숨을 고르지도 않고 바로 팀장실의 문을 두드렸다.

"지난 시즌 히트 상품들 가격대랑 디자인별로 정리한 리스트입니다."

연하가 두 시간 동안 집중해서 작성한 리스트를 시욱의 책상 위에 얌전히 올려놓았다. 시욱은 말없이 그녀의 표정 없는 로봇 같은 얼굴을 물끄러미 바라보았다.

"그리고 A 업체 물류창고 실사 다녀왔는데요. 사이즈별로 물량도 넉넉하고, 배송에도 문제가 없을 것으로 보입니다. 그리고 시장조사는 퇴근길에 다시 할 겁니다."

연하는 시욱이 지시한 내용을 모두 수행하려고 1초도 쉬지 않고 정신없이 일했다. 당연히 해야 하는 업무라 생각하고 발바닥에 불이 나도록 씩씩하게 다녔지만 내심 서러운 마음도 조금은 있었다.

"삐쳤어요?"

그녀답지 않은 퉁명스러운 말투와 뚱한 얼굴 표정을 본 시욱이 물었지만 연하는 짧게 거짓말을 했다.

"아닙니다."

시욱이 책상 너머 연하의 얼굴을 지그시 쳐다보자 연하는 그 시선을 피했다. 이윽고 시욱이 다시 입을 열었다.

"삐친 거 아니시면 일 좀 더 시킬게요."

"네, 그러세요."

연하는 그저 오기로 대답했다. 사실은 속이 부글부글 끓고 있었지만 겉으로 티를 내지는 않았다.

"작년이랑 올해 유행한 패션 제품들 좀 비교분석 해 줄래요? 시간 남으면 재작년도 해 주시고요."

"네, 알겠습니다. 더 없으세요?"

연하가 당당하게 물었다. 힐끔 벽시계를 확인한 시욱이 반문했다.

"다 할 수 있으세요?"

"까짓거 밤새죠, 뭐."

또다시 오기로 대답한 연하가 입가를 끌어올리며 웃었다. 그녀를 향해 시욱이 선심 쓰듯 말했다.

"급한 건 아니니까 내일 하세요. 주말 동안 쭉 하셔도 되고."

시욱의 배려 아닌 배려에 연하는 순간 울컥했다. 그녀의 인내심이 한계에 도달했다.

"잘해 준다며? 근데 왜 또 못되게 굴어?"

결국 참다못한 연하가 버럭 목소리를 높여 물었다. 무조건적으로 잘해 준다고 한 지 얼마나 지났다고 이렇게 본모습을 드러내느냐 말이다. 연하는 괜히 또 서러웠다.

"아까 지선이랑 있을 때도 왜 그렇게 못되게……."

"반대예요."

"뭐?"

시욱이 영문을 알 수 없는 소리를 했기에 연하는 두 눈을 크게 떴다. 곧바로 시욱이 자신의 말뜻을 설명했다.

"잘해 준 거라고요."

여전히 무슨 소린지 알 수가 없었다. 연하의 작은 얼굴이 한쪽으로 갸웃 기울었다. 하지만 시욱은 자신의 말을 반복할 뿐이었다.

"난 분명히 일관되게 잘해 준 거예요."

"뭐라는 거야."

결국 연하의 입에서 의아한 목소리가 튀어 나갔다. 찾아온 친구를 내쫓고 업무를 왕창 시킨 주제에 그게 잘해 준 거란다.

"일이 바빠서 머리가 어떻게 됐니?"

"머리보단 마음이 어떻게 된 거죠."

시욱이 나직하게 뱉은 말에 연하는 또다시 머리를 갸우뚱 기울였다. 그때 시욱이 붉은빛의 입술을 다시 열었다.

"선배."

그 부름에 연하는 방금까지 날을 세웠던 것도 잊은 채 표정이 부드럽게 풀어지고 말았다. 그녀는 솔직히 그가 부르는 '선배'라는 호칭이 좋았다. 순해진 연하의 얼굴을 보면서 시욱이 말했다.

"업체 하나 맡아볼래요?"

"업체?"

연하의 동그란 눈이 휘둥그레졌다. 그사이 시욱은 손가락에 깍지를 껴 책상 위로 올리고는 진지하게 말을 이었다.

"신생 업체인데요, 이번에 만든 봄 스커트가 대박을 터트릴 것 같아요."

시욱은 팀을 옮긴 지 한 달이 넘은 그녀에게 전도유망한 신생 업체를 맡겨보고 싶었다. 그가 서랍 안에서 서류들을 꺼내 연하의 앞에 올려놓았다.

"이게 그 회사 소개서랑 상품 기술서, 입점 제안서예요. 꼼꼼히 잘 읽어보고 결정하세요."

물론, 그 신생 업체와 일을 할지 안 할지 역시 연하에게 온전히 맡기는 것이었다. 서류들과 시욱의 얼굴을 번갈아 쳐다보던 연하가 믿을 수 없다는 듯이 물었다.

"나한테 신생 업체를 맡긴다고? 나도 아직 이쪽에서는 신생아에 가까운데."

게다가 근 3년간 상품 판매 방송을 크게 성공시켜본 기억이 없다. 연하는 안 그래도 바닥인 자신감이 더 떨어지면서 긴장감이 밀려왔다.

"동년배끼리 잘 맞겠네요."

시욱이 반쯤 웃는 얼굴로 대꾸하자 연하는 표정을 딱딱하게 굳혔다.

"농담 아니야, 나."

"나도 아니에요."

짧게 대답하는 시욱의 표정 역시 진지하게 바뀐 상태였다. 혼란스러움을 느낀 연하가 자신의 단발머리를 거칠게 헝클어뜨렸다. 예전 같았으면 아무 고민 없이 냅다 달려들어 일을 시작했을 것이다. 하지만 지금 그녀는 뭐든 잘 해낼 자신이 없었다. 바로 얼마 전에 그녀의 팀이 눈앞에서 해체되는 걸 지켜봤으니까.

"넌, 날 믿어?"

연하가 불안하게 흔들리는 눈동자로 시욱에게 물었다. 이에 시욱은 일말의 망설임도 없이 바로 입을 열었다.

"난 선배만 믿어요."

그 단호한 대답에 연하는 심장이 두근두근 뛰었다. 자신을 뚫어지게 보고 있는 그의 까만 눈동자가 심장을 더욱 뛰게 만들었다.

뭐야? 뭐냐고, 이 두근거림은?

낯선 감정에 연하는 적잖게 당황했다. 아무래도 오늘 일을 너무 많이 해서 자신도 심장이 어떻게 된 모양이다.

"그러니까 잘 검토해 봐요."

시욱의 말이 끝나기가 무섭게 연하는 책상에 있는 서류들을 챙겨 들고는 서둘러 발을 뗐다.

"시장조사 다녀올게. 아니, 시장조사하고 출근 아니, 퇴근할 거야."

여러 가지의 말을 던지고 가버리는 연하의 뒷모습을 보면서 시욱은 작게 웃음을 터뜨렸다. 연하가 사라진 문 쪽을 향해 그가 중얼거렸다.

"진짜 다녀와 주면 좋겠는데. 안 가면 더 좋고."

***

강남의 한 유명 쇼핑몰로 향하는 연하의 발걸음이 다소 느렸다. 생각에 잠겨 있는 탓이었다.

'난 선배만 믿어요.'

시욱의 나직한 목소리가 머릿속에서 몇 번이고 반복되었다. 그릴 때마다 심장도 같이 뛰었다.

나를 믿는다니, 나도 나를 못 믿는데.

그래서 그 말이 참 고맙고 기뻤다. 그렇지만 심장까지 같이 뛰는 건 좀 이상했다. 고개를 갸웃하던 연하가 가만히 품에 안고 있는 서류들을 내려다보았다. 시욱이 추천한 신생 업체의 회사 소개서와 상품 기술서 그리고 입점 제안서 등이었다.

문득 어디 들어가서 자세히 좀 읽어봐야겠다는 생각이 들었다. 마침 그녀의 눈에 작고 아기자기한 식당 하나가 들어왔다. 연하는 곧바로 그곳으로 걸음을 옮겼다.

식당 안으로 들어서서 메뉴판을 보니 이탈리안 식당인 것 같았다. 저녁 식사 시간이 지난 시간임에도 불구하고 손님들이 꽤 많았다. 연하가 비어 있는 창가 자리로 가려던 그때였다.

"연하야!"

갑자기 누군가 자신의 이름을 불렀기에 연하는 놀라 고개를 돌렸다. 그녀의 눈에 하얀 셰프복을 입은 운열이 보였다.

"아아……. 여기가 네 레스토랑이었구나."

예상치 못한 상황에 당황한 연하가 어색하게 웃었다. 그사이 빠르게 다가온 운열이 인사를 건넸다.

"응. 와줘서 고마워."

"일부러 온 건 아니야."

"응, 알아. 그래도 고마워."

운열도 그녀가 우연히 들어왔다는 건 알고 있었다. 그녀가 들어오기 전부터 창문 너머로 그녀를 발견하고 지켜봤으니까.

연하가 자신의 레스토랑을 선택하고 들어왔을 때 운열은 운명 같은 걸 느꼈다. 그래서 잠시나마 행복했었다.

"잠깐만 기다려. 맛있는 거 만들어줄게."

얼마 후, 운열은 제일 자신 있어 하는 크림 파스타를 만들어 가져왔다. 연하가 그것을 포크로 돌돌 말아 입 안에 넣는 사이 운열은 긴장된 얼굴로 그녀의 반대편 의자에 앉았다.

"어때?"

"진짜 맛있어. 깜짝 놀랄 정도로 맛있어."

정말 놀란 듯 연하는 큰 두 눈을 연신 깜박거렸다. 그녀의 귀여운 모습에 운열은 그제야 환한 미소를 지었다.

"고마워. 너 미식가여서 꽤 긴장했는데."

그때 연하의 눈이 운열의 오른팔로 향했다.

"팔은 정말 깨끗이 다 나은 모양이구나. 다행이다."

한때는 저 팔이 낫지 않으면 어떡하나 얼마나 걱정을 했는지 모른다. 운열은 정말 그림밖에 모르던 사람이었으니까.

"헤어지고 나서도 꽤 걱정했었거든."

전보다 편해진 듯 연하는 운열을 향해 씩 웃고는 다시 파스타를 먹었다. 그 모습을 운열은 가만히 지켜보았다.

예전에는 연하의 저런 다정함과 착함이 부담스러웠던 적도 있었다. 그렇게 어리석었다.

"그때는 내가 네 소중함을 너무 몰랐어. 시간이 지나고 얼마나 후회를 했는지 몰라."

운열의 나직한 고백에 연하의 포크를 잡은 손이 움직임을 멈췄다. 곧 다시 포크를 움직이며 연하가 말했다.

"후회는 언제 해도 늦어, 운열아."

"그래, 그렇지. 그래서 난 이제 두 번 다시 너 같은 여잔 못 만날 것 같아."

세상에 하나밖에 없는 소중한 여자임을 너무 늦게 깨달았다. 운열이 연하를 아프게 쳐다보았다. 그러자 연하가 부드럽게 미소를 지었다.

"나 같은 여자는 못 만나도 나보다 좋은 여자는 만날 수 있을 거야."

그녀가 건넬 수 있는 유일한 축복의 말이었다. 그 말이 운열의 가슴을 더욱 아프게 찔렀다. 잠시 조용히 있던 그가 진지한 얼굴로 말을 꺼냈다.

"연하야, 혹시 조시욱이랑은 아직도……."

"내가 먼저 말할게."

운열이 무슨 말을 하려는 건지 뻔했기 때문에 연하는 그의 말을 잘랐다. 다음 순간 연하가 들고 있던 포크를 내려놓으며 운열을 빤히 응시했다.

"나 시욱이랑 못 헤어져. 이미 내가 많이 의지하고 있거든."

참으로 단호한 대답이었다. 실제로 연하는 지금 시욱을 많이 의지하고 있었기 때문에 운열의 말 한마디에 그를 매몰차게 대할 수는 없었다.

"그냥 네가 내 걱정을 포기해."

세상 어디에도 없을 다정한 목소리였지만 그 내용은 냉정했다. 끝내 운열은 할 말을 잃고 말았다.

"이만 갈게."

식사를 마친 연하가 자리에서 일어서며 지갑을 꺼냈다. 운열이 재빨리 그녀의 행동을 말렸다.

"돈은 됐어."

"아니야. 받아. 우리 아무 사이도 아니잖아."

조금의 여지도 주지 않는 냉정함이었다. 운열의 표정이 급격히 어두워졌지만 연하는 아랑곳하지 않고 지폐를 꺼냈다. 값을 치른 그녀는 그대로 운열을 지나쳐 식당 문을 향해 걸어갔다. 연하가 식당에서 나오고 얼마 지나지 않아 운열이 그녀를 부르며 달려 나왔다.

"연하야, 유연하!"

연하가 천천히 몸을 돌려 그를 쳐다보았다. 그녀의 앞에 선 운열이 괴로운 듯 두 눈을 질끈 감았다 떴다.

"내가 이런 말까진 안 하려고 했는데……."

말을 하면서 운열은 두 주먹을 꽉 움켜쥐었다. 진심으로 이런 순간까지는 피하고 싶었다. 하지만 연하의 마음을 돌리려면 사실대로 말하는 수밖에 없었다.

"우리가 헤어진 이유 말이야."

운열이 꺼낸 서두에 연하의 눈망울이 크게 흔들렸다. 이내 운열이 결심한 표정으로 나머지 말을 뱉어냈다.

"조시욱 때문이야."

***

그다지 달갑지 않은 얼굴이었다. 피하고 싶었지만 사택인 오피스텔로 향하는 골목을 떡하니 지키고 있었기에 피할 수가 없었다.

게다가 그는 우두커니 서 있다가 자신이 나타나니까 빠르게 성큼 성큼 다가왔다.

"기다리고 있었던 겁니까?"

시욱이 발걸음을 멈추고 서서 다가오는 운열에게 물었다. 시욱보다 키가 조금 작은 운열이 그의 앞에 멈춰 서더니 서늘하게 말했다.

"긴말하고 싶지도 않으니까 본론만 말할게."

시욱도 바라던 바였다. 시욱의 까만 눈동자가 운열의 갈색빛을 띠는 눈동자를 가만히 쳐다보자 운열이 나직하게 말을 내뱉었다.

"연하랑 헤어져."

그 순간 시욱의 입가가 비스듬히 올라갔다. 조소를 머금은 그가 운열을 시리도록 차갑게 응시했다.

"그런 말 할 자격 있다고 생각하십니까?"

눈빛으로 사람을 벨 수 있다면 운열을 지금 한 번 베였을 것이다. 하지만 시욱의 매서운 눈빛에도 운열은 굴하지 않았다.

"너는 연하랑 죽어도 안 돼."

금방이라도 달려들 것처럼 두 주먹을 움켜쥔 운열이 시욱을 무섭게 노려보았다. 시욱 역시 조금도 밀리지 않고 강경하게 맞섰다.

"당신도 죽어도 안 됩니다."

두 남자의 날 선 시선이 불꽃이라도 뿜어낼 듯 공중에서 첨예하게 맞부딪쳤다.

"헤어질 수 없다는 거구나."

"네."

잠시 후 운열은 마치 시욱이 이렇게 나올 걸 알고 있었다는 듯한 표정으로 물러섰다.

"그럼 어쩔 수 없지."

그러곤 높낮이 없는 목소리로 말을 뱉어냈다.

"연하한테 사실대로 말하는 수밖에."

그 순간 시욱의 짙은 까만색 동공이 흔들렸다. 동요하는 그를 응시한 채 운열이 이어 말했다.

"네가 날 때려서 팔을 부러뜨렸고 그 때문에 내 팔에 마비가 온 거라고."

시욱은 아무 말 없이 서 있었다. 하지만 그 시간은 길지 않았다. 바지 주머니에 한 손을 찔러 넣으며 그가 입을 열었다.

"맘대로 해."

주머니에 손을 넣은 채로 시욱이 운열에게 한 걸음 가까이 다가 갔다.

"대신, 그렇게 되면 말이야."

잠시 말을 끊은 그가 운열의 갈색 눈동자를 빤히 쳐다보았다. 그의 단호한 입매가 다시 움직였다.

"내가 널 팬 이유까지 설명해야 할 텐데, 괜찮겠어?"

그러자 운열은 고집스럽게 입술을 꾹 다물었다.

***

"우리가 헤어진 이유, 조시욱 때문이야."

순식간에 연하의 머릿속이 복잡해졌다. 도대체 왜 그들이 헤어 진 이유가 아무 상관도 없는 시욱의 탓이란 말인가.

"그게 무슨 뜻이야?"

질문하는 연하의 목소리가 떨림을 동반했다. 다음 순간 운열이 분명하게 말했다.

"10년 전 내 팔이 부러졌던 이유가 바로 조시욱 때문이라고!"

연하의 맑았던 동공이 탁해지면서 크게 흔들렸다. 미세하게 떨리는 그녀의 손이 자신의 입을 가렸다.

"그날 그 녀석이 나를 패서 내 팔이 부러졌고 마비까지 오게 된 거야."

'그날'을 떠올린 운열의 하얀 얼굴이 일그러졌다. 고통에 찬 모습이었다. 연하가 믿을 수 없다는 듯이 물었다.

"너를 때린 게…… 조시욱이라고?"

"그래, 맞아. 나는 그저 친구와 술을 마시고 있었을 뿐인데, 다짜고짜 나를 가게 밖으로 불러내서는 멱살을 잡고……!"

말을 하던 운열이 괴로운 표정으로 그때 부러졌었던 자신의 팔을 다른 손으로 감쌌다.

"믿어져? 그 녀석은 그때 현역 권투선수였어."

연하는 모든 게 혼란스러웠다. 시욱의 안 좋은 과거를 들은 적이 있긴 하지만, 솔직히 그 소문을 완전히 믿었던 건 아니었다. 하지만 이렇게 직접 맞았다는 사람을 눈앞에 두고 있으니 믿지 않을 수가 없었다.

시욱은 대체 왜 그랬던 걸까.

"이제 내가 그 녀석과 헤어지라고 하는 이유를 알겠지?"

일그러진 얼굴로 운열이 연하를 바라보았다. 잠시 생각에 잠긴 듯 조용히 서 있던 연하가 천천히 입을 열었다.

"설사 그렇다 해도 날 버린 건 너야. 널 때린 게 조시욱이라고 해도 그건 변하지 않아."

운열은 지금 뭔가 단단히 착각을 하고 있는 것 같았다. 연하가 냉정하게 그 부분을 일러주었다.

"나한테 상처를 준 건 조시욱이 아니라 너니까."

연하는 그때 운열의 행동에 상처를 받은 것이었다. 헤어지고 싶지 않다던 자신을 매몰차게 버리고 간 운열에게 말이다.

"조시욱이 날 때리지 않았다면 내 팔이 부러지지도, 마비가 오지도 않았을 거고, 그랬다면 우린 헤어지지 않았을 거야."

흥분한 운열이 열변을 토했지만 연하는 묵묵부답이었다. 답답하다는 표정으로 운열이 말을 이었다.

"근데 얼마 전에 다시 만난 조시욱은 날 보고도 아무렇지도 않은 얼굴이었어. 나는 아직도 팔을 못 움직이던 그날 꿈을 꾸는데 말이야."

다시 만났을 때 크게 동요하던 자신과 달리 시욱은 무척이나 덤덤해 보였다. 그 모습을 떠올린 운열이 두 주먹을 꽉 움켜쥐었다.

"조시욱은 그저 자신의 기분에 따라 행동하다 내 화가의 꿈을 망가뜨렸어. 난 그놈을 절대 용서할 수가 없어."

주먹을 부들부들 떠는 운열에게서 시욱을 향한 증오가 느껴졌다. 연하의 눈이 그의 창백한 얼굴과 마른 어깨를 천천히 훑었다.

"연하야. 조시욱은 절대 좋은 놈이 아니야. 그러니까 헤어져, 제발."

고개를 든 운열이 연하에게 애원했다. 그를 안쓰럽다는 듯이 바라보던 연하가 발을 뒤로 옮겼다.

"나 이만 갈게."

연하는 끝까지 운열이 원하는 대답을 해 주지 않고 떠났다.

**

하루 종일 연하는 시욱을 눈으로 좇았다. 팀장실에 있을 때도 이동을 할 때도 어디든지 눈길만 닿으면 계속 그를 관찰했다.

정말 운열이를 때린 게 너니?

운열의 말이 뇌리에서 떠나질 않고 맴맴 돌았기 때문이다. 덕분에 연하는 주말 내내 머리가 아팠다.

너 맞아? 운열이 팔을 부러뜨린 게 정말 너 맞냐고?

믿고 싶진 않았지만 사실인 것 같았다. 그렇지 않다면 운열이 부들부들 떨면서까지 알려줄 이유가 없으니까.

왜 그런 거야? 대체 왜? 이유가 뭐니?

회의실에서 나와 뚜벅뚜벅 걸음을 옮기던 시욱이 자신을 보고 있던 연하와 눈이 마주쳤다.

"할 말 있습니까?"

"아니. 아니, 아뇨."

무심코 반말이 튀어 나갔다가 팀원들의 눈치를 보고 얼른 존댓말로 바꾸었다. 시욱이 고개를 갸웃하고는 다시 발을 옮겼다.

그의 뒷모습을 연하는 눈으로 조용히 좇아갔다. 그러다 문득 고개를 좌우로 절레절레 흔들었다.

"일하자, 일."

모니터로 시선을 돌린 연하가 키보드에 손을 올렸다. 하지만 일에 영 집중할 수가 없었다. 결국 연하는 냉수라도 마시고 정신 차리자 싶은 마음에 자리에서 일어섰다.

탕비실로 들어간 그녀가 종이컵을 정수기에 가져갔다. 찬물을 받아서 마시고 있는데 그때 탕비실 안으로 시욱이 들어왔다.

"컥!"

갑작스러운 그의 등장에 연하는 마시고 있던 물이 목에 걸려버렸다. 사레가 들려 캑캑거리는 그녀의 등을 시욱이 살살 쳐주었다.

"아까부터 이상하네."

나직하게 중얼거린 시욱이 기침을 하고 있는 연하를 빤히 쳐다보았다.

"할 말 있으면 그냥 해요."

그러자 겨우 기침을 멈춘 연하가 정색했다.

"없다니까요!"

사실은 있다. 엄청 묻고 싶다. 운열과의 일에 대해서.

"눈이 부담스러울 정도로 호기심에 가득 차 있는데."

시욱이 두 눈을 가늘게 뜨며 말하자 연하는 괜히 찔려서 시선을 아래로 내렸다. 그때 시욱이 말을 이었다.

"여기서 말하기 그러면 좀 더 조용한 곳으로 갈래요?"

그 순간 연하는 심장이 두근거렸다. 놀라 다시 시선을 든 그녀의 눈동자가 미세하게 흔들리고 있었다.

"어, 어딜?"

"제 방이요."

"네 방?"

연하의 볼이 발그레 붉어졌다. 마른침을 삼킨 그녀가 재빨리 입을 열었다.

"그, 그건 안 되지. 우린 선후배 사이고……."

"팀장실 말한 건데, 무슨 생각하시는 거예요?"

시욱이 연하의 말을 자르며 대꾸했다. 당황해서 우뚝 굳어진 연하를 향해 시욱이 피식 웃음을 터뜨렸다.

"설마 우리 집에 있는 진짜 내 방인 줄 안 거예요? 생각이 엉큼하네."

시욱의 말이 맞았기 때문에 연하는 뭐라 반박할 수가 없었다. 입가에 옅은 미소를 띤 시욱이 말을 이었다.

"팀장실로 따라와요."

"싫어. 나 할 말 없다니까?"

민망해진 연하가 괜히 정색하며 그의 말을 거부했다. 아랑곳하지 않고 시욱은 탕비실의 문을 열었다.

"할 말은 내가 있어서 그래요. 따라오기나 해요."

결국 연하는 얌전히 팀장실을 향해 걸어가기 시작했다. 연하가 시욱의 뒤를 따라가는 동안 약속이라도 한 듯 여성 팀원들의 시선이 따라왔다.

잽싸게 팀장실 안으로 들어간 연하가 문을 꽉 닫았다. 그사이 시욱은 책상 아래에서 쇼핑백을 집어 들었다. 허리를 편 그가 그것을 연하에게 내밀었다.

"이거요."

연하는 한걸음에 달려가 그 쇼핑백을 받아들었다. A4용지만 한 크기의 쇼핑백이었는데, 무게는 가벼운 편이었다.

"선물이에요? 뭘 이렇게까지 잘해 주시고……."

두 눈 크게 뜨고 쇼핑백 안을 들여다보는 연하를 시욱은 물끄러미 바라보았다. 눈썹을 한 번 긁적인 그가 입을 열었다.

"즐거운 착각 중에 죄송한데, 저번에 얘기한 신생 업체의 봄 스커트 샘플이에요."

"아아……. 어쩐지. 보자마자 마음에 확 들더라고요."

연하는 조금 민망한 기분을 떨쳐내고 애써 밝게 웃었다. 그녀를 팀장실 중앙에 있는 소파에 앉게 하며 시욱이 물었다.

"그 회사 소개서랑 상품 기술서는 읽어봤어요?"

"네. 진짜 괜찮던데요? 디자인도 트렌디하고."

그녀를 따라 반대편 소파에 앉은 시욱이 단호하게 말했다.

"그럼 당장 미팅 날짜 잡아요."

"네."

대답하는 연하의 표정이 한껏 상기되었다. 곧 그녀가 쇼핑백 안에서 스커트를 꺼냈다. 신생 업체 'CC의류'의 상품 기술서에서 봤던 꽃무늬가 그려져 있는 A라인 스커트였다. 디자인과 재질을 꼼꼼히 살피고 있는 연하를 지그시 응시하면서 시욱이 입을 열었다.

"그 업체 사장님이 이탈리아 의류 회사에서 8년 일했대요. 한국 그리워서 돌아온 거고 오자마자 회사 차린 거라 신생이지만 분명 대박 상품만 만들어낼 거예요."

다음 순간 시욱이 연하가 만지고 있는 스커트 밑단을 손으로 가볍게 잡아당겼다. 자연스럽게 연하의 시선이 그에게로 올라왔다.

"이 봄 스커트가 그 시작이 될 거고."

시욱이 연하의 동그란 눈을 보면서 단언했다. 동시에 두 사람의 얼굴에 꽃 같은 미소가 피어올랐다.

"정말 그랬으면 좋겠네요. 아니, 꼭 그럴 것 같아요."

직접 눈으로 스커트 상태를 확인한 연하의 눈에도 확신이 차 있었다.

"고맙습니다."

시욱에게 감사 인사를 전하며 연하가 해사하게 웃었다. 멍하니 그녀의 웃는 얼굴을 보고 있던 시욱이 잠시 후 깍지 낀 두 손을 무릎 위에 올리며 진지하게 말했다.

"그런데 만약에 대박 못 치면 그땐 내 탓으로 돌려요. '조 팀장이 강력 추천해서 방송까지 잡은 건데, 망했다.', '나는 조 팀장의 강압으로 일을 진행한 것뿐이다.' 이렇게."

"어떻게 그렇게 말해요? 말도 안 돼."

그의 말에 놀란 연하가 정색하며 두 손을 마구 저었다. 그러자 시욱이 가볍게 툭 던지듯 대꾸했다.

"그럼, 내가 그렇게 말하고 다닐게요."

감격한 연하가 순간 입술을 동그랗게 벌렸다.

이 남자는 도대체 어디까지 다정할 예정인지 모르겠다.

그 끝을 모르는 시욱의 다정함에 연하는 몸 둘 바를 몰랐다.

"저한테 너무 잘해 주시는 거 아닌가요?"

아무리 선배인 자신이 부탁해서라지만, 이건 정말이지 너무 잘해 주는 거 아닌가 싶었다. 입가에 미소를 띤 시욱이 장난스럽게 말했다.

"그래서 이제는 술 먹고 울고불고하면서 잘해 주지 말라고 애원할 건가요?"

"아뇨, 그럴 리가!"

그럴 생각은 전혀 없었다. 다만 한 가지 마음속에서 덜컹 걸리는 게 있었다.

"그냥 그 짝사랑한다는 사람한테 좀 미안해서……."

연하는 현재 시욱이 짝사랑하는 중임을 떠올렸다. 혹시 이 다정함이 그 상대를 향한 것이어야 하는데 자신이 뺏고 있는 건 아닌가 해서 조금 미안했다. 그런데 그때 시욱이 갑자기 한숨을 내쉬었다.

"하아, 진짜 바보네."

"뭐?"

깜짝 놀란 연하의 눈이 커졌다. 그녀를 바라보는 시욱의 눈빛이 복잡해 보였다.

"바보라고?"

그에게 또 바보 소리를 듣게 될 줄이야.

기분이 상한 연하의 얼굴이 딱딱하게 굳어졌다. 잠시 조용히 있던 시욱이 무겁게 입술을 열었다.

"그런 걸로 미안해하다니, 바보같이 착하잖아요."

그제야 연하의 표정이 조금 풀어졌다. 부드럽게 웃는 얼굴로 시욱이 말을 이었다.

"제가 좋아하는 그분은 마음이 아주 넓으니까 미안해할 필요 없어요."

그 순간 연하의 말간 눈동자에 호기심이 서렸다.

"꽤 착한가 봐? 그 짝사랑 상대."

"네. 아주 착하고 해맑고 순수하고 남 의심할 줄 모르는 사람이에요."

짝사랑 상대를 묘사하는 시욱의 눈빛이 그렇게 달콤할 수가 없

144

었다. 그걸 보는 연하의 기분이 조금 묘했다. 괜스레 그녀의 입에서 볼멘소리가 튀어 나갔다.

"진짜 착해 빠졌네."

"네. 답답할 정도로요."

어휴, 소리를 내면서 고개를 절레절레 흔든 연하가 혼잣말처럼 중얼거렸다.

"나도 그 정돈 아닌데."

연하도 착하단 소리를 꽤 들으면서 살았지만, 시욱의 짝사랑 상대에 비하면 자신은 소악마일지도 모른단 생각이 들었다.

"그 정돈 아니에요?"

입가에 미소가 더욱 짙어진 시욱이 묻자 연하는 고개를 세차게 끄덕였다.

"그럼, 당연하지. 근데 언제부터 좋아했어?"

또다시 연하가 호기심 어린 눈빛을 보냈다. 그녀에게서 시선을 떼지 않으면서 시욱이 고개를 갸웃했다.

"글쎄요. 워낙 오래돼서. 10년 넘은 건 확실해요."

"10년이나?"

연하가 깜짝 놀라는 표정을 지었다. 요즘같이 뭐든 빠르게 변하는 시대에 10년 짝사랑은 굉장히 드문 일이 아닌가.

"너 진짜 순정파구나."

"으음. 10년 동안 쭉 생각하면서 좋아한 건 아니고, 중간중간 잊은 채 살아보기도 했어요. 일부러 안 보고 살아보기도 했고. 근데 자꾸만 눈에 들어오더라고요. 그러더니 결국엔 내 집에까지 들어왔죠."

"집에까지?"

연하가 방금 전보다 더 놀란 표정을 지었다. 두 눈을 크게 뜬 채 연신 깜박거리던 그녀가 작게 속삭이듯이 말했다.

"근데 진짜 좋았겠다."

예상치 못한 그녀의 말에 시욱이 웃음을 터뜨렸다.

"풉!"

"왜 웃어? 짝사랑하는 상대가 집에 들어오면 솔직히 좋잖아."

연하의 표정은 무척 진지했다. 동그랗게 말아 쥔 손으로 입가를 가린 시욱이 웃음을 꾹 참으며 대답했다.

"당연히 좋죠. 좋았어요, 나도."

"그래서? 들어와서 어떻게 했는데?"

"그냥 잠만 자고 갔어요."

생각보다 파격적인 전개였기 때문에 연하는 볼이 발그레 붉어지고 눈이 크게 벌어졌다.

"자, 잠? 잠을 잤어?"

그녀의 붉어진 얼굴을 보고 대충 짐작한 시욱이 정색했다.

"생각하시는 그런 거 아니고요."

"아아. 어? 아니? 나도 그냥 잠 생각한 건데?"

부정해도 소용없었다. 그녀의 발그레 붉어진 볼이 불순한 생각을 했다는 증거였으니. 다음 순간 연하가 재빨리 화제를 돌렸다.

"근데 10년이면……. 너 스무 살 때부터 좋아한 거겠네?"

"그렇죠."

"그럼 첫사랑?"

연하가 티 없이 맑은 표정으로 물었기 때문에 시욱도 최대한 덤덤하게 대답하려고 애썼다.

"네. 그때 한창 권투에 미쳐 있을 때였는데, 어느 순간 권투보다 더 좋더라고요."

권투란 단어에 연하의 말간 눈동자가 짧게 흔들렸다. 혀로 입술을 축인 그녀가 다시 입을 열었다.

"저기, 사적인 질문 하나만 해도 돼?"

"여태까지 하신 게 사적인 질문인데요?"

아. 그러고 보니 그들은 지금 계속 사적인 대화를 나누고 있었다. 자신도 반말을 계속하고 있었고.

"그럼, 사적인 질문 하나만 더 해도 돼?"

"하세요."

시욱이 시원스럽게 고개를 끄덕였다. 이윽고 연하가 잔뜩 긴장한 상태로 조심스럽게 물었다.

"권투는 왜 그만둔 거야?"

연하는 시욱의 입을 통해 진실을 알고 싶었다. 그가 정말 일반 사람을 때려서 권투를 그만두게 된 건지. 그리고 그 사람이 정말 운열이가 맞는 건지. 맞다면 왜 때린 건지. 하지만 시욱에게서 그에 대한 대답을 들을 수는 없었다.

"더 소중한 걸 지키려고요."

시욱의 대답이 너무 뜻밖이라 연하는 더 자세히 물을 수가 없었다.

환영식에서 시욱은 분명 권투를 꼭 지키고 싶은 것이라고 표현했었다. 그것을 위해서 고생도 마다하지 않았다고도 했었다. 그런데 그 꼭 지키고 싶었던 걸 더 소중한 것 때문에 포기했다니. 문득 연하는 몹시 궁금해졌다.

"그 더 소중한 게 뭐였는데?"

그 순간 시욱의 눈빛이 무겁게 착 가라앉았다. 곤란해 보이는 표정으로 그가 쓴웃음을 지었다. 대답을 꺼리는 모습에 연하는 얼른 다시 입을 열었다.

"아니, 질문을 바꿀게."

짙어진 까만 눈동자가 반색하는 느낌이 들었다. 그를 향해 연하가 마음을 건드리는 질문을 던졌다.

"권투 그만두고 많이 울었어?"

괜한 호기심이었다. 안타까움과 안쓰러움이 스며들어 있는.

"……."

이번에도 시욱은 난감한 표정을 지었다. 연하는 퍼뜩 자신의 질문이 세심하지 못했단 생각이 들어 얼른 다시 말했다.

"이것도 대답하기 좀 그러면 다른 질문을……."

"태어나서 제일 많이 울었죠."

시욱의 담담한 대답은 연하의 심장을 묵직하게 때렸다.

"꼴사나우니까 숨어서."

말을 덧붙인 시욱의 표정이 살짝 일그러져 있어 꼭 울 것만 같았다. 연하는 갑자기 심장이 아프게 뛰는 걸 느꼈다. 그저 그의 우는 모습을 상상해 봤을 뿐인데, 이상하게 가슴이 아팠다.

똑똑.

그때 팀장실 문에 노크 소리가 들렸다. 곧 문이 열리고 서류를 품에 안은 재진이 빼꼼히 얼굴을 내밀었다.

"팀장님, 전략미팅 가실 시간입니다."

그에게 알겠다는 의미로 손을 들어 보인 시욱이 연하를 향해 말했다.

"먼저 일어날게요."

그러곤 자리에서 일어나 재진 쪽으로 걸어갔다. 연하는 어쩐지 그의 뒷모습에서 시선을 뗄 수가 없었다.

팀장실에서 나온 재진과 시욱은 나란히 사무실을 통과하고 있었다. 그때 재진의 눈에 사무실에서 막 나가는 지선의 모습이 보였다.

"어? 양 MD님 왔다가 그냥 가시나 봐요."

재진의 말에 시욱은 자연스럽게 유리문 너머로 시선을 던졌다.

"요즘 자주 오시네."

시욱의 옆에서 재진이 혼잣말처럼 중얼거렸다.

"흐음."

지선이 사라진 방향을 바라보는 시욱의 눈빛이 짙어졌다.

"유 MD님이랑 정말 친하신가 봐요."

사무실을 나와 회의실 방향으로 몸을 꺾으면서 재진이 말했다. 이에 시욱이 나직하게 중얼거렸다.

"과연 친해서일까."

"네?"

들릴 듯 말 듯한 말소리였기에 재진의 눈이 커졌다. 그를 향해 시욱은 고개를 작게 흔들었다.

"아니야. 가자."

06화. 질투가 미치는 영향

　신생 업체 'CC의류'의 김동훈 대표는 연하 또래의 젊은 사장이었다. 서글서글한 인상의 그가 연하에게 악수를 청했다.

　"만나 뵙게 돼서 영광입니다, 유 MD님."

　"저야말로 영광입니다, 김 사장님."

　강남역 근처 카페에서 두 사람은 첫 미팅을 가졌다. 가볍게 악수를 나눈 후 동훈과 연하는 서로 명함을 교환했다.

　곧이어 가지고 온 스커트 샘플을 테이블 위로 꺼낸 동훈이 굳센 의지가 느껴지는 얼굴로 말했다.

　"저 이 스커트, 진짜 성공시키고 싶습니다."

　"저도 꼭 성공시키고 싶어요."

　두 사람은 첫 만남부터 의기투합했다. 두 눈을 반짝반짝 빛내던 동훈은 오른손에 낀 반지를 한 번 쓱 내려다보고 입술을 뗐다.

　"사실 제가 얼마 전에 결혼을 했거든요."

"어머, 그래요? 축하드려요."

"감사해요. 제 와이프 사진 한 번 보여드릴까요?"

동훈이 자신의 주머니에서 휴대폰을 꺼내 만지고는 연하에게 보여주었다. 그의 휴대폰 홈 화면에는 그와 단아한 얼굴의 여성이 얼굴을 가까이 대고 찍은 사진이 있었다.

"미인이시네요."

"그쵸?"

기분 좋은 듯 씩 웃은 동훈이 갑자기 조금 씁쓸한 표정을 지었다.

"사실 와이프 집에서 반대가 좀 있었어요. 아시다시피 제가 이제 막 사업을 시작하는 사람이잖아요. 그래서 많이 불안해하셨어요. 물론, 지금도 불안해하시고요."

말하면서 동훈은 손으로 휴대폰 화면을 쓱쓱 닦았다. 더 선명해진 사진 속 아내의 얼굴에서 시선을 떼지 않은 채 그가 말을 이었다.

"지금 현재 저를 믿어주는 건 와이프 한 사람밖에 없어요."

그 말을 들은 연하는 순간 동병상련의 기분을 느꼈다. 그녀 역시 그랬다. 아무도 그녀를 믿어주지 않았는데, 딱 한 사람은 달랐다.

"사실 저도 그래요. 이 일한 지 8년이 넘었는데, 고작 한 사람 믿어주더라고요."

그동안은 믿어준다는 느낌을 받는 것이 얼마나 든든한 일인지 몰랐다. 시욱을 떠올린 연하가 부드러운 미소를 지었다. 다음 순간 동훈이 그녀를 향해 두 주먹을 불끈 쥐어 보였다.

"그래서 전 그 한 사람을 위해서 꼭 성공할 겁니다. MD님도 그 소중한 애인을 위해서 성공하실 거죠?"

그 순간 연하가 깜짝 놀란 얼굴을 했다.

"네? 애인이라뇨?"

그러자 동훈도 덩달아 놀란 얼굴을 했다.

"믿어준다는 한 사람이 애인 아니었어요?"

"어머, 어머, 저 애인 없어요, 김 사장님."

연하는 괜스레 얼굴이 화끈거렸다. 민망해하는 그녀에게 동훈이 재빨리 사과했다.

"아, 미안해요. 믿어준다기에 저는 애인인 줄 알았어요."

연하가 달아오른 두 볼에 양손을 얹었다. 별 얘기 아니었는데 왜 이렇게 부끄러운지 모르겠다. 잠시 후, 겨우 진정된 연하가 얌전히 커피를 마시자 손목시계로 시간을 확인한 동훈이 말했다.

"첫 만남도 기념할 겸 같이 식사나 하실래요?"

연하는 즐겁게 그의 제안을 받아들였다.

"마침 근처에 제 친구가 운영하는 식당이 있거든요."

적극적으로 앞장서는 동훈을 따라 연하도 카페를 나섰다. 그런데 동훈이 가는 방향이 낯설지가 않았다. 연하의 걸음이 점점 느려지던 그때 동훈이 한 작은 이탈리안 레스토랑 앞에서 발을 멈추었다.

"친구네 식당이 여기예요?"

질문하는 연하의 얼굴이 굳어져 있었다. 그곳은 전에 한 번 와본 적이 있는 운열의 레스토랑이었던 것이다.

"네. 아기자기하니 귀엽죠?"

확실히 외관은 여자들이 좋아할 만한 곳이었다. 유리 창문에 붙은 LED 조명 아래로 식당 안을 확인하면서 동훈이 말했다.

"근데 이 친구가 요즘 바빠서 가게에 있을지는 모르겠네요. 엇, 마침 안에 있네요. 들어가요."

하얀 셰프복을 입고 있는 운열을 발견한 동훈이 반색했다. 그러곤 먼저 레스토랑 안으로 들어가 문을 잡고 섰다. 연하는 내키지 않았지만 어쩔 수 없이 안으로 들어섰다.

"어서 와, 동훈아. 어? 연하야?"

동훈을 반기던 운열이 뒤에 서 있는 연하를 발견하고 동그란 눈을 크게 떴다. 그 모습에 동훈이 놀라 물었다.

"네가 우리 MD님을 어떻게 알아?"

운열은 바로 대답하지 못했다. 동훈이 고개를 갸웃하는 순간 연하가 재빨리 말했다.

"우리도 친구예요. 대학 때부터 알고 지낸."

그녀의 대답에 운열의 갈색 눈동자가 미세하게 흔들렸다. 다음 순간 그가 두 사람에게 자리를 안내했다.

"이쪽으로 앉아."

얼마 후, 그 테이블 위에 안심 스테이크와 크림 파스타가 놓여졌다. 이런저런 담소와 앞으로의 일정 등을 얘기하면서 식사를 하던 도중 동훈의 휴대폰에 전화가 걸려왔다. 연하에게 양해를 구한 그가 밖으로 나가 전화를 받았다. 그사이 주방에서 나온 운열이 테이블로 다가왔다.

"맛있게 먹고 있어?"

테이블 옆에 선 운열이 특유의 예쁜 눈웃음을 지으며 물었다.

"응. 오늘도 엄청 맛있어."

순수하게 맛에 감탄한 연하가 빙그레 웃었다. 잠시 그녀를 지그시 바라보던 운열이 다시 입을 열었다.

"아까 말이야, 동훈이한테 친구 사이라고 말해서 조금 놀랐어."

"그편이 더 설명하기 좋잖아, 우리 사인."

어쩌면 그녀는 그와의 과거를 친구라고 규정하고 싶었는지도 모른다. 연하의 담담한 대답에 운열은 옅은 미소를 지었다.

"아무 사이 아니라더니, 많이 발전했네, 우리."

운열의 말이 끝나자마자 동훈이 테이블로 돌아왔다. 그가 다시 자리에 앉지는 않고 선 채 말했다.

"와이프가 근처에 있다고 해서 전 먼저 가봐야 할 것 같아요."

"네. 얼른 가보세요."

흔쾌히 받아들이는 연하에게 꾸벅 인사를 한 동훈이 옆에 선 운열의 어깨에 손을 올리며 말했다.

"우리 MD님 끝까지 잘 부탁해."

그 말만 남기고 동훈은 식당을 나갔다. 그사이 운열은 연하의 반대편 의자를 뒤로 빼고 앉았다. 연하가 가만히 그를 쳐다보자 운열이 입을 열었다.

"이쯤 되면 우리 운명 같지 않아?"

"뭐?"

연하는 놀랐지만 운열은 그들이 운명일지도 모른다고 느끼고 있었다. 처음 연하가 자신의 식당에 들어온 것도, 유학 시절 친구인 동훈의 홈쇼핑 MD가 연하인 것도 전부 특별한 운명 같았다. 하지만 운열은 부담스러워하는 연하를 생각해서 표현을 가볍게 바꾸었다.

"친구가 될 운명."

경계하던 연하의 눈빛이 다소 부드러워졌다. 싱긋 웃으면서 운열이 말을 이었다.

"이젠 진짜 친구로 지내자. 어때?"

연하는 쉽게 대답하지 못했다. 그녀의 결정을 재촉하지 않기로 결심하며 운열이 부드럽게 제안했다.

"천천히 생각해 보고, 오늘은 일단 집에까지 태워다줄게."

"아니야. 버스로 가면 금방이야."

"차로 가면 더 금방이잖아. 그냥 택시 탔다고 생각해. 아무 말도 안 걸 테니까."

저렇게까지 말하는데 또 거절할 수는 없었다. 결국 연하는 무겁게 고개를 끄덕였다.

잠시 후, 운열은 옷을 갈아입고 식당 앞에 세워둔 차로 연하를 데리고 갔다. 두 사람이 탄 차는 정말 조용히 연하의 오피스텔로 향했다.

"고마워."

오피스텔에 도착하자마자 차에서 내린 연하가 따라 내리는 운열에게 감사 인사를 전했다.

"나야말로 내 차 타줘서 고맙지."

마지막으로 연하가 조심히 가란 형식적인 인사말을 건네고 돌아선 그때 오피스텔에서 나오던 시욱과 눈이 마주쳤다.

"!"

연하는 마치 바람피우던 현장을 들키기라도 한 것처럼 긴장되고 심장이 덜컥 내려앉는 기분이었다.

"어떻게 둘이 같이 있어요?"

트레이닝복 차림의 시욱이 미간을 좁힌 채 성큼성큼 걸어왔다. 연하가 잽싸게 그에게로 달려갔다.

"이게 진짜 그런 게 아니라……."

"뭐가 아닌데요?"

"오해하는 그런 게 아니라고."

"내가 뭘 오해했는데요?"

당황한 연하가 시욱의 앞에 서서 열심히 변명했지만 번번이 툭툭 끊기고 막혔다. 다음 순간 시욱이 연하 너머로 고개를 빼고는 운열을 향해 물었다.

"지금 내가 불쾌해도 되는 상황 맞죠?"

"오해하지 마. 밤이 늦어서 바래다준 것뿐이니까."

말을 마친 운열이 연하에게 굳이 인사를 건넸다.

"난 이만 갈게. 들어가."

그런 다음 곧바로 차에 올라탔다. 그가 떠나자 시욱은 말없이 다시 오피스텔 안으로 들어갔다. 맥주를 마시고 싶었는데 그 마음이 싹 사라졌다.

"어? 같이 가, 시욱아!"

연하가 놀라서 재빨리 그를 따라 오피스텔 안으로 들어갔다.

엘리베이터 쪽으로 걸어가던 시욱이 뒤따라오는 연하를 향해 신경질적으로 돌아섰다.

"다시 사귀기로 한 거예요?"

다짜고짜 그가 던진 질문에 연하는 두 눈에 힘을 주고 그를 쏘아보았다. 그의 말이 괜히 서운했다.

"정말 그러길 바라?"

"내가 막을 수야 있나요."

시욱이 자신의 트레이닝복 바지 주머니에 손을 찔러 넣었다. 삐딱하게 구는 그의 태도에 연하도 감정이 상해서 통명스럽게 말했다.

"친구로 지내기로 했어."

"친구요?"

시욱은 기가 찬 듯한 표정을 지었다.

"전 남친이랑 친구가 가능해요?"

그가 어이없다는 눈빛을 보내자 연하는 애써 쿨하게 대꾸했다.

"시간이 많이 흘렀으니까."

그러곤 힐끔 눈을 돌려 시욱의 얼굴을 살폈다. 굳어 있는 그의 표정을 확인한 연하가 반사적으로 다시 입을 열었다.

"게다가 CC의류 김 사장님이랑 운열이가 친구더라고. 이탈리아에서 유학하다가 만났대."

그 순간 시욱이 짧게 한숨을 내쉬었다.

"하아, 운명처럼 엮였네요."

"비꼬지 마."

기분이 상한 듯 연하가 미간을 찡그렸다. 그때 마침 1층에 도착한 엘리베이터의 문이 열렸고 연하가 먼저 그곳에 올라탔다. 그녀를 따라 오르며 시욱이 일부러 말을 걸었다.

"아 참, 아까 사무실에 양 MD님 왔다 가셨어요."

"지선이?"

"네. 또 뭐 부탁하러 오신 것 같던데."

천천히 움직이기 시작한 엘리베이터 안에서 연하가 시욱을 의아한 눈빛으로 올려다보았다.

"부탁은 무슨. 우린 서로 그런 거 잘 안 해."

그러자 시욱의 입가가 비스듬히 올라갔다. 연하 보라는 듯이 고개를 크게 갸웃거린 그가 물었다.

"그럼, 부탁이 아니라 떠넘김인가?"

"떠넘김? 표현이 좀……."

연하의 얼굴 표정이 굳어졌다. 불편한 감정을 고스란히 드러내는 연하를 향해 시욱이 점잖게 말을 시작했다.

"양 MD님 이번에 인센티브 엄청 받으실 거예요. '참숯불 육포'가 대박 터졌잖아요. 원래는 선배가 받았어야 할 그 인센티브요."

연하의 말간 눈동자가 그에게로 향했다. 그녀를 마주 보면서 시욱이 진지하게 말을 이었다.

"그러니까 양 MD님 일 너무 도와주지 말아요. 자기 시간 쪼개면서까지 왜 도와줘요? 안 그래도 잘나가는 사람을."

그가 하고 싶은 말이 무엇인지 안다. 그러니까 자기 팀에서 일 열심히 하라 이 말 아닌가.

연하는 선선히 고개를 끄덕였다. 그러다가 문득 궁금증이 일어 물었다.

"근데 너 왜 자꾸 지선이를 양 MD님이라고 불러? 지선이가 선배잖아."

"저는 처음부터 쭉 양 MD님이라고 불렀는데요?"

"쭉?"

그러고 보니 시욱이 누군가를 '선배'라고 부르는 걸 본 적이 없긴 했다. 당연히 자신을 '선배'라 부르기에 다른 동기들이나 선배들에게도 그렇게 부르려니 했는데 말이다.

"내가 '선배'라고 부르는 건 선배밖에 없어요."

시욱의 단호한 말에 연하는 의아한 표정을 지었다.

"왜?"

"제품 고르는 감각도 남다르고, 상품을 돈 보듯 하지 않고, 협력업체를 아랫사람 대하듯이 하지 않아서 존경스러웠거든요."

시욱이 친절하게 손가락으로 꼽으면서까지 그 이유를 나열했지만 연하는 이해하지 못하는 얼굴이었다.

"그거 혹시 내 얘기니?"

고개를 갸웃 기울인 연하가 물었다. 단번에 시욱이 고개를 짧게 끄덕이자 연하가 다시 물었다.

"국장님 얘기 아니야?"

꼭 온루화 국장님을 묘사하는 줄만 알았다. 시욱이 여전히 믿지 못하는 연하를 향해서 분명하게 말했다.

"나는 지금 내가 존경하고 사랑하는 유연하 선배 얘기를 하고 있는 거예요."

그 순간 연하는 얼굴이 화끈거리고 심장이 범상치 않게 두근두근 뛰었다.

***

'나는 지금 내가 존경하고 사랑하는 유연하 선배 얘기를 하고 있

는 거예요.'

'존경하고 사랑하는 유연하 선배……'

'사랑하는 유연하……'

그렇게까지 크게 두근거렸던 게 얼마 만인지 모르겠다. 그래서인지 연하는 시욱의 그 말이 자꾸 머릿속을 맴돌았다.

시욱이 그 말을 한 건 딱 한 번뿐이지만, 그녀의 머릿속에서는 한 백번쯤 말한 상태였다. 눈을 떠도 감아도 그 말을 하던 그의 얼굴과 목소리가 눈앞에 어른거렸다. 그때 그의 눈빛은 참 사람 설레게 부드러웠다.

연하가 침대에 누워서 시욱을 떠올리고 있던 그때 탁자 위에 둔 그녀의 휴대폰이 울렸다.

Rrrrr.

"!"

시욱을 생각하고 있었던 탓일까.

연하는 그 전화가 시욱에게서 온 전화일지도 모른다고 생각했다. 두근두근하며 탁자까지 걸어가 휴대폰을 확인했는데, 화면에 뜬 번호는 전혀 모르는 번호였다.

약간 실망한 표정으로 연하는 전화를 받았다.

"여보세요?"

-나야, 운열이.

전화를 건 상대는 뜻밖의 인물이었다. 연하의 눈빛에 의아함이 서렸다.

"도운열? 내 번호, 어떻게 알았어?"

-동훈이한테 물어봤어.

"아……."

-기분 나쁘진 않지? 우리 이제 친구로 지내기로 했잖아.

"응, 뭐, 괜찮아. 근데 무슨 일이야?"

휴대폰을 고쳐 잡으며 연하가 용건을 물었다. 그때 그녀의 입에서 하품이 새어 나왔다. 연하가 입으로 손을 가져가는 사이 운열의 목소리가 들려왔다.

-아니, 혹시, 그 뒤로 나 때문에 조시욱이랑 싸운 건 아닌가 해서.

"안 싸웠어. 오히려 사이좋아, 지금."

그 순간 자연스럽게 연하의 머릿속에 시욱이 했던 말이 또다시 떠올랐다.

'나는 지금 내가 존경하고 사랑하는 유연하 선배 얘기를 하고 있는 거예요.'

그녀의 입가에 옅은 미소가 서렸다. 이윽고 얼굴에서 미소를 걷어낸 그녀가 휴대폰에 대고 말했다.

"나 졸려서 이만 자야겠다."

-어, 그래. 잘 자.

전화를 끊은 연하가 다시 침대에 앉았다. 여전히 시욱의 얼굴이 둥둥 떠다녔다. 그렇게 계속 머릿속에서 시욱이 떠나지 않아서 연하는 밤새 잠을 설쳤다.

***

"유 MD님, 지금 랩스커트 방송한다던데, 안 가보세요?"

멍하니 자리에 앉아 있는 연하의 파티션 너머로 나타난 재진이 발랄하게 알려주었다. 연하가 곧바로 의자에서 벌떡 일어섰다.

"지금 갈 거예요. 고마워요, 재진 씨!"

오늘 패션 2팀에서 신상 랩스커트의 판매 방송이 있다는 소식을 전해 들었다. 앞으로 진행할 방송에 참고가 될까 싶어서 연하는 수첩을 들고 재빨리 방송국으로 향했다.

도착해 보니 판매 방송이 한창 진행 중이었다. 방송에 방해가 되지 않도록 연하는 카메라 뒤쪽 구석에 서서 손으로 수첩을 받쳐 들었다.

플라워와 도트 패턴 두 종류의 랩스커트는 고급스러운 원단 소재의 스타일리쉬한 스커트였다. 그런데 생각보다 반응이 좋지 않았다. 모니터 화면에 뜬 낮은 콜수가 그 증거였다.

고급스러운 데다 스타일리쉬한 스커트. 바로 그 점이 문제였다. 너무 패셔너블해서 꼭 모델들이나 소화할 것 같은 느낌이랄까.

연하는 랩스커트가 만족스러운 매출을 내지 못하는 이유를 '한 번 입어보고 장롱에 처박아둘 것 같아서'로 분석했다.

방송이 끝날 즈음 연하는 조용히 스튜디오를 빠져나왔다. 그때 그녀의 곁으로 지선이 달려왔다.

"드디어 만났다!"

멀리서 연하를 발견하고 뛰어온 듯 보였다. 반가워하는 그녀를 보는 연하의 얼굴 역시 환하게 밝아졌다.

"지선아!"

연하는 다가온 지선의 손을 잡으며 방방 뛰었다. 그녀가 지선을 믿지 않게 흘겨보며 말했다.

"이 계집애, 요즘 왜 이렇게 바빠?"

"과연 나만 바빠서 우리가 안 만나지는 걸까? 너도 내가 갈 때마다 자리에 없었잖아."

지선도 연하의 말간 얼굴을 흘겨보았다. 그러다가 두 사람은 동시에 웃음을 터뜨렸다. 연하가 잡고 있는 지선의 손을 끌어당기며 말했다.

"그래도 나보다 네가 더 바쁘잖아. 일 좀 그만하고 나 좀 만나줘."

잡은 손을 좌우로 흔들며 애교를 부리는 연하를 향해 지선은 짐짓 거만한 표정을 지었다.

"내가 진짜 요즘에 역대급으로 바빠서 그래. 조금만 참아."

그러자 이번엔 연하가 짐짓 심각한 표정을 지으며 말했다.

"선택해. 일이야, 나야?"

"흑흑. 그건 선택할 수 없사와요."

장난을 치는 두 사람의 얼굴에서 웃음이 떠나질 않았다. 그때 문득 시간을 확인한 지선이 다른 손에 돌돌 말아 들고 있던 종이 뭉치를 연하에게 내밀었다.

"이거 이번 신상품 기술서거든? 한 번만 읽어줘."

"그래."

늘 있는 일이라 연하는 흔쾌히 그것들을 받아들었다. 그동안 그들은 신상품이 나오면 항상 서로에게 보여주고 의견을 듣곤 했기 때문이다. 다음 순간 연하가 지선에게 이번에 맡은 봄 스커트 사진을 보여주려고 휴대폰을 꺼내 들었다.

"대신, 넌 이것 좀 봐줘. 나 이번에 업체 하나 맡았는데……."

"에이, 난 패션 쪽은 잘 모르잖아."

그런데 지선이 손사래를 치며 뒤로 물러섰다. 의아해하는 연하를 향해 지선이 말을 덧붙였다.

"봐도 잘 모를 거야."

그러면서 배시시 미소를 지었다. 그녀를 따라 웃으며 연하는 휴대폰을 도로 집어넣었다. 그때 또다시 시간을 확인한 지선이 재빨리 말했다.

"나 이제 가봐야 해. 또 방송 있어."

"어, 그래. 잘 가."

바쁘게 가버리는 지선의 뒷모습을 보면서 연하는 뒷머리를 긁적거렸다. 손에 들린 동그랗게 말린 서류들을 물끄러미 내려다보던 그녀가 그것들을 반대편으로 말아 평평하게 펴는 작업을 시작했다. 그때였다.

"연하야, 안녕!"

방송국 쪽으로 걸어오던 운열이 연하를 발견하고 밝게 인사를 건넸다. 연하도 손을 흔들며 인사했다.

"아, 운열아, 안녕."

연하의 앞에 선 운열이 싱긋 웃는 얼굴로 물었다.

"점심 먹었어?"

"응. 너는?"

"나는 가게에서 먹고 왔지."

말을 하던 운열이 주위 눈치를 한 번 살피고는 연하에게로 상체를 살짝 숙이며 덧붙였다.

"솔직히 여기 구내식당 맛없잖아."

풋, 연하가 작게 웃음을 터뜨렸다. 곧 그녀가 선선히 고개를 끄덕였다.

"맞아. 그렇긴 해."

"다음에 동훈이랑 또 우리 식당에 와. 신메뉴 만들었는데, 꽤 자신 있어."

"그래. 다음 미팅 때 갈게."

연하는 이제 전보다 훨씬 편하게 운열과 대화를 나눌 수 있게 되었다. 그와 정말 친구라도 된 것 같았다.

방송국에서 나온 연하는 사무실로 돌아가기 위해 바삐 걸음을 옮겼다. 사무실을 향해 걷고 있는 그녀의 눈에 낯익은 여직원 세 명이 보였다. 패션 1팀 여직원들이었다. 연하가 반갑게 손을 흔들었다.

"김 대리……!"

그런데 그녀의 목소리가 작았던 건지 사무실 근처 복도에 선 여직원들은 아무도 연하를 돌아보지 않았다.

"세영 씨……!"

이번엔 제일 편한 세영의 이름을 불러보았다. 하지만 이 역시 그녀들에게는 닿지 않았다.

아무래도 동그랗게 둘러서서 심각한 얘기 중인 듯 보였다. 때문에 연하는 조심스럽게 여직원들의 뒤로 다가갔다. 그러자 그들이 나누고 있는 대화가 조그맣지만 분명하게 들려왔다.

"그 봄 스커트, 원래 내가 점찍었던 건데, 유 MD님이 맡았더라? 나 좀 황당했잖아."

"그러게요. 팀장님이 선배라고 너무 봐주는 거 아닌지 몰라요."

"에이, 설마요."

"설마라니. 세영 씨, 너무 순진하네. 예전 같았으면 그런 대박 조짐 보이는 상품엔 MD들끼리 경쟁을 시켰을 거야."

"유 MD님 이번에도 방송 망하면, 나 유 MD님뿐만 아니라 팀장님한테도 따질 거야."

우뚝 멈춘 연하의 발이 무엇인가에 당겨지듯 뒷걸음질 쳐졌다. 심장이 아프게 뛰면서 미안함과 책임감이 동시에 들었다. 그녀에게 꼭 성공해야 하는 이유가 또 생긴 순간이었다.

***

늦은 밤, 연하는 술친구를 해달라는 상사의 거절할 수 없는 부탁을 받고 최고급 호텔의 최상층 펜트하우스로 향했다.

럭셔리한 분위기를 물씬 풍기는 펜트하우스로 들어서자 강렬한 레드 빛깔의 실크 드레스를 입은 루화가 그녀를 반겼다.

"내 욕하면서 왔지? 어쩔 수 없었어. 부르면 바로 오는 후배가 너밖에 없어서."

"욕은 무슨. 영광이죠."

터덜터덜 들어선 연하가 루화를 향해 진지하게 대답했다. 루화는 곧바로 의심의 눈초리를 보냈다.

"벌써 한잔하고 왔냐?"

고개를 좌우로 저은 연하가 입고 온 외투를 벗고는 루화를 빤히 쳐다보았다.

"국장님."

다소 힘이 빠져 있는 듯한 모습이었다. 루화가 그녀를 물끄러미 응시하자 연하가 단호하게 말했다.

"존경하고 사랑합니다."

그 순간 루화의 붉은 입술 끝이 위로 올라갔다. 매혹적이게 미소 지은 그녀가 소파로 돌아가며 대꾸했다.

"알아. 새삼스럽게 왜 그래?"

그런 다음 양가죽 소파에 다리를 꼬고 앉고는 테이블에 올려둔 와인 잔을 들어 올렸다. 와인 잔을 가볍게 돌리고 있는 그녀의 옆으로 연하가 달려가 앉았다.

"이런 말 들으면 솔직히 어때요?"

"행복하고 좋지."

30년산 프랑스 포트 와인의 향을 음미하며 루화가 솔직하게 대답했다. 그녀의 옆에서 연하는 어깨를 축 늘어뜨렸다.

"근데 전 왜 부담이 되는 걸까요."

시욱에게 그 말을 들었을 때 처음엔 설레고 고맙고 행복했다. 그냥 마냥 좋았다. 그런데 시간이 흐를수록 그 말이 무겁게 자신을 짓눌렀다.

그때 와인을 한 모금 마신 루화가 짧게 말했다.

"착해서."

"무능해서는 아니고요?"

연하가 고개를 푹 숙인 채 대꾸했다. 그러자 루화가 미간을 찡그리며 그녀를 쏘아보았다.

"너 지금 그 말, 너한테도 널 존경한다고 말한 이한테도 실례되는 거야."

그제야 연하가 얼굴을 들고 루화를 쳐다보았다. 이미 루화는 그녀를 보고 있지 않았지만 연하는 고개를 꾸벅 숙여 고마움을 전했다.

"감사합니다. 덕분에 힘이 좀 나⋯⋯."

"조용히 해 봐. 지금 식품 1팀 방송 중이야."

루화는 거실 벽면을 크게 차지하고 있는 TV 화면을 뚫어지게 보는 중이었다. 현재 TV에선 쇼호스트와 도운열 셰프가 파스타 소스를 판매하고 있었다.

"요즘 저 셰프가 하는 판매 방송이 제일 반응 좋단 말이야."

불만 어린 눈빛으로 루화를 힐끔 본 연하가 와인병을 집어 들었다. 비어 있는 잔에 와인을 따르며 그녀가 입술을 삐죽거렸다.

"아오, 그놈의 성적 지상주의."

구시렁거리는 연하에게 눈길 한 번 주지 않고 루화는 홈쇼핑 채널을 시청했다. 한참을 화면만 보고 있던 루화가 감탄사를 터뜨렸다.

"캬. 도운열이랬나? 진짜 곱상하게 잘생겼다."

작고 하얀 얼굴에 또렷한 이목구비는 시선을 끌기에 충분했고, 아직 익숙하지 않은 듯 카메라를 어색하게 보는 시선 처리는 여심을 자극했다.

"내가 10년만 젊었어도 꼬셔보는 건데. 근데 어디서 한 번 본 얼굴 같단 말이야. 아이돌 닮아서 그런가?"

루화가 고개를 갸웃하는 사이 말없이 와인만 들이켜던 연하가 잔을 내려놓았다.

"국장님."

"응?"

대답은 했지만 루화의 시선은 여전히 TV에 닿아 있었다. 아랑곳하지 않고 연하는 말을 이었다.

"전 남친이랑 친구가 될 수 있다고 생각하세요?"

"놉. 절대 불가능."

옆얼굴만 보인 채로 루화가 단호하게 대답했다. 이윽고 연하가 TV 화면을 지그시 응시한 채 나직하게 말했다.

"저는 그 불가능한 걸 해내고 있어요."

그제야 루화의 고개가 연하에게로 돌아갔다. 무언가를 생각하는 듯 눈동자만 움직이던 그녀가 입을 열었다.

"아아. 그래서 요즘 시욱이가……."

"시욱이? 조 팀장이 왜요?"

갑자기 나온 시욱의 이름에 연하는 심장이 먼저 반응하는 걸 느꼈다. 그녀를 빤히 보며 루화가 불쑥 물었다.

"너 솔직히 우리 시욱이 어떻게 생각해?"

생뚱맞은 질문을 받은 연하는 순간 의아한 마음이 들었다.

"어떻게 생각하긴요. 그냥 까마득한 후배죠."

"그것뿐이야?"

"네."

난감한 표정이 된 루화가 긴 손톱으로 자신의 턱을 긁적였다. 이윽고 그녀가 다시 물었다.

"그래도 잘생겼다고 생각하긴 하지?"

"그거야 당연히……."

연하가 루화의 물음에 대답하려던 순간 초인종이 울렸다.

"호랑이도 제 말하면 온다더니."

이렇게 중얼거린 루화가 자리에서 일어나 현관으로 걸어갔다. 혹시나 하는 마음에 연하는 재빨리 자신의 단발머리를 매만졌다.

"왔어?"

"불렀잖아."

현관의 중문 너머에서 시욱의 시크한 음성이 들려왔다. 그 목소리를 들은 연하가 반색했다. 그때 시욱이 안으로 들어오지는 않고 물었다.

"왜 불렀어?"

"일단 들어와 봐."

먼저 중문을 넘어온 루화가 시욱의 팔을 잡아끌었다. 그러나 시욱은 꼼짝 않고 서 있었다.

"피곤해, 나."

"들어오면 피곤이 싹 사라질걸?"

"용건 없으면 그냥 갈게."

"안에 유연하 있는데도?"

루화의 말이 끝나기가 무섭게 시욱이 중문 사이로 들어왔다. 소파에 앉아 있는 연하를 발견한 그의 눈이 커졌다.

"선배가 여긴 웬일이에요?"

"안녕?"

그에게 연하는 가볍게 손 인사를 건넸다. 시욱이 올 줄은 몰랐지만 막상 만나니까 솔직히 너무 반가웠다. 그리고 자신이 와 있다는 한마디에 잽싸게 들어오는 그가 무척 귀엽게 느껴졌다.

안으로 들어온 시욱의 뒤에서 루화는 피식 웃음을 터뜨렸다. 그녀가 소파로 걸어가면서 입을 열었다.

"너 요즘 너무 일에만 파묻혀 살길래 숨 좀 쉬라고 불렀다."

연하가 앉아 있는 옆자리로 온 루화가 연하의 어깨에 손을 올리며 덧붙였다.

"이 산소 같은 여자."

"아이, 국장님도 참."

이에 연하는 안 그래도 와인 때문에 달아오른 얼굴을 더욱 붉히며 부끄러워했다. 그 모습을 보며 시욱은 고개를 절레절레 흔들었다.

"어지간히 취하셨네요."

거실로 들어서는 시욱의 얼굴이 조금 피곤해 보였다. 루화가 그를 걱정하면서 말했다.

"솔직히 너 요즘 매가리가 너무 없잖아. 꼭 권투 그만뒀을 때처럼 텅 빈 마네킹 같……."

거기까지 말한 루화가 입을 멈추고 연하의 눈치를 보았다. 그녀의 눈을 마주 본 연하가 의아한 눈빛을 보냈다.

"왜 제 눈치를 보세요? 저 시욱이 권투선수였던 거 알고 있어요."

"알고 있어? 어떻게?"

굵게 그린 아이라인으로 인해 커진 루화의 눈이 더 커졌다. 그녀를 향해 연하는 대수롭지 않다는 어조로 대답했다.

"사내에 소문 다 났어요."

"진짜? 누가 그걸 어떻게 알아서 퍼트렸지?"

루화가 고개를 갸웃 기울였다. 그러자 연하가 손바닥을 쭉 펴서 시욱을 가리켰다.

"저기 계신 조 팀장님이 워낙 인기가 많으시잖습니까. 여직원들 사이에서 퍼진 것 같던데요."

"나는 들어본 적 없는데."

의문을 담은 루화의 고개가 또 한 번 갸웃 기울어졌다. 답답하다는 듯이 연하가 말을 이었다.

"프로선수 주제에 일반인을 때려서 제명당한 거라고 소문 다 났어요."

그 순간 갑자기 분위기가 싸해졌다. 연하는 세심하지 못했던 자신의 말에 자신이 놀라 재빨리 말했다.

"죄송해요. 제가 진짜 어지간히 취했나 봅니다."

그러면서 자신의 입술을 찰싹찰싹 때렸다.

하여튼 이놈의 술이 원수다. 다신 술 안 마셔야지.

연하가 가능성 희박한 다짐을 하고 있던 그때 루화가 소파에 앉으며 나직하게 중얼거렸다.

"그 소문 한번 참, 더럽게 정확하게 났네."

그 말을 들은 연하의 움직임이 우뚝 멈췄다. 이런 식으로 확인 받게 될 줄은 몰랐다.

역시 그 소문이 맞는 거구나. 그럼 그 맞은 사람도 운열이 맞는 거겠지.

연하의 미세하게 떨리는 손이 와인 잔으로 뻗어졌다. 거의 다 마셔서 빈 잔에 가까웠지만 뭐라도 의지하고 싶은 마음이었다. 그때 루화가 다시 입을 열었다.

"근데 시욱이한테도 나름 사정……."

"선배."

하지만 루화의 말은 시욱이 연하를 부르는 목소리에 묻혀버렸다. 연하가 자신에게로 성큼 다가온 시욱을 올려다보자 그가 물었다.

"그 소문, 누구한테서 들은 거예요?"

"응?"

연하의 눈썹이 살짝 치켜 올라갔다. 그녀의 시야를 가득 채운 시욱이 진지하게 다시 물었다.

"내가 권투선수였던 거 누구한테 들었냐고요."

"여직원들 사이에서 다 퍼진 거라니까."

연하가 힘없이 대답했다. 하지만 시욱은 그녀의 대답이 맞지 않는다는 듯이 고개를 저었다.

"그러니까 그걸 선배한테 직접 말한 사람이 누구냐고요."

그 순간 연하의 까만 동공에 의아함이 서렸다. 곧 그녀가 핑크빛 입술을 다시 열었다.

"난 지선이한테 들었지."

이번 대답은 맞는 것인지 시욱은 헛웃음을 터뜨렸다.

***

패션 1팀의 사무실 문 앞을 서성이고 있는 지선을 발견한 시욱이 그녀에게로 뚜벅뚜벅 걸어갔다. 구두 소리에 지선이 자연스럽게 고개를 돌렸다.

"선배 지금 없습니다."

지선의 앞에 선 시욱이 알려주었다. 연하는 현재 회의실에서 CC의류 김 사장과 미팅 중이었다.

"우리 너무 자주 보네요."

"그러게."

지선이 떨떠름한 표정으로 대답하고는 걸음을 옮겼다.

"다음부턴 꼭 연락하고 와야겠다."

재빨리 등을 돌린 지선이 몇 발자국 걸어갔을 때 시욱이 그녀를 불러 세웠다.

"양 MD님."

"왜?"

지선이 몸을 뱅글 돌려 시욱을 돌아보았다. 그녀에게로 시욱이 다가가더니 꽤 가까운 위치에서 발을 멈췄다. 지선이 무표정한 얼굴로 그를 올려다보자 시욱이 낮은 음성으로 말했다.

"제 과거 얘기 좀 그만 퍼뜨리세요."

그러자 표정 없던 지선의 얼굴에 묘한 웃음이 퍼졌다.

"왜 나라고 생각해?"

"글쎄요."

애매한 대답을 먼저 내뱉은 그가 한쪽 입술 끝을 살짝 올리며 덧붙였다.

"워낙 저를 싫어하시니까?"

다음 순간 지선이 입가에서 웃음을 싹 거뒀다. 짐짓 안타까운 표정을 지은 그녀가 말했다.

"아닌데. 나 너 안 싫어해. 네가 날 싫어하는 거겠지."

시욱은 부정하지 않았다. 아니라는 가식적인 말을 하는 대신 그는 한 발자국 뒤로 물러섰다.

"제가 바쁘신 분을 너무 잡아뒀네요."

지선에게 길을 터주며 시욱이 싱긋 웃었다.

"다음 방송도 꼭 성공하시길 바랄게요."

***

패션 1팀 사무실. 늦은 시간까지 전등이 환하게 켜져 있었다. 외부 일정을 마치고 자료를 체크하기 위해 팀장실로 돌아오던 시욱은 불이 켜져 있는 사무실에 놀라고 말았다. 그의 시야로 컴퓨터 모니터에 얼굴을 들이밀고 있다가 고개를 드는 연하의 얼굴이 들어왔다.

"이 시간까지 뭐 해요?"

곧바로 사무실 유리문을 열고 들어온 시욱이 놀란 목소리로 물었다. 그를 한 번 쓱 쳐다본 연하가 다시 모니터로 시선을 돌리며 대답했다.

"일하지."

무척 당연하다는 어조였다. 다음 순간 시욱이 사무실 벽에 걸려 있는 디지털 시계를 검지로 가리켰다.

"밤 10시인데요?"

하지만 연하는 이미 시간을 알고 있다는 듯 쿨한 태도였다.

"일하기에 최적의 시간이지."

사실 연하는 지금 1분 1초가 아쉬웠다. 그도 그럴 것이 고객 상품선정위원회라 불리는 고객 품평회가 당장 다음 주로 예정되어 있기 때문이다. 일단 이를 통과해야 방송이 가능하기에 연하는 잠도 미루고 상품의 구성과 가격대를 고민하고 또 고민하고 있었다.

그녀가 몇 번이고 들었다 놓은 봄 스커트를 다시 집어 들었다. CC의류의 봄 스커트는 플라워 패턴의 A라인 스커트로, 컬러는 화이트, 블랙, 핑크, 네이비 네 종류였다.

"이걸 다 세트로 구성하는 건 너무 모험인가? 그렇게 되면 가격도 십만 원이 넘어갈 테고……. 그럼, 재고 생각 안 하고 각각 파는 게 최선인가? 하나씩 팔면 그것도 그거대로 가격이 올라갈 텐데……. 흐음……."

연하가 중얼중얼하면서 상품의 구성을 고민하고 있던 그때 그녀의 휴대폰이 울렸다.

Rrrrr.

스커트를 내려놓고 바로 전화를 받았다.

"어, 지선아."

-어디야?

지선의 다정한 목소리에 연하는 칭얼거리는 어린아이처럼 귀엽게 울상을 지었다.

"나 아직 회사. 일하는 중이야. 히잉."

-나는 집인데. 히히.

"좋겠수다. 부럽수다."

-언제 끝날 것 같은데?

"이제 정리하고 가야지."

-아 참, 우리 팀 신상품 기술서는 읽어봤어? 어때? 통과시킬까?

지선의 물음에 연하는 순간 난감한 표정을 지었다. 휴대폰을 들지 않은 손으로 턱을 긁적이면서 연하가 말했다.

"미안. 바빠서 아직 못 읽었어."

얼마 전에 방송국에서 만난 지선이 건넨 신상품 기술서는 한 줄도 읽어보지 못하고 집에 얌전히 모셔둔 상태였다.

-아직도?

전화기 너머 지선의 목소리가 다소 날카로워진 듯한 느낌이 들었다. 동요한 연하의 말간 눈동자가 일렁였다.

-나 좀 섭섭해지려고 해.

지선의 서운해하는 목소리가 들려오자마자 연하는 또다시 사과했다.

"미안. 진짜 미안. 지금 집에 가서 바로 읽을게."

전화를 끊은 연하의 마음이 급했다. 빨리 집으로 돌아가 지선의 신상품 기술서를 읽어야 한다는 생각에 그녀는 급히 책상 위를 정리하기 시작했다.

"최대한 빨리 가야⋯⋯. 아, 깜짝이야."

책상을 정리하고 있는 연하의 곁으로 검은 그림자가 다가왔기에 연하는 소스라치게 놀라고 말았다. 놀란 그녀의 동그란 눈에 시욱의 굳은 얼굴이 보였다.

"아직 안 갔어?"

지선과 통화하는 동안 간 줄만 알았던 시욱이 바로 뒤에 서 있었던 것이다.

"유연하 씨."

정 없이 딱딱한 부름이었기에 연하도 딱딱하게 대답했다.

"네, 팀장님."

블랙 슈트를 입은 시욱이 그녀의 앞에서 팔짱을 척 꼈다. 그런 다음 멋지게 선언했다.

"나랑 야근합시다."

목소리는 충분히 멋졌지만 그 내용이 전혀 멋지지 않았다.

"저 지금까지 야근한 건데요?"

당황한 연하가 큰 두 눈을 깜박거리며 대꾸하자 시욱이 팔짱을 풀면서 뒤쪽을 가리켰다.

"먼저 회의실로 가 있어요."

차마 거부할 수 없는 분위기를 내뿜고 있었다. 결국 연하는 입을 삐죽거리면서도 얌전히 회의실을 향해 걸어갔다. 넓은 회의실에 덩그러니 혼자 앉아 시욱을 기다리고 있는데, 잠시 후 그가 손에 스커트 두 개를 들고 들어왔다.

"그게 뭐야?"

연하가 어리둥절해하며 물었다. 시욱이 양손에 든 스커트를 그녀의 눈앞으로 들어 보였다.

"작년에 대박을 터트린 스커트와 소소하게 성공한 스커트입니다."

이에 연하는 고개를 갸웃했다.

"응? 어쨌든 둘 다 성공한 거 아니야?"

"대박과 중박의 차이랄까요."

다음 순간 연하가 손을 뻗어 시욱의 손에서 스커트를 가져갔다.

두 스커트를 열심히 만져보던 그녀가 중얼거리듯 말했다.

"디자인이랑 재질도 비슷해 보이는데."

한 스커트는 시폰 소재의 플레어 스커트였고, 다른 스커트는 일명 주름치마라 불리는 플리츠 스커트였다.

"이게 대박을 친 건가? 아님, 이거?"

연하가 플레어 스커트와 플리츠 스커트를 번갈아들면서 시욱에게 물었다. 그러자 시욱이 어깨를 으쓱했다.

"그건 유연하 씨가 맞추셔야죠."

"퀴즈야?"

"숙제예요."

시욱이 내준 숙제에 연하는 다시 두 스커트로 시선을 내렸다. 눈으로 그것들을 다시 훑던 그녀가 물었다.

"판매 구성은?"

"이쪽은 롱 앤 숏 세트였고, 이쪽은 블랙 앤 화이트 세트였어요."

플레어 스커트는 길이만 다른 세트로 판매를 했고 플리츠 스커트는 색깔만 다른 세트로 판매를 한 것이었다.

"혹시 서비스 상품은 있었어?"

"대박친 쪽에 만요. 암튼, 내일까지 시간을 드릴 테니……."

"이게 대박을 친 거네."

시욱의 말을 도중에 자르며 연하가 플리츠 스커트를 위로 들어 올렸다. 그걸 본 시욱의 눈이 휘둥그레졌다.

"어떻게 아셨어요?"

정확했다. 플리츠 스커트는 그 시즌 최고 매출을 기록한 상품이었다. 씩 미소를 지은 연하가 대답했다.

"나는 특별한 사람이 아니야. 즉, 내 눈은 굉장히 평범하단 얘기지."

스커트를 살피는 동안 연하는 한 번이라도 눈이 더 가는 쪽이 대박 상품일 거라 예상했다. 예전부터 자신의 눈은 특별한 평범함을 잘 알고 있었으니까.

"내 눈이 마음에 들면 말이야, 그게 대박 상품인 거야. 왜냐? 내 눈은 일반 대중적으로 맞춰져 있으니까."

시욱의 예상대로 연하는 대중들이 좋아하는 상품을 구별해내는 능력이 있었다. 그 능력을 한동안은 본인을 위해 활용하지 못하는 것 같아서 마음이 쓰였다.

"역시."

감탄한 시욱이 연하를 향해서 장난스럽게 고개를 꾸벅 숙였다.

"존경하고 사랑합니다."

그 말을 듣는 순간 연하는 또 심장이 쿵 뛰었다. 시욱의 시선을 피하며 연하가 다급하게 말했다.

"그, 인간적으로, 둘 중에 하난 좀 빼줘라. 더 낯간지러운 거."

그러자 곧바로 시욱이 그녀의 요구에 응답했다.

"사랑합니다."

"!"

방금 전보다 심장이 더욱 크게 뛰었다. 화들짝 놀란 연하가 두 눈을 들어 시욱을 쳐다보았다. 그의 얼굴에서 장난기는 전혀 보이지 않았다.

존경하고 사랑한다기에 둘 중 더 낯간지러운 말을 빼라고 했더니, 마치 고백처럼 들렸다.

"사랑해요."

반복된 시욱의 말에 연하의 눈망울이 크게 일렁였다. 그녀가 핑크빛 입술을 어렵게 다시 열었다.

"그, 그쪽을 빼라니까?"

너무 놀라서인지 목소리가 가수들 음 이탈처럼 갈라져 나왔다. 다음 순간 연하는 자리에서 벌떡 일어나 회의실 문으로 달려갔다.

"나 먼저 간다!"

회의실을 나온 연하의 얼굴이 벌겋게 달아올라 있었다. 연하는 재빨리 자신의 책상으로 달려가 가방을 챙겼다. 그러다 책상에 늘어놓은 스커트들에게 시선이 갔고 그 순간 문득 움직임을 멈췄다. 무언가를 잠시 생각하던 그녀가 다시 책상에 앉았다.

갑자기 떠오른 내용들을 업무 일지에 빠르게 기입하면서 연하가 중얼거렸다.

"역시 세트로 가는 게 나을 것 같아. 화이트, 블랙, 핑크 이렇게 한 묶음 세트에 네이비 컬러 하나를 서비스로 추가하는 구성으로 가고, 가격은 99,900원."

그때 회의실에서 나온 시욱이 일에 열중하고 있는 그녀의 곁으로 다가왔다.

"간다더니, 안 가고 뭐 해요?"

"갑자기 생각났단 말이야. 메모만 해 두고 갈 거야. 먼저 가."

사람을 정신 산란하게 만드는 건 술만이 아닌 모양이다. 연하는 자신의 정신을 어지럽히는 시욱을 쳐다보지도 않고 말했다.

"싫은데요."

오른쪽 귀로 들려오는 시욱의 고집스러운 음성에 펜을 잡은 연하의 손에 힘이 들었다.

"제발 먼저 가라고."

"끝나면 깨워요."

이렇게 말한 시욱이 옆 책상에 앉고는 그대로 엎드렸다. 반사적으로 연하의 고개가 그쪽으로 돌아갔다. 하지만 손을 멈추지는 않았다.

잠시 후, 머릿속에 떠오른 내용들을 전부 적은 연하가 펜을 내려놓았다. 그러고는 잽싸게 자리에서 일어나 시욱에게 다가갔다.

"저기……."

기세 좋게 다가간 것치고는 작은 목소리였다. 시욱을 깨우기 위해 그녀가 다시 소리를 냈다.

"야……."

자꾸만 기어들어 가는 목소리가 흘러나와서 연하도 답답했다. 하지만 곤히 잠든 것처럼 눈을 감고 있는 시욱의 얼굴을 보니 목소리가 크게 나오질 않았다. 결국 연하는 그에게로 손을 뻗었다. 그녀의 주저주저하는 손가락이 시욱의 높은 코끝을 톡톡 건드렸다.

그때, 갑자기 시욱이 눈을 뜨더니 큰 손으로 연하의 손목을 덥석 잡았다. 놀라 굳어진 연하를 향해 시욱이 낮은 음성으로 말했다.

"사랑해요."

"!"

두근. 심장이 떨렸다. 시욱의 그윽한 눈빛에 설렌 연하의 손이 미세하게 떨리기 시작했다.

"존경하고."

이어진 시욱의 말에 퍼뜩 정신이 든 연하가 황급히 그의 손을 떼어냈다.

"이번엔 순서를 바꿨니? 나 참."

말을 하는 연하의 호흡이 다소 거칠어져 있었다. 그녀가 기막혀하는 사이 시욱이 의자에서 몸을 일으켰다. 그를 쏘아보듯 올려다본 연하가 허리에 두 손을 척 얹었다.

"뭐가 됐든 제발, 그 말 좀 그만하면 안 될까?"

"왜요?"

"그 말 들을 때마다 숨이 안 쉬어져서 그래."

"아."

시욱이 짧게 소리를 내고는 천천히 고개를 끄덕였다. 이윽고 그의 입에서 방금 전 연하만큼이나 솔직한 말이 흘러나왔다.

"나도 그런데."

"뭐가?"

연하의 두 눈이 동그래졌다. 시욱이 다시 솔직하게 말했다.

"나도 그 말 할 때마다 숨이 안 쉬어져요."

또다시 연하의 심장이 세차게 뛰기 시작했다. 심장 고동 소리가 귀까지 울리는 것 같았다.

"그럼……."

입을 연 연하가 말을 멈추고 마른침을 꿀꺽 삼켰다. 곧 그녀가 버럭 소리쳤다.

"하질 마!"

그런 다음 가방을 챙겨 들고는 뒤도 안 돌아보고 사무실을 빠져나왔다. 집으로 향하는 내내 연하는 이해할 수 없다는 듯이 고개를 갸웃거렸다.

도대체 서로 낯부끄러워서 호흡곤란만 일으키는 말을 왜 하는 거람?

07화. 그럴 사람

협력업체와의 미팅을 마치고 사무실로 돌아온 연하의 눈에 쌓아져 있는 롱코트 무더기를 이리저리 살피고 있는 세영이 들어왔다. 그녀에게 다가가며 연하가 물었다.

"이게 오늘 방송할 롱코트야?"

"네. 방송 시간이 얼마 안 남아서 바로 옮겨야 해요."

오버핏 롱코트였기 때문에 하나만 해도 무게가 상당한데, 색이 다섯 종류라 방송 샘플만으로도 무게가 꽤 나갔다.

"혼자 옮기기 무겁겠다. 들어줄게."

이렇게 말한 연하가 롱코트의 일부를 들어 올렸다. 세영이 반색하며 나머지 샘플과 방송용 액세서리를 챙겼다.

분주하게 움직이고 있는 방송국 스튜디오로 도착한 두 사람은 마네킹에 롱코트를 입히는 작업을 시작했다. 그때 조금 떨어진 곳에 서 있는 시욱을 발견한 세영의 손놀림이 느려졌다. 등만 보이고 있는 상태였지만 세영은 시욱에게서 시선을 떼지 못했다. 시욱의 뒷모습을 멍하니 바라보고 있던 그녀가 옆에서 마네킹 옷을 정리하고 있는 연하에게 말을 걸었다.

"팀장님 뒷모습이요, 너무 잘생기지 않았어요?"

"응? 뒷모습?"

연하가 의아해하면서 고개를 돌렸다. 그녀의 눈이 단번에 시욱의 뒷모습을 찾아냈다. 전에 한 번 넋을 놓고 쳐다본 적이 있어서 그런지 세영의 마음이 충분히 이해가 갔다.

"하긴. 권투한 적이 있어서 그런지, 참 균형 잡힌 몸매 같긴 해."

연하의 말에 크게 놀란 듯 세영이 자신의 입을 틀어막았다.

"어머! 팀장님, 권투선수였어요?"

세영이 휘둥그레진 눈으로 물었지만 연하는 다시 마네킹으로 시선을 돌리며 평온하게 대답했다.

"몰랐어? 여직원들 사이에선 이미 다 퍼진 소문인데."

"팀장님에 대해 제가 모르는 소문이 있다고요?"

세영은 처음 들어보는 소문이라 말했다. 참 이상했다. 시욱을 좋아하는 세영이 시욱에 대한 소문을 모를 리 없는데 말이다. 거기까지 생각이 미친 연하가 손 움직임을 멈췄다.

"대박."

세영이 상기된 얼굴로 중얼거리고는 연하를 향해 싱글벙글 미소를 지었다.

"팀장님 과거는 항상 베일에 싸여 있어서 너무 궁금했는데, 감사해요, 유 MD님."

그 순간 연하는 안 좋은 예감이 들었다.

얼마 지나지 않아 그 예감은 적중했다.

***

하루 만에 시욱이 전직 권투선수였다는 소문이 사내에 쫙 퍼졌다. 회사에서 만나는 이들이라면 누구나 패션 1팀의 배우 뺨치게 잘생긴 팀장의 전직에 관해 이야기하느라 바빴다. 그 안에서 시욱만 상황을 모르고 있었다. 그저 자신을 향한 주목도가 어제보다 높아진 느낌 정도로만 생각했다.

"오오, 조 팀장!"

사무실을 향해 걷고 있는 시욱에게로 입사 동기인 정찬이 반색하며 달려왔다. 정찬의 뒤로 그의 부하 직원들도 우르르 따라왔다.

"세계 챔피언이었다며?"

"뭐?"

갑작스러운 정찬의 말에 시욱은 두 눈이 휘둥그레졌다. 다음 순간 정찬이 다짜고짜 시욱의 손을 덥석 잡았다.

"주먹 좀 만져보자."

시욱은 자신의 주먹을 만지는 정찬을 어이없다는 듯 쳐다보았다. 아랑곳하지 않고 정찬은 감탄사를 내뱉었다.

"와, 역시 실하네. 너도 한 번 만져 봐."

그가 뒤따라온 부하 직원에게 시욱의 주먹을 만져보라고 했다. 시욱은 황당했지만 동기의 체면을 생각해서 가만히 있었다.

"그럼, 실례 좀 하겠습니다."

남직원 한 명이 시욱의 손을 잡았다. 평균보다 살짝 큰 손이긴 했지만 특별할 게 없는 주먹이었다. 그러나 남직원 역시 감탄사를 터뜨렸다.

"우와, 이게 그 유명한 복싱계 전설의 주먹이군요."

그 순간 시욱이 눈썹을 치켜올렸다.

"뭐라고요?"

움찔한 남직원이 뒤로 물러서자 정찬이 시욱의 어깨에 손을 올리며 말했다.

"야, 우리도 다 알아. 너 권투로 유명했었다며?"

"유명까지는……."

"부끄러워하지 마. 어쩐지 짜식이 입사 초부터 포스가 남다르더라니."

껄껄 웃던 정찬이 뒤쪽에 서 있는 여직원들을 가리키면서 부탁했다.

"우리 여직원들도 한 번만 만지게 해 줘라. 세계 챔피언 주먹이 궁금하대."

이에 시욱은 단호하게 고개를 저었다.

"여직원들은 안 돼."

***

연하는 시욱에 대한 이야기가 들려올 때마다 양심에 가책을 느꼈다. 자신 때문에 시욱의 과거가 사내에 쫙 퍼졌다는 생각만 하면 마음이 무거웠다. 결국 연하는 팀장실의 문을 두드렸다. 그녀가 쭈

뻣거리며 팀장실 안으로 들어서자 시욱이 나직하게 물었다.

"혹시 아세요?"

시욱의 커다란 책상 앞으로 걸어간 연하가 마른침을 꿀꺽 삼켰다.

"제가 왜 졸지에 전설의 세계 챔피언이 되어 있는지?"

EE홈쇼핑 사내에는 이미 시욱이 과거 세계 챔피언 출신의 권투선수 레전드가 되어 있었다. 실제로 그는 국내 대회도 몇 번 나간 적이 없는데 말이다.

다음 순간 연하가 그를 향해 고개를 푹 숙였다.

"미안해! 나야!"

머리가 지끈거리는지 시욱이 긴 검지와 중지로 자신의 이마를 짚었다. 눈도 마주치지 못하고 바닥만 보면서 연하가 다시 한번 사과했다.

"정말 미안해. 알고 있는 줄 알고 세영 씨 딱 한 사람한테만 말했는데……."

이렇게 삽시간에 퍼질 줄은 정말 몰랐다. 소문이란 게 이렇게 무서운 것이라는 걸 뼈저리게 깨달았다.

"진짜, 진짜 미안해."

고개 한 번 못 들고 사과하는 연하의 모습에 시욱은 작게 헛웃음을 터뜨렸다. 저런 여자에게 어떻게 화를 낼 수 있겠는가.

"난 괜찮아요. 고개 들어요."

정말이냐고 물으면서 연하가 조심스럽게 고개를 들었다. 그녀를 향해 시욱이 쿨하게 대답했다.

"어차피 과거를 숨길 생각은 없었거든요."

그제야 연하가 안심하는 표정을 지었다. 그때 짐짓 심각하게 얼굴 표정을 바꾼 시욱이 입을 열었다.

"다만, 나만 나타나면 별로 안 친한 직원들까지 내 주먹을 만지려고 시도하는데, 그건 어떻게 생각하세요?"

남직원들만으로도 충분히 곤란한데 가끔은 여직원들까지 시욱의 주먹을 노리고 접근했다. 그들에게서 손을 보호하느라 한참 애를 먹었다.

당황한 얼굴로 시욱의 눈치를 힐끔힐끔 보던 연하가 급히 말했다.

"하여튼, 사람들 참 이상해. 권투선수 주먹이 뭐 그렇게 궁금하다고……. 나도 한 번 만져 봐도 돼?"

처음 말과 마지막 말이 참 다른 여자였다. 웃음을 꾹 참은 시욱이 그녀를 서늘하게 쳐다보았다.

"저번에 한 번 잡은 적 있잖아요."

전에 운열의 앞에서 애인인 척하느라 손을 잡은 적이 있긴 했다. 그렇지만 그때는 감촉 같은 걸 느낄 새도 없었다.

"그건 잡은 거잖아. 만져보는 거랑은 다르지."

연하가 호기심 어린 눈빛을 보냈다. 권투선수라면 손이 특히, 손등이 남다를 것 같았다. 그녀를 물끄러미 응시하던 시욱이 한참 만에 입을 열었다.

"좋아요. 대신 나도 만져보게 해 줘요."

"내 손? 나는 뭐 특별할 게 없는데."

자신의 오른손을 왼손으로 주무르듯 만진 연하가 시욱의 얼굴 앞으로 손을 내밀었다.

"자, 먼저 만져."

호기롭게 만지라고 해놓곤 살짝 긴장되었다. 그래서 연하는 일부러 씩씩하게 말했다.

"너 다음에 나야."

"네."

대답을 한 시욱이 손으로 연하의 손가락 끝마디를 살짝 잡았다. 그대로 연하의 손을 끌어간 그가 그녀의 손등에 입을 맞추었다.

쪽!

소리가 울려 퍼지자 연하는 패닉 상태가 되었다. 급하게 손을 빼낸 연하가 벌겋게 달아오른 얼굴로 소리쳤다.

"뭐, 뭐 한 거야, 너?"

손등에 뽀뽀를 할 줄은 상상도 못 했다. 크게 당황한 연하와 대조적으로 시욱은 태연한 얼굴이었다.

"손으로 만지겠다 말한 적은 없잖아요?"

확실히 그녀의 손을 손으로 만진다고 말하지는 않았다. 뽀뽀 받은 손을 다른 손으로 감싼 연하가 시욱을 쏘아보았다.

"그, 그렇다고 입술로 만지니?"

솔직히 그녀는 지금 얼굴이 화끈거리고 심장이 세차게 뛰어서 정신을 차릴 수가 없었다.

"미쳤나 봐, 진짜."

작게 중얼거린 연하가 또다시 자신의 정신을 산란하게 만든 시욱을 향해 냅다 소리쳤다.

"너 진짜 나한테 왜 그래?"

복잡해 보이는 그녀의 눈빛에는 원망도 섞여 있었다. 다음 순간 시욱이 의자 등받이에 상체를 깊숙이 기대며 짧게 말했다.

"벌이에요."

"뭐?"

"내 과거를 소문낸 벌."

시욱의 입가에 매력적인 미소가 걸리자 연하의 얼굴이 붉으락 푸르락 변했다. 그녀를 빤히 보면서 시욱이 다시 입을 열었다.

"이제 선배 차례예요."

"뭐가?"

갑작스러운 말에 연하가 두 눈을 동그랗게 떴다. 시욱이 오른손을 들어 올렸다.

"내 손 만져보고 싶다면서요?"

"됐거든?"

이미 그럴 마음이 싹 사라졌다. 권투선수의 손 따위 하나도 안 궁금하다. 연하의 곱지 않은 시선이 시욱을 흘겨보았다.

"너는 정말!"

아무리 생각해 봐도 그녀는 도저히 이해할 수가 없었다. 좋아하는 사람도 있는 주제에 어떻게 벌이라면서 뽀뽀를 할 수가 있단 말인가.

"네 짝사랑 상대한테 미안해해야 돼! 아니, 아니다. 넌 짝사랑할 자격도 없어!"

급기야 연하는 시욱에게 삿대질까지 하면서 화를 냈다. 그녀의 모습을 흥미로운 영화 보듯 지켜보던 시욱이 잠시 후 입을 열었다.

"내 짝사랑 상대도 그 소문 들었겠죠?"

그 순간 화를 내던 연하가 움찔 어깨를 떨었다. 눈동자를 또르르 굴리면서 그녀가 조심스럽게 물었다.

"왜? 짝사랑 상대가 혹시 이 회사에 있니?"

시욱이 진지한 표정으로 고개를 한 번 끄덕였다.

"네. 어떻게 생각할까요?"

사내에 시욱의 과거가 퍼진 건 연하 자신의 탓이었다. 그래서인지 연하의 입에서는 긍정적인 말이 흘러나왔다.

"아마 좋게 생각하지 않을까?"

그러자 입가에 옅은 미소를 단 시욱이 책상 위로 상체를 기울이며 그녀를 향해 물었다.

"선배는 어떻게 생각하는데요? 긍정적으로 느껴져요?"

"전직 권투선수였다는 게 나쁜 건 아니잖아."

"그럼 긍정적으로 생각하겠네요."

안심한 듯 시욱이 붉은 입술 끝을 올리며 예쁘게 웃었다. 연하도 그를 따라 웃으려다가 문득 운열의 얼굴이 떠올라 웃지 못했다.

권투선수였던 시욱이 대체 그를 왜 때린 걸까? 정말 그냥 화가 나서? 아니면 다른 이유가 있었던 건가?

연하는 잠시 표정을 굳힌 채 생각에 잠겨 있었다. 그때 시욱이 불쑥 그녀에게 물었다.

"근데 이상하지 않아요?"

"응? 뭐가?"

생각에서 깨어난 연하가 동그란 눈으로 시욱을 쳐다보았다. 시욱이 고개를 갸웃하며 말을 이었다.

"전에 내가 권투선수였던 거 사내에 소문 다 퍼져 있다고 말하지 않았어요?"

"응, 그랬지."

"근데 오늘 보니까 대부분의 직원이 몰랐던 것 같던데요?"

"아아……. 진짜 그러네."

예전에 지선이가 분명 사내에 시욱의 과거에 대한 소문이 다 퍼져 있다는 뉘앙스로 말했었는데……. 지선을 떠올리던 연하가 갑자기 두 눈을 크게 떴다.

"아! 맞다. 신상품 기술서!"

요즘 워낙 일이 많고 바빠서 지선이 건넨 신상품 기술서를 아직도 읽지 못했다. 허둥지둥 팀장실 문을 향해 가고 있는 연하를 시욱이 불러 세웠다.

"선배, 나 할 말 있어요."

"다음에 하면 안 될까?"

급하게 몸을 돌리며 연하가 애절하게 물었다. 하지만 시욱은 고집스럽게 고개를 좌우로 저었다.

"고민 상담이에요."

"고민 상담? 뭔데? 나 지금 바빠. 빨리 말해."

"고민이라는데, 그렇게 성의 없이 말할 거예요?"

결국 연하는 다시 시욱의 책상 앞으로 돌아갔다. 그의 앞에서 얌전히 두 손을 포개고 선 연하가 말했다.

"알았어. 진지하게 들을게."

심각한 표정으로 그녀를 응시하던 시욱이 깊은 한숨을 내쉬었다.

"짝사랑 상대가 나 같은 건 안중에도 없는 것 같아요. 쳐다도 안 봐요."

예상치도 못했던 시욱의 고민에 연하는 어안이 벙벙했다. 하지만 애써 침착하게 대답했다.

"그거 큰일이네."

내심 당황스럽긴 했지만 그래도 그가 꽤 진지한 것 같아서 연하도 고민하는 척 손으로 턱을 괴었다.

"으음."

그 순간 불현듯 묘안이 떠올랐다. 연하가 밝아진 얼굴로 말했다.

"그럼, 이번엔 내가 네 여자 친구인 척해 줄까?"

"네?"

놀란 시욱은 먹은 것도 없는데 사레가 들린 것처럼 헛기침하기 시작했다.

"혹시 질투심 같은 거 느낄지도 모르잖아."

두 눈을 반짝반짝 빛내는 연하의 표정이 참 당돌했다. 겨우 기침을 멈춘 시욱이 떨떠름한 표정으로 말했다.

"머리가 어떻게 되지 않고서야 질투는 절대 안 할걸요?"

"왜? 내가 어때서!"

연하가 발끈했다. 일하느라 잘 안 꾸며서 그렇지, 빡세게 꾸미면 어디 가서 무시당할 외모는 아니라고 자부했기에 시욱의 말이 섭섭하게 느껴졌다.

"나 정도면 귀엽잖아!"

욱해서 소리친 내용에 연하 자신도 시욱도 놀랐다.

"힉! 나 갈게!"

자신의 입을 손으로 가린 연하가 황급히 팀장실을 뛰쳐나왔다. 그녀는 팀장실만이 아니라 사무실 자체를 아예 나와 버렸다. 자기가 자기를 귀엽다고 말한 게 너무 부끄러웠던 탓이다. 말실수가 잦은 자신을 책망하고 있던 그때 연하의 눈에 방송국 쪽으로 걸어가고 있는 지선의 모습이 보였다.

"지선아!"

반색하며 지선을 향해 달려갔다. 하지만 지선은 그녀를 한 번 돌아볼 뿐 걸음을 멈추지는 않았다. 지선과 나란히 걸으며 연하가 물었다.

"방송하러 가는 길이야?"

"어."

지선은 연하를 돌아보지도 않고 짧게 대답했다. 신상품 기술서 일로 자신에게 화가 나 있는 것 같아서 연하는 얼른 사과했다.

"미안해. 신상품 기술서는 오늘 꼭 읽을게."

"됐어. 내가 알아서 할게."

"설마 삐친 거야, 지선?"

냉랭한 지선의 옆얼굴을 향해 연하가 애교스럽게 물었지만 돌아온 반응은 차가웠다.

"나 피곤해."

민망해진 연하가 걸음을 멈추었다. 그러나 지선은 뒤 한 번 돌아보지 않았다. 멀어지는 지선의 뒷모습을 가만히 바라보고 있던 연하가 결심한 듯 그녀에게 다시 달려갔다.

덥석. 지선의 팔뚝을 잡아 세운 연하가 말했다.

"그럼 딱 한 가지만 물을게."

새치름한 지선의 한쪽 눈썹이 위로 올라갔다. 연하가 진지한 음성으로 말을 이었다.

"전에 조시욱이 권투선수였던 거 사내에 소문이 다 퍼져 있는 것처럼 말했잖아. 근데 이번에 보니까 그게 아니더라고. 그때, 왜 그렇게 말한 거야?"

지선이 느리게 두 눈을 한 번 감았다가 떴다. 이내 그녀가 붉게 칠한 입술을 열었다.

"내가? 언제?"

날 선 지선의 차가운 말투에 연하는 입을 동그랗게 벌렸다.

"잘 생각해 봐. 난 그저 여직원들한테 들었다고 말했을 뿐이야. 사내에 소문이 퍼졌다고는 말한 적 없어."

"아······."

곰곰이 생각해 보니 그녀의 말이 맞았다. 지선이 사내에 소문이 다 퍼져 있다는 식으로 말한 건 아니었다.

"그리고 지금 그게 피곤한 사람 붙잡고 꼭 해야 하는 질문이니? 되게 쓸데없는 질문 같은데."

"아, 그래. 미안."

연하가 사과하자 지선은 그녀에게서 시선을 거두고는 쌩하니 가버렸다. 빠르게 멀어지는 지선의 뒷모습을 보면서 연하가 한숨을 폭 내쉬었다.

"후우, 진짜 단단히 삐졌나 보네."

불편한 마음을 견디다 못한 연하는 결국 신상품 기술서를 읽어 보기 위해 자신의 오피스텔로 향했다.

***

운열은 홈쇼핑 방송 리허설 시간에 맞춰 방송국 스튜디오로 도착했다. 그런데 오늘따라 분위기가 조금 어수선한 느낌이 들었다.

다소 어수선한 분위기 속에서 운열은 자신의 백팩 가방을 열어 셰프복을 꺼냈다. 방송할 때마다 항상 입는 것이었다. 그때 그의 곁으로 같이 판매 방송을 진행하고 있는 쇼호스트 승희가 다가왔다.

"셰프님도 들었어요?"

"뭘요?"

운열이 살짝 미소를 지으며 부드럽게 되물었다. 이에 승희가 상기된 표정으로 입을 열었다.

"패션 1팀에 잘생긴 팀장님 알죠? 가끔 스튜디오 오시면 여직원들이 난리를 피우는 그분."

"아, 네. 알죠."

전에 한 번 우연히 본 적이 있는데, 시욱이 스튜디오로 들어서자 모든 여직원이 일제히 하던 일을 멈추고 그를 쳐다봤었다. 시욱을 떠올린 운열의 얼굴에서 미소가 사라졌다.

"그분이 글쎄, 전직 권투선수였대요. 세계 챔피언도 할 만큼 실력이 대단했대요."

이어진 승희의 말에 운열의 얼굴이 새하얗게 질렸다. 그의 손에 있던 셰프복이 바닥으로 떨어졌다.

"아."

다음 순간 운열은 그것을 주우려고 허리를 숙였다가 살짝 비틀거렸다. 그때 그의 앞으로 나타난 지선이 셰프복을 주워서 그에게 건넸다.

"여기."

"어, 고마워."

운열이 허리를 펴고 셰프복을 받았다. 셰프복을 다시 가방 안으로 넣은 그가 승희와 지선을 향해 말했다.

"저 잠깐 물 좀 마시고 올게요."

그는 곧바로 스튜디오 한쪽 구석에 있는 휴게실로 향했다. 자판기 앞에 선 그가 지폐를 넣고 생수 버튼을 눌렀다. 그러는 내내 그의 오른손은 미세하게 떨리고 있었다.

자판기에서 나온 생수병을 집어 든 그가 오른손으로 뚜껑을 열려고 시도했다. 하지만 떨리고 있어서 쉽게 열리지 않았다. 그때였다.

"내가 해 줄게."

이렇게 말하며 뻗어진 손이 운열의 손에서 생수병을 가져갔다. 운열이 재빨리 고개를 돌려 그 손의 주인공을 쳐다보았다.

"지선아, 나 괜찮은데……."

"너 손 떨잖아."

운열의 말을 자른 지선이 생수병의 뚜껑을 따서 그에게 건넸다. 운열이 떨리는 오른손 대신 왼손으로 그것을 받았다.

"다친 손 맞지?"

"응, 맞아."

떨고 있는 운열의 오른손은 전에 한 번 마비가 온 적이 있는 손이었다. 지선이 걱정스러운 눈빛을 보내자 운열이 미소 띤 얼굴로 말했다.

"이러다 금방 멈추니까 걱정 마."

크게 불안할 때면 아주 가끔 손이 떨리곤 했다. 하지만 마비가 오는 것보단 훨씬 나았다. 운열이 쓸쓸한 미소를 짓고 있던 그때 지선이 나직한 목소리로 말했다.

"소문, 내가 낸 거 아니야."

"응, 알아."

작게 고개를 끄덕인 운열이 지선의 촉촉해진 두 눈을 바라보았다. 그녀를 향해 웃어주며 운열이 덧붙였다.

"네가 그럴 애는 아니지."

그를 마주 본 채 지선은 쓴웃음을 지었다. 그 순간 그녀의 휴대폰에 문자가 하나 도착했다. 생수를 마시고 있는 운열의 옆에서 지선은 그 문자를 확인했다.

[신상품 기술서 읽어봤어. 작년에 타사에서 흥했던 상품이랑 너무 비슷하던데, 안 하는 게 낫지 않을까? 비교당할 수 있잖아.]

연하에게서 온 문자였다. 휴대폰을 쥐고 있는 지선의 손에 콱, 하고 힘이 들어갔다.

***

"정말 감사합니다!"

휴대폰을 들고서 연하는 전화 상대에게 밝게 대답했다. 잠시 후 휴대폰을 내려놓는 연하의 표정이 싱글벙글하였다.

다음 순간 그녀는 팀장실을 향해 냅다 달려갔다. 그런데 예상과 달리 팀장실은 텅 비어 있었다. 다시 연하는 회의실로 달려갔다. 그곳에도 그녀가 찾는 사람은 없었다. 결국 연하는 방송국 쪽으로 뛰기 시작했다. 어수선한 방송국 스튜디오 안을 열심히 뒤져봤지만 거기에도 그가 없었다.

"혹시 조 팀장님 못 봤어요?"

결국 연하는 친숙한 PD 한 명을 붙잡고 물었다. PD가 스튜디오 문을 가리키면서 대답했다.

"방금 나갔는데."

대답을 듣자마자 연하는 다시 달리기 시작했다. 그러다 사무실로 향하는 복도에서 그토록 찾아 헤매던 사람을 만났다.

"우와!"

시욱을 발견한 순간 연하는 귀여운 감탄사를 먼저 터뜨렸다. 그 소리에 시욱이 뒤를 돌아보았다.

"선배?"

척 봐도 흥분해 있는 그녀에게로 시욱이 뚜벅뚜벅 다가갔다. 그 사이 연하는 숨을 거칠게 몰아쉬었다.

"내가 얼마나 찾아다녔는지 알아?"

"왜요?"

가까이 다가온 시욱의 팔뚝을 붙잡으면서 연하가 소리쳤다.

"상선위 통과했어!"

얼마 전에 실시된 고객 상품선정위원회를 통과했다는 연락을 받자마자 연하는 시욱을 찾아 달린 것이다.

"나한테 제일 먼저 알려주는 거예요?"

시욱은 그녀가 기쁜 소식을 최대한 빨리 전해 주기 위해 자신을 찾아다녔다는 사실이 무척 기뻤다.

"응!"

연하가 환하게 웃으며 크게 고개를 끄덕였다. 상품선정위원회를 통과했으니 이제는 진짜 판매 방송을 위해서 온 힘을 기울여야 할 때였다.

"이제 방송까지 좀 더 힘내 봐요."

"응! 나 진짜 잘해 볼게."

상기된 연하의 얼굴을 바라보는 시욱의 얼굴에도 미소가 피어올랐다.

"선배만 믿을게요."

"응. 나만 믿어!"

씩씩하게 대답한 연하가 시욱의 팔에서 손을 뗐다. 그러고는 그의 앞에서 두 팔을 넓게 벌렸다.

"이거 봐봐."

이렇게 말한 연하가 그 자리에서 빙글 한 바퀴를 돌았다. 그녀가 입고 있는 플라워 패턴의 A라인 스커트가 같이 휘리릭 돌았다.

"아, 그 스커트 입었네요?"

연하가 입고 있는 치마는 이번에 상품선정위원회를 통과한 봄 스커트였다. 단번에 이를 알아챈 시욱의 눈썰미에 감탄하며 연하가 물었다.

"예쁘지?"

두 팔을 벌리고 있는 연하에게로 시욱이 상체를 숙였다. 연하의 얼굴 앞으로 자신의 얼굴을 가져간 그가 달콤하게 대답했다.

"엄청 예뻐요."

시욱과 눈을 마주치고 있는 연하의 볼이 화끈 달아올랐다. 그녀가 시선을 아래로 떨어뜨리며 말했다.

"왜, 왜 내 얼굴을 보고 말해?"

"네?"

"그러니까 꼭……."

나한테 예쁘다고 하는 것 같잖아!

시욱이 너무 눈을 보고 예쁘다고 말해서 꼭 착각할 것만 같았다. 다시 허리를 꼿꼿하게 편 시욱이 연하의 스타킹 신은 다리를 손으로 가리켰다.

"그렇다고 다리를 보고 예쁘다고 할 순 없잖아요?"

"치마를 보고 예쁘다고 해야지!"

"어디든 예쁜 데 보고 예쁘다고 하면 되죠."

"그래, 그렇지…… 응?"

시욱이 아무렇지도 않게 던진 폭탄 같은 발언에 연하는 또다시 얼굴이 화끈거렸다. 연하가 빨개진 두 볼에 양손을 얹고 있는 사이 시욱은 유유히 가던 길을 다시 가기 시작했다.

연하가 얼굴에 손을 얹은 채 멀어지는 시욱을 째려보았다.

정말 왜 저러는 건지 모르겠다. 사람을 자꾸 설레게 해서 자기가 얻어지는 게 대체 뭐란 말인가.

그때 문득 연하가 두 눈을 동그랗게 떴다.

쟤 혹시?

퍼뜩 떠오른 생각은 연하를 무척 혼란스럽게 만들었다. 하지만 제일 그럴싸한 가정이었다.

짝사랑하는 사람이……!

큰 깨달음을 얻은 연하가 자신의 아랫입술을 잘끈 깨물었다.

***

주름 하나 없이 빳빳한 하얀 와이셔츠와 몸에 꼭 맞춘 체크무늬 슈트, 그리고 그 위에 걸친 브라운 롱코트. 거기다 앞머리를 뒤로 넘겨서 반듯한 이마를 환하게 드러냈다.

자신의 모습을 전신 거울에 비춰본 시욱은 오늘도 완벽한 출근 준비를 했다 자신하며 현관문을 향해 걸어갔다.

구두를 신고 현관문을 열었는데, 그의 눈앞에 전체적으로 검은 색을 휘감고 있는 사람이 서 있었다.

"아, 깜짝이야."

완벽한 외양에 어울리지 않게 시욱은 크게 움찔 놀라고 말았다. 다시 보니 문 앞에 서 있는 사람은 연하였다.

"저승사잔 줄 알았잖아요. 까만 옷 입고 문 앞에 서 계셔서."

이건 뭐 얼굴만 하얗지, 까만 머리카락에 까만 코트인 데다 심지어 안에 입은 블라우스마저 어두운색이었다. 게다가 연하는 기분까지 다크해 보였다.

"농담할 기분 아니야."

"나도 농담은 아니었는데."

시욱이 작은 목소리로 중얼거렸다. 하지만 연하는 그의 말이 들리지 않는다는 듯 무시한 채 두 팔에 팔짱을 척 꼈다.

"너 솔직하게 말해 봐."

"네?"

시욱의 반듯한 얼굴에 물음표가 떴다. 그를 올려다보면서 연하가 진지하게 말을 이었다.

"내가 밤새 고민해 봤거든?"

정말 밤을 새운 건지 연하의 동그란 눈은 충혈되어 있었고 그 밑에는 다크써클까지 살짝 보였다. 안타깝다는 듯이 시욱이 눈살을 찌푸렸다.

"어우, 밤을 새우신 얼굴이긴 하네요."

"까불지 말고."

그런데 연하의 태도가 제법 냉랭했다. 의아한 생각이 들어 시욱은 고개를 갸웃했다. 이윽고 그가 연하의 굳은 표정을 살피면서 물었다.

"왜 고민하셨는데요?"

"너 때문에."

그 순간 시욱은 피식 웃음이 터졌다. 생각지도 못한 대답이었는데 기분은 꽤 좋았던 것이다.

"그거 영광인데요? 밤새 생각도 해 주시고."

"봐봐. 이거 봐봐."

또 그런다는 듯 연하가 검지로 시욱을 가리키면서 고개를 절레절레 흔들었다. 갑작스러운 그녀의 행동에 시욱은 또다시 고개를 갸웃했다.

"?"

얼굴 가득 물음표가 뜬 시욱을 보면서 연하가 진지하게 입을 열었다.

"내가 너 이러는 것 때문에 요즘에 고민이 많단 말이야."

지금 그녀는 나름 심각한 상황인데 시욱은 자신의 상황이 더 급한지 손목에 찬 시계를 확인했다.

"일단 출근하면서 들어도 돼요? 아침부터 회의가 있어서."

연하는 내심 살짝 당황했지만, 자신도 처음부터 그럴 생각이었다는 듯 쿨하게 대답했다.

"그래야지. 걸어가면서 얘기하자."

곧 두 사람은 나란히 엘리베이터에 올라탔다. 그런데 엘리베이터 안에 있던 다른 사람들 때문에 연하는 하고 싶은 말을 하지 못했다.

결국 연하는 오피스텔을 빠져나오자마자 빠르게 말을 시작했다.

"너 요즘 하는 행동에 내가 헷갈려서 고민을 많이 하거든. 근데 아무리 생각해도 결론은 하나야."

"뭔데요?"

연하와 보폭을 맞추면서 시욱이 그녀를 돌아보았다. 연하는 이미 비장한 표정을 짓고 있었다.

"너, 짝사랑하는 사람이……."

연하의 입에서 나온 서두에 시욱은 깜짝 놀라 발을 멈추고 말았다. 그가 멈춰 서자 연하도 멈춰 섰다. 다음 순간 연하가 나머지 말을 이었다.

"없는 거지?"

"네?"

시욱의 정갈하게 정리된 눈썹이 볼품없이 구겨졌다. 그가 신경질적으로 다시 걸음을 떼자 연하가 급히 따라갔다.

"맞지? 너는 분명 짝사랑하는 사람이 없는 거야. 그렇지 않고서야 어떻게 나한테 뽀뽀를 하고, 예쁘다고 하고……!"

그때 연하를 확 돌아본 시욱이 그녀의 입술 앞으로 검지를 뻗었다.

"쉿! 목소리가 너무 커요."

그제야 연하는 그들이 있는 곳이 어딘지를 상기했다.

"힉!"

당황한 연하가 급히 손으로 입을 가리고 어깨를 움츠린 채 주변을 둘러보았다. 바로 눈앞에 회사 건물이 떡하니 서 있었고 그곳으로 향하는 직원들도 적지 않게 있었다.

"회사 근처면 회사 근처라고 말을 해 줘야지!"

슬쩍 얼굴을 손으로 가린 연하가 버럭 목소리를 높이자 시욱은 기가 막힌다는 듯 헛웃음을 터뜨렸다.

"이거 보세요, 유연하 씨. 우리, 회사 옆에 있는 오피스텔에 살고 있거든요? 지금 거기서 걸어온 거고."

시욱의 말을 듣는 둥 마는 둥 연하는 자신의 얼굴을 가린 채 회사 출입문을 향해 경보하듯 빠르게 걸어갔다.

긴 다리로 그녀를 금방 따라잡은 시욱이 그녀에게 문을 열어주었다. 먼저 출입문을 통과하는 연하를 향해 시욱이 말했다.

"선배가 틀렸어요. 나 진짜로 좋아하는 사람 있어요."

그러자 회사 건물 안으로 들어온 연하가 몸을 뱅글 돌려 시욱을 쳐다보았다.

"그게 누군데?"

시욱은 대답하기 곤란하다는 표정으로 미간을 긁적였다. 하지만 연하는 고집스럽게 요구했다.

"이름을 말해 줘."

"꼭 말해야 돼요?"

시욱의 반듯한 얼굴에 내켜 하지 않는 기색이 역력했다. 그런 시욱을 연하가 진지하게 설득했다.

"응. 이름만 말해 주면 나도 더 이상 이상한 고민 안 할 것 같아서 그래."

"고민을 더 하실 것 같은데."

그러나 시욱은 여전히 대답하기를 꺼려했다. 그도 언젠간 솔직하게 말할 생각이긴 하지만, 적어도 이렇게 많은 직원이 오가는 로비에서는 아니었다.

"빨리 말해 줘, 이름."

연하가 두 눈에 힘을 주고 시욱의 입을 주시했다. 그 뜨거운 시선이 부담스러워서 시욱은 자신의 입술을 손으로 가렸다. 그때 그의 눈에 방송국 쪽에서 걸어오는 세영이 보였다. 이 상황에서 벗어날 수 있겠단 생각에 일단 그는 그녀를 불렀다.

"어? 세영 씨……!"

"세영 씨?"

시욱의 입에서 나온 이름에 연하는 깜짝 놀랐다. 전혀 예상하지 못했던 이름이었기 때문이다. 그런데 놀라 굳어진 연하를 남겨둔 채 시욱은 혼자 방송국 쪽으로 걸어갔다.

"팀장님!"

진한 노란색 원피스를 입은 세영이 반색하며 시욱을 향해 달려왔다. 그녀의 부름에 연하도 자연스럽게 고개를 돌려 그녀를 쳐다보았다. 그녀가 멈춰 선 곳은 시욱의 앞이었다. 발그레 광대 부근을 핑크빛으로 물들인 세영이 시욱을 향해 애교스럽게 말했다.

"저 2시간 후에 방송 있는데, 너무 떨려서 정신이 하나도 없는 거 있죠."

"처음으로 혼자 맡아서 하는 거지?"

"네. 저 혼자서 전부 다 진행했어요. 그래서 더 떨리는 것 같아요."

이번 판매 방송은 패션 1팀 막내인 세영이 단독으로는 처음 진행해 보는 것이었다. 시욱이 어른스럽게 그녀를 격려했다.

"원래 처음엔 다 그래. 아마도 다 끝나고 나서야 정신이 들 거야."

"저 어젯밤에 잠도 설쳤잖아요. 팀장님도 저처럼 처음엔 이렇게 막 떠셨어요?"

"당연하지."

"후후, 전혀 상상이 안 돼요."

세영이 네일아트로 꾸민 예쁜 손으로 입가를 가리며 웃었다.

한편, 조금 떨어진 곳에서 그들의 다정한 모습을 지켜보고 있던 연하는 갑자기 기분이 나빠졌다. 어리고 예쁜 세영이 시욱을 향해 웃는 것이 마음에 들지 않았고 시욱이 그런 그녀를 보고 있는 게 싫었다. 흔치 않은 감정이었기 때문에 연하는 순간 고개를 갸웃했다.

설마 나 지금…….

흠칫한 연하가 자신의 입을 틀어막았다.

질투하나?

그때 세영이 시욱에게 인사를 건넸다.

"그럼 전 이만 가볼게요."

"응. 수고해."

세영을 보낸 시욱이 걸음을 떼려다가 문득 알 수 없는 따가운 시선을 느끼고 고개를 돌렸다. 그 순간 자신을 쏘아보고 있던 연하와 눈이 마주쳤다. 시욱이 코트 자락을 휘날리며 빠르게 다가갔다.

"계속 거기 있었어요?"

"그래, 지나가는 직원들이 망부석인 줄 알더라."

연하가 괜히 심통을 부렸다. 그녀의 표현이 재미있다는 듯 시욱은 '망부석'이라 따라 하며 피식 웃었다. 웃는 그의 얼굴에 연하는 또 심통을 부렸다.

"예쁜 애랑 얘기하느라 내 존재를 아예 잊었나 봐?"

"그럴 리가요."

시욱이 단번에 고개를 저었지만 연하의 심통 난 표정은 풀어질 줄을 몰랐다.

"하긴. 오늘 세영 씨 예쁘긴 진짜 예쁘더라. 개나리인 줄 알았잖아, 나."

노란 원피스를 입고 있던 세영의 모습을 칭찬하는 연하를 보면서 시욱은 또 웃음을 터뜨렸다. 그녀는 지금 꼭 질투를 하고 있는 것 같았다.

"선배, 설마 지금……?"

"아."

그때 연하가 갑자기 무언가 떠오른 듯 표정을 굳혔다. 다음 순간 그녀가 시욱을 향해 진지하게 물었다.

"혹시 짝사랑하는 상대가 세영 씨야?"

"에?"

시욱의 입에서 '네'도 아니고 '예'도 아닌 어정쩡한 소리가 흘러나왔다. 단박에 미간을 찡그린 그가 대답 대신 물었다.

"세영 씨가 올해 몇 살인지 아세요?"

"스물다섯!"

연하가 우렁차게 대답했다. 시욱의 질문이 이어졌다.

"내가 짝사랑한 기간은요?"

"10년!"

이번에도 연하는 아주 쉽다는 듯이 큰 목소리로 대답했다. 곧바로 시욱이 마지막 질문을 던졌다.

"그럼 10년 전 세영 씨 나이는요?"

"열다서……?"

대답을 하다 멈춘 연하가 화들짝 놀란 얼굴로 소리쳤다.

"범죄야, 그거!"

"범죄를 저지른 건 선배의 상상력이죠."

그제야 연하가 조금 머쓱한 표정을 지었다. 낮게 혀를 찬 시욱이 그녀를 서늘하게 흘겨보면서 말했다.

"이번에도 선배가 틀렸어요."

이에 연하는 두 손을 모은 채 미안하다는 눈빛을 보냈다. 그러나 이번엔 시욱 쪽에서 심통이 난 상태였다. 그의 말투가 곱지 않게 나갔다.

"헛다리 그만 짚고 가서 일이나 하세요."

08화. 듣고 싶은 말

팀장실 안에서 시욱은 TV를 켜놓고 타사 홈쇼핑 채널의 모니터링을 하고 있었다.

똑.

그때 노크 소리가 한 번 나더니 팀장실 문이 벌컥 열렸다. 시욱의 언짢은 시선이 문 앞에 선 이에게로 향했다.

"그게 노크한 거야?"

"그냥 벌컥 안 연 걸 감사히 여겨."

명품 브랜드의 밍크코트를 입은 루화가 시크하게 대답하고는 하이힐 소리를 또각또각 내며 들어왔다. 시욱이 앉아 있던 소파의 상석 자리를 양보하자 그녀는 자연스럽게 그곳에 앉아 다리를 꼬았다.

"연하 없던데?"

루화가 여러 개의 반지를 낀 손으로 리모컨을 집어 들면서 물었다.

"바빠. 방송이 코앞이잖아. 협력업체랑 미팅 중일 거야."

"어쩐지. 지선이도 못 만나고 그냥 가더라."

조금 전 루화는 패션 1팀 사무실로 들어오다가 스치듯 지선을 만났다. 그녀의 손이 리모컨을 눌러 채널을 변경하는 사이 시욱은 무언가 생각에 잠긴 얼굴을 하고 있었다.

"이모."

잠시 후 시욱이 나직하게 루화를 불렀다. EE홈쇼핑 방송으로 채널을 맞춘 루화가 리모컨을 내려놓자 시욱이 다시 입을 열었다.

"양지선 MD는 어떤 사람이야?"

"지선이? 연하가 아니라?"

마스카라를 진하게 칠한 루화의 눈이 동그랗게 떠졌다. 의아해하는 그녀에게 시욱이 당연하다는 어투로 대답했다.

"연하 선배야 나도 알만큼 알지."

아. 단번에 고개를 끄덕인 루화가 가만히 지선을 떠올렸다. 그녀에게 지선은 편안한 인상을 가진 어른스러운 성격의 노력파 후배였다.

"으음. 노력파야. 요즘엔 꽤 좋은 매출을 내주고 있지만, 입사하고 초반엔 많이 힘들어했거든. 그러다 3년 정도 지나니까 조금씩 좋은 아이템 잡아서 성공시키기 시작했고 5년쯤 되니까 손대는 것마다 성공하더라. 그쯤 팀장도 달았고."

이야기를 가만히 듣고 있던 시욱이 두 눈을 예리하게 빛내며 물었다.

"연하 선배도 그때 팀장 됐잖아?"

"응. 같이 승진했지. 근데 지선이가 잘나갈수록 연하가 부진하더라. 그거 보면서 안타까웠어. 연하는 원래 윗선들의 기대를 한 몸에 받고 있었던 애였거든."

그들을 보면 수학 시간에 공부했던 반비례가 떠올랐다. 하지만 그렇게 기울어가는 동안에도 연하는 힘들어하는 기색 하나 없이 항상 웃었고 늘 밝았다. 그래서 루화는 연하가 좋았다.

"전세 역전이라……."

작게 중얼거리면서 시욱은 소파에 등을 기댔다. 그사이 루화가 덤덤히 말을 이었다.

"너도 잘 알겠지만, 연하가 워낙 심성이 착하잖아. 협력업체들 사정 다 들어주고 다른 팀에서 손 부족하다 그러면 도와주러 가고 그러더라고."

그때 문득 입을 멈춘 루화가 고개를 살짝 갸웃했다.

"어라. 지선이 얘기하고 있었는데, 어느새 연하 얘길 하고 있네."

지선과 연하가 워낙 친해서 이야기가 자연스럽게 흘러간 것 같았다. 자신을 지그시 보고 있는 시욱의 까만 눈동자를 마주한 루화가 불쑥 물었다.

"암튼, 연하 요즘엔 어때? 아직도 그렇게 오지랖 부려?"

"아니. 전보단 덜 해. 내가 일을 많이 시켜서."

"푸핫, 맞다. 네가 상사지, 참."

루화가 시원스럽게 웃음을 터뜨렸다. 연하를 패션 1팀으로 발령한 건 시욱에 대한 믿음 때문이었다. 시욱이 그녀를 예전처럼 반짝반짝 빛나게 만들어줄 거라는 막연한 기대 때문에.

"애도를 표한다, 유연하."

장난스럽게 중얼거린 루화가 TV 화면으로 시선을 돌렸다.

"아, 참."

버릇처럼 EE홈쇼핑 방송에 집중하고 있던 루화가 갑자기 뭔가 생각난 표정으로 시욱을 쳐다보았다.

"도운열 셰프 말이야, 나 어딘가에서 본 것 같아. 꿈속에서 봤나? 왕자님같이 생겼던데."

상기된 얼굴로 말하는 루화를 빤히 응시한 시욱이 입가에 조소를 머금었다.

"왕자님은 무슨. 말실수하시네."

시크하기 그지없는 시욱의 말투에 루화는 코웃음을 터뜨렸다. 그녀가 붉은 입술 끝을 올리며 물었다.

"흥, 너 혹시 도운열한테 사내 인기 No.1 자리 뺏길까 봐 경계하냐?"

시욱은 대답 대신 고개를 절레절레 흔들었다. 이번엔 시욱이 그녀에게 물었다.

"도운열, 어디서 본 것 같다고 했지?"

"응."

"아마 병원일 거야."

"뭐? 왜?"

무슨 소리냐는 듯 루화는 어리둥절한 표정이었다. 그녀의 기억력을 안타까워하며 시욱이 말했다.

"내가 걔 때문에 권투 그만둔 거잖아."

그 말을 듣자마자 루화는 10년 전 그 마음 졸였던 순간들이 떠올랐다.

"아! 그 난봉꾼?"

루화의 화려하게 화장한 두 눈이 일그러졌다. 울컥한 그녀가 주먹을 힘껏 말아 쥐었다.

"이모."

시욱이 얼굴을 딱딱하게 굳힌 채 루화를 진정시켰다.

"도운열 셰프, 지금 우리 회사랑 일하고 있는 사람이야. 이상한 소문 안 나게 해 줘. 일에 지장 생기면 어떡해?"

"당연히 말하고 다니지는 않지."

루화가 주먹에 힘을 풀면서 얌전히 대답했다. 안 그래도 얼마 전에 시욱의 과거에 대한 소문이 부풀려진 채 퍼져서 한동안 사내가 시끄러웠는데, 거기에 자신이 보탤 생각은 추호도 없었다.

"그래. 절대 아무한테도 말하지 마."

"그 자식이 난봉꾼인 거?"

"이모, 제발."

시욱이 괴로운 듯 인상을 찡그렸다. 그냥 끝까지 말하지 말걸 그랬나 하는 후회도 들었다. 하지만 나중에 루화가 혼자 기억해냈을 때가 더 위험할 수 있기 때문에 어쩔 수 없었다.

"그날은 내가 흥분해서 말을 잘못한 거야. 그러니까 그만해."

무거운 표정으로 시욱이 부탁했다. 그런 그를 루화는 못마땅하다는 눈빛으로 쳐다보았다.

"너 정말 그날 일에 대해서 말 안 해 줄 거야?"

사실 루화도 그날 일에 대해 정확하게 알고 있는 건 아니었다. 은근히 마음 여린 조카가 어떻게 왜 폭행 사건에 연루된 것인지 루화는 아무것도 알지 못했지만, 그저 묵묵하게 자신의 조카를 믿었다.

하지만 이번에도 시욱은 시원스럽게 대답해 주지 않았다.

"방송 있어서 먼저 간다."

대답 대신 시욱은 자리에서 일어났다. 도망치듯 팀장실을 나가 버리는 시욱을 보면서 루화는 한숨을 폭 내쉬었다. 그러다 문득 운열의 곱상한 얼굴이 떠올랐고 그 순간 콧방귀가 터져 나왔다.

"흥, 도운열이 그놈이었어?"

10년 전 그날, 루화는 시욱이 경찰서에 있다는 말에 충격받은 언니를 대신해서 뛰어갔었다. 그날 밤 응급실에서 한 번, 그리고 며칠 후 합의를 위해 찾아간 병실에서도 한 번 봤었는데 왜 기억을 못 했을까. 역시 나이 탓인가.

"갑자기 확 싫어지네."

울컥 짜증이 치민 루화가 나직하게 혀를 쯧 하고 찼다.

*　*　*

아침 일찍부터 팀장의 호출이 있었기에 연하는 출근하자마자 팀장실로 직행했다.

연하의 얼굴을 보자마자 팀장인 시욱이 말했다.

"협력업체 하나 더 맡아요."

"하나 더요?"

연하의 두 눈이 휘둥그레졌다. 언젠간 업체를 늘리고 싶다고 생각하긴 했지만 이렇게 기회가 빨리 찾아올 줄은 몰랐다.

"다들 기본 세 곳은 맡고 있는데, 유연하 씨만 한 곳밖에 안 맡고 있잖아요."

책상에 앉아 이렇게 말한 시욱이 서랍 안에서 바이올렛 색깔의 카디건을 꺼냈다. 그걸 책상 위에 올려놓은 그가 말을 이었다.

"3년 전까지만 해도 스테디셀러였던 카디건이에요. 수정 보완해서 다시 판매해 보도록 하세요."

연하가 설레는 표정으로 카디건을 집어 들었다. 그러자 시욱이 책상에 있던 회사 소개서를 그녀 쪽으로 쭉 밀었다.

"업체는 이곳이고요."

일단 연하는 카디건을 직접 입어보았다. 팔 부분을 가볍게 쓸어 옷감을 느껴보던 그녀가 만족스러운 미소를 지었다.

"감촉도 부드럽고 컬러도 잘 빠졌고 신축성도 좋네요."

"그런데 3년 전부터 판매율이 감소해서 방송 품목에서 제외됐어요."

시욱의 말을 들은 연하가 자신이 입고 있는 카디건을 내려다보았다. 움직이기에 불편함은 없었기에 디자인을 살펴보았다.

"디자인이 문제인가⋯⋯?"

가만히 보니 'v'라인인 앞 라인이 소문자 'v'가 아니라 대문자 'V'인 것 같은 느낌이 들었다. 게다가 포켓 장식도 조금 큰 느낌이었다.

"뭐 합니까? 당장 미팅 잡아서 디자인 변경 가능한지 알아보지 않고."

"네, 알겠습니다!"

씩씩하게 대답한 연하가 시욱을 향해 싱긋 웃었다. 그런 다음 회사 소개서를 챙겨 들고 뒤로 물러섰다.

"선배."

시욱의 부름에 연하는 고개를 들어 그를 쳐다보았다. 시욱이 그녀에게 매력적인 미소를 지어 보였다.

"내가 선배 믿는 거 알죠?"

자연스럽게 연하의 입가에도 미소가 피어올랐다. 이내 조금 쑥스럽다는 듯 시선을 피한 그녀가 입을 열었다.

"전부터 궁금했는데, 날 대체 왜 믿어?"

그런데 그에 대한 시욱의 대답은 그녀를 더 쑥스럽게 만들었다.

"가슴이 시켜서요."

민망할 정도로 낯간지러운 말이긴 한데, 두근두근 심장이 기분 좋게 뛰었다. 행복한 기분마저 들었다.

***

연하는 웃는 얼굴로 고개를 절레절레 흔들면서 팀장실을 나왔다. 그때 그녀의 눈에 사무실 유리문 너머로 지선의 얼굴이 보였다. 유리문을 통해 지선과 눈이 마주치자 지선이 손을 흔들었다.

연하는 곧바로 뛰듯이 걸어가 사무실 문을 열고 나갔다. 그러곤 복도에 서 있던 지선에게 반갑게 물었다.

"나 보러 온 거야?"

"응. 없으면 그냥 가려고 했는데, 마침 있네."

환하게 웃는 얼굴을 보니 지선은 이제 화가 다 풀린 것 같았다. 안도하는 연하를 향해 지선이 물었다.

"점심 먹었어?"

"아니. 일단 급하게 전화할 데가 있어서 나중에 먹으려고."

대답하면서 연하는 자신의 손에 있는 회사 소개서를 들어 보였다. 새로 맡은 협력업체였다. 그러자 지선이 기다렸다는 듯이 자신의 손에 들린 서류를 보여주었다.

"나도 있잖아, 새롭게 제의 들어온 신생 업체가 하나 있는데, 여기가 녹차빵 전문……."

Rrrrrr.

그때 연하의 휴대폰에 전화가 걸려왔다. 발신자를 보니 CC의류 김 사장이었다. 홈쇼핑 방송을 앞두고 꼭 필요한 인서트 촬영 건 때문인 것 같았다. 연하가 재빨리 지선에게 양해를 구했다.

"지선아, 미안한데, 내가 지금 좀 바빠."

그 순간 지선의 표정이 굳어졌다.

"나도 30분 후에 방송 있어."

"그럼, 다음에 서로 안 바쁠 때 얘기하자."

전화가 오고 있는 휴대폰을 손에 쥔 채 연하가 부드럽게 말했지만, 지선은 얼굴 가득 서운하다는 감정을 드러냈다.

"야, 유연하. 너 정말 이럴 거야?"

결국 지선의 입에서 볼멘소리가 튀어나왔다. 연하가 황급히 자신의 사정을 설명했다.

"방송이 얼마 안 남아서 그래. 너도 알다시피 나 패션 팀 오고 첫 방송이잖아."

"나도 바빠. 너보다 더 바쁘다고! 그런데 네 얼굴 보고 싶어서 이렇게 찾아온 거잖아."

그사이 연하에게 걸려오던 전화가 끊어졌다. 휴대폰을 주머니에 넣은 연하가 지선을 달래기 시작했다.

"미안해, 지선아. 근데 나한텐 이번 기회가 정말 소중해서 그래."

"너 변했어. 유연하 같지가 않잖아, 지금."

하지만 지선은 막무가내였다. 원래 이렇게 막무가내로 구는 친구는 아니었기에 연하는 내심 조금 당황스러웠다. 그때 지선이 성난 얼굴로 물었다.

"조시욱 때문이야? 조시욱이 널 변하게 한 거야?"

갑자기 그녀의 입에서 나온 시욱의 이름에 연하의 표정이 살짝 굳어졌다. 연하가 이해할 수 없다는 듯이 되물었다.

"대체 무슨 소리 하는 거야, 너?"

"조시욱 영향받아서 너도 이렇게 차가워진 건가 해서."

그 순간 연하의 눈썹이 꿈틀하며 구겨졌다. 연하는 단 한 번도 시욱이 차갑다고 느낀 적이 없었다. 울컥 치민 화를 참은 연하가 나직하게 말했다.

"지금, 국장님은 물론이고 팀원들까지도 내가 어떻게 되는지 주시해서 지켜보고 있는 상황이야."

머릿속에 루화의 얼굴, 패션 1팀 여직원들의 얼굴이 차례로 떠오르더니 마지막엔 시욱의 웃는 얼굴이 떠올랐다.

"이번에도 실패하면 나뿐만 아니라 조 팀장까지도 곤란해질 수 있단 말이야. 그러니까 네가 이해 좀 해 줘."

"그래도 우리 우정이 먼저지. 우리 자그마치 15년 지기잖아!"

급기야 지선이 목소리를 높였다. 연하도 더 이상은 참을 수가 없었다. 결국 연하가 두 눈에 힘을 주고 지선을 노려보았다.

"그럼, 너는 내가 내 일도 때려치우고 네 일을 도와주는 게 우정이라고 생각해?"

"뭐?"

고1 때부터 친구인 데다 취업 준비도 같이 한 입사 동기라서 서로 의지를 많이 했었다. 그녀의 일이라면 적극적으로 도왔고 자신도 도움을 받아왔다. 하지만 점점 사정이 달라졌고 결국 연하 혼자 팀장 자리를 잃고 팀원들까지 잃었다. 그렇게 달라진 지금까지 지선은 연하의 적극적인 도움을 바랐다. 그것이 연하는 너무 이기적으로 느껴졌다.

"솔직히 너 지금 내가 새로 들어오는 업체 얘기 안 들어줘서 화난 거 아니야?"

"야, 넌 무슨 말을 그렇게 하냐?"

연하가 화를 내는 무척 드문 모습에 지선은 당황해하면서도 같이 화를 냈다. 지선이 연하를 노려보며 말로써 그녀를 찔렀다.

"날 그렇게밖에 안 봤다니, 진짜 실망이다, 유연하."

아랫입술을 잘끈 깨무는 연하의 표정이 괴로워 보였다.

***

15년 만에 처음으로 지선과 다퉜다. 언제나처럼 끝까지 잘 참을 수 있을 거라 생각했는데, 시욱 얘기에 발끈하고 말았다.

출출해서 찾아간 회사 앞 포장마차에서 연하는 우동을 먹다가 소주까지 시켰다. 반병쯤 마시니 우동 때문인지 배가 불렀다. 결국 연하는 자리를 털고 일어났다. 조금 취기가 돌아서 비틀거렸지만 넘어질 정도는 아니었다.

천천히 걸어 오피스텔에 도착해 엘리베이터에 올랐다. 엘리베이터 안에서 연하는 연신 답답한 가슴을 작은 주먹으로 통통 때렸다.

엘리베이터에서 내려 자신의 집을 향해 걸어가려는데 문득 현관문이 열려 있는 집이 눈에 들어왔다. 꼭 그 열려 있는 틈이 자신을 반기는 것만 같았다.

"계세요?"

결국 연하는 그 집으로 다가가서 문이 열려 있는 사이로 얼굴을 들이밀었다.

"문이 열려 있어서 한 번 들어와 봤어요."

연하가 배시시 웃으며 안으로 들어오다가 현관 앞에 서 있던 시욱과 눈이 마주쳤다. 그의 얼굴이 참 난감해 보였다.

"문 열려 있다고 다 들어가 보시면 안 되는데……."

만약 자신의 집이 아니라 다른 집에 문이 열려 있었어도 이렇게 들어갔을 게 아닌가.

"그렇지만 여긴 돼요. 왠지 선배가 들어올 것 같아서 열어둔 거니까."

사실 시욱은 아까 집으로 돌아오는 길에 실외 포장마차에서 혼자 술을 마시고 있는 연하를 보았다. 하지만 표정이 꼭 울 것 같았기에 차마 말을 걸지는 못했다. 대신 혹시라도 술에 취해서 들어올지도 모르니 현관문을 열어두었다. 꼭 들어오진 않더라도 지나가는 걸 볼 수 있다면 그걸로 됐다는 마음도 있었다.

"오늘도 잠만 자고 가시게요?"

시욱이 거실로 들어오는 연하에게 물었지만 그녀는 그 말을 정확하게 이해하지 못하는 듯 보였다.

"응? 뭐라고?"

시욱의 얼굴을 향해 묻는 연하의 입에서 술 냄새가 확 풍겨왔다.

"어후, 술 냄새."

자신의 코로 손을 가져간 시욱이 인상을 찌푸렸다.

"얼마나 마신 거예요?"

"요 앞 포장마차에서 소주 반병. 나머지 반병은 여기."

연하가 코트 안쪽으로 손을 넣더니 술이 반쯤 남은 술병을 꺼냈다. 시욱이 바로 손을 뻗었다.

"줘요. 갖다 버리게."

하지만 연하는 그의 손을 피하며 단호하게 고개를 저었다.

"놔둬. 이거라도 의지하게."

말을 하는 연하의 표정이 어두워 보였다. 정말 소주병을 의지하는 듯 꽉 쥐고 있는 그녀를 향해 시욱이 물었다.

"무슨 일 있었어요?"

"지선이랑 싸웠어."

시욱은 조금 놀란 표정을 지었지만 이내 진심으로 그녀를 칭찬했다.

"잘했어요."

하지만 연하는 그를 흘겨보았다. 장난하지 말라고 경고한 뒤 그녀가 말을 이었다.

"나 진짜 못된 것 같아."

"설마요."

시욱이 말도 안 되는 소리라는 듯 고개를 좌우로 저으며 중얼거렸다. 아랑곳하지 않고 연하가 이어 말했다.

"지선이한테 바빠서 못 도와준다고 했어."

"오!"

시욱이 이번엔 좀 많이 놀란 표정이었다. 그를 마주 보며 연하가 침울하게 물었다.

"나 진짜 못됐지?"

"글쎄요. 내 탓도 있는 것 같아서 뭐라 말하기 힘드네요."

그 순간 연하의 얼굴에 물음표가 떴다. 그의 탓이라니, 쉽게 이해가 되지 않았다.

"선배를 바쁘게 만들었잖아요, 내가."

이에 연하는 헛웃음을 터뜨렸다. 확실히 팀을 옮기고 더 바빠진 건 사실이나 그건 시욱의 탓이 아니었다. 오히려 덕분이었다. 그 덕분에 연하는 한없이 우울해질 수 있었던 시기를 괜찮게 버텨낼 수 있었다. 잠시 후 연하가 짐짓 대수로운 일이 아니라는 듯한 표정으로 입을 열었다.

"근데 걱정 마. 원래 부부 싸움은 물로 칼 베기라고 했어."

"걱정한 적 없는데. 그리고 칼로 물 베기예요, 두 분은 부부도 아니고요."

시욱의 지적을 듣는 둥 마는 둥 소주병을 쥔 채 소파로 걸어간 연하가 그곳에 풀썩 앉았다. 그런 다음 작은 목소리로 중얼거렸다.

"내일 사과해야지."

그 소리를 들은 시욱이 한달음에 그녀의 앞으로 달려왔다.

"하지 마요."

"왜?"

"가만히 놔두면 그쪽에서 먼저 사과해올 거예요."

정색한 시욱의 얼굴을 빤히 올려다보면서 연하가 고개를 갸웃했다.

"어떻게 그렇게 확신해?"

"양 MD님한텐 선배가 필요할 테니까요."

여전히 이해할 수 없다는 표정으로 연하가 자신의 관자놀이를 긁적였다. 그러다 문득 생각을 멈추고 자리에서 몸을 일으켰다.

"아니야. 그냥 내가 지금 가서 사과할 거야."

연하가 현관을 향해서 걸어가려고 하자 시욱이 황급히 그녀의 팔뚝을 잡아챘다.

"가지 마요."

이에 연하는 천천히 그를 돌아보았다. 그녀의 두 눈이 금방이라도 울 것처럼 촉촉이 젖어들었다.

"지선이가 나한테 실망했다고 했단 말이야……. 그 말을 듣는데 가슴이 찢어지는 것 같았어."

서서히 시욱의 손에서 힘이 빠졌다. 그걸 느낀 연하가 그의 손을 떼어내고는 걸음을 옮겼다.

"나 사과하러 가야 돼."

그러다 연하는 술기운이 돌아 비틀거렸다. 재빨리 그녀의 곁으로 뛰어간 시욱이 그녀의 어깨를 감아 부축했다.

"가더라도 술 깨고 내일 가요."

연하가 얌전히 고개를 끄덕였다. 무겁게 느껴지는 두 눈을 감았다 뜨며 그녀가 시욱에게 부탁했다.

"나 물 좀 줘."

시욱은 아무 말 없이 유리컵에 찬물을 따라 가져왔다. 소파 옆에 서서 물 컵을 비운 그녀가 이번에 의지할 것은 유리컵이라는 듯 두 손으로 그것을 꽉 움켜쥐었다. 하지만 마음은 여전히 공허했다.

"홀쩍, 나 좀 위로해 줘."

연하가 코를 훌쩍거리면서 시욱에게 부탁했다. 그녀의 손에서 컵을 빼낼 타이밍을 궁리하면서 시욱이 대꾸했다.

"뭘 그렇게 맨날 해 달래요? 애도 아니고."

"치사하게. 위로해 주는 게 뭐가 그렇게 힘들다고."

그사이 시욱이 그녀에게 컵을 달라는 의미로 손을 펴 보였지만 연하는 깨끗이 무시한 채 말을 이었다.

"잘해 준다면서 위로도 못 해 줘?"

결국 유리컵에서 시선을 뗀 시욱이 한숨을 폭 내쉬며 물었다.

"어떻게 위로해드릴까요?"

"토닥토닥해 줘."

"그런 건 낯간지러워서 못 하는데요."

"더 낯간지러운 것도 잘만 하면서."

연하가 입술을 삐죽이 내밀었다. 그가 한 낯간지러운 말이라면 차고 넘친다.

"존경한다며? 사랑한다며? 가슴이 시킨다며?"

그러자 시욱이 앞에 서 있는 그녀를 물끄러미 쳐다보았다. 촉촉하게 젖은 눈가가 마음에 들지 않았다. 그도 그녀의 머릿속에 잠식한 슬픔을 몰아내고 싶었다.

"그럼, 내 방식으로 위로해도 돼요?"

"응."

연하가 냉큼 고개를 끄덕였다. 허한 마음을 달랠 수만 있다면 뭐든 좋았다. 그리고 그러면 어떤 방식으로든 자신의 마음을 달래줄 수 있을 거라 믿어 의심치 않았다.

"가슴이 시키는 게 하나 있긴 한데, 해도 돼요?"

"해."

연하의 대답이 끝나기가 무섭게 시욱이 허리를 숙이더니 자신의 입술을 연하의 입술에 가져갔다.

"!"

그 순간 연하의 손에 있던 유리컵이 카펫 위로 툭 떨어졌다. 손이 자유로워졌는데도 그녀는 아무것도 할 수가 없었다. 기다렸다는 듯이 시욱은 두 손으로 연하의 작은 턱을 감싸고는 더 깊게 키스했다.

***

밤새 그리고 하루 종일 정신이 멍했다. 멍한 눈빛으로 있던 연하가 손가락으로 자신의 입술을 만져보았다. 아직도 입술에 시욱의 뜨거운 입술 감촉이 남아 있는 것 같았고 심장이 콩닥콩닥했다.

왜 나한테 키스를 한 거지? 그리고 난 또 왜 받아준 거야, 대체!

가슴을 힘껏 밀칠 수도 있었고 뺨을 한 대 칠 수도 있었다. 하지만 하지 않았고 그를 가만히 받아들였다. 술김이었다고는 하나 이해할 수 없는 행동이었다. 출근하자마자 연하는 외부 일정으로 하루 스케줄을 계획했다. CC의류 김 사장과의 미팅, 물류창고 실사, 시장조사, 새로운 협력업체와 첫 미팅 등으로.

덕분에 시욱을 하루 종일 안 볼 수 있었다. 오늘 그를 만났다가는 사고 회로가 멈출 것만 같았기 때문이다. 그래서 최대한 피했다. 하지만 연하는 퇴근 후 지선을 만나기 위해 다시 회사로 돌아와야 했다. 어제 싸운 것 때문에 아무래도 마음이 불편해서 도저히 견딜 수가 없었던 것이다.

마침 도운열 셰프의 파스타 소스 판매 방송이 끝났을 시간이라 연하는 일단 홈쇼핑 방송국으로 향했다. 방송국에 막 도착했는데 스튜디오 문에서 나오는 운열이 보였다. 혹시 그의 곁에 지선이 있을까 싶어서 찾아보았지만 그녀의 모습은 보이지 않았다. 실망한 연하의 눈에 사람들을 피하는 것처럼 눈치를 보며 어딘가로 향하는 운열의 모습이 들어왔다.

그의 행동이 이상해서 연하는 천천히 그를 따라가 보았다. 운열은 휴게실도 아닌 복도 끝 구석에서 자신의 백팩 가방을 챙기고 있었다.

"도운열?"

연하가 부르는 소리에 운열이 움찔하며 고개를 돌렸다. 그의 얼굴은 창백하게 질려 있었다. 놀란 연하가 빠르게 다가가며 물었다.

"너 어디 아파?"

"아니. 괜찮아."

운열이 고개를 젓고는 복도 의자 위에 올려둔 가방 지퍼를 잠갔다. 그리고 그것을 오른손으로 들어 올렸는데, 그 순간 가방이 바닥으로 툭 떨어졌다. 연하의 두 눈이 깜짝 놀라 커졌다.

"너⋯⋯."

아래로 향해 있는 운열의 오른손이 미세하게 떨리고 있었다. 연하는 그걸 똑바로 보고 있었다.

"갑자기 손에 힘이 빠져서⋯⋯."

운열이 옅은 미소를 띤 채 말하고는 자신의 왼손으로 오른손을 가렸다. 다음 순간 연하가 그의 가방 쪽으로 허리를 숙였다.

"들어줄게."

까만 백팩 가방을 연하가 들어 올리자 운열은 꽤 당황한 눈치였다. 그런 그에게 연하가 물었다.

"차 어디 있어? 차까지만 들어줄게."

"아, 어, 그래."

결국 두 사람은 나란히 지하 주차장으로 향했다. 하지만 가는 내내 두 사람은 아무 말도 하지 않았다. 운열의 차 앞에서 연하가 그에게 가방을 건넸다.

"들어줘서 고마워."

왼손으로 가방을 받은 운열이 그것을 자신의 차 조수석에 넣었다. 그가 몸 뒤로 숨기고 있는 오른손을 주시하면서 연하가 물었다.

"어디 아픈 건 아니지?"

"⋯⋯."

운열은 대답하지 않았다. 대신 눈썹을 찡그려 괴로운 듯한 표정을 지은 그가 연하를 마주 보면서 물었다.

"사내에 소문이 퍼졌다면서? 조시욱이 전직 권투선수였다는 소문."

"응. 근데 이제는 좀 잠잠해졌어."

연하의 말에 운열은 크게 안심하는 표정이었다.

"다행이다."

그러더니 그는 자신을 응시하고 있는 연하를 향해 쓴웃음을 지었다.

"사실, 그 소문이 퍼졌다고 하니까 나는 괜히 내가 조시욱한테 맞았다는 사실까지 드러날까 봐 무섭더라고. 그래서인지 사람들 눈도 못 마주치겠고……."

요즘 운열은 EE홈쇼핑에 오는 것 자체가 무서웠다. 이야기를 나누고 있는 직원들만 봐도 자신에 대해 수군거리는 건 아닌가 두려움이 앞섰다.

"나 지금 되게 꼴사납지?"

운열이 한쪽 눈썹을 찡그린 채 연하에게 물었다. 연하는 곧바로 단호하게 고개를 저었다.

"아니."

그녀도 소문이란 정말 무서운 것이고 가십거리로 전락하는 건 한순간이라는 걸 잘 알고 있었다.

"나 같아도 그랬을 거야."

그래서 운열의 두려운 마음을 충분히 이해할 수 있었다. 잠시 후 그녀가 여전히 운열이 몸 뒤로 감추고 있는 오른손 쪽을 보면서 입을 열었다.

"근데 손은 왜 그래? 아까 떨었잖아."

"아아, 아주 가끔 불안할 때 작게 떨어. 근데 그러다 말아. 한 1, 2분이면 멈춰."

그제야 운열이 오른손을 들어 올렸다. 생채기가 있는 하얀 손을 연하의 앞에 보여주며 그가 말했다.

"봐. 멈췄지?"

그러나 연하의 표정은 급격히 어두워졌다. 그녀가 작게 중얼거렸다.

"다 나은 게 아니었네."

운열은 진심으로 자신을 걱정하고 있는 연하의 모습에 가슴이 뛰었다. 그래서 솔직하게 말하기 시작했다.

"응. 너도 알다시피 그때 손 다쳐서 마비까지 왔었잖아. 그 후유증이야."

연하는 이미 떨림을 멈춘 그의 오른손에서 시선을 떼지 못했다. 마음 약한 연하를 잘 알기에 운열은 입을 멈출 수가 없었다.

"이제 이해가 되지? 내가 왜 그렇게 조시욱을 싫어하는지."

***

책상에 멍하니 앉아 있는 연하에게로 재진이 다가왔다. 그녀의 얼굴 앞에서 손바닥을 붕붕 흔들며 그가 연하를 불렀다.

"유 MD님! 뭘 그렇게 골똘히 생각하세요?"

"네? 아니, 뭐, 그냥, 오늘 점심엔 뭐 먹을까 하고."

겨우 생각에서 깨어난 연하가 재진을 향해 배시시 웃었다. 그녀와 똑같은 미소를 지으며 재진이 팀장실을 엄지로 가리켰다.

"팀장님 호출이에요."

"아, 네. 고마워요."

자리에서 일어난 연하가 정신 차리라는 의미로 자신의 볼을 두 손으로 찰싹 때렸다. 옆에 있던 재진이 깜짝 놀랐지만 아랑곳하지 않고 연하는 씩씩하게 걸음을 옮겼다.

팀장실로 들어가 시욱의 앞에 선 연하가 다부진 표정을 지었다. 보고 있던 결재서류에서 시선을 떼며 시욱이 물었다.

"방송 얼마 안 남았는데, 잘 진행되고 있어요?"

"네. 오늘 담당 PD랑 쇼호스트랑 김 사장님 모두 모여서 전략미 팅 하기로 했어요."

"인서트 영상 촬영은요?"

"그건 다음 주 월요일로 예정되어 있고요."

"흐음."

모든 것이 순조롭기만 한데 시욱은 뭐가 못마땅한지 표정을 딱 딱하게 굳혔다. 연하가 재빨리 말을 이었다.

"사이즈별로 재고 수량도 체크했고요, 물류창고 실사도 다녀왔 어요."

"흐음."

시욱의 굳은 표정이 풀어지지 않았기에 연하는 빠진 보고가 있 나 곰곰이 생각해 보았다. 하지만 아무리 생각해도 없는 것 같아서 당당하게 물었다.

"왜요? 더 체크할 게 남았나요?"

"남았죠."

의자 등받이에 상체를 기댄 시욱이 고집스럽게 보이는 까만 눈동자로 연하를 응시했다. 연하가 재차 물었다.

"뭔데요?"

그러자 예술적인 붓 터치로 그린 듯한 그의 짙은 눈썹이 꿈틀거리며 언짢은 심경을 드러냈다.

"내 기분이요."

"응?"

시욱의 대답을 이해할 수 없다는 듯이 연하가 눈을 크게 떴다. 그녀의 의아해하는 표정을 본 시욱이 검지와 중지로 그림 같은 눈썹을 쓱쓱 만졌다.

"선배는 생각보다 괜찮네요."

얼굴에 손을 올린 채로 시욱이 나직하게 말했다. 그의 입에서 나온 '선배'란 표현에 연하의 입에서는 자연스럽게 반말이 흘러나왔다.

"뭐가?"

그 순간 시욱이 고개를 들고 연하의 눈을 빤히 쳐다보았다.

"나랑 키스한 거."

"헉!"

연하가 특유의 괴상한 소리를 냈다. 당황한 그녀의 방황하는 두 눈이 시욱의 시선을 피했다. 그녀의 입에서는 원망 섞인 음성이 흘러나왔다.

"그걸 왜 말해? 일부러 생각 안 하고 있었는데."

연하의 볼이 발그레 붉어졌다. 키스한 다음 날 운열의 팔 상태를 알아버려서 마음이 복잡했다. 그래서 일부러 시욱에 대한 생각을 피하고 있었다. 그런데 시욱이 직접 키스 얘기를 꺼냄으로써 연하를 다시 동요하게 만들었다.

"얘기 좀 해요."

그때 자리에서 일어선 시욱이 연하를 향해 말했다. 그러자 연하가 그의 넥타이 부근으로 시선을 올리며 물었다.

"얘기? 왜?"

"나한테 듣고 싶은 말 있을 거 아니에요?"

시욱의 목울대가 움직이는 것을 보면서 연하는 마른침을 꿀꺽 삼켰다. 키스 장면이 떠올라버린 지금 그녀는 정상적인 사고가 불가능했다.

"전혀 없는데? 그리고 나, 나 전략미팅 가야 돼!"

연하가 책상 위에 있는 결재서류를 집어 들었다가 자신의 것이 아님을 깨닫고 다시 내려놓았다.

"잊고 있던 걸 상기시켜 놓으니까 되게 동요하네요."

시욱의 지적에 연하의 얼굴이 화끈거렸다. 그녀는 빨리 이곳을 벗어나고 싶어서 황급히 뒤로 물러섰다. 그런데 시욱의 목소리가 그녀를 붙잡았다.

"오늘 밤에 시간 좀 내요."

"바, 밤에? 나 지선이한테 사과하러 가려고 했는데……."

연하는 오늘 어젯밤에 만나지 못했던 지선을 만나러 갈 예정이었다. 지선의 이름을 듣자마자 시욱은 미간을 찡그렸다.

"사과하지 말라니까요."

전부터 느낀 거지만 시욱은 지선을 별로 좋아하지 않는 눈치였다. 연하는 그 점이 의문이었다.

"너 지선이한테 왜 그래? 날 존경한다면 내 친구도 존중해 줘."

"싫다면요?"

시욱이 삐딱하게 대꾸했기에 연하는 표정이 시무룩해졌다. 솔직히 그녀는 시욱이 지선과 친하게 지냈으면 하는 마음이 있었다.

"도대체 지선이를 왜 싫어하는데?"

시욱은 대답하지 않았다. 그를 응시한 채 한참을 조용히 서 있던 연하가 어렵게 말을 시작했다.

"고등학생 때 말이야, 학교에 유부남 선생님이랑 학생이 사귄다는 소문이 돌았는데, 그 학생이 나라고 잘못 소문이 난 거야. 그때 왕따당할 뻔했던 나를 유일하게 두둔해 준 게 지선이었어."

친구들 앞에서 자신의 편을 들어주는 지선의 당찬 모습에 반해 친해지게 되었고 지금까지 둘도 없는 친구 사이로 지내고 있었다.

"그리고 첫 연애에 실패하고 힘들어할 때 거의 폐인이었던 나를 보살펴준 것도 지선이고."

연하는 인생에서 힘든 시기를 모두 그녀와 함께 보냈다. 그래서 그녀의 존재가 더욱 특별했다.

"나 어릴 때 귀농하신 부모님보다 지선이랑 더 많은 시간을 보냈어. 그래서 지선이는 나한테 친구 이상이야. 그러니까 지선이한테도 잘 좀 해 줘."

연하에게 지선이 어떤 존재인지 짐작은 하고 있었지만, 이 정도일 줄은 몰랐다. 시욱의 마음이 무거워졌다.

대답 대신 시욱은 시간과 장소를 말했다.

"저녁 7시. 청담 D 레스토랑."

"뭐, 뭐라고?"

생뚱맞은 단어들이었기에 연하는 두 눈을 휘둥그레 떴다. 그사

236

이 책상에서 나온 시욱이 그녀의 앞에 서서 강조했다.

"예약했으니까 무조건 와요."

다음 순간 팀장실 문 쪽으로 걸음을 떼려던 시욱이 어깨를 틀어 다시 연하를 쳐다보았다.

"키스까지 해놓고 도망치지 말고요."

"아, 응. 응?"

무심코 고개를 끄덕이긴 했지만, 연하는 무척 억울했다. 키스는 자신이 한 것이 아니지 않은가! 하지만 따지러 가기엔 그가 너무 멀어진 상태였다.

시욱이 나간 팀장실 문을 쳐다보는 연하의 얼굴이 붉디붉었다.

***

레스토랑 안으로 들어선 연하가 주변을 두리번거렸다. 호화로운 샹들리에와 그 아래 럭셔리한 분위기의 테이블과 의자들 그리고 고급스러운 벽을 장식한 명작들. 무척 근사한 느낌의 레스토랑이었다.

깔끔하게 잘생긴 웨이터가 빼준 의자에 앉은 연하가 부담스럽다는 표정을 지었다.

"이런 레스토랑, 비싸지 않아?"

웨이터가 멀어지자 연하는 반대편에 앉아 있는 시욱에게 작은 목소리로 물었다. 시욱이 옅은 미소를 지었다.

"선배를 생각하는 내 마음에 비하면 싼 곳이에요."

"또, 또 그런다."

낯간지러운 소리를 하는 시욱 때문에 연하는 괜스레 긴장되었다. 레스토랑 분위기에 살짝 압도된 연하를 향해서 시욱이 말했다.

"사실, 오늘 중요하게 할 말이 있거든요."

연하를 바라보는 시욱의 눈빛이 아주 진지해 보였다. 그래서 연하도 용기를 내보기로 했다.

"사실은, 나도 그래."

그녀의 말이 의외라는 듯 시욱이 한쪽 눈썹을 치켜올렸다.

"선배도 나한테 할 말이 있다고요?"

"응."

그동안 너무나도 궁금했었는데 묻지 못했던 게 하나 있었다. 마침 오늘은 분위기도 진지하게 조성되어 있으니 질문하기에 적절한 타이밍인 것 같았다.

시욱은 연하의 할 말을 기다리는 것처럼 가만히 앉아 있었다. 그런 그를 빤히 보면서 연하가 물었다.

"도운열 셰프 말이야, 처음 만난 게 언제야?"

시욱의 까만 동공이 미세하게 흔들렸다. 질문의 의도는 정확히 알 수 없었지만, 일단 성실하게 대답했다.

"스무 살 때 전국 대회 끝나고 대학교 근처 호프집에서 알바했었거든요. 그때 그 호프집에서 처음 봤어요."

연하는 운열이 자주 갔었던 단골 호프집을 떠올렸다. 운열의 폭행 사건이 있었던 바로 그곳.

그럼 시욱이 그때 그곳에서 알바하던 학생들 중 하나였단 말인가?

연하 자신도 그 술집에 자주는 아니어도 가끔 갔었다. 그렇다면 시욱의 얼굴을 한 번은 봤을 텐…….

"흭!"

10년 전 기억을 떠올려보다가 연하는 한 앳된 얼굴이 뇌리를 스쳐 화들짝 놀랐다.

"혹시, 네가 그때 그 꼬맹이?"

알바생들 중에 유난히 불친절한 꼬맹이가 하나 있었다. 주민등록증도 아직 안 나왔을 것 같은 십 대로 보이는 까까머리의 꼬맹이. 그런데 그 아이의 또렷한 이목구비가 지금의 시욱을 좀 닮아 있었다.

"그때도 내 키는 180이 넘었을 텐데, 꼬맹이라뇨."

시욱은 살짝 기분 상해하는 모습이었다.

"너 그때 되게 앳된 얼굴이었단 말이야. 와, 되게 신기하…….."

"왜요?"

말을 하던 연하가 어두운 표정으로 입을 멈추자 시욱이 의아한 눈빛을 보냈다. 그를 마주 보며 연하가 마른 입술을 혀로 축였다.

"그럼, 그 앳된 얼굴로 운열이를 때렸단 말이야?"

"!"

그 순간 시욱이 깜짝 놀라는 표정을 지었다. 눈에 띄게 당황한 그가 두 눈을 여러 번 깜박였다.

"내가 도운열 때린 거 알고 있었네요?"

부정하지 않고 되묻는 시욱 때문에 연하는 심장이 쿵쾅쿵쾅 세차게 뛰었다.

"응. 들었어."

"도운열한테 들었어요?"

"응. 운열이 아님 누구겠어?"

연하의 입에서 다소 날이 선 음성이 흘러나왔다. 그와 동시에 테이블 아래에 있는 시욱의 주먹에 힘이 들어갔다.

"······."

"······."

대화가 끊어진 두 사람의 테이블에 무거운 침묵이 가라앉았다. 잠시 후 요동치는 마음을 진정시킨 연하가 물었다.

"왜 때린 거야?"

"그건 얘기 안 했나 보네요."

역시 예상대로 운열이 그 이유까진 얘기를 안 한 것 같았다. 주먹을 쥐고 있는 시욱의 엄지손톱이 살을 파고들어 자국을 내고 있었다.

"분명 무슨 이유가 있었던 거지? 그렇지?"

연하가 조심스럽게 물었다. 시욱은 어디서부터 어떻게 설명해야 하나 복잡한 머릿속을 정리하기 시작했다. 하지만 정리를 채 끝내기도 전에 그의 입에서 나온 대답은 지나치게 짧았다.

"아뇨."

하고 싶은 말이 많았지만, 할 수 없었다. 차마, 전할 수 없었다.

"그냥요."

"그냥?"

연하는 충격받은 얼굴을 했다. 순간 시욱은 말을 멈출까 했지만, 이미 늦었다는 걸 깨달았다.

"마음에 안 들어서요."

당황한 연하의 큰 눈망울이 흔들렸다.

"이유도 없이?"

"네."

시욱은 10년 전을 떠올렸다. 그때와 자신은 소름 끼칠 정도로 변한 게 아무것도 없었다.

"그냥 싫어서 팼어요."

개폼이라 비웃어도 좋고 등신이라 비난해도 좋았다. 하지만 그는 절대 자신의 입으로는 그녀에게 상처를 줄 생각이 없었다.

"……."

"……."

또다시 두 사람 사이에 무거운 침묵이 흘렀다. 시욱을 믿을 수 없다는 눈빛으로 쳐다보면서 연하는 아랫입술을 깨물었다.

"단순히 싫어서 사람을 때렸다고?"

연하는 지금 자신이 보고 있는 조시욱이 조시욱이 맞는지 의심스러웠다. 시욱이 덤덤하게 대답했다.

"네. 곱상한 얼굴이랑 여리여리한 몸도 싫고 들고 다니는 까만 화구통마저도 마음에 안 들더라고요."

이제껏 자신이 보고 느꼈던 시욱의 이미지가 와르르 무너지는 순간이었다. 결국 연하는 자리를 박차고 일어섰다.

"너 진짜 최악이다."

마음의 동요가 너무 심해서 눈물이 나올 것만 같았다. 자리를 뜨기 직전 연하가 시욱을 노려보며 말했다.

"내가 널 잘못 봤나 봐."

***

그날 이후 연하는 시욱을 멀리했다. 사무실에서 보면 형식적인 인사와 업무적인 대화만 나눴고 오피스텔에서 마주치면 묵례만 건넸다.

게다가 오늘은 다행히 하루 종일 외부 일정이라 그를 볼 일이 없었다. 연하는 어깨를 축 늘어뜨린 채 홈쇼핑 방송에 쓸 인서트 영상을 촬영하는 스튜디오로 왔다.

이번 판매 상품인 스커트를 입은 모델이 카메라 앞에서 포즈를 취했다. 연하는 그 모습을 신중하게 체크했다.

"연하야."

그때 누군가 부르는 소리가 들렸기에 반사적으로 고개를 돌렸다. 그 앞에는 지선이 서 있었다.

"아, 지선아⋯⋯."

싸운 날 이후로 처음 얼굴을 보는 거라 어색했다. 지선이 연하에게 다가가며 조심스럽게 말을 걸었다.

"촬영하는구나? 우린 다음 타임 촬영이야."

"아아, 그렇구나."

연하가 다시 모델 쪽으로 시선을 돌렸다. 그러자 지선이 더 가까이 다가왔다.

"저번에는 미안했어."

"어?"

갑작스러운 지선의 사과에 놀란 연하가 고개를 다시 돌렸다.

"너한테 그날 일에 대해 사과하고 싶어."

"사과⋯⋯?"

내심 당황한 연하의 머릿속에 시욱의 말이 떠올랐다. 가만히 놔두면 그쪽에서 먼저 사과해올 거라는.

"미안해. 그땐 내가 말이 너무 심했어."

"……."

"솔직히 계속 좋은 아이템을 못 찾고 있었던 때라 많이 예민했었거든."

연하의 앞에 선 지선이 미안해하는 표정을 지었다. 어색하게 미소를 띤 그녀가 말을 이었다.

"근데 론칭한 상품이 상선 위에서 똑 떨어지고 나니까 네 생각만 나더라."

"지선아……."

"야심 차게 새로 론칭한 상품이었는데……. 나는 역시 너 없으면 안 되나 봐."

지선이 쓴웃음을 짓는 모습에 연하는 마음이 아팠다. 바쁘더라도 그녀를 도와줄걸 그랬다는 후회도 들었다.

다음 순간 연하가 지선을 향해 손을 뻗더니 어깨를 꽉 끌어안았다.

"처음 실패한 거 가지고 왜 이래? 난 다섯 번이나 연속으로 실패해 봤어. 그래도 이렇게 버티잖아. 꿋꿋이."

싱긋 웃는 연하를 보면서 지선도 힘없이 따라 웃었다.

09화. 그저 그런 관계

　지선과 점심 약속을 한 연하는 그녀가 있다는 방송국 스튜디오로 향했다. 그곳에서 지선보다 운열을 먼저 보게 되었다.

　방송이 끝난 스튜디오의 진열 상품을 정리하고 있는 그에게로 연하가 다가가 선뜻 말을 걸었다.

　"힘들지? 도와줄게."

　운열의 오른손이 걱정됐기 때문이다. 운열이 고맙다고 말하며 그녀와 함께 정리를 시작했다.

　"지선이는 안 보이네?"

　"지선이는 PD님이랑 미팅 중이야."

　대답을 마친 운열이 파스타 상품을 상자에 넣기 시작했다. 그러면서 작게 콧노래를 불렀다. 옆에서 그 소리를 들은 연하가 물었다.

　"무슨 좋은 일 있어?"

"네가 먼저 말 걸어줬잖아. 그게 좋은 일이지."

운열의 다정스러운 대답에 연하는 어색한 미소를 지었다. 그녀를 보면서 운열이 말을 덧붙였다.

"게다가 오늘 처음으로 매진을 기록했거든. 그래서 오늘은 기분이가 아주 좋네."

그 순간 연하는 묘한 이질감에 사로잡혔다. 바로 그가 쓴 표현 때문이었다.

'기분이가'

그건 지선이가 자주 사용하는 표현이었다. 지선이는 늘 '기분'이란 표현을 의인화해서 사람의 이름처럼 사용했었다.

살짝 고개를 갸웃한 연하가 운열을 향해 물었다.

"지선이랑 일한 지 얼마나 됐지?"

"3개월 정도?"

상자 안으로 파스타 상품을 차곡차곡 넣던 운열이 문득 연하를 돌아보았다.

"근데 갑자기 그건 왜?"

"아니, 말버릇을 따라 하는 것 같아서."

연하의 말에 운열의 손이 우뚝 멈췄다. 그 바람에 상자 안에 있던 상품들이 옆으로 쓰러졌다.

"아……."

찰나지만 운열의 갈색 눈동자가 흔들렸다. 이윽고 그가 손을 다시 움직이며 웃는 얼굴로 말했다.

"3개월 동안 꽤 자주 봤거든. 우리 부모님보다 더 많이 통화했고."

그러자 연하가 고개를 끄덕거렸다.

"하긴. 나도 협력업체 사장님이랑 엄청 친해."

"친한 건 아니고."

단호하게 부정한 운열이 허리를 펴고는 연하를 진지하게 바라보았다.

"네 친구니까 잘해 주는 정도지. 난 아직도 너 좋아하니까."

"운열아, 나 그런 거 좀……."

얼굴을 어색하게 굳힌 연하가 부담스럽다고 말하려 했다. 하지만 운열은 그녀의 말을 끝까지 들으려 하지 않았다.

"그나저나 신메뉴는 언제 맛보러 올 거야?"

운열이 밝은 목소리로 물었다. 그들이 있는 곳이 회사 스튜디오라는 점을 상기한 연하가 주변 눈치를 한 번 살피고는 대답했다.

"마침 내일모레 김 사장님이랑 미팅 있어. 그때 갈게."

"그래. 기다릴게."

연하의 대답을 들은 운열이 환한 미소를 지었다. 다시 상품 정리를 시작하려던 그가 연하를 향해 조심스럽게 질문했다.

"저기……. 조시욱이랑은, 아직도 잘 만나고 있어?"

"응? 아, 응."

연하는 순간적으로 거짓말을 해 버렸다. 왜 거짓말을 했는지는 자신도 알 수가 없었다. 하지만 왠지 사실대로 말하고 싶지가 않았다.

"연하야!"

그때 뒤에서 나타난 지선이 연하의 팔에 팔짱을 꼈다. 연하가 고개를 돌려 그녀를 쳐다보자 지선이 싱긋 웃었다.

"이제 밥 먹으러 가자."

"그래."

다정하게 달라붙은 두 사람은 나란히 문 쪽으로 몸을 돌렸다. 그런데 걸음을 떼려던 지선이 갑자기 운열을 돌아보았다.

"운열아, 너도 갈래?"

"응? 운열이도?"

연하가 의아한 눈빛으로 지선과 운열을 번갈아 보았다. 확실히 예전보다 두 사람 사이가 많이 친숙해진 것 같았다.

"나는 됐어. 가게 가 봐야 해."

그러나 운열은 지선의 제안을 단호하게 거절했다. 그런 다음 연하를 향해 손 인사를 건넸다.

"점심 맛있게 먹어."

연하의 옆에서 그를 보는 지선의 눈동자가 어둡게 일렁였다.

***

도운열의 레스토랑 위치를 알아내는 건 어려운 일이 아니었다. 인터넷에 '도운열'만 검색해도 그의 가게 위치가 사진과 함께 상세하게 나와 있었으니까. 시욱은 운열의 레스토랑 앞에 차를 세우고 내렸다. 늦은 시간이라 레스토랑 안에 손님은 없었고 운열 혼자 뒷정리를 하고 있었다.

곧바로 시욱은 레스토랑 문을 열고 들어갔다. 의자를 정리하고 있던 운열이 자연스럽게 고개를 돌렸다.

"!"

시욱을 발견한 그의 얼굴이 굳어졌다. 달갑지 않은 자의 방문에 운열은 불쾌감을 가감 없이 드러냈다.

"마지막 손님이 불청객이네."

"손님으로 온 거 아니야."

까칠하게 대꾸한 시욱이 운열에게로 성큼성큼 걸어갔다. 그의 진갈색 구두가 운열이 서 있는 테이블 앞에서 멈춰 섰다. 두 사람의 서로를 벨 것처럼 날카로운 시선이 공중에서 맞닿았다.

"기어이 말했더라?"

설명 없이 툭 던진 것이었지만 운열은 시욱이 무슨 말을 하는지 단번에 알 수 있었다. 분명 연하에게 그 폭행 사건에 대해 말한 걸 탓하는 거겠지.

"그래도 너희 헤어지진 않았잖아."

운열이 질투심을 담아 퉁명스럽게 대꾸했다. 그 순간 시욱의 동공이 미세하게 흔들렸다.

안 헤어졌다고?

운열은 아직도 그들이 사귀는 사이인 줄 아는 것 같았다. 그렇다면 연하가 아직 사실대로 말하지 않았다는 건데.

"연하가 그렇게 착한 애야. 남자의 허물도 그냥 감싸고 가는 애거든. 넘칠 정도로 착한 애지."

뻔뻔하게까지 느껴지는 운열의 태도에 시욱은 입가에 조소를 머금었다. 시욱이 그를 서늘하게 노려보며 경고했다.

"네 입에서 내 여자 얘긴 더 이상 듣고 싶지 않은데."

기분이 상한 운열의 입술이 꾹 다물어졌다. 가늘게 정리된 눈썹을 구긴 그가 시욱을 쏘아보았다.

"생각해 봤어."

잠시 후 운열이 꺼낸 서두였다.

"네가 그때 날 왜 때렸을까 하고."

10년 전 그날까지 그들은 그저 알바생과 손님의 관계에 불과했었다. 그런데 그 알바생이 왜 손님의 멱살을 잡았을까 수백 번도 넘게 생각해 보았다.

"너 유연하 좋아했었지?"

가장 확실한 가정은 하나였다. 알바생이 손님의 여자 친구를 좋아했었다는 가정.

"그때부터 좋아하다 다시 만나서 꼬신 거고?"

꺾여버린 꿈과 함께 묻어둔 여자를 회사에서 다시 만나 열정적으로 꼬여낸 걸 테고.

"맞지?"

운열의 저급한 표현력에 시욱은 실소를 터뜨렸다. 도대체 저 자식은 기생오라비 같은 얼굴 빼면 봐줄 만한 게 하나도 없다.

"꼬신다는 표현은 너 같은 놈들이나 쓰는 표현이고. 우린 서로 사랑을 한 거지."

시욱의 지적에 운열이 벌레 씹은 듯한 표정을 지었다. 다음 순간 얼굴을 딱딱하게 굳힌 시욱이 나직하게 말했다.

"어쨌든, 네놈의 그 입 때문에 내가 지금 상당히 곤란해졌어."

연하가 그를 노골적으로 피하고 있었다. 예상보다 그녀의 반응이 냉정해서 당황스러울 정도였다.

"네가 날 팬 건 사실이잖아."

운열이 또다시 뻔뻔한 태도를 보였기에 시욱은 어이없다는 듯 눈썹을 찡그렸다.

"그럼 그 팬 이유까지 설명했어야지."

그 순간 운열이 서늘하게 웃음을 터뜨렸다. 기분이 나빠진 시욱이 그를 노려보자 운열이 입을 열었다.

"말하고 싶으면 네가 직접 말해."

기가 막혀서 시욱은 헛웃음조차 나오지 않았다. 그때 운열이 비열하게 웃으면서 덧붙였다.

"근데, 넌 못 할걸?"

운열은 확신하고 있었다. 시욱이 그 이유를 절대 말하지 못할 거라는 걸. 왜냐하면……

"너 유연하 좋아하잖아?"

그 정도는 연하에 대해 말하는 시욱을 보면 저절로 느껴졌다. 그가 좋아하는 여자에게 상처를 줄 성격이 아니라는 것도.

"너는 여전히 쓰레기구나."

시욱이 화를 참는 목소리로 말했다. 그의 제 형태를 잃고 구겨진 눈썹과 불끈 쥔 주먹이 파르르 떨렸다.

운열이야말로 10년 전이나 지금이나 똑같았다. 여전히 재활용도 안 되는 쓰레기였다. 하지만 운열은 전혀 개의치 않는 모습이었다.

"명심해. 내가 연하를 잘 알아서 하는 말인데, 분명 우는 정도가 아니라 울다 지쳐 쓰러질 거야."

그가 말하지 않아도 그 정도는 시욱도 잘 알고 있었다.

***

오랜만에 맞은 휴일이었는데, 아침에 눈을 뜨자마자 가슴이 갑갑했다. 도저히 집에 있을 수가 없어서 연하는 일단 무작정 집을 나섰다. 버스도 타보고 지하철도 타봤다. 그러다 자신이 졸업한 대학교 근처 역에서 내리게 되었다.

역에서 내리는 순간 연하는 10여 년 전 꿈 많던 소녀로 돌아간 기분이었다. 자연스럽게 그때 자주 다니던 길을 따라 걸었다. 한참을 걷고 있는데 눈에 익은 골목이 들어왔다. 연하의 기억이 맞다면 그곳으로 들어가면 10년 전 운열의 단골 호프집이 있을 것이다.

연하는 자석에 끌리는 것처럼 골목 안으로 들어섰다. 잠시 후 그녀의 눈앞에 허름한 호프집이 모습을 드러냈다. 그곳이 맞았다. 운열과 가끔 왔었던 곳. 지선과도 셋이서 한 번 왔었던 곳.

연하의 하얀 스니커즈가 그 호프집으로 향했다. 나무문을 열고 안으로 들어서자 시간이 멈춘 듯 10년 전 그대로인 내부가 그녀를 반겼다. 가게 안은 이제 막 오픈한 시간이라 손님이 거의 없었다. 내부를 둘러보던 연하가 익숙한 발걸음으로 한 창가 테이블로 다가갔다.

아마도 이 테이블에 항상 앉았었던 것 같은데.

운열과 항상 앉았던 테이블에 앉자마자 앞치마를 두른 앳된 얼굴의 남학생이 다가왔다.

"뭐 드실래요?"

노랗게 염색한 머리에 까만 피어싱을 한 남학생이 연하에게 물었다.

"맥주 500 한 잔이랑요, 으음, 안주는……."

"콘치즈 드세요."

안주를 오래 생각하는 연하가 귀찮다는 듯이 남학생이 툭 던진 말이었다. 불친절한 안주 추천에 연하는 웃음이 터졌다.

"콘치즈요?"

"여자들 대부분이 좋아하는 안주잖아요."

"아아. 네, 그럼 그거 주세요."

빠르게 멀어지는 남학생의 뒷모습을 보면서 연하는 문득 어떤 기억 하나를 떠올렸다.

'여자들 대부분이 좋아하는 안주죠.'

방금 저 말이랑 비슷한 말을 누가 나한테 했었는데?

"!"

누군지 기억이 났다. 기억이 선명하게 떠오르기 시작하자 연하는 놀란 자신의 입을 손으로 막았다.

그 꼬맹이다. 조시욱의 어릴 적 꼬맹이.

언제인지는 정확히 모르겠는데, 운열과 헤어지고 얼마 지나지 않아 우울한 마음에 이 호프집에 혼자 온 적이 있었다.

***

"훌쩍, 훌쩍……."

그날 이 테이블에 앉아 얼마나 숨죽여 울었는지 모른다. 안주도 없이 맥주잔만 계속 비우면서.

그때 그녀의 곁으로 지금처럼 앞치마를 두른 앳된 얼굴의 남학생이 다가왔었다.

다가오는 남학생을 감지한 연하가 눈물을 빠르게 닦고는 입술을 꽉 다물었다. 그런데 그 남학생은 연하의 테이블 옆에 멈춰 서서 움직이지를 않았다. 결국 연하가 촉촉하게 젖은 눈을 들어 그를 올려다보았다. 눈물이 흐르지 않도록 두 눈에 힘을 주고 있는데, 그 남학생이 말했다.

"울고 싶은데 남한테 보이기 싫은 거라면 내가 계속 여기에 서 있을게요."

숨죽여 우는 모습이 안쓰러웠던 걸까. 감동받은 연하가 그의 뒤쪽을 힐끔 쳐다보았다. 그러다 통통한 주인아저씨와 눈이 마주쳤다. 그녀가 남학생 시욱에게 나직하게 알려주었다.

"주인아저씨가 쳐다보고 있는데……."

"아마 주문받는 거라 생각할 거예요. 진상 손님인 경우 주문만 10분 이상 걸릴 때가 있거든요."

피식, 웃음이 터져버렸다. 방금까지 펑펑 울고 있었는데 말이다. 신기하게 그 덕분에 어느 정도 진정이 된 것 같아서 연하는 씩씩하게 말했다.

"걱정 마. 이제 안 울 거야."

연하의 말을 들은 남학생 시욱이 자리를 떴다. 그런데 얼마 후 그가 그녀의 테이블로 쟁반을 들고 다가왔다.

"뭐 안 시켰는데?"

연하가 당황한 표정으로 물었다. 그사이 시욱은 테이블 위에 방금 만든 따끈따끈한 안주를 내려놓았다.

"서비스예요."

그가 서비스로 준 안주는 콘치즈였다. 먹음직스럽게 보이는 치즈가 덮인 옥수수콘에서 시선을 떼지 못하며 연하가 반색했다.

"내가 좋아하는 안주네."

"여자들 대부분이 좋아하는 안주죠."

그러자 연하의 새치름해진 시선이 시욱에게로 향했다.

"꼬맹이가 되게 시크하네."

그녀의 말에 발끈한 시욱이 콘치즈팬으로 손을 뻗었다.

"먹지 마요."

"엇? 왜 다시 가져가? 치사하게."

콘치즈팬을 가져가지 못하도록 연하는 얼른 그의 손목을 잡았다. 결국 시욱이 잡았던 콘치즈팬을 놓았다. 곧바로 연하가 자신의 손목에서 손을 떼자 그 모습을 보고 있던 시욱이 말했다.

"마지막으로 봐서 다행이에요."

"마지막?"

"저 오늘로 여기 알바 그만두거든요. 사고를 크게 쳐서."

갑자기 듣게 된 말에 당황한 듯 연하는 아무런 말도 하지 못했다. 그런 그녀를 내려다보며 시욱이 진지하게 입을 열었다.

"어차피 이제 못 보니까 말해 두는 건데요."

물기가 사라진 연하의 눈동자는 티 없이 맑고 깨끗했다. 연하가 동그랗고 큰 눈을 깜빡이면서 시욱의 다음 말을 기다렸다.

"누나, 남자 보는 눈 되게 없어요."

"내가? 왜?"

그때 그녀가 바라본 시욱은 얼마 전의 그처럼 하고 싶은 말이 참 많은 얼굴이었다. 하지만 그 꼬맹이 시욱은 그저 이렇게 말했을 뿐이었다.

"나 같이 괜찮은 남잘 꼬맹이라고 하니까요."

10년 전 기억이 온전하게 다 떠오르자 연하는 아주 옅은 미소를 지었다. 갑자기 그녀는 지금의 시욱이 너무나 보고 싶어졌지만, 두 눈 꼭 감고 참아냈다.

***

오늘은 CC의류 김 사장과 미팅이 예정되어 있었다. 연하가 미팅 장소로 선택한 곳은 운열의 레스토랑이었다. 두 사람이 식당 안으로 들어서자 운열은 환한 미소로 그들을 맞이했다.

"어서 오세요."

"신메뉴 나왔다면서요, 셰프님?"

운열이 준비해 둔 창가 자리에 앉은 동훈이 장난스럽게 말했다. 운열은 그들이 오는 시간대에 맞춰 신메뉴를 만들어놓은 상태였다.

"이게 그 신메뉴, 김치 리소토입니다."

운열이 주방에서 김치 리소토를 들고 와 테이블에 내려놓았다. 동훈과 연하는 기대감 가득한 눈빛으로 신메뉴인 김치 리소토의 맛을 보았다.

"와, 대박. 최고다, 진짜. 엄청 맛있어, 운열아. 그쵸, 유 MD님?"

"네. 정말 맛있네요. 동서양의 조화가 이루어진 맛이랄까."

김치 요리인데도 양식의 느낌이 나는 독특하고 훌륭한 맛이었다. 감탄하며 칭찬하는 그들에게 운열은 행복한 미소를 지어 보였다.

식사를 하면서 동훈과 연하는 며칠 뒤에 있을 판매 방송에 대한 회의를 진행했다. 그렇게 두어 시간쯤 흐르자 동훈이 먼저 자리에서 일어섰다.

동훈을 먼저 보내고 연하도 의자에서 몸을 일으켰다. 그때 주방에서 일하던 운열이 나왔다.

"오늘 신메뉴 감상, 너무 고마웠어."

"아니야. 나야말로 맛있는 거 먹여줘서 고맙지."

가방을 챙긴 연하가 싱긋 웃었다. 그녀의 말간 얼굴을 지그시 바라보면서 운열이 말했다.

"그 보답으로 내가 집까지 태워다줘도 될까?"

딱히 거절할 이유가 없었기에 연하는 그 제안을 받아들였다.

"그래."

연하는 스스럼없이 운열의 차에 올라탔다. 집으로 가는 동안 그녀는 신메뉴에 대한 칭찬을 계속했다.

"신메뉴 진짜 맛있더라. 대박 터질 것 같아."

"그래? 다행이다."

운전하고 있는 운열의 시야에 연하의 오피스텔이 보이자 그가 초조한 얼굴로 연하를 힐끔 쳐다보았다.

"연하야."

"응?"

운열은 최대한 자연스럽게 말하기 위해 헛기침을 했다. 이윽고 그가 부드럽게 제안했다.

"다음에 같이 영화 보러 갈래?"

"영화?"

오피스텔 앞에 차를 세운 운열이 살짝 긴장한 표정으로 연하를 돌아보았다. 그러자 연하가 시원스럽게 고개를 끄덕였다.

"그래, 그러자."

이번에도 딱히 거절할 이유가 없었다. 다음 순간 연하가 차에서 내리자 운열도 따라 내렸다.

"오늘 고마웠어. 조심해서 가."

연하가 운열을 향해 돌아서서 인사를 건넸다. 입가에 미소를 띤 운열이 오피스텔 쪽을 가리키며 다정하게 말했다.

"너 들어가는 거 보고 갈게."

"그래. 그럼, 잘 가."

어색하게 웃은 연하가 운열에게 손을 흔들고는 돌아섰다. 오피스텔을 향해 걸어가는 그녀의 표정이 어두웠다. 건물 안으로 들어가 엘리베이터 앞에 섰는데, 누군가 그녀를 불렀다.

"선배."

시욱이었다. 트레이닝복 차림의 그를 돌아본 연하가 아무 말 없이 그를 응시했다. 그녀의 앞으로 성큼 다가온 시욱이 화난 얼굴로 물었다.

"대체 뭐 하시는 겁니까?"

운열의 차에서 내리는 연하를 본 건 처음 있는 일이 아니었다. 하지만 그전에는 이렇게 다정한 모습이 아니었다.

"뭐가?"

연하가 고개를 갸웃 기울이며 되물었다. 일부러 그러는 것 같았다. 두 주먹을 꽉 움켜쥔 시욱이 나직하게 질문했다.

"도운열이랑 다시 사귀는 건 아니죠?"

그러자 연하는 엘리베이터 쪽으로 다시 고개를 돌렸다. 그녀가 옆얼굴만 보인 채로 반문했다.

"네가 무슨 상관인데?"

미간을 찡그린 시욱이 두 눈을 꾹 감았다 떴다. 그러곤 연하의 옆얼굴을 향해 단호하게 말했다.

"도운열은 안 됩니다."

그 말을 기다렸다는 듯 연하가 시욱에게로 어깨를 틀었다.

"그럼 다시 말해."

"뭘요?"

"도운열 때린 이유."

연하가 다부진 표정으로 던진 말에 시욱의 까만 동공이 흔들렸다. 그 모습을 연하는 확실히 보았다.

"정확하게 다시 말하라고."

"그건 이미 말했는데요."

시욱의 눈빛이 다시 고집스럽게 변했다. 한숨을 폭 내쉰 연하가 잠시 후 이렇게 서두를 꺼냈다.

"수천 번 생각해 봤는데."

정말이지 며칠 동안 시욱에 대한 생각만 했다. 그러고 싶지 않았는데도 그가 머릿속에서 떠나질 않았다.

"나는 네가 그냥 싫다고 사람을 때리진 않았을 것 같아."

그래서 내린 결론이 이거였다. 자신이 생각보다 시욱을 많이 믿고 있다는 거. 하지만 시욱은 그녀의 믿음을 모른 척했다.

"몇 번을 말해요."

시욱이 표정 없는 얼굴로 대꾸했다.

"나는 도운열이 싫어요. 싫어서 팼어요."

그는 여전히 자신이 한 말을 바꿀 생각이 없어 보였다. 연하의 표정이 급격히 어두워졌다.

"그때로 돌아간다 해도 나는 그 녀석을 때렸을 겁니다."

단호한 시욱의 태도에 연하는 그를 쏘아보다가 혼자 엘리베이터를 타고 가버렸다.

***

"후우, 후우, 후우……."

가슴에 손을 얹은 연하가 숨을 깊게 들이쉬었다가 내뱉는 심호흡을 반복했다. 이제 5분 후면 패션 1팀 소속으로는 처음 하는 판매 방송이 시작되기 때문이다.

그동안 판매 방송이야 수도 없이 해 봤지만, 지금은 그때와 각오부터 달랐다. 실패하면 사표를 쓴다는 각오로 임하고 있으니까.

방송이 시작되자 연하는 초조한 눈빛으로 실시간 주문 현황 모니터를 주시했다. 콜수가 점점 늘어나는 것을 지켜보는 연하의 손에 땀이 흥건했다. 그녀의 옆에는 CC의류의 사장 동훈이 서 있었다.

"이, 이거 잘 팔리고 있는 거 맞죠?"

동훈이 보기에 모니터에 뜬 숫자가 빠르게 바뀌고 있었다. 이는 결코 나쁜 상황은 아닌 것 같았다. 그런데 팔짱을 낀 채 모니터를 보고 있는 연하가 고개를 단호하게 저었다.

"잘 팔리는 게 아니에요."

"아……. 그래요?"

동훈의 얼굴에 실망감이 깃들었다. 그 순간 연하가 그를 향해서 어깨를 확 틀었다.

"엄청나게 잘 팔리는 거예요! 초대박이라고요!"

"네?"

콜수가 이미 분당 1,000콜을 찍고 있었다. 1분에 천 통의 주문 전화가 오고 있다는 것, 이는 곧 대박도 아닌 초대박을 의미했다. 결국, CC의류의 봄 스커트는 방송이 끝나기도 전에 전사이즈 매진이라는 기록을 달성했다. 방송이 끝나자마자 여기저기서 박수가 터져 나왔다.

"축하해요, 유 MD님!"

근처에 있는 스태프들이 연하에게 축하 인사를 건넸다. 연하가 감격한 표정으로 연신 고개를 숙였다.

"감사합니다! 감사해요!"

협력업체 사장인 동훈에게 축하 인사를 건네려던 연하가 문득 스튜디오 문 쪽을 쳐다봤다. 그러고는 갑자기 그쪽으로 내달렸다. 스튜디오를 빠져나온 그녀가 상기된 얼굴로 달리기 시작했다.

대박 났어! 대박 났다고!

다다닥 사무실을 향해 달려가는 그녀의 눈에 복도에서 재진과 대화를 나누고 있는 시욱의 모습이 들어왔다.

"시욱아, 나⋯⋯."

그를 부르려다가 연하는 멈칫했다. 그녀의 발도 점점 느려지다가 결국 멈췄다.

"아⋯⋯."

다음 순간 연하는 바닥에 힘없이 주저앉고 말았다. 쪼그려 앉은 그녀가 아랫입술을 깨물었다.

이제 시욱이한테 제일 먼저 알려줄 필요가 없어졌다. 웃으며 축하받을 수가 없으니까.

그런 특별하지 않은 관계가 되어버렸다. 그와 그녀는.

***

터덜터덜 힘없이 스튜디오로 돌아오는 길에 연하는 운열을 만났다. 운열이 환하게 웃는 얼굴로 그녀에게 다가섰다.

"오늘 방송 대박 났다며? 축하해."

"고마워."

연하는 애써 밝게 대답했다. 그녀의 앞에서 운열이 감탄한 표정으로 말을 이었다.

"패션 팀으로 옮긴 후 첫 방송인데 매진이라니, 진짜 대단하다."

"사실은 나도 아직 실감이 안 나."

도대체 이게 얼마만의 성공인지 모르겠다. 불안하고 초조했지만, 결국 해냈다. 이는 분명 시욱이 곁에 없었다면 불가능했을 일이다.

시욱을 떠올리자 연하의 표정이 급격히 어두워졌다. 그 순간 운열이 의아한 눈빛을 보냈다.

"근데 별로 즐거운 얼굴이 아닌 것 같은데?"

"응? 아니, 그냥 얼떨떨해서."

운열의 예리한 지적에 연하는 어색하게 굳어졌다. 사실 지금 그녀는 직원들이 오가는 이 복도에서 춤을 춰도 부족할 정도로 기뻐서 팔짝 뛰어야 했다. 하지만 이상하게 그만큼 들뜨지 않았다.

그때 운열이 연하를 지그시 바라보면서 말했다.

"그럼 오늘로 할래?"

"뭘?"

"영화 보기로 한 거."

연하는 오늘 더 행복해도 되는데 그 행복을 충분히 만끽하지 못했다. 행복을 짓누르고 있는 우울한 감정을 떨쳐내고 싶어서 그녀는 선선히 고개를 끄덕였다.

"그래, 그러자."

***

샤워를 마친 지선은 소파에 누워 새로운 협력업체 리스트를 훑었다. 하지만 특별히 눈에 들어오는 업체가 없었다. 그녀의 입에서 무거운 한숨이 새어 나왔다.

결국 지선은 휴대폰을 들고 어딘가로 전화를 걸었다. 잠시 후 전화기 너머에서 연하의 밝은 목소리가 들려오자 지선이 빠르게 물었다.

"뭐 해?"

-영화 보러 왔어.

집에서 맥주 한잔하고 있다는 대답을 예상했는데, 완전히 빗나갔다. 너무나 의외인 연하의 대답에 지선이 놀라 물었다.

"영화? 혼자?"

-아니.

"그럼 누구랑?"

-운열이랑. 저번에 약속한 게 있어서.

휴대폰을 붙들고 있는 지선의 움직임이 얼어버린 듯 멈추고 그녀의 눈동자가 세차게 흔들렸다. 그녀는 상당히 충격을 받은 얼굴이었다. 어떻게 끊었는지도 모르게 전화를 끊고서 지선은 급하게 옷을 챙겨 입었다. 롱 니트 카디건을 집어 든 그녀가 황급히 집을 나섰다.

지선이 택시를 타고 향한 곳은 회사에서 사택으로 지정한 오피스텔이었다. 엘리베이터를 타고 7층에 도착한 그녀가 어느 한 집으로 달려가 초인종을 눌렀다.

딩동. 딩동.

문이 열릴 때까지 지선은 초조함에 손톱을 깨물고 있었다. 얼마 지나지 않아 문이 열리고 그곳에서 시욱이 나왔다.

"너 뭐 하는 거야?"

시욱을 보자마자 지선이 버럭 소리친 말이었다. 황당하단 표정을 지은 시욱이 도리어 물었다.

"양 MD님이야말로 뭐 하시는 겁니까? 갑자기 들이닥쳐서는……."

"연하가 운열이랑 단둘이 영화 보러 갔대!"

시욱의 말을 도중에 싹둑 자르며 지선이 소리쳤다. 문을 잡고 있는 시욱의 손이 조금 밑으로 내려갔다. 하지만 시욱의 눈빛은 조금도 흔들림 없이 냉랭했다.

"그래서요?"

"네가 막았어야지! 넌 다 알잖아!"

지선의 목소리 크기가 줄어들 기미를 보이지 않자 시욱은 검지를 들어 자신의 귀를 후비는 시늉을 했다. 그제야 지선이 흥분을 가라앉히고 주변을 살폈다. 그녀를 주시한 채 시욱이 나지막하게 물었다.

"도운열, 아직도 좋아해요?"

두리번거리던 움직임을 멈춘 지선의 흔들리는 동공이 시욱에게로 향했다. 이윽고 그녀가 앙칼지게 대답했다.

"나는 단지 아무것도 모르는 연하가 안타까워서……."

그녀의 말을 채 다 듣지도 않고 시욱은 흥 하고 코웃음을 쳤다. 지선이 그를 노려보면서 아랫입술을 깨물자 시욱이 그녀에게로 허리를 살짝 숙였다.

"둘이 잘 되면 연하 선배 더 괴롭힐 거예요? 그럼 무슨 수를 써서라도 막고."

매서운 눈빛과 서늘한 목소리에 압도당한 지선이 마른침을 꿀꺽 삼켰다. 그와 눈을 마주하며 지선이 입을 열었다.

"내가 연하를 왜 괴롭혀? 웃긴다, 너."

"설마 지금의 양 MD님만 할까요."

시욱의 조소 띤 얼굴을 본 지선은 그제야 정신이 퍼뜩 드는 기분이었다. 대체 이 야밤에 이 무슨 정신 나간 짓이란 말인가.

불현듯 창피해진 지선이 얼굴을 붉혔다. 그녀의 모습을 위에서부터 아래까지 눈으로 쭈욱 훑은 시욱이 불쑥 물었다.

"그때 분명 도운열이랑 헤어진 거 맞죠?"

그 순간 지선이 발끈했다.

"맞다니까! 사귄 것도 아니었어. 그냥 잠시 논 거지."

그럼에도 시욱은 여전히 미심쩍은 눈빛을 보냈다. 그런 그를 답답해하며 지선이 말을 이었다.

"실수였다고 분명히 말했잖아. 그리고 이것도 전에 말했지만, 그때도 지금도 나는 여전히 연하가 소중해! 내 목숨보다 더!"

그때도 지선은 울면서 이 같은 말을 했었다. 그래서 시욱도 묻어두기로 한 것이고.

"나 부모님 없이 자라서 정이란 거 모르고 살다가 연하 만났어. 걔가 내 첫정이었어."

울 것 같은 지선을 바라보는 시욱의 입에서 무거운 한숨이 새어 나왔다.

"후우⋯⋯."

다음 순간 그는 아무 말 없이 문을 쾅 닫았다. 머리가 지끈거리는 느낌이 들었다. 지선의 목소리가 다시 그의 뇌리를 흔들었다.

'연하가 운열이랑 단둘이 영화 보러 갔대!'

천천히 소파로 걸어간 시욱이 그곳에 털썩 앉아 마른세수를 했다. 그의 표정이 괴로운 듯 일그러졌다.

***

인터폰 화면을 확인한 루화가 입가에 미소를 머금었다. 하지만 들어오는 이에 대한 인사말은 퉁명스러웠다.

"왜 왔냐? 이 밤에."

현관에 들고 온 비닐봉지를 내려놓고 부츠를 벗은 연하가 배시시 웃으며 대답했다.

"부르셔서요!"

그러자 루화가 화려하게 화장한 눈으로 연하를 흘겨보았다.

"안 불렀는데?"

"꿈속에서 막 부르시던데요?"

또다시 배시시 웃은 연하가 씩씩하게 안으로 들어왔다. 그러곤 소파에 먼저 앉은 루화의 앞으로 걸어갔다. 자신의 손에 들린 검은 비닐봉지를 높이 들어 보이며 연하가 말했다.

"그냥 오기 뭐해서 뭐 좀 사 왔어요."

비닐봉지의 형태와 쨍쨍거리는 소리로 그것이 무엇인지 알아챈 루화가 코웃음을 쳤다.

"흥. 안 봐도 뭔지 알겠다. 잘 말아봐."

"넵!"

장난스럽게 거수경례를 한 연하가 봉지 안에서 소주와 맥주를 꺼냈다. 그것을 컵에 1대 3의 비율로 따른 연하가 손목의 스냅만을 이용해서 컵을 흔들었다. 잘 섞인 소맥을 두 손으로 루화에게 건네자 루화는 기막혀하면서도 웃으며 그것을 받았다.

한 잔의 소맥을 비운 연하가 루화에게 몸을 기대며 치근덕거리기 시작했다.

"꾹짱님, 꾹짱님!"

"귀여운 척하지 마."

"네……."

얌전히 대답한 연하가 몸을 꼿꼿하게 세웠다. 그런 다음 신중하게 다시 소맥을 제조하기 시작했다. 그녀의 옆에서 루화가 불쑥 말했다.

"축하해."

연하가 문득 손을 멈추고 루화를 돌아보았다.

"네?"

"봄 스커트 매진된 거."

쿨하게 말을 이으면서 루화가 네일아트로 꾸민 엄지를 척 들어 보였다. 활짝 웃은 연하가 고개를 꾸벅 숙였다.

"감사합니다."

그 순간 온화한 표정을 지은 루화가 손을 뻗더니 그녀의 머리를 쓰다듬어주었다.

"장하다. 난 네가 다시 해낼 줄 알았어."

루화의 행동에 연하는 가슴이 뭉클해지는 느낌이 들었다. 코를 훌쩍거리며 그녀가 작게 중얼거렸다.

"국장님도 절 믿어주셨군요……."

자신을 믿어준 사람이 시욱 말고 또 있었다.

"뭐라고? 못 들었어."

그녀의 중얼거림을 듣지 못한 루화가 묻자 연하가 고개를 쳐들었다. 잠시 망설이던 연하가 어렵게 다시 입을 열었다.

"저, 사적인 질문 하나만 해도 돼요?"

"안 된다고 해도 할 거잖아. 뭔데?"

그러나 연하는 쉽게 그 질문을 하지 못했다. 새로 만든 소맥을 한 모금 마신 연하가 한참 후 용기를 내서 물었다.

"시욱이는 착한 사람이에요, 나쁜 사람이에요?"

연하는 아직도 그게 너무 헷갈렸다. 그녀의 질문이 흥미롭다는 듯 루화가 눈빛을 달리했다.

"상대에 따라 달라."

들고 있던 술잔을 내려놓은 루화가 이렇게 대답했다.

"착한 사람 앞에선 착해지고 나쁜 사람 앞에서 나빠져. 그걸 흔히들 정의감이라고 하지."

어릴 때 시욱은 그 아무짝에도 쓸모없는 바퀴벌레도 방생하자고 할 정도로 착한 아이였다. 따돌림을 이해하지 못했고 폭력도 싫어했다. 고맙게도 그대로 잘 자라 강한 자 앞에선 강하고 약한 자 앞에선 약한, 강강약약의 표본 같은 사람이 되었다.

"예전에 권투 그만둔 것도 그 때문이잖아."

하지만 그게 독이 되었던 걸까. 그렇게 좋아하던 권투도 그 정의감 때문에 그만두게 되었다.

"그래도 우리 시욱이가 잘못하긴 했지. 아무리 상대가 난봉꾼이었어도 절대 주먹을 쓰면 안 되는 거였는데."

옛 기억에 잠겨 말을 잇는 루화의 옆에서 연하가 두 눈을 크게 떴다.

"난봉꾼이요……?"

"아."

순간 루화가 화들짝 놀란 표정으로 연하를 쳐다보았다. 두 사람의 동그래진 눈이 공중에서 마주쳤다.

시욱이가 얘기하지 말랬는데……! 근데 얘가 설마 맞은 사람이 도운열인지 상상이나 하겠어?

루화가 연하의 눈치를 살폈다. 하지만 연하는 그저 얌전히 그녀의 다음 말을 기다리는 듯 보였다. 때문에 루화는 헛기침과 함께 말을 이었다.

"흠! 그날 유치장에서 시욱이가 뱉은 처음이자 마지막 말이었거든. '그 난봉꾼 새끼!'라고. 그 뒤론 그쪽에서 고소 취하할 때까지 한마디도 하지 않았지만, 나는 그 말 때문이 아니라 시욱이가 이유 없이 사람 때릴 애는 아니라고 믿어."

지금이야 이렇게 덤덤하게 얘기하지만, 그때는 정말 시욱이 교도소라도 가면 어쩌나 얼마나 전전긍긍했는지 모른다. 그때의 기억이 떠오르자 루화는 괜스레 코끝이 찡했다.

"물론, 이유가 있었다곤 해도 잘못한 건 잘못한 거니까. 그래서 그렇게 좋아하던 권투도 그만뒀잖아."

그때의 시욱은 정말이지 곁에서 지켜보기 힘들 정도로 폐인이었다. 그런 그를 몇 년 동안 어르고 달래서 겨우 회사에 입사시켜 놨더니 그제야 사람 구실을 했다. 사람 구실 정도가 아니라 일을 너무 잘해서 당황스러울 정도였다.

"그리고 안타깝긴 해도 솔직히 개인적으론 시욱이가 권투를 그만둬서 좋아. 너무 위험한 직업이잖아."

"……."

"우리 언니, 그러니까 시욱이 어머니도 그때 은근히 기뻐했었거든. 내 말 듣고 있냐?"

루화의 말이 계속 이어졌지만 연하는 머릿속이 너무 복잡해서 아무런 맞장구도 칠 수가 없었다.

난봉꾼……? 운열이가, 난봉꾼?

10화. 고백이 필요한 순간

　머리가 아플 정도로 혼란스러웠지만 그럼에도 확실하게 확인을
해야 했다. 냉정하게 생각에 생각을 거듭한 연하가 휴대폰을 들고
전화를 걸었다.

　"운열아, 잠깐 볼 수 있어?"

　30분 후, 연하는 사람이 적어 한산한 카페 안에 혼자 앉아 있었
다. 얼마 지나지 않아 그녀가 있는 카페로 운열이 뛰어 들어왔다.

　"웬일이야? 네가 먼저 날 다 보자고 하고."

　이곳으로 달려오는 내내 운열은 들뜬 마음에 심장이 마구 뛰었다.

　얼마 전에 같이 영화를 봤는데, 그때 느낌이 좋았던 걸까. 그래
서 이 늦은 시간에 보자고 한 걸까.

　잔뜩 상기된 얼굴의 운열이 반대편에 앉자 연하가 대답했다.

　"궁금한 게 있어서 만나자고 했어."

　"궁금한 거? 뭔데?"

두 눈동자를 반짝거리던 운열이 연하의 진지한 표정을 보고 서서히 얼굴을 굳혔다.

"너 10년 전에 말이야, 그때 나 말고 누구 만나고 있었니?"

연하가 조용히 물었다. 그 순간 운열의 갈색빛을 띠는 동공이 눈에 보일 정도로 흔들렸다. 대답 대신 그가 버럭 소리쳐 물었다.

"누가 그래? 조시욱이 그래?"

격앙된 운열의 목소리에 연하의 고운 미간이 살짝 찡그려졌다. 운열은 그야말로 펄쩍 뛰었다.

"그딴 말 믿지 마. 그 녀석이 그냥 내가 싫어서 지어낸 거야."

흥분한 운열이 절박하게 느껴지는 눈빛으로 연하를 바라보았다.

"너 나 못 믿어?"

예전 같았으면 믿었을 것이다. 하지만 지금은 아니다. 연하는 시욱을 더 믿었기에 오늘 운열을 한 번 의심해 보기로 했다. 그런데, 그 의심이 적중할 것 같았다.

"이미 지나간 일이니까 이해할게."

생각보다 연하는 침착했다. 스스로도 조금 놀랄 정도로. 연하의 부드러운 목소리에 운열의 눈동자가 또다시 크게 흔들렸다. 혀로 마른 입술을 축인 그가 변명을 시작했다.

"그건 다 조시욱이 오해한 거야. 내가 여자랑 있는 걸 보고서……!"

"그날 여자랑 있었니?"

보기 좋게 걸려들었다. 결국 연하는 운열의 입에서 그날의 사실을 토해내게 만들었다. 연하가 두 눈을 꾹 감았다가 떴다.

"그곳은 나랑 가끔 갔던 곳인데, 다른 여자랑도 같이 갔었구나."

연하의 입에서 체념한 듯한 음성이 흘러나왔다. 화를 내는 것도,

탓을 하는 것도 아닌 체념. 운열이 방금 전과 다른 의미로 상기된 채 말을 이었다.

"그냥 친구였어. 그걸 조시욱이 보고 바람피우는 거라고 생각해서 무작정 나를 팬 거라고! 무조건 조시욱 말만 듣지 말고 내 말도 좀 들어봐……!"

"시욱이는 나한테 아무 말도 하지 않았어."

연하가 운열의 말을 도중에 잘랐다. 당황한 운열이 입을 동그랗게 벌렸다.

"뭐?"

"그러니까 그만해."

이 이상 변명하는 운열을 보고 싶지 않았다. 아니, 꼴 보기 싫다는 표현이 정확할지도 모른다.

몇 번 입술을 달싹이던 운열이 두 손을 모아 테이블 위에 올렸다. 그러곤 긴장한 모습으로 말을 시작했다.

"그래. 그 여자애가 날 좋아했었던 건 맞아. 하지만 나는 너만 좋아했어! 그 여자애랑은 정말 아무 사이도 아니었다고……!"

"프로 선수가 어떤 징계를 받게 될 줄 뻔히 알면서 고작 여자랑 술 마신 걸로 널 때렸을까? 말이 되는 소릴 좀 해."

결국 연하는 듣기 싫다는 표정으로 자리에서 몸을 일으켰다. 따라 일어선 운열이 두 손으로 그녀의 손목을 덥석 잡았다. 그의 오른손이 미세하게 떨리고 있었다.

"나는……. 그 녀석 때문에 화가의 꿈을 잃었어."

운열이 울 것 같은 얼굴로 연하를 바라보았지만 연하는 더 이상 그가 불쌍하게 느껴지지 않았다.

"그건 시욱이도 마찬가지야."

아무 죄 없는 시욱은 자신 때문에 그렇게 좋아하던 권투를 못하게 되었다. 너무 미안해서 가슴이 아렸다.

"걔는 이루고 있던 꿈을 잃었어."

연하의 차가운 시선이 자신을 붙잡고 있는 운열의 하얀 손으로 향했다. 다음 순간 그녀가 운열의 손을 모질게 쳐냈다.

"너는 끝까지 네가 피해자인 척하는구나."

서늘한 연하의 눈빛에 운열은 그녀가 쳐낸 그대로 움직임을 멈췄다.

"나한테 미안하다는 말 한마디 없이."

차라리 그가 모든 걸 빠르게 인정하고 사과했으면 지금 기분이 조금 나았을까. 연하가 더러운 시궁창에서 빠져나온 것 같은 얼굴을 한 채 운열을 원망했다.

"대체 왜 다시 나타났니."

힘이 빠진 운열은 의자로 털썩 주저앉았다. 그의 정수리에 대고 연하가 허망한 목소리를 이었다.

"10년 동안 모르고 살 때가 더 좋았는데."

마지막 말을 뱉어낸 연하는 운열을 혼자 남겨두고 카페를 빠져나왔다. 한참 동안 씩씩하게 걷던 연하의 눈에서 눈물이 흘러내렸다. 손등으로 급하게 눈물을 닦았지만 또 흘러내렸다.

"흐윽……."

울지 않으려고 했는데, 뭐가 그렇게 서럽고 억울한지 눈물이 계속 나왔다. 결국은 바보같이 아무것도 눈치채지 못한 자신의 탓인데, 줄곧 뻔뻔했던 운열이 가증스러웠고 끝까지 사실대로 말해 주지 않은 시욱이 미웠다.

"흑, 흐윽……!"

시욱을 떠올리며 눈물을 닦는데 문득 그가 너무 보고 싶어졌다. 미우면서도 고맙고 미안해서 아직 얼굴 볼 자신도 없는데 너무나 보고 싶었다.

이윽고 연하가 가방에서 휴대폰을 꺼냈다. 그런데 그때 그녀의 휴대폰에 전화가 걸려왔다.

Rrrrrr.

발신자를 확인하자마자 연하의 잠시 그쳤던 울음이 다시 터졌다. 울먹이며 전화를 받으니 지선의 목소리가 들려왔다.

-너 어디야? 집에 없네?

"지선아아……. 흑……!"

결국 휴대폰을 붙잡고 연하는 울음을 터뜨렸다. 휴대폰 너머 지선이 당황한 목소리를 보냈다.

-너, 너 왜 울어?

"흐어어엉……."

연하가 말을 잇지 못하고 서럽게 울기만 하자 지선이 빠르게 말했다.

-위치만 말해. 지금 바로 갈게.

***

지선은 눈이 퉁퉁 부은 연하를 데리고 근처 술집으로 향했다. 시켜놓은 맥주잔에는 손도 대지 않은 채 연하의 이야기에 집중하던 지선이 자신의 턱을 긁적였다.

"그러니까 얘기를 종합해 보자면, 도운열이……."

이야기를 마친 연하가 앞에 있는 맥주잔을 들고 마셨다. 그녀가 한 모금 마신 잔을 내려놓는 순간 두 사람이 동시에 한 단어를 말했다.

"양다리?"

"양다리!"

기가 막힌다는 표정으로 잔에서 손을 뗀 연하가 두 팔에 팔짱을 꼈다.

"나랑 사귈 때 양다리 걸쳤었대."

미간을 구긴 지선이 연하의 표정을 살피면서 나지막하게 중얼거렸다.

"진짜 미쳤네, 도운열."

"그런 놈 때문에 울었던 내 시간이 아깝다."

과거의 자신에게 갈 수만 있다면 전 재산을 털어서라도 가서 그런 놈 때문에 절대 울지 말라고 말해 주고 싶었다. 분명 10년 후에 가슴을 쥐어뜯으면서 후회하게 될 거라고.

그때 지선이 맥주잔을 입으로 가져가며 물었다.

"상대는 누구래?"

"응?"

연하가 말간 두 눈을 깜박거리자 지선이 맥주를 마시지 않은 채로 내려놓았다.

"바람피운 상대 말이야."

"안 물어봤어. 근데 깊은 사이는 아니었나 봐. 아무 사이 아니었다고 바득바득 우기는 걸 보니."

배신감에 워낙 충격이 크기도 했고 시욱에 대한 여러 가지 감정 때문에 바람피운 상대까지 신경 쓸 겨를이 없었다. 그런데 지선은 당사자인 연하보다 더 화가 난 모습이었다.

"바람까지 피웠는데, 아무 사이가 아니야?"

"응. 그 여자애가 일방적으로 좋아한 거라고 하더라고. 자긴 전혀 아닌데."

갈증을 느낀 연하가 다시 맥주를 한 모금 마시는 사이 지선이 헛웃음을 크게 터뜨렸다.

"하!"

"왜 웃어?"

실소를 터뜨리는 지선의 모습에 연하가 의아한 표정으로 그 이유를 물었다. 이윽고 지선이 웃는 얼굴로 대답했다.

"기가 막혀서."

그러더니 얼굴에서 웃음기를 싹 거둔 채 말을 이었다.

"도운열, 진짜 쓰레기네."

"동감이야."

연하는 고개를 끄덕이며 그녀의 말에 전적으로 동감했다. 다시 잔을 들고서 남은 맥주를 깨끗하게 비운 연하가 갑자기 한숨을 길게 내쉬었다.

"근데 나 이제 시욱이 얼굴을 어떻게 보지?"

그러자 멍하니 맥주잔의 손잡이를 만지고 있던 지선이 고개를 들었다.

"왜? 말 그대로 널 도운열이란 쓰레기통에서 건져준 왕자님이잖아. 당연히 고맙다고 뽀뽀라도 해 줘야지!"

단순하게 생각하면 지선의 말이 맞았다. 하지만 더 깊게 들어가면 이야기가 좀 복잡했다. 결코 고맙다고 입맞춤을 날려주는 거로 끝날 가벼운 문제가 아니었다.

"어떻게 그렇게 뻔뻔하게 굴어? 내가 걔 인생을 망쳤는데!"

"뭐? 왜?"

지선이 이해할 수 없다는 얼굴을 했다. 연하가 빈 맥주잔을 의지하는지 두 손으로 꽉 잡은 채 말했다.

"내가 걔 권투를 그만두게 만든 거잖아."

"네가 그만두게 한 건 아니지. 도운열이지."

"그렇다 해도 뽀뽀는 안 돼. 걔한텐 10년이나 짝사랑한 여자가 있거든. 엄청 착한 여자래."

"엥?"

지선의 쌍꺼풀 없는 두 눈이 휘둥그레졌다. 듣자마자 지선은 그 짝사랑하는 여자가 누군지 알 수 있었다.

"그게 너잖아, 바보야!"

지선이 버럭 목소리를 높였다. 이번엔 연하의 큰 두 눈이 휘둥그레졌다.

"10년 전에 호프집에서 처음 봤으니 10년 맞고, 널 위해서 도운열 패줬으니 순애보 끝판왕이고, 다시 만나서 너한테 엄청 잘해 주는 중이고?"

지선이 말을 하면 할수록 연하의 얼굴이 점점 붉어졌다. 그녀 스스로도 깨닫고 있는 중이었다.

"게다가 넌 바보스러울 정도로 착한단다, 연하야."

마지막으로 지선이 덧붙인 말에 연하는 자신의 입을 틀어막았다. 놀라는 그녀를 빤히 쳐다보면서 지선이 싱긋 웃었다.

"이제 그만 설명해도 되지?"

이에 연하는 고개를 세차게 끄덕거렸다.

***

지난밤 연하는 잠을 한숨도 자지 못했다. 생각할 게 너무 많았기 때문이다. 자신을 대신해서 운열을 혼내준 시욱의 얼굴을 어떻게 봐야 할지, 자신을 좋아하는 것 같은 시욱에게 어떻게 행동해야 할지 아무리 생각해도 답이 안 나왔다.

답이 근접하게라도 나올 때까지 시욱의 얼굴을 안 보고 싶었는데, 출근하는 길에 복도에서 시욱을 딱 만나버렸다.

"봄 스커트 매진이던데, 축하해요."

체크무늬 슈트를 입은 시욱이 저벅저벅 다가오며 축하 인사를 건넸다. 연하는 순간적으로 발을 멈칫했다.

"아, 감사합니다."

어쩔 줄 몰라 하는 표정으로 그녀가 뒤로 물러섰다. 그런 다음 몸을 돌리려고 하자 시욱이 긴 다리로 그녀를 따라잡았다.

"어디 가요? 출근하던 길 아니었어요?"

"엘리베이터에 뭘 두고 와서……. 아니, 뭘 떨어뜨린 것 같아서요."

연하의 어설픈 변명에 시욱은 짧게 한숨을 내쉬었다. 그녀의 의도를 단번에 파악한 그가 나직하게 물었다.

"아직도 나 피하는 거예요?"

"아니, 피하는 게 아니라 그냥 얼굴을 보기가 좀……."

"그게 피하는 거죠."

시욱이 단호하게 말하자 연하는 괜스레 발끈했다. 얼굴을 보면 마음이 더 복잡해지니까 안 보고 싶은 거지, 피하는 거랑은 조금 다르단 말이다.

"아니, 내가 아직 생각 정리가 좀 필요해서 그래."

미안하고 고마운데 어떻게 말을 꺼내야 할지도 모르겠고, 그게 단순히 말로 끝날 문젠가 싶기도 해 마음이 복잡했다.

"난 생각 정리 끝났어요."

"응?"

생뚱맞은 시욱의 말에 연하의 머릿속 복잡한 생각들이 모두 펑 날아갔다. 헤어젤을 발라 뒤로 넘긴 앞머리로 인해 훤히 드러난 그의 이마가 앞으로 숙여졌다.

"어차피 이렇게 계속 얼굴도 못 보고 대화도 못 나눌 거라면 그냥 확 저지르려고요."

"뭐를 저질러……?"

시욱이 자꾸 알 수 없는 소리를 했다. 연하가 두 눈을 동그랗게 뜨고 묻는데도 시욱은 혼잣말처럼 중얼거렸다.

"이러나저러나 어차피 얼굴 못 보는 건 똑같을 것 같으니까."

"무슨 소리야, 대체?"

연하가 답답해하자 시욱이 드디어 시원스럽게 그 말뜻을 알려주었다.

"좋아해요."

"어……?"

연하의 커다란 눈망울이 파도라도 이는 것처럼 크게 일렁였다. 이

상황이 마음에 안 든다는 듯 눈썹을 찡그렸다가 편 시욱이 말했다.

"이렇게 회사 복도에서 고백할 생각은 아니었는데, 뭔 대화 나눌 틈을 주셔야 말이죠."

연하와 운열과의 일로 인해 멀어지나 고백해서 멀어지나 어차피 시욱에게는 큰 차이가 없었다. 그렇다면 굳이 더 이상 속을 끓일 이유가 없었다.

"좋아합니다, 유연하 씨."

시욱의 더욱 짙어진 까만 눈동자가 한없이 진지했다. 다시 그의 입매가 단호하게 움직였다.

"10년 됐어요."

***

이른 아침, 운열의 가게 앞으로 찾아온 지선은 꽤 흥분한 상태였다. 그녀가 자신의 앞에 서 있는 운열에게 버럭 소리쳤다.

"네가 어떻게 나한테 그럴 수 있어?"

운열은 난감한 표정으로 그녀를 마주 보았다. 아침에 눈을 뜨자마자 달려온 듯 지선은 화장기 없는 민낯이었다. 지금 지선이 많이 화가 나 있다는 걸 알 수 있는 부분이었다.

"우리 자그마치 6년이나 사귀었어! 근데 연하한텐 아무 사이 아니라고 했다며? 내가 일방적으로 좋아한 거라고 했다며?"

지선과 운열은 6년 사귄 사이였다. 짧지 않은 기간이었기에 지선은 운열의 말이 너무 서운했다.

"그럼 거기서 어떻게 사실대로 말해? 사실 그 바람피운 여자가 네 친구인 양지선이고 나는 걔랑 6년이나 만났다, 그렇게 말하면 연하 개 쓰러질걸?"

연하의 말간 얼굴을 떠올린 지선이 입을 멈췄다. 겨우 진정이 된 지선의 어깨에 손을 올리며 운열이 차분하게 말했다.

"너도 조시욱한테 잠깐 만난 사이라고 했다며. 우린 그렇게 해두는 게 나아."

떳떳하지 못한 시작이었고 그 후로도 줄곧 불안한 관계였다. 결국 그 불안을 이기지 못해 헤어졌고 지금은 사귄 것조차 후회하고 있는 상황이었다.

"우리 서로 연하 많이 좋아하잖아. 그러니까 연하, 더는 상처 주지 말자. 응?"

지선과 사귀는 동안 운열은 자주 연하를 떠올렸다. 지선에게 미안할 정도로 연하를 그리워했다. 끝끝내 연하에게 자신이 바람을 피웠다는 사실은 들켜버렸지만, 그 상대가 지선인 건 절대 밝히고 싶지 않았다.

"나는……!"

그때 지선이 이렇게 소리쳤다. 운열이 갈색 눈동자로 의아한 눈빛을 보냈다. 그녀의 다음 말이 이어졌다.

"너도 많이 좋아해. 아직도."

그 순간 운열의 표정이 어색하게 굳어졌다.

***

"대답은요?"

한나절 동안 이 말만 벌써 몇 번째 듣는지 모르겠다. 연하는 시욱을 피해 1층 로비 한 켠에 있는 카페테리아로 도망치듯 내려왔다. 그런데 얼굴을 보기에도 민망한 시욱이 자꾸 따라왔다.

"알았으니까 나한테도 생각할 시간을 좀 달라고. 응?"

물론 분명하게 대답하지 않는 자신의 탓이라는 걸 잘 안다. 하지만 연하는 아직 생각할 시간이 필요했다.

"얼마나요?"

"최대한 많이."

카페테리아 근처 대리석 기둥에 삐딱하게 기대선 시욱이 못마땅한 표정을 지었다.

"내가 그렇게 싫어요?"

싫은 게 아니었다. 그를 향한 연하의 마음은 '좋다', '싫다'로 설명할 수 있는 그리 단순한 것이 아니었다. 하지만 시욱은 주변의 눈을 조금도 신경 쓰지 않고 계속 물었다.

"도운열을 그냥 막 때려서?"

"조용히 좀 해."

화들짝 놀란 연하가 입 앞에 검지를 세우며 시욱을 조용히 시켰다. 시욱은 순간 입가가 꿈틀거리며 웃음이 터질 뻔했지만 꾹 참았다.

"어디가 싫은지 말해 주면 갈게요."

"그냥 좀 가라. 응?"

연하는 지금 당장 카페인 섭취가 절실했다. 조금 떨어진 카페테리아의 오더 테이블을 쳐다보고 있는 연하의 귀로 시욱의 목소리가 다시 들려왔다.

"나는 안 변해요."

다른 곳을 보고 있던 연하가 의아함을 담은 눈빛으로 시욱을 돌아보았다.

"뭐?"

"10년 동안 안 변했으니까."

시욱의 단언에 연하의 눈동자가 미세하게 흔들렸다. 연하가 일렁이는 동공으로 시욱을 응시했다.

그러니까, 이 남자가 알바를 하다 운열이 바람피우는 걸 목격했고, 자신 몰래 운열을 혼내주려다가 팔을 부러뜨렸다. 그 때문에 운열은 오른손에 마비가 왔고 이 남자는 권투를 그만두게 되었다. 그것도 모르고 자신은 운열에게 매달리고 그를 그리워했다. 그런데 이 남자는 얼마 전까지도 운열을 때린 이유에 대해서 말해 주지 않았다. 자신을 10년 전부터 좋아하고 있었다고는 고백했으면서.

지금 이 엄청난 사실들이 한꺼번에 머릿속을 꽉 채우고 있었다. 울지 않고 버티는 것이 다행이었다.

"알았어. 하루만 기다려줘."

연하가 다부진 표정으로 말했다. 시욱이 그녀를 빤히 쳐다보자 그녀가 나머지 말을 이었다.

"제대로 대답할게. 약속해."

"좋아요."

시원스럽게 대답한 시욱이 카페테리아 쪽을 가리켰다.

"라테 마실래요?"

"응."

연하가 냉큼 고개를 끄덕였기에 두 사람은 나란히 카페테리아의 오더 테이블로 향했다.

한편, 오더 테이블에 나란히 서는 연하와 시욱의 모습을 카페테리아 끝자리에서 지켜보는 이들이 있었다. 테이블에서 회의 중이던 쇼호스트 승희와 MD 지선 그리고 운열이었다.

"조 팀장님은 왜 저렇게 달달한 눈빛으로 유 MD님을 보시지? 질투 나게."

펜을 손에 쥔 승희가 시욱과 연하를 번갈아 흘겨보면서 볼멘소리를 냈다. 솔직히 그들의 모습이 꽤나 잘 어울려서 내심 부러웠다.

그때 수첩에 다음 방송 예정인 제품의 소구점을 적어 넣던 운열이 펜을 내려놓았다. 수첩을 덮은 그가 승희를 향해 조심스럽게 입을 열었다.

"이런 얘기, 해도 되는지 모르겠는데⋯⋯."

"네? 무슨⋯⋯?"

궁금해하는 승희를 지그시 보면서 운열이 이렇게 서두를 꺼냈다.

"제가 들은 얘기가 있어서요, 조 팀장에 대해."

운열이 내뱉은 '조 팀장'이란 단어에 렌즈 낀 승희의 두 눈이 반짝거렸다.

"어떤 얘기요?"

승희가 호기심을 가득 담은 눈빛으로 운열을 바라보자 지선도 의아한 얼굴로 그를 쳐다보았다.

"조시욱 팀장이 권투를 그만두게 된 이유요."

"어머머, 뭔데요?"

운열의 앞에서 승희가 호들갑을 떨었다. 그들 사이에서 지선은 긴장한 표정으로 눈동자만 움직이고 있었다. 다음 순간 운열이 카운터에 나란히 서 있는 시욱과 연하를 힐끔 쳐다보았다. 테이블 아래에 둔 주먹을 콱 움켜쥐며 그가 대답했다.

"일반인을 패서 그런 거래요."

"헉!"

화들짝 놀란 승희가 자신의 입을 틀어막았다. 시욱과 연하에게서 시선을 뗀 운열이 말을 덧붙였다.

"제가 아는 지인이 맞은 거니까 확실한 정보예요."

"진짜요? 웬일이야."

생각지도 못한 얘기에 승희는 안절부절못하는 모습이었다. 승희의 휘둥그레진 두 눈이 가만히 앉아 있는 지선에게로 향했다.

"양 MD님도 알고 있었어요?"

지선은 곧바로 대답하지 못했다. 운열의 의도를 이해하지 못했기 때문이다. 그녀 대신 운열이 빠르게 대답했다.

"물론 양 MD도 알고 있는 사실이에요. 그치, 지선아?"

운열이 지선 쪽으로 고개를 돌리며 다정한 어조로 동의를 구했다.

"응? 아, 응."

운열의 갈색 눈동자를 마주한 지선은 얼떨결에 고개를 끄덕였다. 지선에게까지 확인을 받게 되자 승희는 그야말로 패닉 상태가 되었다.

"와, 조 팀장님 그렇게 안 봤는데, 사람이 좀 무섭다."

승희가 어깨를 움츠리며 시욱이 있는 쪽을 쳐다보았다. 그녀의 시선을 따라가며 운열이 말을 이었다.

"지금이야 이미지 메이킹을 잘해서 그렇지, 원래 좀 난폭했었대요."

계속 안절부절못하던 승희가 잠시 후 자신의 서류와 수첩, 메모지 등을 정리하기 시작했다.

"회의 끝났죠? 저 먼저 가볼게요. 다음에 봐요."

상기된 얼굴로 가버리는 승희를 보면서 운열은 그제야 주먹을 쥔 손에 힘을 풀었다. 너무 힘을 주고 있었던 탓에 손이 저릴 정도였다. 그런 다음 운열은 자리에서 몸을 일으켰다. 자리를 뜨려는 그의 팔뚝을 지선이 덥석 잡아챘다.

"왜 그랬어, 운열아?"

굳이 하지 않아도 되는 이야기를 운열이 자기 입으로 직접 꺼냈다. 이제 저 얘기가 사내에 퍼지는 건 반나절도 채 걸리지 않을 것이다. 전에 운열은 시욱이 전직 권투선수였다는 소문이 퍼진 것만으로도 꽤 고통스러워했었다. 그런데 왜 굳이 그에게 맞은 일반인이 있다는 얘길 스스로 꺼냈느냐 말이다.

운열이 지선에게 그 이유를 알려주었다.

"언제까지고 나만 고통받으며 살 순 없잖아?"

운열과 지선의 시선이 거의 동시에 시욱에게로 향했다. 그는 쿠키를 손에 들고 연하에게 건네주려 하고 있었다. 그때 운열이 지선을 돌아보며 나직하게 물었다.

"지선아, 나 아직 손 떠는 거 알지?"

"응."

이에 지선은 천천히 고개를 끄덕였다. 자신의 팔을 잡고 있는 그녀의 손에 하얀 손을 올리며 운열이 낮게 말했다.

"피해자는 이렇게 매일 울고 있는데, 가해자만 저렇게 웃으면서 지내는 거, 너무 불공평하잖아? 그치?"

운열의 울 것 같은 얼굴을 본 지선은 또다시 천천히 고개를 끄덕였다.

***

전화기 너머 동훈의 목소리가 심상치 않았다. 그래서 연하는 일단 사무실을 빠져나왔다. 초조하게 엘리베이터를 기다리는데, 곧 문이 열리고 그 안에서 동훈이 급하게 뛰어나왔다. 그가 연하를 보자마자 소리쳤다.

"크, 큰일 났어요!"

동그란 얼굴이 붉게 상기되어 있었고 관자놀이에는 송골송골 땀이 맺혀 있었다. 연하가 동훈의 상태를 살피며 빠르게 물었다.

"무슨 문젠데요?"

"물류 창고에서 배송 지연 문제가 생겼어요!"

사업 자체가 처음인지라 이런 문제도 처음이었다. 사태를 알고 동훈은 어쩔 줄 몰라 발만 동동 구르다 담당 MD인 연하를 찾게 되었다.

"아니, 대체 왜요?"

"엊그제부터 공장 직원들이 임금 문제로 파업에 들어갔대요."

판매 방송이 일주일 전에 끝났기에 배송도 거의 다 끝났을 거라 생각했다. 바로 그게 실수였다. 배송 부분을 세심하게 체크하지 않은 자신을 탓하며 연하가 물었다.

"저희 배송은요? 어디까지 하다 중단된 건데요?"

"포장도 안 한 일부가 그냥 남아 있대요."

"일부? 얼마나요?"

"한 1,000세트 정도?"

연하의 표정이 굳어졌다. 고객은 돈을 지불하고 산 제품을 최대한 빨리 손에 넣기를 원한다. 이는 불변의 법칙이다. 그런데 미리 공지도 없이 일부가 배송 지연 되고 있었다. 클레임이 들어오고 주문 취소를 한다 해도 할 말 없는 상황이었다.

"가시죠, 일단."

다음 순간 연하가 엘리베이터의 버튼을 눌렀다. 그녀 옆에서 동훈이 어리둥절한 표정으로 물었다.

"가자고요? 어딜요?"

무슨 그런 질문을 하냐는 듯이 연하가 대답했다.

"저희가 포장해야죠."

오늘 중으로 포장만 무사히 마친다면 내일 당장 택배는 보낼 수 있다. 상당히 많은 양이 남아 있었지만 더 이상 고민하며 지체할 시간이 없었다.

그때 엘리베이터가 도착했고 그 안에서 시욱이 걸어 나왔다. 그는 연하를 보자마자 발을 멈췄지만 연하는 빠르게 엘리베이터 안으로 들어갔다. 급하게 엘리베이터의 '열림' 버튼을 누른 시욱이 물었다.

"어디 가십니까? 대답도 안 하셔놓고."

그러자 엘리베이터 안에서 '닫힘' 버튼을 누르며 연하가 대답했다.

"시간이 더 필요해. 포장을 해야 하거든."

"포장?"

시욱이 고개를 갸웃하는 사이 엘리베이터 문이 스르륵 닫혔다.

***

널찍한 창고 안에 커다란 박스들이 줄지어 열 박스가 자리하고 있었고 그 옆에 나무로 된 책상 위에는 작은 사이즈의 박스들이 겹겹이 쌓여 있었다. 스커트가 들어 있는 큰 박스를 열어본 동훈이 겁먹은 얼굴을 했다.

"이걸 오늘 하루 만에 할 수 있을까요?"

그러자 책상에 앉아 포장 봉투와 주문서를 정리하고 있던 연하가 그에게로 고개를 돌렸다.

"해야죠. 방송한 게 일주일 전인데, 이 이상 배송이 지연되는 건 있을 수 없는 일이에요."

내일 택배를 보낸다고 하더라도 하루 만에 도착하지 않을 수 있다. 내일이 금요일이라 주말을 넘길 가능성도 다분하다. 만약 주말을 넘기게 되면 고객 입장에서는 배송만 열흘 이상 걸렸다고 느낄 것이다. 그건 정말 곤란했다.

이대로 둘이서 밤을 새우면 천 세트 포장이야 가능한 일이다. 주문서를 반으로 나눈 연하가 그 종이 뭉텅이를 동훈에게 건넸다.

"사장님이 500세트, 제가 500세트. 괜찮죠?"

주문서를 받아든 동훈이 그것을 확인하면서 놀라는 표정을 지었다. 그에게 포장 봉투도 나눠주며 연하가 설명했다.

"수량이 대부분 1로 되어 있을 테지만 간혹 2세트 주문하시는 분도 있으니까 꼭 확인 부탁드릴게요."

"근데 저는 이런 거 해 본 적이 없어서……."

"이런 거 해 보는 것도 경험이죠."

동훈이 어색하게 웃으며 자신의 뒷머리를 긁적거렸다. 무척 자신 없어 보이는 모습이었다.

"흐음. 좋아요. 제가 600세트 해 보죠."

기세 좋게 말한 다음 연하는 상자 안에서 컬러별로 스커트를 꺼냈다. 그녀의 손이 일사불란하게 움직여 한 세트를 포장하더니 하나의 상자를 완성해 테이핑으로 마무리를 했다.

와. 입 벌리고 감탄하던 동훈도 손을 움직이기 시작했다. 지루하고 반복적인 작업이 계속되었다. 열 개쯤 완성했을까. 피로감을 느낀 동훈이 자신보다 작업 속도가 세 배는 빠른 듯한 연하의 손을 물끄러미 쳐다보았다. 그때 그의 휴대폰이 울렸다.

Rrrrr.

발신자를 확인한 동훈이 급히 연하의 눈치를 살폈다.

"저, 잠깐 전화 좀……."

"네. 다녀오세요."

동훈을 보내고 나서도 연하의 손은 느려지지 않고 오히려 그새 노하우가 생긴 듯 더 빨라졌다. 한참 후에야 돌아온 동훈이 연하의 곁으로 와서는 쭈뼛거렸다. 연하가 손을 멈추고 그를 올려다보자 동훈이 어렵게 말을 꺼냈다.

"저 진짜 죄송한데, 잠시만 나갔다 와도 될까요?"

"네? 어디를 또……?"

연하의 말은 사실 "이제 10세트 포장하셨으면서 '어디를 또' 가신다고요?"의 줄임말이었다.

이윽고 동훈이 주저주저하면서 대답했다.

"사실은, 제 와이프가 임신을 했거든요."

"아, 그래요? 축하드려요!"

연하가 환하게 웃으면서 축하 인사를 건넸다. 그녀에게 고맙다고 전하며 동훈이 말을 이었다.

"그래서 지금 딸기랑 순대가 너무 먹고 싶다고 하는데, 그것만 사다주고 오면 안 될까요?"

그 순간 연하는 마음이 약해졌다. 그래서 자리에서 벌떡 일어나 호쾌하게 말했다.

"에이, 아니에요. 저 손 빠른 거 보셨죠? 해 보니까 저 혼자서도 충분히 할 수 있을 것 같아요. 그러니까 그거 사서 그냥 아내분 곁에 계속 있어주세요."

연하의 시원스러운 태도에 동훈은 미안해하면서도 반색하는 기색이었다.

"아, 그래도 될까요? 사실 와이프가 임신 초기라 많이 불안해하거든요."

"당연하죠. 저 이 일만 8년 한 베테랑입니다. 걱정 말고 가세요."

동훈은 연하에게 연신 고개를 꾸벅거렸다.

"감사합니다. 그리고 죄송합니다."

그렇게 동훈이 가고 나자 넓은 창고 안이 왠지 더 크게 느껴졌다. 게다가 연하를 둘러싸고 있는 커다란 박스들은 무슨 벽처럼 느껴졌다.

"그래도 900세트도 채 안 남았잖아. 하하하!"

연하는 애써 자신을 위로했다.

"금방이지, 뭐. 하하하!"

절대 금방 끝날 양은 아니었지만 그렇다고 우울해할 시간이 없었다. 연하의 손이 다시 빠르게 움직였다. 그렇게 꼼짝 않고 작업한 지 두어 시간쯤 지나자 연하는 카페인 생각이 간절했다. 그녀가 무겁고 찌뿌듯한 몸을 이끌고 탕비실로 향했다.

인스턴트커피를 종이컵에 담아 돌아온 연하가 의자에 털썩 앉았다. 멍하니 앉아서 잠시 쉬는데 문득 시욱의 반듯한 얼굴이 떠올랐다. 어제오늘 곤란할 정도로 실컷 본 얼굴인데 그 얼굴이 또 생각이 나고 보고 싶었다.

헛. 불현듯 연하가 고개를 젓고는 커피를 마셨다.

"어휴, 정신 차려. 일하자, 일."

그렇게 다시 집중한 지 2시간쯤 지나자 피곤이 몰려왔다. 아직 500세트도 넘게 남았는데 졸음까지 밀려오는 최악의 상황이었다.

"하아, 이런 급박한 순간에도 졸리는구나, 나란 인간은……."

결국 연하는 나무 책상에 이마를 대고 쪽잠을 자기 시작했다.

얼마나 지났을까. 부스럭거리는 소리에 연하는 잠이 깼다. 급히 휴대폰으로 시간을 확인하니 새벽 4시였다. 3시간쯤 잔 것 같았다. 연하가 다시 작업을 시작하려고 고개를 들다가 비명을 질렀다.

"꺅!"

반대편 의자에 네이비색 넥타이를 느슨하게 푼 시욱이 앉아 있었던 것이다. 잠깐이지만 아직 꿈을 꾸는 줄 알았다.

"너, 너, 뭐야?"

놀란 연하가 더듬거리며 건너편 시욱에게 물었다.

"그쪽 팀 팀장이요."

와이셔츠의 팔 부분을 걷어 올린 채 포장을 하고 있던 시욱이 시크하게 대답했다. 연하가 급히 다시 물었다.

"뭐 하는 거냐고?"

"일하는 중이죠."

그가 움직일 때마다 접은 셔츠 아래로 드러난 힘줄이 같이 움직였다. 팔에서 시선을 뗀 연하가 주변을 둘러보았다. 스커트 박스는 이미 반 이상 포장된 상태였다. 그걸 확인하자 감정이 울컥했다.

"네가 내 우렁각시야?"

"에이, 그래도 성별이 남잔데, 키다리 아저씨 정도로 해 줘요. 키도 크잖아요."

장난스럽게 대꾸하며 시욱은 넥타이를 비틀어 더욱 느슨하게 풀었다. 그 모습을 바라보는 연하의 눈시울이 붉어졌다.

대체 내가 뭐라고 새벽까지 잠도 안 자고…… 권투까지 포기하고…….

자신을 위해 여러 번 희생하는 시욱 때문에 연하는 결국 눈물이 울컥 터져버렸다.

"흐윽……!"

연하가 갑자기 울음을 터뜨리자 시욱은 꽤 당황한 표정이었다. 그가 하던 것을 중단하고 그녀의 옆자리로 다가왔다.

"왜 울어요? 감동했어요?"

시욱이 자신의 옆자리에 앉자 연하는 눈물을 닦으며 변명했다.

"나쁜 꿈, 꿨어."

"그 와중에 꿈까지 꿨어요?"

시욱의 웃음 섞인 목소리를 듣는데 이상하게 또 울컥 눈물이 났다. 감정을 컨트롤하기가 힘들었다.

"흐윽……."

"불편하게 잤으면서 무슨 꿈을 그렇게 요란하게 꿨길래……."

이번엔 목소리에 걱정이 담겨 있었다. 고개를 숙인 시욱이 다정하게 연하의 눈물을 닦아주었다. 그에게로 시선을 맞추며 연하가 천천히 입을 열었다.

"도운열이 바람을 피웠어. 너는 그런 도운열을 때려줬고."

"아……."

시욱의 움직임이 멈칫했다. 그녀의 얼굴에서 손을 떼면서 시욱이 담백하게 말했다.

"꿈은 그냥 꿈일 뿐이에요."

"진짜?"

"네."

시욱은 또 거짓말을 하고 있었다. 발끈한 연하가 눈앞에 보이는 시욱의 넥타이로 손을 뻗더니 확 잡아당겼다.

"!"

그녀와 가까워진 시욱이 놀란 눈을 하자 연하가 나직한 목소리로 경고했다.

"이 이상 거짓말하면 키스해버릴 거야."

그 순간 시욱은 직감했다. 그녀가 모든 사실을 알고 있다는 것을.

"그런 일……."

긴장한 시욱의 목울대가 크게 움직였다. 그의 입에서 또다시 의도된 거짓말이 흘러나왔다.

"진짜 있었을 리가 없잖아요?"

연하가 잡고 있던 넥타이를 확 끌어당겼다. 시욱의 상체가 앞으로 숙여졌고 연하는 그에게 입을 맞추었다. 맞닿은 서로의 입술이 너무도 뜨겁게 느껴졌다. 다음 순간 연하의 입술이 시욱의 도톰한 입술을 부드럽게 빨아들였다. 그녀의 수줍은 혀가 그의 입술을 핥기만 하자 성급하게 입술 사이로 나온 혀가 그녀의 것을 감쌌다. 서로의 혀가 엉켜 들면서 거친 숨을 만들어냈다.

"하아, 하아……."

한 사람에 의해 시작된 키스는 두 사람의 것이 되어 야릇한 공기를 뿜어냈다. 정신없이 그들은 타액을 섞으면서 혀로 서로의 치열을 훑었다. 키스는 그 끝을 모르고 아주 길게 이어졌다.

***

오묘한 공기가 감도는 창고 안은 다소 어색한 분위기였다. 연하는 옆자리에 있는 시욱을 쳐다보지도 못했다. 그런 상태로 작업을 시작했다. 그녀를 따라 시욱도 다시 손을 움직였다. 하지만 온 신경은 서로를 향해 있었다.

"그냥 말해 주지 그랬어."

포장 봉투를 만지작거리던 연하가 시욱을 곁눈질로 살피면서 말을 꺼냈다. 이 말은 꼭 하고 넘어가야 할 것 같았기 때문이다.

"도운열이 바람피운 거."

그러자 시욱의 손이 우뚝 멈췄다. 손에서 포장 봉투를 놓은 시욱이 그녀에게로 어깨를 틀면서 물었다.

"도대체 어떻게 알았어요?"

연하 역시 그에게로 몸을 틀었다. 두 사람의 까만 동공이 서로를 온전하게 담아냈다.

"네 말을 안 믿었어. 근데 너를 믿었어."

어떻게 알았느냐 묻는다면, 이 말이 정답이었다. 무엇도 확실하지 않은 상황에서 연하는 시욱 한 사람만 믿었다. 그러니 운열을 의심할 수밖에 없었고 이는 적중했다.

"도운열한테 직접 확인한 거니까 이제 거짓말 안 해도 돼."

연하가 말간 얼굴로 단호하게 말했다. 그 사실을 알게 된 순간 그녀는 얼마나 아팠을까. 시욱은 그것만이 걱정되었다.

"나는 끝까지 숨기려고 했어요. 당신은 아무것도 모르는 것 같았고, 그런 놈이어도 당신한테는 첫사랑이니까. 하지만 10년 만에 녀석이 다시 나타났고 흔들렸어요."

10년 전 그날, 도운열은 시욱에게 빌면서 양쪽 다 헤어지겠다고 약속했고 시욱은 그걸로 됐다 생각했다. 하지만 그가 10년 만에 뻔뻔하게 다시 나타났다. 전부 다 밝혀버리고 싶었지만 그럴 수 없었다.

"그래도 당신이 상처받고 우는 건 죽어도 싫었어요. 차라리 내가 상처받고 우는 게 낫지."

시욱의 고집스러운 입매를 바라보던 연하가 귀엽게 눈살을 찡그리며 쓴웃음을 지었다. 그때 시욱이 그녀를 향해 말을 이었다.

"내가 당신을 진심으로 사랑하고 있거든요."

이루다 만 꿈과 함께 가슴에 묻어둔 첫사랑이었다. 그녀도 권투처럼 가질 수 없는 꿈이라고 생각했다. 그런데 아니었다. 운명처럼 그녀와 회사에서 재회했고 다시 심장이 뛰었다. 하지만 그녀는 여전히 과거의 일을 모르는 것처럼 보였고 괜히 자신의 존재가 과거를 들추게 되는 계기가 될까 두려웠다.

그래서 되도록 얽히지 않으려고 노력했는데 자꾸만 눈에 들어왔고 그다음엔 집에 들어왔고 결국엔 마음에까지 들어와 앉아버렸다.

시욱의 사랑 고백에 연하는 설레서 심장이 쿵쿵쿵 뛰었다.

"10년이나 됐는데, 이젠 좀 받아주시죠?"

대답 대신 연하는 시욱을 물끄러미 쳐다보았다. 긴장한 채 그녀를 마주 보고 있는 시욱의 손을 연하가 슬그머니 잡아끌었다.

"이제 그거 하자, 우리."

그 순간 시욱의 동공이 지진이라도 난 것처럼 흔들렸다.

"그거?"

아무도 없는 창고 안에 단둘이 있었고 조금 전까지 뜨거운 키스를 나누었기에 충분히 오해를 살 수 있는 표현이었다. 하지만 연하는 눈치채지 못한 듯 해사하게 웃었다. 그녀가 바로 자신의 본뜻을 알려주었다.

"오늘부터 1일. 그거 하자."

웃음을 터뜨리는 시욱의 얼굴이 그렇게 행복해 보일 수가 없다.

***

주말 아침, 벨벳 원피스를 예쁘게 차려입은 연하가 현관 앞에 서서 들어오는 이를 반갑게 맞이했다.

"어서 와, 시욱아."

옅게 화장한 그녀의 볼은 발그레 붉었고 눈빛은 초롱초롱 맑았다.

"잘 잤어요?"

집 안으로 들어온 시욱이 달콤하게 속삭였다. 연하는 블랙의 캐시미어 폴라 니트를 입고 있는 시욱을 멍하니 올려다보다가 고개를 끄덕였다.

"응. 너는 잘 잤어?"

"나는 못 잤어요. 선배가 보고 싶어서."

두 사람의 얼굴에 똑같은 미소가 피어올랐다. 연하의 앞에 선 시욱이 나직하게 말을 이었다.

"진짜 밤새 너무 보고 싶었어요."

어제 밤늦게까지 전화 통화를 했지만, 그것만으로는 부족했다. 그도 그럴 게 서로의 마음이 통한 지 겨우 하루 지났다. 그들의 서로를 바라보는 눈빛에서 꿀이 떨어질 것만 같았다.

다음 순간 두 사람은 누가 먼저랄 것도 없이 손을 맞잡았다. 연하에게서 시선을 떼지 못하면서 시욱은 그녀의 손을 끌어가 뽀뽀를 쪽 했다.

연하의 핑크빛 입술이 수줍게 미소 짓던 그때 시욱이 입을 열었다.

"우리 그거 해요."

"그거?"

당황한 것처럼 연하의 말간 눈동자가 크게 흔들렸다. 이내 시욱이 그 말뜻을 명확하게 알려주었다.

"데이트."

그 짧은 순간에 오만가지 생각이 다 들었던 터라 연하는 머쓱한 표정을 지었다.

"아아……. '그거'라고 해서 놀랐잖아."

그러자 시욱이 그녀를 빤히 바라보면서 의미심장하게 웃었다.

"무슨 이상한 상상 했어요?"

"아니? 아닌데?"

연하는 강하게 부정했다. 하지만 시욱의 미소는 더욱 짙어질 뿐이었다. 시욱이 입가에 매력적인 미소를 매단 채 말했다.

"혹시 야한 상상 했나?"

"아니라니까?"

광대를 불그스름하게 물들인 채 연하가 정색했다. 그녀를 귀엽다는 듯한 눈빛으로 쳐다보면서 시욱이 말을 덧붙였다.

"나는 했었는데."

"뭐?"

연하의 동그란 눈이 휘둥그레졌다. 시욱이 태연하게 다음 말을 이었다.

"어제 선배가 '그거' 하자고 했을 때."

그러고 보니 연하 쪽에서 먼저 '그거' 하자는 표현을 썼었다. 그냥 바로 '오늘부터 1일' 하자고 했으면 됐을 것을.

"아. 내가 먼저 그랬구나."

피식 웃음을 터뜨린 연하가 시욱을 밉지 않게 흘겨보았다. 이윽고 그녀가 단호하게 말했다.

"우리 앞으로 대명사는 쓰지 말자."

"동감이에요."

시욱은 냉큼 고개를 끄덕였다. 그러곤 연하의 손을 다시 끌어가 뽀뽀를 쪽쪽 했다. 양손에 번갈아 뽀뽀를 하고 있는 그에게 연하가 장난스럽게 물었다.

"내가 그렇게 좋니?"

"네."

시욱의 즉답에 연하는 쑥스러우면서도 행복한 기분을 느꼈다. 다음 순간 연하가 괜스레 헛기침을 했다.

"흠흠. 거 되게 솔직한 총각이네."

그러더니 이번엔 그녀가 시욱의 손을 끌어가 손등에 뽀뽀를 했다. 시욱의 손등 위에 입술을 올린 채 연하가 말했다.

"나가자. 나가서 데이트하자."

연하의 제안에 시욱은 기다렸다는 듯이 고개를 끄덕였다. 그러다 갑자기 뭔가 생각난 것처럼 빠르게 입을 열었다.

"아, 근데 그전에……."

말을 끊은 시욱이 손으로 연하의 작은 턱을 감싸고는 입맞춤을 했다. 깜짝 놀란 연하가 두 눈을 크게 깜박거렸다. 그녀를 향해 시욱이 달달하게 속삭였다.

"오늘도 너무 예쁘십니다, 유연하 씨."

자신을 뚫어지게 보고 있는 시욱의 뜨거운 눈빛 때문에 연하의 심장은 두근두근 설레게 뛰었다.

"매일 아침마다 이 말을 해 주고 싶었는데, 참느라 힘들었어요."

한쪽 눈썹을 찡그린 채 푸념하는 시욱이 너무 귀여워서 연하는 그만 그에게로 두 손을 뻗어버렸다.

쪽!

연하가 작은 손으로 시욱의 얼굴을 잡은 채 입술에 뽀뽀를 했다. 그러자 시욱도 질 수 없다는 듯이 뽀뽀를 했다. 두 사람의 서로를 향한 뽀뽀가 계속되자 시욱이 짐짓 심각한 표정으로 말했다.

"우리 이러다 못 나가는 거 아니에요?"

"엇, 진짜 그럼 어떡하지?"

연하가 장난스럽게 눈을 동그랗게 뜨는 순간 시욱이 팔을 뻗어 그녀를 끌어안았다. 연하의 어깨에 얼굴을 묻으며 시욱이 속삭였다.

"나는 솔직히 상관없어요."

품에 폭 안겨 있는 연하의 가녀린 몸을 더욱 꽉 끌어안으며 시욱이 말을 이었다.

"선배랑 함께라면 거기가 어디든 좋아요."

이 순간을 얼마나 꿈꿔왔는지 모른다. 그녀와 손을 잡고 뽀뽀를 하고 휴일에는 당연하게 함께 시간을 보내는 이 모든 순간이 시욱은 감사했다.

두 눈을 꾹 감고 있는 시욱의 등을 손으로 쓸어내리며 연하가 대답했다.

"솔직히 나도 그래."

포옹을 하고 있는 두 사람 사이에 무언가 비집고 들어갈 틈은 전혀 없었다.

11화. 강적

　구내식당에서 연하는 지선과 함께 점심을 먹고 있었다. 그런 그녀들에게로 남자 동기 둘이 다가와 자연스럽게 옆자리를 차지하고 앉았다. 연하와 지선은 그들을 전혀 신경 쓰지 않았다. 그런데 밥을 먹던 남자 동기 기찬이 연하 쪽을 힐끔 보고는 다른 동기 민후와 눈빛을 교환했다. 그러곤 다음 순간 연하를 향해 먼저 말을 시작했다.

　"너네 팀장, 진짜 무서운 사람이더라."

　"세계 챔피언이 그래도 되냐, 진짜?"

　민후도 그의 말을 거들었다. 갑자기 입사 동기 둘의 시선을 받게 된 연하가 어리둥절한 표정을 지었다.

　"무슨 소리야, 그게?"

　연하는 아직 사내에 새롭게 퍼진 소문을 모르고 있는 듯 보였다. 기찬이 대각선에 앉아 있는 그녀를 향해서 상체를 기울이며 물었다.

"사람을 쥐패서 거의 죽게 만들었다면서?"

"뭐?"

화들짝 놀란 연하의 눈이 화등잔만 하게 커졌다. 그녀의 옆에 앉은 민후가 그녀를 돌아보며 설명을 덧붙였다.

"그래서 권투 그만둔 거라던데? 일반인을 죽기 직전까지 패서."

"무슨 그런 말도 안 되는 소릴 해?"

발끈한 연하가 거칠게 젓가락을 내려놓았다. 그녀의 행동을 지켜보던 기찬이 조소를 머금은 채 입을 열었다.

"아니야? 근데 너 저번에도 너네 팀 없어진다는 소문 돌았을 때 아니라고 했잖아. 근데 맞았고."

"그때랑은 다르지!"

연하의 목소리가 높아졌다. 그때 그녀의 옆에서 민후가 팔꿈치로 그녀를 쿡 찌르며 말했다.

"이번엔 확실한 거야. 맞은 사람한테서 직접 들은 거래."

맞은 사람한테, 직접?

동요한 연하의 동그란 눈동자가 흔들렸다. 아무런 대꾸도 하지 못하는 그녀에게서 시선을 뗀 기찬이 웃으며 다시 밥을 먹기 시작했다. 그래도 말을 멈추지는 않았다.

"나는 그 자식 처음부터 마음에 안 들었어. 지 좀 잘나간다고 우리를 선배라고 부르지도 않았잖아. 지금도 그렇고."

"아주 시건방진 놈이지. 걔 팀원들도 막 맞으면서 일하는 거 아니야? 야, 연하 너도 벌써 한 대 맞았냐?"

옆에서 민후가 장난스럽게 묻는 말에 연하는 자리에서 벌떡 일어서고 말았다.

"야!"

연하가 버럭 큰소리를 내자 근처에서 밥을 먹던 직원들의 시선이 그들에게로 쏠렸다. 주변 눈치를 살피면서 지선이 연하를 따라 일어섰다.

"연하야……."

지선이 그만하란 눈빛을 보냈지만 연하는 그녀를 보고 있지 않았다. 다음 순간 연하가 민후에게 삿대질을 하면서 화를 냈다.

"넌 조 팀장에 대해 잘 알지도 못하면서 무슨 말을 그렇게 함부로 하냐?"

그러고는 이번엔 기찬을 향해서 휙 돌아섰다. 연하가 기찬을 쏘아보면서 목소리를 높였다.

"조 팀장이 사람 패는 거 네가 봤어, 봤냐고?"

아무리 소문이 무서운 것이라지만, 세상에는 정도라는 것이 있는 법이다. 시욱을 향한 말도 안 되는 소문 때문에 연하는 울화가 치밀었다.

"그리고 조 팀장은 선배다운 사람한테만 선배라고 하거든, 이 주둥이만 나불거리는 자식들아!"

기찬과 민후가 동시에 어이없다는 표정을 지었다. 이윽고 눈썹을 확 구긴 기찬이 자리에서 벌떡 일어서며 소리쳤다.

"야, 유연하. 너 미쳤냐?"

"너답지 않게 왜 그렇게 화를 내?"

민후도 연하를 이해할 수 없다는 듯이 쳐다보았다. 머리끝까지 화가 난 연하가 그들을 번갈아 노려보면서 입을 열었다.

"너네들이 너무 한심해서 그런다, 왜! 이 소문 터지면 여기 와서 물어뜯고 저 소문 터지면 저기 가서 물어뜯는 너희들이 하도 등신 같아서."

연하의 신랄한 표현에 기찬과 민후는 적잖은 충격을 받은 듯 보였다. 급기야 기찬은 그녀를 향해 손을 들어 올리는 위협까지 해 보였다.

"너 말 다했냐? 이게 진짜⋯⋯!"

그때 그들의 테이블로 뚜벅뚜벅 다가오는 구두 소리가 들리더니 곧이어 서늘한 목소리가 들려왔다.

"MD님들, 공공장소에서 너무 시끄럽네요."

기찬과 민후 그리고 연하가 동시에 그쪽으로 고개를 돌렸다. 그들의 눈이 동그랗게 벌어졌다.

"조시욱⋯⋯!"

밝은 회색 슈트를 입은 시욱이 그들에게 다가오더니 연하의 옆에 멈춰 섰다. 연하는 그가 그들의 대화를 다 들었을까 봐 살짝 긴장했다. 그런데 시욱은 자신을 걱정스럽게 쳐다보고 있는 연하에게 싱긋 웃어 보였다.

"밥 다 먹었으면 나랑 나가요, 선배."

그러고는 연하의 식판을 들어 올렸다. 연하는 얼떨결에 고개를 끄덕인 다음 얼른 그를 따라갔다. 그때 그들의 뒤에 대고 기찬이 낮게 욕지거리를 내뱉었다.

"재수 없는 자식."

시욱과 연하의 걸음이 동시에 우뚝 멈췄다. 발끈한 연하가 뒤돌아서 그를 노려보자 시욱이 한 손으로 그녀를 말렸다.

"선배."

연하가 울상을 지으며 시욱을 쳐다보았지만 시욱은 단호하게 고개를 좌우로 저었다. 대신 들고 있던 식판을 근처 식탁 위에 내려놓은 후 자신이 뒤로 돌아섰다.

자신을 노려보고 있는 기찬과 민후를 향해 다가간 시욱이 부드러운 어조로 말을 시작했다.

"잘못 알고 계시는 것 같아서 정확하게 말씀드릴게요."

사실 시욱은 그들이 연하에게 시비를 걸기 전부터 식당 안에 있었다. 멀지 않은 거리였기에 그들의 대화도 전부 다 들을 수 있었다.

"저 전국 대회에서만 두 번 우승했고요, 선수 아닌 사람은 딱 한 명 때려봤습니다. 근데 오늘로 10년 만에 그 숫자가 갱신될 것 같네요."

시욱이 오른손에 주먹을 쥔 채 왼손으로 감싸는 행동을 해 보였다. 그와 동시에 고개를 좌우로 한 번씩 꺾던 그가 말을 덧붙였다.

"재수 없는 자식인 건 맞고요."

기찬과 민후의 얼굴이 오묘하게 일그러졌다. 그사이 가만히 두 손을 아래로 내린 시욱이 그들을 서늘하게 노려보았다.

"제가 MD님들을 선배님이라고 부르는 일은 죽어도 없을 테니까."

다음 순간 시욱은 깔끔하게 몸을 돌려 연하에게 돌아왔다. 그가 다시 식판을 들면서 연하를 향해 다정하게 말했다.

"가요, 선배."

그들이 식당을 나갈 때까지 식당 안에 있는 직원들은 한마디도 하지 않고 조용히 있었다.

구내식당을 나온 연하와 시욱은 말없이 복도를 나란히 걸었다. 잠시 후 계속 시욱을 곁눈질로 살피던 연하가 조심스럽게 물었다.

"괜찮아?"

"네. 어느 정도 예상한 일이에요."

자신의 전직이 사내에 퍼졌을 때부터 예상한 일이었다. 시욱이 연하를 돌아보며 힘없이 미소 지었다.

"명예롭게 권투를 그만둔 건 아니니까요."

하지만 그는 권투를 그만두고 힘들어할 때조차 그때의 그 순간을 후회해 본 적이 없었다.

"미안해."

고개를 푹 숙인 연하가 조그맣게 사과하자 시욱은 헛웃음을 터뜨리고 말았다.

"선배가 왜 미안해요? 선배도 뒤에서 내 욕했어요?"

시욱의 웃는 얼굴에 연하도 어색하게 미소를 지었다. 그녀를 지그시 바라보면서 시욱이 말을 이었다.

"난 괜찮으니까 안 어울리게 동기들이랑 싸우고 그러지 마요. 싸움은 내 담당이니까."

남들에게 싫은 소리 한 번 못하던 그녀가 자신을 위해 화를 냈다. 그 모습을 다시 떠올린 시욱이 입가에 행복한 미소를 띠었다.

"그래도 엄청 기뻤어요. 편들어줘서."

작게 읊조리는 시욱의 옆에서 연하가 걸음을 멈추었다. 그녀가 멈춰 선 것을 알아채지 못한 채 시욱은 계속 걸어갔다. 듬직한 그의 뒷모습을 바라보던 연하가 재빨리 발을 뗐다.

팟-

그러곤 뒤에서부터 시욱을 껴안았다.

"!"

깜짝 놀란 시욱이 굳어진 상태로 고개만 살짝 돌렸다.

"선배?"

회사에서 이러면 안 되는데, 연하는 마음이 너무 아파서 뭐라도 하지 않을 수가 없었다. 시욱은 자신 때문에 안 받아도 되는 비난을 받으면서 살고 있었다.

"고마워."

"네? 뭐가요?"

"10년 전에 나를 도운열한테서 떼어내 줘서."

시욱의 등에 얼굴을 묻은 채 연하가 속삭였다. 그러곤 눈물이 날 것 같은 두 눈을 꾹 감았다.

"그리고 미안해. 나 때문에 이렇게 비난받는 거."

"난 괜찮아요. 아무렇지도 않아요."

시욱은 정말 아무렇지도 않았다. 자신의 과거가 떳떳하단 걸 자기 자신이 제일 잘 알고 있었으니까.

"그 덕분에 선배가 이렇게 안아주잖아요."

게다가 연하가 자신을 알아주고 있었다.

"나는 그걸로 됐어요."

시욱은 진심으로 그거면 충분하다 생각했다.

***

오피스텔로 향하는 길목에서 운열이 기다리고 있었다. 회사 건

물에서 나오던 연하의 눈썹이 불쾌감을 드러내며 찡그려졌다. 연하는 빠른 걸음으로 그를 스쳐 지나갔다. 그녀의 뒤를 운열이 잽싸게 따라갔다.

"식당에서 동기들이랑 싸웠단 얘기 들었어. 너답지 않게 왜 그랬어?"

연하가 시욱을 감싸느라 동기들과 싸웠다는 얘기를 들었을 때 운열은 큰 충격에 빠졌다. 그렇게 순하고 착하던 연하가 그런 행동을 했다니 믿을 수가 없었다.

그때 연하가 걸음을 멈추고 운열을 돌아보았다. 그녀의 차가운 눈빛이 운열을 지그시 응시했다.

"도운열 셰프님."

딱딱하기 그지없는 사무적인 말투였다. 충격을 받은 듯 운열의 갈색 동공이 흔들렸다. 연하가 딱딱하게 말을 이었다.

"반말은 이제 좀 듣기 거북하네요."

연하는 이제 더는 운열과 개인적인 대화를 나누고 싶지 않았다. 그래서 그에게 존댓말을 사용하기로 결심했다. 그와의 연을 여기서 끝내겠다는 의도였다.

"연하야……."

일그러지는 운열의 얼굴을 가만히 바라보던 연하가 한숨을 폭 내쉬었다. 그에게는 좀 더 모진 방법이 필요한 듯 보였다.

"시욱이가 일반인을 때렸다는 소문낸 거, 셰프님 맞으시죠?"

"무슨 소리야? 나 아니야!"

운열이 펄쩍 뛰며 발뺌했다. 하지만 이번에도 연하는 그의 말을 믿지 않았다. 아니, 이제는 그가 콩으로 메주를 쑨다고 말해도 믿지 않을 생각이었다. 억울해하는 운열을 노려보면서 연하가 말했다.

"그럼 저는, 제가 그 일반인 여자 친구였다고 소문 한번 내볼까요?"

"뭐?"

뒤통수라도 얻어맞은 것처럼 운열은 얼이 빠진 모습이었다. 아랑곳하지 않고 연하는 차갑게 말을 이었다.

"남자 친구가 바람피우는 것도 몰랐던 멍청한 여자 친구였다고. 소문 진짜 금방 퍼지던데."

"연하야!"

두 주먹을 움켜쥐면서 운열이 그녀의 이름을 크게 불렀다. 그에게로 한 발자국 다가간 연하가 낮은 목소리로 경고했다.

"그러니까 우리 시욱이 건드리지 마세요."

그들은 더 이상은 이어지면 안 되는 악연이었다. 자신으로 시작된 악연이었으니 자신이 모질게 끊어버리는 게 맞았다.

"이젠 제가 지킬 거거든요."

연하가 단호한 눈빛으로 말했다. 운열은 금방이라도 무너질 듯한 표정이었다.

"내 남자니까."

짧게 덧붙인 연하가 몸을 돌려 가버렸다. 멀어지는 그녀의 뒷모습을 바라보던 운열이 손으로 거칠게 얼굴을 쓸어내렸다. 그러곤 그대로 건물 벽을 세게 내려쳤다.

퍽-

"젠장⋯⋯!"

손가락 사이로 피가 흘러내렸지만 운열은 개의치 않고 또 벽을 때렸다. 결국, 요리사의 오른손은 붉은 피로 물들어버렸다.

***

EE홈쇼핑 최상층 회의실에서는 방송 편성 회의가 진행되고 있었다. 편성전략팀 직원들과 각 팀 담당 MD들이 넓게 둘러앉아 있었고 그들 사이에는 묘한 긴장감이 흐르고 있었다. 이번에는 '토요일 밤 9시' 바로 황금 시간대 편성을 위한 회의가 진행되고 있었는데, 분위기상 패션 1팀 팀장 시욱과 식품 1팀 팀장 지선의 싸움이 될 것 같았다.

"그 시간대는 항상 해왔던 대로 저희 패션 1팀이 들어가겠습니다."

블랙 슈트에 까만색 넥타이를 맨 시욱이 오랜만에 앞머리를 가지런히 내려 꽤 순한 모습을 하고 나타났다 했더니 그의 입에서 나오는 말은 그야말로 '파워 당당' 그 자체였다.

시욱의 반대편 의자에 앉은 지선이 헛웃음을 터뜨리고는 테이블 쪽으로 상체를 살짝 숙였다.

"아뇨. 이번에 그 시간대는 저희 식품 1팀이 들어가야 합니다. 스테디셀러인 장어가 준비되어 있거든요."

식품 1팀 상품이 번번이 중요한 편성에서 조금씩 밀리는 것 같아서 오랜만에 지선이 회의에 참석했다. 그런데 생각보다 패션 1팀 팀장의 공격이 대단했다.

"저녁 먹고 난 시간인데 장어가 눈에 들어올까요?"

펜을 손에 쥔 시욱이 시크한 표정으로 물었다. 지선이 곱게 화장한 두 눈에 힘을 주며 대꾸했다.

"토요일 저녁인데, 실크 블라우스는 눈에 들어오겠어요? 블라우스 사려는 분들은 이미 다 나들이 나간 시간대죠."

"말씀 잘하셨습니다. 이제 계절상 외출이 많아질 거고 그러면 살을 빼려는 여성분들도 많아질 텐데, 그 황금 같은 시간대에 음식 판매라뇨?"

두 사람의 신경전이 계속되자 다른 직원들은 그저 조용히 상황을 지켜보고만 있었다. 압박을 살짝 느낀 지선이 다부진 얼굴로 다시 입을 열었다.

"이건 그냥 음식이 아니라 건강식입니다. 조 팀장 같이 태생이 건강한 사람은 잘 모르겠지만, 우리 같은 평범한 현대인들에게는 필수품이죠."

말을 마친 지선이 옆자리에 앉은 편성전략팀 김 대리를 팔꿈치로 툭 건드렸다. 그가 지선을 쳐다보자 지선이 작지 않은 목소리로 말했다.

"들으셨죠, 조 팀장 과거? 주먹깨나 쓰셨던데."

크크, 여기저기서 웃음이 터졌다. 광장 안의 피에로처럼 직원들의 힐끔거리는 시선을 받게 된 시욱이 손을 올려 턱을 만졌다. 오늘 한 번은 양보를 해 줄까 했는데, 안 되겠다. 이번에도 그는 황금 시간대를 손에 넣어야겠다 결심했다.

"그럼 어쩔 수 없이 치사하게 돈 얘기를 꺼내야겠네요. 매출 한번 비교해 볼까요?"

이렇게 말한 시욱이 자신의 앞에 놓인 서류를 들어 올렸다. 판매 매출이 정리된 자료를 보면서 그가 물었다.

"장어, 저번 방송 매출이 어땠죠?"

"나쁘지 않았어요. 120% 찍었으니까."

"저희는 저번 방송에서 목표 매출 180%를 달성했고 그 전 방송에서는 한 사이즈를 제외한 전사이즈 매진이었습니다."

매출이라면 할 말이 없었다. 패션 1팀은 EE홈쇼핑에서 단연 매출 탑인 팀인 데다 그 기록을 매번 갈아치우고 있었으니까.

"지난 한 달간 매출 실적도 저희가 월등할 거라 자신합니다만?"

결국, 오늘의 승리도 허무하게 결정되었다. 회의가 끝나자 시욱은 미련 없이 자리를 털고 일어섰다. 빠르게 회의실을 나가는 그를 지선이 따라갔다.

"그 시간대, 너무 독점하는 거 아니야?"

복도에서 지선이 시욱에게 말을 걸었다. 걸음을 멈춘 시욱이 썩 내키지 않는 얼굴로 돌아섰다.

"저도 독점 그만하고 싶은데, 다들 뺏을 의지가 없으시니까."

뺏길 마음이 없는 거겠지.

지선이 입가에 묘한 미소를 달고는 시욱을 올려다보았다. 시욱이 다시 가려는 행동을 보이자 지선이 불쑥 말했다.

"연하랑 사귄다며? 축하해."

연하는 시욱과 사귀기로 한 그날 지선에게 와서 자랑을 했었다. 결국 그날 지선은 밤새 시욱의 이야기를 들어야 했다.

"감사합니다. 진심이시라면."

시욱이 고개를 살짝 숙여 보였다. 그의 말속에 뼈가 있는 것 같아서 지선은 쓴웃음을 지었다.

"진심이야. 근데 걱정되는 게 있어."

"그게 뭡니까?"

덤덤한 시욱의 까만 눈동자가 지선을 바라보았다. 깔끔한 외모와 저음의 목소리 그리고 남자다운 근육질 몸매와 그에 걸맞은 뛰어난 업무 능력. 완벽하게 느껴지는 그에게 지선은 괜한 심술을 부렸다.

"연하는 정말 네가 좋아서 사귀는 걸까?"

찰나지만 시욱의 동공이 미세하게 흔들렸다. 그걸 본 것만으로도 지선은 아까의 분했던 마음이 조금 치유되는 것 같았다.

"알다시피 걔가 워낙 착하잖아. 네가 운열이 혼내주고 권투 그만뒀다고 하니까 불쌍해서 사귀어주는 건 아닌가 해서."

입가에 미소를 단 채 지선이 말을 이었다. 그녀가 말을 하면 할수록 시욱의 표정은 어두워지기는커녕 오히려 평온해졌다.

"그렇다 해도 괜찮습니다."

"괜찮다고?"

이번엔 지선의 눈동자가 흔들렸다. 동요하는 그녀에게 시욱이 쐐기를 박았다.

"어떻게 해서라도 사귀고 싶은 마음, 잘 아시잖습니까?"

지선의 말문이 턱 막혔다. 입술을 동그랗게 벌린 채 아무 말도 하지 못하는 그녀를 향해 시욱이 말을 덧붙였다.

"저는 연하 선배가 계속 사귀어만 준다면 계속 불쌍해질 자신도 있거든요. 시도 때도 없이 권투 얘기를 한다거나 눈물을 뚝뚝 흘린다거나."

"허, 너 정말 강적이다."

지선이 실소를 터뜨렸다. 그녀의 황당해하는 모습에 시욱은 만족스러운 미소를 짓고는 고개를 까닥 숙였다.

"감사합니다. 이번엔 진심 같으시네요."

***

CC의류와 신기획 회의를 마치고 돌아오는 길에 연하는 사무실 복도에서 식품 1팀 직원인 미숙을 만났다.

"안녕하세요, 유 팀장님."

손에 작은 상자를 든 미숙이 반색하며 연하에게 달려왔다. 연하가 미소 띤 얼굴로 고개를 설레설레 저었다.

"팀장님은 무슨. 나 팀장 자리에서 내려온 지 꽤 됐잖아."

"그래도 한 번 팀장님은 영원한 팀장님이시죠."

"후후, 고마워."

미숙과는 전에 식품 3팀에서 일할 때 가끔 협업을 한 적도 있고 서로 일을 도와준 적도 있어서 꽤 친근한 사이였다.

"요즘 많이 바빠?"

"네. 새로 론칭한 게 망해서 더 바빠졌어요."

미숙이 귀엽게 울상을 지었다. 얼마 전에 지선이 론칭한 상품이 상품선정위원회를 통과하지 못했다고 했는데, 그 일 때문에 타격이 있는 모양이다.

"저희 진짜 도운열 셰프님 아니었으면 큰일 날 뻔했잖아요."

"그러게. 요즘 매출 잘 나온다며?"

"네. 솔직히 처음에 팀장님이 꼭 도운열 셰프여야 한다고 밀어붙이실 때 걱정을 좀 했었거든요."

미선이 하는 말에 연하는 순간 놀라는 표정을 지었다. 이윽고 연하가 의아한 눈빛으로 물었다.

"지선이가 밀어붙인 거라고?"

"네. 기획부터 캐스팅까지 전부 혼자 하셨어요."

전에 지선은 분명 도운열 셰프를 캐스팅하기까지 고민이 많았다고 했었다. 그런데 그녀가 직접 기획과 캐스팅을 도맡아 했다니, 이해가 되지 않았다.

"근데 첫 미팅 때 보니까 이해가 가더라고요. 두 분이 굉장히 친해 보이셨거든요."

"친해 보였어?"

"네. 셰프님이 이탈리아의 어느 지역에서 유학했다는 것까지 알고 계시던데요?"

연하가 고개를 갸웃 기울였다.

그들이 친해진 건 최근이라고 생각했는데, 아니란 말인가?

연하의 머릿속이 복잡해졌다. 지선이 처음부터 도운열 셰프를 원한 거였다면 자신에게는 거짓말을 했다는 말이 된다.

도대체 왜?

그때 미숙이 아까부터 손에 들고 있던 작은 상자를 연하의 코앞까지 들이밀면서 말했다.

"그나저나 유 팀장님! 저 이거 맛 좀 봐주시면 안 돼요?"

"어, 뭔데?"

코를 자극하는 고소한 냄새에 연하는 자연스럽게 그쪽으로 시선을 돌렸다. 미숙이 상자를 열자 그 안에 손바닥만 한 크기의 파이 다섯 개가 모습을 드러냈다.

"애플파이예요. 팀장님 완전 절대미각이시잖아요."

미숙의 치켜세워주는 말에 연하는 작게 웃음을 터뜨렸다.

"에이, 그건 지선이지."

"우리 팀장님은 그 정도는 아니에요. 절대미각인 유 팀장님이랑 항상 의견이 같으시긴 하지만요."

미숙이 티 없이 해맑은 얼굴로 말했다. 이에 연하는 또 한 번 고개를 갸웃했다. 그랬던가?

다음 순간 연하가 선선히 고개를 끄덕였다.

"알았어. 먹어볼게."

그러고는 한 손으로 파이를 집어 들었다. 그때 그녀들 쪽으로 구두 소리와 함께 저음의 남자 목소리가 들려왔다.

"그거 저도 맛봐도 됩니까?"

파이를 입에 문 연하가 잽싸게 고개를 돌렸다. 잘 아는 목소리였던 것이다.

"어머머, 조, 조 팀장님?"

시욱을 발견한 미숙이 자리에서 폴짝 뛰었다. 흥분한 그녀가 연하에게 들이밀고 있던 파이 상자를 시욱 쪽으로 내밀었다.

"그럼요. 드세요. 다 드세요."

발그레 붉어진 얼굴로 수줍게 웃고 있는 미숙에게 고맙다고 인사하며 시욱이 파이를 먹었다. 파이를 맛보고 있는 시욱과 연하를 번갈아 쳐다보던 미숙이 긴장한 표정으로 물었다.

"어때요?"

"맛은 있는데, 이거 하지 말자. 시중에 파는 파이보다 퀄리티가 떨어져. 겉이 딱딱해서 식감도 별로고. 팔고 욕먹기 딱 좋겠어."

연하가 주저 없이 맛에 대해 평가했다. 냉철한 분석이었기에 미숙은 그녀의 의견을 메모했다. 그때 파이를 목 안으로 다 넘긴 시욱이 말했다.

"맞아요. 질이 좋은 편은 아니네요."

자신과 같은 의견에 연하가 반색하며 고개를 돌렸다.

"그치?"

"네. 씹는 맛이 안 좋아요."

시욱의 의견에 동의한다는 의미로 연하가 싱긋 웃어 보였다. 다음 순간 메모를 마친 미숙이 그들에게 허리를 꾸벅 숙였다.

"의견 감사합니다, 팀장님들!"

파이 상자를 챙겨서 가버리는 미숙의 모습을 가만히 바라보던 연하가 아쉬운 듯 입맛을 다셨다.

"파이는 주고 가지."

살짝 원망이 담긴 그 목소리에 시욱은 피식 웃음이 터졌다.

"맛없다면서요?"

"내가 언제 맛없다고 했어? 팔 상품은 아니라고 했지."

귀엽게 반박하던 연하가 문득 시욱을 빤히 쳐다보았다. 이윽고 그녀가 두 눈을 반짝거리며 입을 열었다.

"근데 조 팀장도 맛 좀 볼 줄 아네? 식품 팀에서 일한 적도 없으면서."

그러자 시욱이 어깨를 한 번 으쓱했다.

"난 그냥 선배 의견 따라 한 건데요?"

"응?"

"퀄리티가 떨어진다기에 질이 좋지 않다고, 식감이 별로라기에 씹는 맛이 안 좋다고, 따라 해 본 건데, 되게 있어 보였죠? 의견도 막 비슷해 보이고?"

정말 그랬다. 연하는 그가 자신이랑 같은 의견이라 신기하고 기분이 좋았다. 그래서인지 따라 한다는 느낌은 전혀 받지 못했다. 그 순간 연하는 항상 자신에게 먼저 의견을 묻던 지선을 떠올렸다. 가슴이 갑갑해오는 느낌이 들었다.

"무슨 말이 하고 싶은 거야?"

시욱의 의도가 궁금해진 연하가 두 눈을 가늘게 뜬 채 그를 흘겨보았다. 그러자 시욱이 그녀의 앞에서 팔짱을 척 꼈다. 생각에 잠긴 것처럼 조용히 있던 그가 잠시 후 그녀에게 물었다.

"나랑 왜 사귀어요?"

갑작스러운 질문에 연하는 어안이 벙벙했다. 진지한 시욱을 보는 그녀의 눈이 크게 벌어졌다.

"뭐?"

그러나 시욱의 질문은 거기서 끝이 아니었다.

"혹시 나 불쌍해서 사귀어주는 거예요?"

"뭐, 뭐라는 거야."

너무 어이가 없어서 연하의 입에서는 당혹스러운 목소리가 튀어나왔다.

"좋아한다는 고백은 언제 해 줄 건데요?"

갑자기 안 하던 말들로 자신을 당황시키는 시욱 때문에 연하의 까만 동공이 세차게 흔들렸다.

"왜, 왜 그래, 너?"

왠지 시욱이 조금 이상하게 느껴졌다. 그때 시욱이 팔짱을 끼고 있던 두 팔을 풀더니 연하의 몸을 확 끌어안았다.

"!"

화들짝 놀란 연하가 복도 주변을 둘러보았다. 다행히 근처에 직원들은 없었지만 언제 나타날지 알 수 없으니 살짝 긴장되었다. 그 사이 시욱이 조그맣게 중얼거렸다.

"진짜 강적이 되고 싶은데, 그러기에 나는 당신한테 너무 약하니까."

"너, 오늘 무슨 일 있었어?"

순간 연하의 얼굴에 걱정이 깃들었다. 그녀를 꽉 끌어안은 채 시욱은 오늘 있었던 일에 대해 나열했다.

"편성 회의 때 황금 시간대를 따냈죠."

"장하네."

"국장님한테 지난 분기 매출 보고하러 갔다가 난놈이란 소릴 들었죠."

"훌륭하네."

"사장님이랑 단둘이 점심식사를 했죠."

"굉장한데?"

오늘 시욱이 한 일은 모두 대단한 일투성이였다. 연하가 그의 허리를 꽉 끌어안아주며 입을 열었다.

"근데 한 가지 빠졌잖아."

"뭐가요?"

시욱이 그녀의 귀에 대고 물었다. 입가에 미소를 띤 채로 연하가 대답했다.

"오늘 나한테 좋아한단 말 들었잖아."

"언제요? 대체 언제……!"

울컥한 시욱이 순간적으로 그녀에게서 몸을 확 떼어냈다. 눈앞에 보이는 반듯한 얼굴을 향해 연하가 말했다.

"지금."

살짝 흐트러진 시욱의 앞머리 아래로 드러난 까만 동공을 보며 연하가 고백했다.

"좋아해."

왜 사귀냐 묻는다면 좋아해서 사귄다. 많이 좋아해서. 여자는 불쌍해서 누군가와 사귀지 않는다. 특히, 나는 더더욱.

"많이 좋아해, 시욱아."

훅 들어온 고백에 시욱은 굳은 듯 서 있다가 이내 쑥스러운 미소를 지었다. 연하가 발꿈치를 들고는 손으로 그의 앞머리를 쓸어 내려 주었다.

"나의 키다리 왕자님."

시욱은 손을 올려 그녀의 작은 손을 소중하게 꽉 잡아주었다.

***

"유연하 MD?"

사무실 복도를 발랄하게 걷고 있는데, 우아한 목소리가 연하를 붙잡았다. 연하가 반색하며 몸을 틀었다. 그녀의 눈앞에 가죽으로 된 고급 재킷을 입은 루화가 멈춰 섰다. 반짝거리는 장신구들을 본 연하가 생글거리며 말했다.

"안녕하십니까, 국장님. 오늘도 아름다우시네요."

그러나 연하를 보는 루화의 눈길은 곱지 않았다. 연하의 길지 않은 온몸을 위아래로 훑으면서 루화가 물었다.

"너 도대체 뭐 하고 다녔냐, 요즘에?"

"네? 무슨 말씀이신지요?"

연하의 두 눈이 동그래졌다. 그러자 루화가 손가락마다 반지를 낀 손을 들어 연하를 가리켰다.

"사내에 너에 대한 소문이 쫙 퍼졌어."

"구체적으로 어떤……?"

"팀장 자리에서 쫓겨나더니 성질만 더러워졌다고."

그 순간 연하는 얼마 전 구내식당에서 있었던 일이 떠올랐다. 동기들에게 처음으로 화를 냈던 그날.

"너 이제 사내 연애 하긴 틀렸다, 쯧쯧."

루화가 고개를 절레절레 흔들면서 혀를 차자 연하는 그만 웃음이 터져버렸다. 연하가 얼른 자신의 입을 가렸지만 루화가 그 웃음소리를 못 들었을 리 없었다.

"웃음이 나오냐?"

"죄송합니다."

진실성 없는 몸짓으로 연하가 꾸벅 고개를 숙였다. 또다시 낮게 혀를 찬 루화가 안타깝다는 뉘앙스로 말했다.

"이제 네 이미지 어쩔래? 8년 동안 착한 거 하나로 버틴 주제에."

8년간 유연하의 이미지는 절대적인 '선(善)' 그 자체였다. 그걸 연하도 아주 잘 알고 있었다.

"그래서 이제 이미지 좀 바꾸려고요."

"어떻게?"

연하의 다부진 선언에 루화는 노골적인 호기심을 보였다. 다음 순간 두 손을 올려 볼을 감싼 연하가 눈을 크게 뜬 채 여러 번 깜박거렸다.

"상큼하게?"

"까분다."

루화가 귀여운 척하는 연하를 믿지 않게 흘겨보았다. 그러다 문득 표정을 진지하게 바꾸고는 말했다.

"암튼, 네 소문 덕분에 시욱이 소문이 잠잠해졌더라. 그건 고마워."

"그건 저도 기쁘네요."

배시시 웃는 연하의 모습에 루화가 고개를 살짝 갸웃했다.

"네가 왜 기뻐?"

"제가 사랑하는 국장님의 조카분 일이니까요. 하하핫!"

연하의 대답은 이중적 의미였다. 제가 '사랑하는 국장님'이란 의미와 제가 '사랑하는' 국장님의 '조카분'이란 의미. 속으로 자신의 센스에 감탄한 연하가 고개를 설레설레 흔들었다.

그때 루화가 다시 진지한 얼굴로 입을 열었다.

"저번처럼 다음 상품도 꼭 대박 내라, 유연하."

"네. 열심히 하겠습니다."

"그래서 이대로 3연승만 해. 그럼 소원 하나 들어줄게."

"소원이요?"

3연승. 세 상품 연속으로 성공을 하는 것이 얼마나 어려운 일인지 연하는 익히 잘 알고 있었다. 그래서 그녀는 그만 헛웃음이 나버렸다.

"그럼, 국장님 펜트하우스랑 저희 집이랑 바꿔 달라고 해도 들어주실 거예요?"

"응. 그거 어차피 회사에서 내준 거라 내 취향은 아니야."

루화는 꽤 진심인 듯 보였다. 그녀의 말에 연하는 감동한 표정을 지었다. 다음 순간 루화가 더욱 진지하게 말했다.

"조카를 달라고 해도 줄게."

"조, 조카분을요?"

방금 자신이 말한 이중적 의미를 루화가 알아차리기라도 한 걸까. 내심 긴장한 연하가 어색한 미소를 지었다. 그사이 루화가 세상 진지하게 말을 이었다.

"응. 성깔은 좀 있는데 애는 착해."

후후, 연하가 웃음을 터뜨리자 루화도 피식 웃음을 터뜨렸다. 루화의 말 때문이 아니더라도 연하는 앞으로 계속 성공하고 싶었다. 과거 입사 초기 때처럼.

"암튼, 그럼 제가 진짜 세 상품 연속으로 성공하면 소원 꼭 들어주셔야 돼요."

이에 루화는 물론이라는 듯 다부지게 고개를 끄덕였다.

***

팀장실로 들어간 연하가 시욱의 책상 앞에서 오늘 보고할 자료를 건넸다.

"저번에 말씀하신 카디건, 수정 보완한 디자인입니다."

새 디자인을 들여다보는 시욱의 긴 속눈썹이 눈 밑으로 그늘을 만들었다. 연하는 그림 같은 그의 모습을 멍하니 관찰했다.

"으음. 괜찮은데요? 샘플 한번 만들어볼래요?"

"네. 알겠습니다. 그리고 CC의류하고는 새로운 기획을 준비 중입니다. 이번엔 구부 바지로요."

"네. 기대하고 있을게요."

대답을 하면서 시욱은 싱긋 미소를 지었다. 그 얼굴을 연하가 빤히 쳐다보자 시욱이 고개를 갸웃 기울였다.

"왜요?"

"오늘 뭔가 좀 달라 보이네요?"

"어디가요?"

항상 보던 반듯한 이목구비에 깔끔한 이마를 드러낸 헤어스타일이건만 오늘 왠지 그가 달라 보였다.

"왠지 잘생겨 보이는……."

"드디어 콩깍지가 씌었네요."

시욱의 말에 멈칫한 연하가 자신의 두 눈을 비벼보았다. 하지만 그는 여전히 잘생긴 그대로였다. 그전과 똑같은 생김새인데 어떻게 이렇게 달라 보일 수가 있지?

"어머머, 너 되게 잘생겼었구나."

연하는 갑자기 부끄러웠다. 그의 외모가 변한 것도 분위기가 달라진 것도 아니었다. 달라진 건 그녀의 마음 하나였다.

"갑자기 좀 부끄러워."

연하의 얼굴이 살짝 발그레 붉어졌다. 그녀를 재미있다는 듯이 쳐다보며 시욱이 장난스럽게 말했다.

"그렇게 오랜만에 연애하는 티 좀 내지 마세요."

그러자 연하의 동그란 두 눈이 가늘어지며 시욱을 흘겨보았다.

"그러는 너는 연애 많이 해 봤나 보다?"

"딱 그렇게 보이죠?"

반문하며 시욱이 씩 웃었다. 곧바로 두 눈을 새침하게 뜬 연하가 책상 앞으로 바짝 다가갔다.

"나를 10년 동안 쭉 좋아했다면서 연애를 했어? 그것도 많이?"

"남자는요, 좋아하는 여자랑만 사귈 수 있는 게 아니에요."

"하!"

연하가 기막히다는 표정을 지었다. 급격히 우울해진 그녀가 시선을 내리고는 괜스레 시욱의 명패를 만지작거렸다. 그때 그녀의 정수리에 대고 시욱이 말했다.

"근데 나 같은 남자는요, 좋아하는 여자랑만 사귈 수 있어서……"

손에 각지를 껴서 책상 위로 올리는 그의 행동을 가만히 눈으로 좇던 연하가 시욱의 얼굴까지 시선을 올렸다. 그녀와 눈을 마주하며 시욱이 당당하게 말을 이었다.

"첫 연애입니다."

"지, 진짜?"

연하의 동공이 믿을 수 없다는 듯이 흔들렸다. 분명 저 얼굴로 연애 안 하기 쉽지 않았을 텐데 말이다.

"연애 많이 한 것처럼 보여도 얼마 전까지 모쏠이었어요. 그러니 각오하셔야 할 거예요."

"각오?"

"내가 그동안 참은 게 많아서 언제 폭발할지……."

말을 하다 멈춘 시욱이 고개를 작게 설레설레 흔들었다. 그 순간 연하의 얼굴이 불 켜진 듯 화악 붉어졌다.

"이, 이 변태!"

"뭐? 변태요?"

이번엔 시욱이 어이없다는 얼굴을 했다.

"어. 너 엉큼해."

"엉큼? 상큼도 아니고 엉큼?"

무척 억울하다는 듯 시욱은 자리에서 벌떡 일어서더니 연하의 앞까지 걸어왔다. 그가 연하를 내려다보며 두 눈을 가늘게 떴다.

"진짜 엉큼한 게 뭔지도 모르시면서."

말을 하면서 시욱은 가만히 손을 뻗어 자신의 명패를 옆으로 치웠다.

"나 다 알거든?"

발끈한 연하가 이렇게 소리치는 순간 시욱이 한 손으로 그녀의 허리를 휘감고는 그대로 책상 위에 그녀를 눕혔다.

"!"

너무 놀라서 연하의 입에서는 비명조차 나오지 않았다. 그녀의 정장 바지 사이로 몸을 집어넣은 시욱이 상체를 숙이며 물었다.

"그럼, 이게 무슨 의미인지도 알아요?"

꼼짝 못 하도록 허리를 붙들고 있는 커다란 손과 다리 사이로 들어온 단단한 몸에 연하는 심장이 쿵쾅거려서 아무런 대답도 하지 못했다. 그때 시욱의 다른 손이 그녀의 턱을 잡아 위로 올렸다.

"내가 지금 머릿속에서 상상하는 걸 전부 실행하면 여기서 못 나가실 텐데. 다리가 후들거려서."

연하는 그렇게 말하는 시욱이 난감할 정도로 섹시하게 보였다.

"그, 그 정도야?"

긴장한 연하가 마른침을 꿀꺽 삼켰다. 그런 다음 혀로 메마른 입술을 축였다. 입술 위를 느리게 오가는 그녀의 핑크빛 혀를 가만히 응시하던 시욱이 두 눈을 질끈 감았다 떴다.

"근데 안 해요."

이렇게 말하며 그가 연하의 턱에서 손을 뗐다. 그의 옆구리 부근 셔츠를 양손으로 붙잡은 연하가 그 이유를 물었다.

"왜?"

"미움받을까 봐."

"응?"

연하의 큰 두 눈이 동그래졌다. 그녀의 시선을 피해 눈을 아래로 내린 시욱이 조그만 목소리로 말했다.

"선배가 싫어하는 행동해서 미움받을까 봐 무섭거든요."

이에 연하는 자신도 모르게 헛웃음을 터뜨렸다.

"싫어할 리가 없잖아."

연하의 말에 시욱이 눈을 들어 그녀와 시선을 맞추었다. 밀착해 있는 그에게 연하가 진심을 고백했다.

"내가 널 얼마나 좋아하는데."

시욱을 좋아하는 이 마음은 그렇게 간단히 싫어질 만한 무게가 결코 아니었다.

"다행이다."

연하의 몸 위에 상체를 숙인 자세로 나직하게 중얼거린 시욱이 손으로 그녀의 흐트러진 머리카락을 쓸어 넘겨주었다.

"나 솔직히 지금도 혹시 선배가 싫어하는 행동 하는 걸까 봐 살짝 기죽어 있거든요."

자신을 똑바로 보지 못하는 모습과 작아진 음성 그리고 우물거리는 말투. 연하는 그가 너무 귀엽게 느껴졌다. 다음 순간 연하는 두 손으로 시욱의 얼굴을 붙잡았다. 그러곤 그의 이마와 양쪽 볼, 턱 그리고 콧등에 뽀뽀를 쪽쪽쪽 했다.

"뭐 하는 겁니까?"

시욱이 놀라 묻자 연하가 그의 얼굴 앞에서 대답했다.

"너 기 살려주는 중."

그녀의 귀여운 대답에 시욱은 작게 웃음을 터뜨렸다. 이윽고 그가 연하의 목 쪽으로 얼굴을 내렸다.

"그럼 나도 해도 되죠?"

시욱이 연하의 목에 너무 깊게 뽀뽀를 하는 바람에 연하는 까르르 웃음이 터졌다. 그때였다.

똑똑똑.

팀장실을 두드리는 노크 소리에 연하와 시욱은 반사적으로 서로에게서 떨어졌다. 잽싸게 몸을 일으킨 연하가 흐트러진 단발머리를 쓸어내리는 동안 시욱은 자신의 자리로 돌아갔다.

곧 문이 열리고 재진이 서글서글하게 웃으면서 안으로 들어왔다.

"재미있는 대화 중이셨나 봐요. 밖에까지 웃음소리가 들리던데."

팀장실로 다가오다가 웃음소리를 들은 재진이 천진하게 건넨 말에 연하는 정색하며 그를 돌아보았다.

"재미있는 대화는 무슨. 웃음 치료 중이었어요. 팀장님이 워낙 잘 안 웃으시니까."

이렇게 말한 그녀가 다시 시욱을 돌아보고는 박수를 세 번 짝짝 짝 쳤다.

"팀장님, 행복해서 웃는 게 아닙니다. 웃어서 행복한 겁니다."

"아, 예. 행복 전도사님."

시욱이 살짝 웃는 얼굴로 그녀에게 맞장구를 쳤다. 설정에 만족한 듯 연하가 뿌듯한 표정으로 보고서를 챙겨 들었다.

"그럼 행복 전도사 아니, 저는 이만 나가보겠습니다."

총총히 팀장실을 나가는 연하의 모습을 가만히 바라보던 재진이 활짝 웃으며 말했다.

"확실히 유 MD님은 좀 귀여우신 것 같아요."

그런데 다음 순간 마주하게 된 시욱의 눈빛이 곱지 않았다. 자신을 쏘아보고 있는 게 분명한 그 눈빛에 재진이 어리둥절해하자 시욱이 나직하게 말했다.

"나만 그렇게 생각했으면 좋겠는데."

"네? 아, 네! 알겠습니다."

남자들끼리는 안다. 저 눈빛이 무엇을 말하는지.

재진은 처음 보게 된 시욱의 수컷 눈빛에 아주 어색한 미소를 지었다.

***

새로 맡은 업체와 기획한 카디건이 품평회에서 좋은 반응을 얻었고 CC의류와 기획한 구부 바지는 샘플을 준비 중이었다.

양쪽으로 진행되는 일을 체크하느라 연하는 정신이 하나도 없었다. 그래서 오늘도 늦은 밤까지 퇴근을 하지 못했다.

늘어지게 기지개를 켜고 있는 연하의 눈에 사무실 문이 벌컥 열리는 게 보였다.

"연하야!"

지선이었다. 하얗게 질린 그녀의 얼굴에 연하는 깜짝 놀라 자리에서 일어섰다.

"왜 그래? 무슨 일 있어?"

연하의 앞까지 달려온 지선이 숨을 거칠게 내쉬면서 말했다.

"운열이가 병원에 입원했대."

"아아, 그래?"

연하의 표정이 불편한 듯 굳어졌다. 하지만 지선은 아랑곳하지 않고 그녀의 손을 덥석 잡으며 부탁했다.

"나랑 같이 병문안 가주면 안 될까?"

"뭐?"

"손을 다쳤다는데, 또 오른손이래. 어떡해?"

방금 전 운열에게 더 이상 일을 같이할 수 없다는 연락을 받은 지선은 그야말로 패닉 상태였다. 게다가 또 오른손을 다쳤다는 말에 걱정이 돼서 도저히 견딜 수가 없었다. 하지만 운열은 한사코 병문안을 오지 말라고 했다.

"미안한데, 난 같이 못 가."

연하가 단호하게 거절하자 지선은 울상을 지었다. 솔직히 그녀와 함께 간다면 운열도 오라고 할 것 같아서 부탁한 것이었다.

"많이 바빠?"

"바쁜 것도 있지만, 나 도운열 더는 보기 싫어."

인상을 찡그리며 연하가 고개를 좌우로 저었다. 그 순간 지선이 그녀의 손을 잡고 있는 손에 힘을 가했다.

"운열이 싫어하지 마. 다시 좋아해 줘."

"무슨 소리야, 너?"

연하가 이해할 수 없다는 얼굴을 했다. 아플 정도로 손에 힘을 준 지선이 고개를 푹 숙이며 말했다.

"내가, 도운열을 좋아해."

"뭐?"

굳게 결심한 지선이 다시 고개를 들고는 폭탄선언을 했다.

"도운열이 좋아져 버렸어."

"!"

지선의 폭탄선언에 연하는 큰 충격을 받은 얼굴이었다. 연하가 지끈거리는 이마에 손을 짚는 사이 지선이 울 것 같은 표정으로 입을 열었다.

"나 어떡하지?"

"아니, 도대체 도운열이 왜 좋은 거야? 응?"

연하가 답답하다는 듯이 소리쳤다. 지선의 얼굴이 더욱 일그러졌다. 금방이라도 눈물을 툭 떨어뜨릴 것만 같은 지선을 바라보면서 연하가 목소리를 높였다.

"걔 내 전 남친이고 바람까지 피웠다니까?"

"반해버렸는데 어떡해."

떨리는 목소리로 대꾸하는 지선의 두 눈에서 눈물이 흘러내렸다. 입을 멈춘 연하가 자신의 아랫입술을 깨물었다.

"너 전에 운열이랑 영화 본다고 한 날 깨달았어."

지선은 운열과 싫어져서 헤어진 게 아니었기 때문에 여전히 그가 좋았다. 그와 다시 사귀고 싶었고 가능하다면 결혼까지 하고 싶었다. 그런데 이번에도 연하의 존재가 마음에 걸렸다.

"나는 도운열이 좋아."

그래서 생각해냈다. 과거를 없었던 일처럼 깨끗하게 지우고 이번에야말로 연하에게 운열과의 사이를 인정받을 방법을. 그런데 그렇게 하려다 보니 또 거짓말이 필요했다. 하지만 어디까지나 하얀 거짓말이었다. 그녀와 자신의 우정을 지키기 위한 새하얀 거짓말.

"근데 운열이는 아직도 너 좋아하는 것 같더라."

잠시 후 지선이 침울하게 말하자 연하가 냉정하게 대꾸했다.

"나한테는 그냥 민폐야, 그거."

그녀의 단호한 태도에 지선은 속으로 크게 안심했다.

"하긴. 너한테는 지금 조시욱이 있으니까. 그치?"

게다가 연하에게는 이제 잘생기고 멋진 연하의 남자 친구가 있지 않은가. 지선은 조금쯤은 뻔뻔해져도 괜찮을 것 같았다.

"그러니까 네가 나 좀 도와줘."

"뭘?"

"네 전 남친인 것도 바람피운 것도 내가 다 이해한다고. 그러니까 나랑 운열이 사이 좀 밀어줘."

지선의 간절한 부탁에 연하는 정말이지 너무 난감했다.

***

퇴근하고 연하는 시욱의 집으로 향했다. 그가 들르라고 한 이유도 있었지만 오늘은 왠지 집에 혼자 있기가 싫었다. 시욱이 알려준 비밀번호를 누르고 집 안으로 들어섰다. 모던한 느낌의 무채색 계열 가구들이 그녀를 반겼지만 연하는 그것들에게 눈길 한 번 주지 않고 소파로 다가갔다. 베이지색 소파에 앉은 그녀가 멍하니 생각에 잠겼다.

"무슨 생각을 그렇게 해요?"

갑자기 들린 목소리에 연하는 상념에서 깨어나 고개를 들었다. 눈앞에 샤워 가운을 입은 시욱이 서 있었다.

"응? 별거 아냐."

연하가 고개를 좌우로 젓자 시욱이 샤워 가운의 끈을 고쳐 매면서 두 눈을 가늘게 떴다.

"벌써 나한테 비밀 생겼어요?"

"아니!"

강하게 부정한 연하가 시욱의 샤워 가운으로 시선을 고정했다.

"근데 왜 사람 불러놓고 샤워 가운 차림이야?"

"왜냐뇨?"

그 순간 시욱이 어이없다는 눈빛을 보냈다.

"그 이유를 몰라요?"

이렇게 도리어 물으며 시욱이 상체를 숙여왔다. 벌어진 샤워 가운 틈으로 탄탄한 맨가슴이 보이자 연하는 반사적으로 두 눈을 질끈 감았다.

"유혹하려는 건데, 눈을 감으면 어떡해요?"

시욱이 귀엽게 투덜대면서 한 손으로 연하의 옆머리를 귀 뒤로 넘겨주었다. 이때 연하가 한쪽 눈만 살짝 떴다. 그런데 여전히 시야에 그의 구릿빛 피부가 가득 찼기에 다시 눈을 감았다. 얼른 이 상황에서 벗어나고 싶어진 연하가 자신이 입고 있는 카디건을 양 손으로 잡아 벌리며 말했다.

"아 참, 이거 이번에 진행하고 있는 카디건 샘플이야. 어때?"

"오, 좋네요. 예뻐요."

예쁘다는 칭찬에 기분이 좋아진 연하가 두 눈을 번쩍 떴다. 신이 난 그녀가 상기된 얼굴로 말했다.

"품평회에서도 반응 진짜 좋았어."

"그래요?"

살짝 미소 지으면서 시욱이 허리를 꼿꼿하게 폈다. 위에서 그가 젖은 머리카락과 앙상블을 이루는 섹시하고 나른한 눈빛으로 입 을 열었다.

"한번 만져보고 싶은데, 벗어볼래요?"

아. 이게 아닌데.

난감해진 연하가 마른침을 꿀꺽 삼켰다. 뜨거운 그의 시선이 연 하를 잔뜩 긴장하게 만들었다. 불현듯 그녀가 가슴에 손을 얹었다.

"왜 그래요?"

"시, 심장이 터질 것 같아."

피식 웃음을 터뜨린 시욱이 그녀의 옆자리에 앉았다. 딱딱하게 굳어 있는 연하의 손을 끌어가 잡으며 시욱이 제안했다.

"우리 워크숍 갈래요?"

"패션 1팀 워크숍?"

"아뇨. 단둘이."

의도가 분명한 제안이었다. 연하가 두근거리는 심장을 진정시키려 노력하며 그를 흘겨보았다.

"엉큼하긴."

"인정."

시욱이 너무나도 쉽게 인정을 해버려서 연하는 그만 웃음이 터져버렸다. 그녀가 시욱의 손을 잡고 있지 않은 손을 올려 그의 턱을 잡고는 뽀뽀를 쪽 했다.

"귀여워."

"당신한텐 귀엽고 싶지 않은데."

"근데 귀여워."

시욱이 불만 어린 표정을 지었다. 그런 그에게 연하는 또 뽀뽀를 했다. 그때 연하의 손을 놓은 시욱이 양손으로 그녀의 턱과 목언저리를 감쌌다.

"인간적으로 요즘 너무 전체관람가니까 15금 정도로만 올려보죠."

"15금이면?"

기다렸다는 듯이 시욱의 입술이 내려왔다. 연하의 입술에 닿은 그의 것이 벌어지며 따듯한 혀가 입술을 핥았다. 그러는 사이 수줍게 마중 나온 연하의 혀와 맞닿았고 그것들은 서로 자연스럽게 얽혀들었다. 현란하게 움직이는 혀 놀림에 연하의 입에서는 신음이 터져 나왔다.

"하아……!"

그때 그녀의 귀 쪽으로 얼굴을 옮긴 시욱이 혀로 귓불을 핥기 시작했다. 야릇한 느낌이 들어 연하는 손으로 시욱의 가운 자락을 꽉 움켜쥐었다.

"흐읏, 흣……!"

몸이 붕 뜨는 것 같은 묘한 감각이 전신을 휘감자 연하의 입에서는 계속 신음이 흘러나왔다. 그사이 미간을 찡그린 시욱이 괴로운 표정으로 연하와 눈을 맞췄다.

"신음소리 좀 참으면 안 돼요? 그 소리 들으니까 자꾸 19금으로 가고 싶어지는데."

"그러면 안 되지……."

숨을 헐떡이면서 연하가 말끝을 늘렸다. 겁을 먹은 듯한 눈빛에 시욱은 두 눈을 질끈 감았다 뜨며 훅 하고 숨을 내쉬었다.

"이 뒤는 워크숍 가서 하시죠."

"응?"

그러면서 시욱이 그녀의 몸에서 손을 뗐다. 감싸고 있던 따스한 기운이 사라지자 연하는 조금 아쉬운 기분이 들었다. 그런데 한쪽 눈썹을 구기고 있는 시욱의 표정은 아쉬운 정도가 아닌 것 같았다.

"근데 이거 한 가지만 기억하세요. 남자가 여기서 참았다는 건 진짜 굉장한 일인 겁니다."

"그러게. 진짜 힘들어 보이기는 하네."

움켜쥔 주먹과 좁혀진 미간 그리고 이를 앙다물고 있는 모습이 꽤 힘들어 보였다. 연하의 말간 얼굴을 마주하면서 시욱이 진심을 다해 알려주었다.

"선배는 나한테 진짜 사랑받고 있는 거예요."

12화. 의심의 시작

늦은 오후, 연하는 잠시 짬이 생기자마자 지선의 팀장실로 향했다. 무슨 일로 왔는지 대충 짐작이 간다는 듯 지선은 조용히 그녀를 안으로 들였다.

"아무리 생각해도 나는 너랑 도운열이 사귀는 걸 도와줄 수가 없어."

어제 하루 종일 생각해 봤다. 그런데 몇 번을 생각해도 연하가 내릴 수 있는 결론은 이거 하나였다.

"그래, 알았어."

지선이 선선히 고개를 끄덕였다. 하지만 표정은 적잖게 실망한 표정이었다. 연하가 안타깝다는 듯이 다시 입을 열었다.

"지선아, 운열이 포기해. 걘 거짓말을 일삼는 나쁜 놈이야."

"알아. 알고도 좋아한 거야."

"제발 진지하게 다시 한 번만 생각해 봐, 지선아."

연하는 진심으로 지선을 걱정하고 있었다. 그걸 지선이 모를 리 없었다. 하지만 이미 내린 결정이었다.

"충분히 생각하고 마음 정한 거야. 도와줄 수 없다면 더 이상 간섭하지 마."

"지선아……."

지선이 계속 고집을 부리자 연하는 어쩔 줄 몰라 하는 모습이었다. 자리에서 일어난 지선이 차갑게 말했다.

"나 방송 있어서 먼저 갈게."

그러곤 다음 방송이 예정된 상품과 서류들을 챙겨서 밖으로 나갔다. 혼자 남겨진 연하는 고개를 푹 숙이며 한숨을 내쉬었다.

신경질적으로 식품 1팀을 빠져나온 지선의 반대편에서 시욱이 걸어오고 있었다. 복도를 따라 걸어오던 시욱은 지선을 발견하고 걸음을 늦췄다. 그의 시선이 지선이 들고 있는 '참숯불 육포'로 향했다.

"또 연하 선배 육포네요?"

"응. 반응이 상당히 좋아서."

대답하면서 지선은 방금 나온 식품 1팀 사무실 안을 힐끔 보았다. 연하가 막 팀장실 문을 열고 나오고 있었다.

"그러고 보니 요즘 통 신상품 론칭을 못하시네요? 연하 선배가 바빠서 그런가?"

시욱이 나직하게 건넨 말에서 뼈가 느껴졌다. 이에 지선은 기다렸다는 듯이 목소리를 높였다.

"하고 싶은 말이 뭐야? 꼬지 말고 말해."

삐딱하게 선 시욱은 그전부터 마음에 걸렸던 부분에 대해 말을 시작했다.

"전 양 MD님이 여기까지 온 게 온전히 양 MD님만의 실력이란 생각이 안 들어서 말이죠."

"그게 무슨 뜻이야?"

지선이 도도하게 턱을 쳐들면서 물었다. 시욱도 처음부터 그녀를 의심한 건 아니었다. 의심의 시작은 가벼운 소문 하나였다.

"예전에 소문 하날 들었었거든요. 식품 1팀은 3팀이 고민하다 버린 아이템을 주워서 성공한다고."

순간 울컥한 지선이 두 주먹을 불끈 쥐었다. 하지만 아무런 대꾸도 하지 않고 그저 아랫입술만 잘끈 깨물었다. 거기에는 이유가 있었다.

"너 그게 무슨 소리야?"

바로 연하가 식품 1팀 문을 열고 나왔기 때문이다. 연하를 발견한 시욱의 두 눈이 크게 벌어졌다.

"선배……!"

연하가 시욱의 앞으로 걸어가서는 그를 강하게 노려보았다. 식품 1팀 사무실 문 너머에서 그들의 대화를 다 들은 연하가 화를 냈다.

"아무리 너라도 내 친구를 모욕하면 가만있지 않을 거야."

근거 없는 소문으로 지선을 욕되게 하는 시욱의 행동이 실망스러웠다. 지선은 직장 동료 이전에 자신의 소중한 친구였다.

"빨리 지선이한테 사과해."

"연하야, 난 괜찮아."

지선이 옆에서 연하의 팔을 잡으며 그녀를 말렸다. 하지만 연하는 시욱을 쏘아보면서 고집스럽게 말했다.

"사과하라고."

그러자 시욱이 지선을 향해 몸을 틀었다. 그는 군말 없이 그녀에게 고개를 숙였다.

"미안합니다, 양 MD님."

시욱이 사과를 하자 지선의 표정이 오묘하게 일그러졌다. 웃는 건지 우는 건지 헷갈리는 표정이었다.

다음 순간 시욱은 그대로 몸을 돌려 멀어져갔다. 그의 뒷모습을 바라보는데 연하는 괜스레 가슴이 아팠다. 머릿속에선 얼마 전에 그가 했던 말이 자꾸 맴맴 돌았다.

'선배는 나한테 진짜 사랑받고 있는 거예요.'

***

지선의 집 소파에 앉은 연하가 자신의 휴대폰을 들여다보고 있었다. 그녀의 곁으로 다가간 지선이 조심스럽게 물었다.

"조시욱한테 연락 없어?"

"응. 삐쳤나 봐."

대답하면서 연하는 휴대폰을 자신의 가방에 넣었다. 그때 지선이 양손에 들고 있던 과자 봉지를 그녀의 얼굴 앞으로 들이밀었다.

"기분도 별로인데, 우리 맛있는 거 먹자."

단호박 스낵과 김 스낵이었다. 직업병인 것처럼 연하는 자연스럽게 그것들을 들고 꼼꼼히 살폈다.

"신상품이야?"

"응. 이번에 론칭 고려 중인 신상품들."

연하는 먼저 단호박 스낵을 뜯어서 맛을 보았다. 그사이 지선은 그녀의 옆자리에 앉았다.

"괜찮네."

"나도 그렇게 생각해. 좀 더 구체적으로 말해 봐."

"달기만 한 게 아니라 끝에서 약간 고소해지네. 뒷맛도 좋고. 진짜 맛있어."

"그럼 이건?"

지선이 자연스럽게 김 스낵을 뜯어서 봉지째 연하에게 건넸다. 연하가 바로 그것의 맛을 보았다.

"이것도 나쁘지는 않은데……."

말을 하다 문득 입을 멈춘 연하가 고개를 살짝 갸웃하고는 지선을 쳐다보았다.

"네 의견은 어떤데? 네 의견을 말해 봐."

"네 의견이 내 의견이지, 뭐. 우린 일심동체잖아."

지선이 대수롭지 않다는 어조로 대꾸하자 연하는 순간 싸한 기분에 사로잡혔다. 지선이 그녀의 의견을 재촉했다.

"그래서, 어떤 게 더 나아?"

연하의 시선이 과자 봉지로 향했다. 둘 중에 상품성이 있는 제품은 김 스낵이었다. 맛이 있다고 해서 무조건 상품성이 좋은 게 아니라 최신 트렌드와 가격 그리고 소비자의 니즈도 고려해야 하는 법이니까. 하지만 연하는 단호박 스낵을 손가락으로 가리켰다.

"난 이게 더 나은 것 같아."

"그렇지? 나도 그렇게 생각했어. 그럼 이걸로 론칭 해야겠다."

표정이 확 밝아진 지선이 단호박 스낵을 소중하게 챙겼다. 가만히 그녀의 행동을 지켜보던 연하가 나직하게 말을 건넸다.

"다시 한번 잘 생각해 봐, 지선아."

일부러 생각하는 바와 정반대로 선택을 했다. 그녀는 그걸 이상하게 여기고 지적해야 했다.

"아, 몰라, 몰라. 씻고 잘래. 졸려."

그러나 지선은 연하의 말을 듣는 둥 마는 둥 자리에서 일어나 욕실로 걸어갔다. 무책임하게 보이는 그 모습에 연하는 갑자기 온몸에 소름이 오소소 돋았다.

지금 이 순간 연하는 느꼈다. 이건 뭔가 단단히 잘못 돌아가고 있다고.

***

집으로 돌아오자마자 연하는 컴퓨터로 식품 1팀의 판매 방송 리스트를 찾아 살펴보았다. 중박 이상을 치고 우수한 매출을 기록한 모든 상품이 전부 연하에게 익숙한 것들이었다. 연하가 맛을 보고 훌륭하다며 좋은 평가를 했던 것들뿐이었으니까. 그중에는 식품 3팀에서 다른 협력업체의 사정을 봐주느라 놓쳐버린 상품들도 있었다.

결국 지선은 철저히 연하의 의견에 따라 방송을 진행했던 것이다. 반면 지선이 자신에게는 어떤 조언을 해 주었나 생각해 보았다. 하지만 잘 떠오르지 않았다. 조언이라 할 만한 것이 없는 탓이었다.

심장이 쿵쾅거리고 손이 떨려서 연하는 바닥에 털썩 주저앉고 말았다. 식은땀이 흐르면서 정신이 아득해지는 기분이었다. 다음 순간 연하는 휴대폰을 집어 들었다. 혼란스러운 이 순간 딱 한 사람의 얼굴밖에 떠오르지 않았다.

[시욱아, 보고 싶어.]

이렇게 문자를 보내고 5분 후 벨소리가 들렸다. 시욱이었다. 가까스로 요동치는 마음을 진정시킨 연하가 문 앞에서 그를 맞이했다.

"이렇게 빨리 와줄 줄은 몰랐어."

현관 앞에 선 연하가 어색한 미소를 지었다. 그녀를 물끄러미 보면서 시욱은 싱긋 웃었다.

"그래요? 난 더 빨리 와주지 못해서 미안한데."

스니커즈를 벗고 집 안으로 들어온 시욱이 연하와 다정하게 시선을 마주했다. 그런데 그 순간 그의 눈빛이 달라졌다.

"무슨 일 있었어요?"

시욱이 급히 연하의 얼굴색을 꼼꼼히 살폈다. 평소와 달리 그녀의 낯빛은 어두웠고 두 눈은 충혈된 상태였다.

"설마 운 건 아니죠? 아, 혹시 나 때문에 양 MD님이 뭐라고 했어요?"

시욱이 연하의 어깨를 잡으며 걱정스럽게 물었다. 그의 행동에 연하는 코끝이 찡해졌다.

"미안해."

눈앞의 시욱을 향해서 연하가 나직하게 뱉은 말이었다. 곧바로 시욱이 의아한 눈빛을 보냈다.

"뭐가요?"

"화내서. 그리고 사과하라고 해서."

아무런 대꾸 없이 시욱은 조용히 손을 밑으로 내렸다. 어두워진 그의 표정을 살피면서 연하가 말을 이었다.

"지선이한테 사과하기 싫었으면 그냥 싫다고 하지 그랬어."

그녀의 말에 시욱은 단호하게 고개를 좌우로 저었다.

"싫지 않았어요. 좋아하는 여자가 하라면 해야죠."

그의 고집스러운 눈매를 쳐다보던 연하가 쓴웃음을 지었다.

어떻게 이렇게까지 미련스러울 수 있을까. 이것도 사랑받고 있는 증거라면 증거겠지.

"근데 왜 연락이 없었어?"

연하가 시욱을 올려다보면서 조심스럽게 묻자 시욱이 자신의 뒷목에 손을 올렸다. 뒷목을 감아쥔 그가 대답했다.

"선배한테 시간이 좀 필요한 것 같아서요."

지선을 대하는 태도도 그렇고 전에 했던 말들도 그렇고 시욱은 지선에게 적대감이 있는 게 분명했다. 아마도 진작에 지선의 실체를 꿰뚫어 본 것 같았다.

"네가 지선이 안 좋아하는 거 알아."

"……."

"걔가 날 의지하고 있다고 생각하는 거겠지. 근데 우린 서로 도움을 주고 있었어."

그렇다고 말하고 있었지만 연하도 확신은 없는 상태였다. 시욱이 그녀의 흔들리는 마음을 확 넘어뜨렸다.

"그게 선배의 착각이라면요?"

"뭐?"

연하의 말간 두 눈동자가 세차게 흔들렸다. 안타까움과 걱정을 담은 눈빛으로 시욱이 말을 이었다.

"나도 의심만 하고 있는 거예요. 선배가 착한 걸 누구보다 잘 알고 있는 게 양 MD님이니까, 혹시 알게 모르게 선배를……."

"말도 안 돼. 그럴 리 없어!"

발끈해서 목소리를 높이는 연하 때문에 시욱은 한숨을 폭 내쉬었다. 이윽고 그가 냉장고에서 생수를 꺼내 그녀에게 건넸다.

"일단, 머리 좀 식혀요."

15년 동안 친구였던 이의 실체를 깨닫는 데는 엄청난 각오와 용기가 필요하다. 어설픈 마음으로는 결코 받아들이지 못할 것이다.

"이 얘기는 나중에 다시 해요, 우리."

다음 순간 시욱은 조용히 현관 쪽으로 걸어갔다. 집으로 돌아가려는 그를 향해서 연하가 나직하게 말했다.

"무서워."

시욱의 움직임이 우뚝 멈췄다. 시욱이 까만 눈동자를 돌려 연하의 불안해 보이는 얼굴에 고정시켰다.

"물론, 난 지선이가 날 이용한 건 아니라고 믿어. 근데, 만약에 정말 그런 거라면 어떡해?"

연하의 큰 눈에 눈물이 고이기 시작했다. 그사이 시욱은 다시 그녀의 곁으로 돌아왔다. 연하의 앞에 선 시욱이 그녀를 두 팔로 안아주었다.

"일단 확인을 해 봐야죠."

"확인?"

"지금부터 가만히 있어 봐요. 아무것도 해 주지 말고."

연하가 말없이 고개를 끄덕였다. 그녀의 불안에 떠는 가는 몸을 더욱 꽉 끌어안으며 시욱이 말을 이었다.

"그럼 확실해지겠죠. 당신을 이용했는지 안 했는지."

시욱의 손이 다정하게 연하의 어깨를 토닥거렸다.

"어떤 결과가 나와도 괜찮아요. 어느 쪽도 당신이 훌륭한 사람 이라는 증거가 될 테니까."

***

지선에 대한 충격에 허덕일 틈도 없이 연하는 바쁘게 지내야 했다. 카디건의 판매 방송 일정이 코앞으로 다가왔던 것이다. 홈쇼핑 방송에 쓰일 인서트 영상 편집본을 체크하던 연하가 피곤한 두 눈을 주물렀다. 오늘도 그녀의 퇴근은 밤 10시를 넘길 것 같았다.

"야, 유연하."

갑자기 들린 날 선 목소리에 연하가 피곤한 얼굴을 돌렸다. 그녀의 시야로 성이 잔뜩 나 있는 지선이 들어왔다. 뻐근한 뒷목을 주무르며 연하가 중얼거리듯 말했다.

"나 바쁜데."

되도록 그녀를 피하고 싶었다. 제발 당분간 그녀가 자신을 찾아오지 않았으면 하고 바랐다. 하지만 지선은 꼿꼿하게 연하의 책상 앞까지 걸어왔다.

"너 요즘 나한테 너무 성의 없는 거 아니야?"

"무슨 의미야?"

연하의 충혈된 눈이 지선을 응시했다. 눈썹을 일그러뜨린 지선이 버럭 화를 냈다.

"네가 괜찮다고 한 상품, 품평회에서 최하위 점수를 받았어. 론칭은커녕 이제 방송도 물 건너갔다고!"

단호박 스낵이 고객품평회에서 최하위 점수를 받고 평가단에게 무시당했다. 어떻게 골라도 이렇게 메리트 없는 평범한 상품을 골라온 거냐며 놀림까지 당했다. 지선의 안목을 의심하는 이도 더러 있었다.

"그래서?"

연하의 서늘한 반응에 지선은 충격을 받은 듯 눈을 크게 떴다.

"뭐?"

"그게 내 탓이야?"

이로써 모든 게 분명해졌다. 지선은 자신을 친구로 생각한 게 아니라 잘 부려먹기 좋은 호구쯤으로 여긴다는 것이.

"넌 무조건 내 조언으로만 판단하고 행동하니? 네가 내 아바타야?"

"뭐, 뭐라고?"

바빠서 조언을 못 해 주면 삐치고 그 조언의 결과가 나쁘면 화를 낸다. 이는 평범한 친구 사이에선 있을 수 없는 일이다.

"생각해 보니까 넌 일할 때마다 꼭 내 조언을 받아 갔더라. 넌 조언 대신 그 회사의 안 좋은 사정에 관해서 얘기해 줬고. 그래서 나는 그 사정이 안쓰러워서 상품성이 약한 제품도 쉽게 놓질 못했지, 항상!"

연하는 너무 화가 났다. 잠자는 시간까지 쪼개서 도와줬는데 정작 자신은 지선에게 받은 것으로 팀원들을 잃었다.

"그거야말로 내 탓이니?"

그때 지선이 연하를 노려보며 차갑게 대꾸했다.

"네 성격이 그런 거지."

그 순간 연하는 뒤통수를 망치로 한 대 얻어맞은 듯한 큰 충격에 빠졌다. 숨이 잘 안 쉬어지고 가슴이 찢어지는 것 같은 통증이 느껴졌다.

"너, 정말 그동안 날 이용한 거야?"

연하가 떨리는 음성으로 물었다. 그러자 지선이 자신의 긴 머리를 신경질적으로 쓸어 올렸다.

"무슨 소리야? 조언 좀 받은 게 이용한 거니? 내가 도대체 널 어떻게 이용했다는 건데?"

"……."

연하는 구체적으로 대답할 수가 없었다. 워낙 교묘했으니까. 이용당한다는 느낌이 안 들게 이용했으니까. 15년 동안 친구였던 지선을 바라보는 연하의 두 눈이 촉촉하게 젖어 들었다. 그런 그녀를 쏘아보면서 지선이 성질을 부렸다.

"너 조시욱이랑 사귀더니 진짜 변했어."

변한 게 아니다. 깨달은 거다.

연하는 이렇게 말해 주고 싶었다. 하지만 목소리가 나오지 않았다.

"조시욱이 밉다, 진짜."

짜증을 내며 지선이 몸을 돌렸다. 등을 보인 채 멀어지는 지선에게 연하가 눈물을 흘리면서 말했다.

"너는 진짜 끝까지 뻔뻔하구나."

하지만 지선은 끝내 그녀를 돌아보지 않았다.

***

[구부 바지 샘플 나왔는데, 운열이네 식당에서 만날까요? 여기서 밥 먹고 있을게요.]

저녁 식사 시간 즈음 운열의 레스토랑에 온 동훈은 연하에게 이렇게 문자를 보냈다. 그때 그의 곁으로 오른손에 붕대를 감은 운열이 다가왔다.

"손 다쳤어?"

"응. 주방에서."

"요리는 어떻게 해?"

"보조 셰프 있으니까."

운열이 대수롭지 않다는 듯이 대답하는 사이 동훈의 휴대폰에 문자가 도착했다. 동훈은 곧바로 그 문자를 확인했다.

[바빠서 못 갈 것 같아요. 내일 회사로 직접 갈게요.]

생각보다 샘플이 일찍 나와서 동훈은 바로 연하에게 보여주고 싶었다. 살짝 아쉬웠지만 바쁘다니 어쩔 수 없었다.

"많이 바쁘신가 보네."

"누가?"

동훈의 반대편 의자에 앉으며 운열이 물었다. 테이블에 휴대폰을 내려놓은 동훈이 대답했다.

"유 MD님. 샘플 보여주려고 여기서 만나자고 했는데, 바쁘다고 못 오신대."

그의 말에 잠시 무언가를 생각하던 운열이 다시 입을 열었다.

"샘플, 나 줘. 내가 전달해 줄게."

"네가?"

요즘 운열은 연하를 만나러 갈 타이밍을 찾고 있었다. 제대로 사과하지 못한 점이 계속 마음에 걸렸던 것이다.

"안 그래도 오늘 일 끝나고 만나러 가려고 했었거든."

"아, 정말? 그럼 나야 고맙지."

동훈이 반색하는 표정을 지었다. 그러다 문득 의심스러운 눈빛을 보냈다.

"근데 왜 그렇게 늦은 시간에 만나? 혹시 두 사람……?"

동훈의 동그란 얼굴에 장난기가 가득했다. 그를 향해 피식 웃은 운열이 헛기침으로 목을 한 번 가다듬고는 말했다.

"사실 연하가 내 첫사랑이야."

"첫사랑?"

동훈이 두 눈을 동그랗게 떴다. 그는 여태껏 운열의 첫사랑이 전 여자 친구인 줄만 알았던 것이다.

"그 6년 사귄 분이 첫사랑 아니었어?"

"걔는……."

운열이 뭔가 말하려고 입을 뗀 순간 그의 휴대폰이 울렸다.

Rrrrr.

[양지선MD]

휴대폰을 꺼내 발신자를 확인한 운열의 입에서 깊은 한숨이 새어 나왔다.

"후우……."

눈살을 찡그린 그가 곧바로 통화 거부 버튼을 눌렀다.

"쯧, 거머리도 아니고."

운열이 휴대폰을 테이블에 내려놓으며 낮게 혀를 찼다. 그사이 그녀로부터 또 전화가 걸려왔다.

"왜? 누군데?"

테이블 너머 동훈이 상체를 기울이며 휴대폰 화면을 쳐다보았다. 그의 눈에 '양지선MD'란 글자들이 들어왔다. 재차 통화 거부 버튼을 누른 운열이 인상을 구긴 채 대답했다.

"전 여친."

"그 6년 사귄?"

"응. 시도 때도 없이 전화를 하고 새벽에도 문자를 해."

"아직도 너 많이 좋아하나 보다."

동훈의 말에 운열은 귀찮아 죽겠다는 얼굴을 했다. 그가 짜증 가득한 표정으로 말을 시작했다.

"이런 성격인 거 진작에 눈치챘었어야 하는데, 처음에는 고분고분 말도 진짜 잘 들었었거든. 근데 3년쯤 되니까 이상한 집착을 보이더라고. 그래서 내가 얘 피해서 군대도 갔었던 거잖아."

그 순간 동훈은 처음 만났을 때 운열이 장난처럼 했었던 말이 떠올랐다.

"아. 생각난다. 너 유학도 여친 피해서 왔다고 했었지?"

"맞아. 유학도 얘 피해서 간 거야. 그 정도 피하니까 겨우 떨어져 나가더라."

군대와 유학으로 3년 가까이 피했더니 그제야 지선은 헤어지자고 했다. 그때 속으로 얼마나 쾌재를 불렀는지 모른다.

"하아, 난 역시 순하고 착한 여자가 좋아."

연하처럼.

아무리 생각해도 운열은 착한 연하에게 자꾸만 미련이 남았다.

***

오피스텔 앞 공터에 연하가 혼자 앉아 있었다. 오늘도 집에 들어가기 싫었던 탓이다. 가로등 아래 벤치에 앉은 그녀는 고개를 푹 숙인 채 눈물을 주르륵 흘렸다.

"흐윽, 흑……."

하루 종일 틈만 나면 울었는데도 또 눈물이 나왔다. 눈은 부을 대로 부었고 손가락 하나 까닥할 힘도 없는데 눈물은 계속 나왔다.

"흐어엉……."

15년간 소중하게 여겼던 친구에게 줄곧 이용만 당했다. 그러니 그 친구를 떠나보내는 것이 맞는데, 그게 이렇게 힘든 일일 줄은 몰랐다. 떠나보낸 적이 없었으니까. 떠나갈까 봐 꽉 붙잡고만 있었으니까.

"왜 이런 데서 울고 있어요?"

그때 울고 있는 연하에게로 시욱이 다가왔다. 그는 한참 동안 그녀를 찾아 헤맨 듯 숨을 헐떡이는 모습이었다. 속상해하는 그를 올려다보면서 연하가 눈가를 소매로 훔쳤다.

"집에서 울고 싶은데, 흐윽……. 집에는, 지선이와의 추억이 너무 많잖아. 흑……."

그녀와 작은 2인용 소파에 앉아 같이 웃고 떠들고 밤을 새우던 기억들이 온 집 안에 가득 차 있었다. 그래서 집에 들어가는 것조차 겁이 났다. 말없이 연하의 옆자리에 앉은 시욱이 팔을 들어 그녀의 어깨를 감쌌다. 그러고는 다정한 손길로 연하의 눈물을 닦아주었다.

"그럼, 이제는 나랑 그곳에서 추억을 만들어요."

연하가 눈물 고인 눈을 들어 시욱을 응시했다. 그녀를 향해 미소 지으면서 시욱이 말을 이었다.

"떡볶이도 만들어 먹고, 영화 보다가 잠도 자고, 사소한 걸로 다 투기도 하고, 노래도 부르고 이상한 춤도 춰요."

힘없이 웃음을 터뜨린 연하가 시욱을 지그시 보더니 그의 입에 자신의 입을 맞췄다. 그녀가 시욱의 입술 위에서 속삭였다.

"사랑해, 시욱아."

"나도 사랑해요."

시욱이 연하의 가녀린 몸을 꽉 끌어안자 연하도 두 팔로 그를 가득 안았다.

"네가 있어서 정말 다행이야."

지금 내 곁에 너마저 없었으면 어땠을까.

죽을 것만 같이 힘든 순간에 쓰러지지 않도록 단단히 잡아주는 이가 있다는 건 이토록 가슴 벅찬 일이었다.

한편, 끌어안고 있는 그들의 모습을 지켜보는 이가 있었다. 종이 쇼핑백을 쥐고 있는 그 사람의 오른손이 부들부들 떨렸다. 결국, 그는 들고 있던 쇼핑백을 바닥에 내팽개쳐버렸다.

***

딩동.

늦은 밤에 울린 초인종 소리에 지선은 고개를 갸웃했다. 곧바로 인터폰 화면을 확인한 지선이 깜짝 놀란 얼굴을 하고는 현관으로 달려갔다. 재빨리 문을 연 그녀의 앞에 운열이 서 있었다.

"운열아!"

지선은 잔뜩 상기된 표정이었다. 한 손에 쇼핑백을 든 운열이 그녀를 가만히 응시했다.

"웬일이야? 오면 온다고 전화를 하지!"

환하게 웃으면서 무척 반가워하던 지선이 슬리퍼를 꿰신고 운열에게 다가섰다. 그런데 가까이 다가간 그에게서 술 냄새가 풍겼다.

"너 술 마셨어?"

상당히 지독한 술 냄새였다. 대답 대신 운열은 손에 들고 있던 쇼핑백을 지선에게 내밀었다.

"이거 CC의류란 회사 샘플인데, 연하한테 전달 좀 해 줘."

"어, 그래."

지선은 얼떨결에 그것을 받아들었다. 그런데 받아들고 보니 종이 쇼핑백 상태가 꽤 지저분했다. 쇼핑백을 살피는 지선의 모습을 본 운열이 설명했다.

"오다가 떨어뜨려서 더러워졌어. 쇼핑백 있으면 다른 걸로 좀 바꿔줘."

"응, 알았어. 근데 이걸 네가 왜 갖고 있어?"

지선이 의문 서린 눈빛으로 묻자 운열이 한숨을 폭 내쉬고는 대답했다.

"CC의류 사장이 내 친구거든."

"아아."

지선은 무겁게 고개를 끄덕이면서 운열의 얼굴을 살폈다. 술을 많이 마신 듯 두 눈은 풀려 있었고 기운도 없어 보였다. 긴장한 채 지선이 조심스럽게 제안했다.

"잠깐 들어왔다 갈래?"

"아니."

운열이 단호하게 거절하자 지선은 민망한 기분이 들었다. 그녀가 쓸쓸하게 중얼거렸다.

"아아, 역시 싫구나."

실망하는 지선의 표정을 운열은 물끄러미 응시했다. 그 순간 다른 남자에게 사랑을 속삭이던 연하의 얼굴이 떠올랐다. 머리끝까지 화가 났지만 자신이 할 수 있는 일은 아무것도 없었다.

"잠깐이 아니라, 여기서 자고 가도 돼?"

다분히 충동적인 행동이었다. 술을 마셔도 달래지지 않는 마음을 달래보려는.

"어? 당연하지!"

지선의 대답이 끝나기가 무섭게 운열은 두 손으로 그녀의 얼굴을 잡고 거칠게 키스했다. 지선 역시 그의 목에 팔을 두르며 열렬히 화답했다.

***

"솔직히 말하면, 나 요리에 자신 없어."

식탁 앞에 선 연하가 부은 눈으로 씩 웃어 보였다. 시욱은 그녀를 다정한 눈빛으로 바라보았다.

"근데 떡볶이는 나름 맛있게 잘 만들어."

이렇게 말한 다음 연하는 시욱이 앉아 있는 자리 앞에 떡볶이가 담긴 접시를 올려놓았다.

"짜잔."

연하가 떡볶이를 만드는 동안 시욱을 식탁에서 꼼짝도 못 하게 했기 때문에 시욱은 떡볶이 상태를 지금 이 순간 처음으로 확인했다. 눈으로 새빨간 빛깔의 떡볶이와 어묵을 내려다본 시욱이 어색하게 웃었다.

"엄청 매워 아니, 맛있어 보이네요."

보통 이상의 붉은 빛을 띠고 있는 떡볶이였다. 살짝 겁을 먹은 시욱이 낮게 중얼거렸다.

"그냥 라면 끓여 먹어도 되는데."

"일단 먹어봐, 어서."

연하가 얼른 포크를 집어서 시욱의 손에 쥐어 주었다. 다음 순간 시욱은 다부진 표정으로 떡볶이를 찍어서 입 안에 넣었다. 오물오물 떡을 씹던 시욱이 갑자기 이상한 소리를 냈다.

"윽!"

"왜? 이상해? 맛없어?"

두 눈이 동그래진 연하가 시욱을 향해서 상체를 숙였다. 급히 자신의 입을 가린 시욱이 고개를 저었다.

"아뇨, 맛있어요. 근데 좀 매워서……."

"아하. 우리 시욱이, 매운 거 잘 못 먹는구나?"

시욱을 바라보는 연하의 눈빛에 웃음기가 가득했다. 그녀가 입가에 미소를 띤 채 장난스럽게 말했다.

"으이그, 초딩 입맛이네. 물로 씻어서 줄까요, 조시욱 어린이?"

그러고는 웃으면서 포크를 들었다. 이윽고 그녀가 자신이 만든 떡볶이의 맛을 보았다. 떡을 씹을수록 그녀의 웃는 얼굴이 변해갔다.

"읍! 이게 뭐야? 너무 맵잖아!"

충격을 받은 연하가 단숨에 냉장고로 달려갔다. 다급하게 물을 따라 마신 그녀가 시욱을 돌아보았다.

"넌 이걸 어떻게 참았니?"

"사랑의 힘으로요."

시욱이 혼잣말처럼 중얼거리는 사이 연하는 재빨리 물을 새로 따라서 그에게 가져다주었다. 물을 마시고 있는 시욱의 옆에서 연하는 매움이 가시지 않아 발을 동동 굴렀다.

"이럴 땐 물보단 우유가 좋은데, 마침 똑 떨어졌네."

매운맛을 가라앉히려면 우유를 마시는 것이 효과적인데, 지금은 집에 우유가 없었다. 연하가 안타깝다는 듯이 중얼거리자 시욱이 자리에서 몸을 일으켰다.

"저희 집에는 우유 있어요. 얼른 가서 가져올게요."

"꼭 그럴 필요까지 있을까?"

연하가 미안해하는 얼굴로 시욱을 쳐다보았다. 남은 떡볶이를 손가락으로 가리키면서 시욱이 대답했다.

"이거 다 먹어야죠. 다 먹을 거예요, 제가. 그리고 오는 길에 와인도 가져오려고요. 선배 닮은 예쁜 걸로."

말을 마친 시욱이 한쪽 눈을 찡긋하며 윙크를 날렸다. 이에 연

하는 부끄러운 듯 수줍게 웃었다. 그 덕분에 연하는 지선을 떠올릴
틈도, 우울한 기분을 느낄 틈도 없었다.

***

'있잖아, 운열아.'

'왜.'

'그림 못 그려도 괜찮아. 그래도 난 네 곁에 있을 거야.'

'제발 좀 가라. 난 너 귀찮고 싫어. 싫다고!'

잠에서 깨어난 운열의 눈에서 눈물이 흘러내리고 있었다. 10년
도 더 된 기억인데 아직도 그를 괴롭혔다. 운열이 그날을 두고두고
후회하고 있기 때문이다.

눈물을 닦고서 고개를 돌려보니 지선이 벌거벗은 어깨를 내보
인 채 잠들어 있었다. 운열의 입에서 낮은 한숨이 새어 나왔다.

"하아……."

또 충동적으로 행동해 버렸다. 운열이 가만히 시선을 내려 자신
의 오른손을 쳐다보았다. 붕대를 벗겨낸 지 얼마 안 된 손등에 붉
은 상처가 자리하고 있었다. 다음 순간 그는 지끈거려오는 이마를
손으로 짚으며 침대에서 내려왔다. 그러곤 급하게 옷을 챙겨 입었
다.

헐레벌떡 아파트를 빠져나온 운열은 어두운 밤길을 무작정 걸
었다. 그의 발이 도착한 곳은 연하의 오피스텔 앞이었다.

엘리베이터에서 내려서 보니 연하의 집 현관문이 살짝 열려 있
었다. 운열은 마른침을 삼키면서 그곳으로 걸어갔다. 문을 더욱 활

짝 열어 안으로 들어가자 연하의 뒷모습이 보였다. 머리카락을 한데 모아 묶고 있는 그녀의 이름을 불렀다.

"연하야."

"!"

연하가 움찔 놀라며 어깨를 틀었다. 운열을 발견한 그녀가 눈살을 찌푸렸다.

"너 뭐야?"

현관에 서 있는 운열의 모습에 연하는 황당해했다. 그의 무례한 행동에 소름 끼쳐 하며 연하가 소리쳤다.

"너 들어오라고 열어둔 문 아니거든?"

집에 와인을 가지러 간 시욱을 기다리고 있느라 잠시 문을 열어둔 것이었다. 그런데 운열이 나타날 줄은 정말 상상도 하지 못했다.

"나가."

운열을 노려보면서 연하가 서늘하게 말했다. 그러나 운열은 요지부동이었다. 결국 연하가 그의 앞으로 성큼 걸어갔다.

"당장 나가라고."

말없이 연하를 바라보던 운열이 갑자기 현관에서 무릎을 꿇었다. 연하의 두 눈과 입이 크게 벌어졌다.

"야, 도운열!"

"내가 잘못했어, 연하야."

운열이 무릎을 꿇은 채로 고개를 숙였다. 갑작스러운 그의 행동에 연하는 당황해서 어쩔 줄 몰라 하는 모습이었다.

"너, 너 지금 뭐 하는 거야?"

하지만 운열은 그녀의 기분을 생각지 않고 막무가내였다.

"죽을죄를 지었어, 정말."

"일어나, 도운열!"

급기야 연하가 버럭 소리를 질렀다. 그제야 운열이 고개를 들어 그녀를 쳐다보았다. 울상을 지은 그가 애절하게 말했다.

"그림은 안 그려지는데, 형은 화가로 잘 나가고 있어서 스트레스가 심했어. 그러던 시기에 다른 여자가 나타났고, 흔들렸어."

"듣고 싶지 않아, 그딴 얘기."

"하지만 나는 너랑 헤어지고도 계속 너만 생각했어. 너랑 헤어진 걸 수천 번도 넘게 후회했어."

운열은 노력하면 모든 것을 다 되돌릴 수 있을 거라 생각했다. 이렇게 절절하게 빌면 착한 연하가 마음을 돌려줄지도 모른다, 그렇게 믿었다.

"너만이 내 유일한 안식처였는데, 너무 큰 실수를 저질렀어."

"나가. 안 나가면 경찰 부를 거야."

하지만 연하의 태도는 얼음장처럼 차가웠다. 자신이 이렇게 무릎을 꿇고 비는 데도 연하는 흔들림이 없었다. 운열은 가슴이 미어지는 것만 같았다.

"제발 그렇게 모질게 굴지 마, 연하야. 우리 사귈 때 좋았잖아. 난 네가 첫사랑이란 말이야. 너도 그렇잖아?"

"언제 적 얘기를 하는 거야? 그건 네가 바람피웠다는 걸 알기 전 일이지."

"연하야, 다시 한 번만 생각해 줘. 나는 너 없으면 안 돼!"

연하가 시욱에게 사랑한다고 말하는 걸 봤을 때 세상이 무너지는 감정을 느꼈다. 운열은 그 느낌을 다시는 느끼고 싶지 않았다. 그래서 지금 너무 절박했다. 하지만 연하는 그런 그가 소름 끼칠 뿐이었다.

"너무 늦었어, 도운열. 난 지금 네가 이러는 거, 솔직히 무섭고 끔찍해."

"연하야! 난 아직도 너 사랑해!"

그 순간 운열이 올려다본 연하는 마치 오물을 바라보는 듯한 눈빛이었다. 운열의 갈색 눈동자에 절망이 깃들었다. 그때였다.

"너 뭐 하는 거야, 이 자식아!"

열려 있는 문으로 들어서던 시욱이 무릎을 꿇고 있는 운열을 발견하고 소리쳤다.

"안 일어나?"

그가 냅다 운열의 멱살을 덥석 잡아 일으켰다. 멱살이 잡힌 채로 자리에서 일어난 운열이 시욱을 향해 나직하게 부탁했다.

"제발, 연하랑 헤어져주라, 조시욱."

"뭐?"

운열의 얼토당토않은 부탁에 시욱은 눈썹을 일그러뜨렸다. 운열이 자신의 오른손을 그 앞으로 들어 보이며 말을 이었다.

"너, 내 팔 다치게 한 거 미안하지? 그걸 이번 기회에 갚는다고 생각해. 연하랑 헤어져 줌으로써."

"헛소리 그만해!"

시욱이 불같이 화를 냈다. 그러면서 양손으로 쥐고 있는 운열의 멱살을 더욱 거칠게 틀어쥐었다. 하지만 운열은 아랑곳하지 않고 자신의 오른손을 흔들흔들 흔들었다.

"네 죄를, 내가 다 용서해 준다니까?"

"입 다물어!"

울컥 화가 치민 시욱이 주먹을 확 쳐들었다. 그의 행동을 지켜보던 운열이 입가를 비틀며 웃었다.

"왜? 또 치게?"

"이 새끼가!"

공중에 있는 시욱의 오른 주먹이 부들부들 떨렸다. 그사이 운열은 오른손을 내리고 반대편 손을 들어 올렸다.

"이번엔 왼손 차례인가?"

비아냥거리는 그를 노려보면서 시욱이 으득 이를 갈았다. 천천히 주먹을 내려 다시 운열의 멱살을 틀어쥔 시욱이 나직하게 경고했다.

"그만해, 이 새끼야."

살기가 느껴지는 그 목소리에 운열은 손을 내리고 그를 쳐다보았다.

"넌 알잖아."

철강보다 단단할 시욱의 인내가 한계에 도달했다. 운열을 죽일 듯이 노려보며 시욱이 말을 뱉어냈다.

"난 너 친 적 없어."

***

10년 전, 가을.

그즈음 운열은 대학 캠퍼스를 거닐 때마다 여학생들의 시선을 받는 게 꽤 익숙해져 있었다.

"꺅! 도운열이다."

"그 미대 얼짱? 우와, 진짜 잘생겼네. 그림도 엄청 잘 그린다며?"

"응. 형도 유명한 화가래."

소란을 피우는 여학생들에게 눈길 한 번 주지 않고 운열은 미대 건물의 지하 작업실로 향했다. 안으로 들어가 작업 중이던 캔버스 앞에 선 운열이 버릇처럼 붓을 들어 올렸다. 하지만 5분도 채 되지 않아 붓을 멈췄다.

"젠장!"

그의 붉은 입술에서 욕지거리가 튀어나왔다. 그뿐 아니라 붓으로 캔버스를 푹푹 찌르고 구석으로 화판을 던져버리기까지 했다.

"더럽게 안 그려지네."

운열은 벌써 반년 넘게 슬럼프에 시달리고 있었다. 하지만 자존심 때문에 아무에게도 말하지 않았다. 발로 이젤을 걷어찬 그가 구석에 놓인 허름한 소파에 풀썩 누웠다.

"지겨워."

이렇게 중얼거리던 그때 작업실 안으로 짧은 스커트를 입은 여학생이 들어왔다. 그녀는 어질러진 작업실을 보고 놀라는 표정을 지었다가 이내 웃어버렸다.

"뭐야? 왜 또 이랬어?"

얼마 전부터 운열과 깊은 관계를 맺고 있는 지선이었다. 운열은 누운 채로 그녀를 향해 두 팔을 벌렸다.

"왜 이제 왔어? 얼마나 보고 싶었는데."

잽싸게 소파에 엉덩이를 대고 앉은 지선이 운열에게로 상체를 숙였다. 그들은 아주 자연스럽게 키스를 나누었다. 현란한 혀 놀림으로 서로를 달아오르게 만든 두 사람의 눈빛이 야하게 얽혀들었다.

"나 이제 가야 해. 강의 있어."

한참 후 시간을 확인한 지선이 급하게 립스틱을 고쳐 발랐다.

"그럼 이따 밤에 보자. 집으로 갈게."

지선을 보내고 나자 운열의 휴대폰이 울렸다. 발신자를 확인한 운열은 미간을 좁혔다. 사귄 지 1년 가까이 된 여자 친구였다. 큼큼, 목을 가다듬은 다음 전화를 받았다.

"응, 연하야. 알겠어. 그럼, 1시간 후에 그 호프집에서 보자. 응, 사랑해."

전화를 끊은 운열이 소파에서 일어났다. 남은 1시간 동안 다시 그림을 그려볼 요량이었다. 그렇지만 또 금방 집었던 붓을 던져버렸다.

"아! 짜증 나."

그림이 조금도 그려지지 않는 최악의 상황이었다. 고장 나버린 것 같은 자신의 오른손을 내려다보면서 운열이 중얼거렸다.

"손에 마비라도 왔으면 좋겠다."

13화. 과거

호프집 뒷골목을 빗자루로 청소하고 돌아서는데 시욱의 앞에 자그마한 여학생이 서 있었다. 볼이 발그레 붉어진 걸 보니 조금 취한 듯한 모습이었다.

"저 좀 지나갈게요."

말없이 시욱은 왼쪽으로 발을 옮겼다. 그런데 그 여학생이 오른쪽으로 발을 옮겨 둘이 콩 하고 부딪쳤다. 다음 순간 시욱은 다시 오른쪽으로 발을 옮겼다. 동시에 여학생은 왼쪽으로 발을 옮겼고, 또다시 둘은 콩 하고 부딪쳤다.

여학생의 머리가 닿은 가슴에 손을 올린 시욱이 그 손으로 좌측을 먼저 가리켰다.

"난 왼쪽, 당신은 오른쪽. 오케이?"

좌측에서 우측으로 옮긴 손끝을 물끄러미 쳐다보던 여학생이 고개를 끄덕였다. 그런데 시욱이 발을 옮긴 순간 또 콩 하고 부딪쳤다.

이맛살을 팍 구긴 시욱이 여학생의 얼굴을 들여다보면서 물었다.

"왼쪽 오른쪽 몰라요?"

"알아요. 밥 먹는 손 오른손."

여학생이 당당하게 시욱의 얼굴 앞으로 자신의 손을 들어 보였다. 그 모습에 시욱은 헛웃음이 터졌다.

"그쪽은 왼손이거든요?"

그 순간 여학생의 안 그래도 벌건 얼굴이 더욱 붉어졌다. 황급히 옆쪽으로 몸을 피한 여학생이 조그만 목소리로 말했다.

"창피하니까 빨리 지나가세요."

그러면서 자신의 얼굴을 작은 손으로 가렸다. 그녀의 귀여운 행동을 지켜보던 시욱이 입가에 미소를 단 채 고개를 설레설레 흔들었다.

그 후로 그 여학생을 다시 보게 된 건 호프집 안에서였다. 아쉽게도 그 여학생은 남자 친구와 함께였다. 다정하게 손을 잡고 있는 커플의 모습에 시욱은 씁쓸하게 입맛을 다셔야 했다.

"저런 커플을 선남선녀 커플이라고 하나 봐."

다른 알바생의 중얼거림을 들은 시욱이 낮게 코웃음을 치고는 주방으로 향했다. 애인이 있다는 걸 알았는데도 그녀에게 자꾸만 눈이 가서 시욱도 한동안 괴로웠다. 한 번은 그 여학생이 친구인 듯한 여자와 남자 친구 이렇게 세 명이서 호프집에 온 적이 있었는데, 그날 그녀는 유난히 행복해 보였다. 그 행복해하는 모습에 시욱은 마음을 접기로 결심했다.

그런데 그다음 날, 여학생의 친구와 남자 친구가 단둘이서 호프집에 왔다. 시욱은 그게 너무 이상해서 그쪽 테이블에 계속 시선을 주었다. 그러다 그들이 뽀뽀하는 장면을 보게 되었다. 그걸 본 순간 시욱은 이성에 쩍 금이 갔다. 그는 곧바로 그들이 있는 테이블로 성큼성큼 다가갔다.

"야, 너 따라 나와."

알바생 시욱이 다짜고짜 밖으로 불러내자 운열은 욱해서 그를 따라 나갔다. 뒷골목으로 걸어간 시욱이 운열을 돌아보며 소리쳤다.

"너 지금 양다리 걸치냐?"

이에 운열은 어이없다는 듯 실소를 터뜨렸다.

"그래서? 네가 무슨 상관인데?"

"이 뻔뻔한 새끼가!"

시욱이 운열의 멱살을 덥석 잡아챘다. 인상을 구긴 운열이 버럭 화를 냈다.

"야, 조심해! 나 그림 그리는……."

그런데 그 순간 시욱이 그의 멱살을 더욱 거칠게 틀어쥐었다. 숨이 턱 막히는 느낌이 들자 운열은 시욱을 빤히 쳐다보았다. 보통 남자의 악력이 아닌 것 같았다.

"자, 잘못했어요. 때리지만 말아 주세요."

일단 운열은 비열하게 사과하고 빌었다. 하지만 그의 머릿속은 바쁘게 움직이고 있었다. 그의 눈이 힐끔힐끔 주변을 살폈다. 그때 벽 근처에 있는 커다란 철제 쓰레기통이 포착되었다.

"그, 지금 사귀고 있는 두 사람하고는 당장 헤어질게요. 한 번만 봐주세요."

"진짜야?"

시욱이 못 믿겠다는 듯이 운열의 멱살을 잡고 흔들었다. 그때 뒤에서 지켜보고 있던 지선이 빠르게 달려왔다.

"저희 진짜 진지한 사이 아니에요. 연하는 제 목숨보다 소중한 친구고요. 그러니까 제발 운열이 좀 놔주세요."

지선의 태도가 너무 뻔뻔하게 느껴졌지만 그녀의 멱살을 잡을 순 없었으니 시욱은 괜히 운열의 멱살만 거칠게 흔들었다.

"왜 그러고 사냐, 너?"

그런 다음 시욱은 밀치듯이 운열을 놔주었다.

"똑바로 좀 살아, 새끼야."

그런데 그 순간 크게 비틀거리던 운열이 바닥으로 넘어지면서 철제 쓰레기통에 쾅 부딪쳤다.

"꺅!"

지선이 높게 비명을 질렀다. 그녀가 황급히 쓰러져 있는 운열에게 달려갔다.

"운열아!"

쓰러진 채 운열은 자신의 팔을 움켜쥐었다. 말로 표현할 수 없는 통증이 느껴졌다.

"파, 팔이……!"

정말로 부러진 것 같았다. 이제 그림을 그리지 않아도 된다.

의도한 대로 되자 운열은 속으로 쾌재를 외쳤다.

***

집만큼 익숙한 오피스텔의 비상계단을 내려오던 지선이 비틀거렸다. 그녀가 볼을 타고 흐르는 눈물을 거칠게 닦아 올렸다.

"하! 무릎을 꿇어?"

운열이 떠난 뒤 지선은 바지 샘플을 챙겨 연하의 집으로 향했다. 샘플을 건네주면서 어떻게든 틀어진 사이를 풀고 싶었다. 그런데 연하의 집에서 운열이 무릎을 꿇고 있는 모습을 봤다. 벼락이라도 맞은 것처럼 온몸이 부들부들 떨렸다.

자신과 사랑을 나눈 후에 바로 연하에게 가 무릎을 꿇다니.

미친 듯이 화가 나서 견딜 수가 없었다.

"왜 또 유연하인 건데! 왜 또! 왜 항상!"

화가 난 지선이 들고 있던 쇼핑백을 바닥에 던지고는 발로 밟기 시작했다.

학교에 다닐 때도, 회사에 입사해서도 항상 연하만 주목을 받았다. 예쁜 얼굴에 착한 심성, 밝은 성격을 가진 연하로 인해 그녀는 늘 열등감을 느꼈었다.

진심으로 연하를 좋아했지만 죽도록 싫기도 했다.

샘플이 든 쇼핑백을 발로 짓밟던 지선이 문득 움직임을 멈췄다. 허리를 숙여 그것을 다시 주운 지선이 황급히 발을 옮겼다.

***

어젯밤에 충분히 잠을 자지 못해서 연하는 무척 피곤한 얼굴이었다. 하지만 CC의류의 사무실로 들어서는 걸음은 씩씩했다.

"바지 샘플 보여주세요."

작은 사무실에서 혼자 분주히 움직이고 있는 동훈을 향해 연하가 말하자 동훈이 깜짝 놀란 얼굴을 했다.

"어? 바지 샘플 못 받았어요?"

"네."

"이상하다. 운열이가 분명 전달해 준다고 했는데."

운열이란 이름이 나오자 연하의 미간이 찡그려졌다. 이제 되도록 그와 얽히고 싶지 않았다.

"근데 마침 하나 더 있긴 해요."

동훈이 구석에서 구부 바지 샘플을 꺼내 연하에게 건넸다. 하지만 연하는 뭔가 께름칙한 표정이었다.

"그래도 확인은 해 봐야죠."

내키진 않았지만 일과 관련된 것이니 어쩔 수 없었다. 연하는 곧바로 휴대폰을 들고 운열에게 전화를 걸었다.

-연하야.

전화기 너머 운열의 잠긴 음성이 들려왔다. 눈썹을 구긴 채 심각한 얼굴로 연하가 물었다.

"너 샘플 어쨌어?"

-무슨 샘플?

"김 사장님이 너한테 바지 샘플 줬다던데?"

-아아, 그거.

어쩐지 시원스럽지 않은 운열의 대답에 연하는 불안감을 느꼈다.

-어떻게 했더라?

운열이 확실한 대답을 해 주지 않자 연하는 살짝 화가 났다. 그녀가 차가운 목소리로 채근했다.

"똑바로 말해."

-기억이 안 나.

시치미를 떼는 것인지 정말 기억이 안 나는 것인지 정확히 알 수는 없었지만 연하는 일단 본능적으로 그의 말을 믿지 않았다. 그의 신뢰도가 마이너스에 가까웠던 탓이다.

"야, 도운열."

-진짜야. 그날 술을 많이 마셨었거든.

운열의 말을 들으면서 연하는 두 눈을 질끈 감았다. 그저 빨리 이 통화를 끝내고 싶은 마음뿐이었다.

-생각나면 전화할게. 전화해도 되지?

참고 있던 화가 또다시 울컥 치밀었다. 다음 순간 연하가 휴대폰을 고쳐 잡으며 단호하게 말했다.

"아니. 됐어. 고소할게."

-뭐?

휴대폰 너머 운열의 목소리가 살짝 높아졌다. 냉정한 눈빛의 연하가 살벌하게 경고했다.

"만약에 우리 샘플에 무슨 문제 생기면 너부터 고소할 거야."

***

연하의 집에 있는 2인용 소파에 연하와 시욱이 나란히 앉아 있었다. 그들은 서로 눈을 마주치지도 대화를 나누지도 않고 있었다. 연하 쪽에서 시욱을 어색해하는 탓이었다.

잠시 후 시욱이 고개를 돌려 연하를 지그시 바라보자 연하가 시선을 피하며 입을 열었다.

"요즘 왠지 네 눈을 못 보겠어."

"왜요?"

"그냥 미안해."

과거 그에게 일어난 불행한 사건에 대해 전부 알게 되자 연하는 마음이 복잡했다. 시욱을 보는 시선마저 달라져 있었다.

"그리고 네가 대단해 보이기도 하고……."

"대단해 보이기도 하고?"

시욱이 입가에 옅은 미소를 단 채 그녀의 말을 따라 했다. 얼마 지나지 않아 연하가 뒷말을 이었다.

"미련해 보이기도 하고?"

서서히 시욱의 얼굴에서 미소가 사라졌다. 이내 그는 씁쓸한 표정으로 고개를 끄덕였다.

"네, 네. 저는 그런 미련한 놈입니다."

눈앞에서 운열이 팔을 부여잡고 쓰러졌을 때 모든 게 끝났다고 생각했다. 직접 때리진 않았으나 자신 때문에 일어난 사고였기에 그 책임을 온전히 떠맡는 게 맞다고 생각했다.

"어쨌든 저 때문에 다친 건 사실이니까요."

만약 그때 '나는 모르는 일이다, 자기 혼자 넘어진 거다'라고 주장했다면 세상에서 제일 형편없는 놈이 될 것만 같았다. 그런 못난 자신이 싫어질 것 같았다.

"그래도 사랑해."

그때 연하가 옆자리에서 조그맣게 속삭였다. 시욱이 조금 의외라는 듯 두 눈을 동그랗게 떴다. 자리에서 벌떡 일어선 연하가 어색하게 말했다.

"나, 내일 방송이야. 얼른 자야 돼."

"알았어요. 전 갈게요. 푹 자요."

재빨리 시욱이 자리에서 일어나 현관으로 가려 하자 연하가 그의 팔을 덥석 잡았다. 의아한 눈빛을 보내는 시욱에게 연하가 제안했다.

"같이 자자."

그 순간 시욱의 동공이 세차게 흔들렸다. 그가 마른침을 삼키면서 물었다.

"같이 자자고요?"

시욱의 긴장한 목소리에 연하는 자신이 무슨 엄청난 말을 한 건지 깨달았다.

"그, 그런 의미로 말한 건 아니고!"

연하의 얼굴이 벌겋게 달아올랐다. 반면 시욱의 얼굴은 차갑게 식었다. 실망한 표정의 시욱을 바라보면서 연하가 부드럽게 말했다.

"내 침대에서 같이 자자. 손만 잡고."

마지막 말을 강조하는 연하 때문에 시욱은 피식 웃음을 터뜨렸다.

"그렇게 강조 안 해도 알아요. 설마 내가 내일 아주 중요한 일이 있는 여자를 건드리겠습니까."

말을 마친 시욱이 연하를 데리고 침대로 갔다. 그녀에게 팔베개를 해 주고 이불을 덮어주는 그의 손길이 한없이 다정했다. 연하는 가만히 누워서 시욱이 하는 행동을 조용히 눈으로 좇았다. 시욱의 손이 다시 자신의 자리로 돌아가려던 그때 연하가 이불 밖으로 손을 빼냈다.

연하의 작은 손이 시욱의 팔목을 덥석 잡자 시욱이 그녀를 쳐다보았다. 마주친 시선을 살짝 피하며 연하가 말했다.

"키스, 정도는 괜찮아."

수줍어하는 그녀의 얼굴을 지그시 바라보던 시욱이 입을 열었다.

"괜찮아요. 그렇게 무리 안 해도 돼요."

"무리 아니야."

연하의 두 눈이 다시 황급히 시욱에게로 향했다. 그녀가 다부지게 말을 이었다.

"내가 하고 싶어서 그래."

기세 좋게 말해놓고 나니 엄청 부끄러웠다. 발그레 붉어지는 연하의 볼을 보면서 시욱이 상체를 기울였다.

"그럼, 해 줘요."

달콤한 속삭임에 연하는 수줍게 손을 올려 그의 턱을 잡았다. 이윽고 그녀가 시욱의 입술에 입을 맞추는 순간 팔꿈치로 지탱하고 있던 시욱의 중심이 무너졌다. 졸지에 시욱의 가슴 위로 올라가게 된 연하가 쿡 하고 웃음을 터뜨렸다. 그녀를 따라 시욱도 미소 지었다.

***

밤늦게 운열이 살고 있는 아파트로 지선이 찾아왔다. 문을 연운열이 그녀를 보자마자 급하게 물었다.

"양지선, 너 왜 전화를 안 받아? 너 내가 준 바지 샘플 어쨌어? 연하한테 아직 안 줬지? 그럼 다시 나 줘. 내가 직접 전달할 테니까."

"나 보자마자 연하 얘기야?"

지선이 날카롭게 묻자 운열은 노골적으로 미간을 찌푸리며 한숨을 내쉬었다. 자신을 노려보고 있는 살벌한 눈빛에 질린 표정을 짓던 운열이 나직하게 말을 시작했다.

"지선아, 나 좀 그만 좋아해라."

이제는 이 질긴 인연을 끝내야 할 때인 것 같았다. 집요한 지선이 받아들일지 걱정이 되긴 하지만 그래도 일단 솔직하게 말해야 한다고 생각했다.

"나는 그림 그리기 싫어서 조시욱 이용한 쓰레기고, 그런 내 곁엔 천사같이 착한 연하만 필요해."

그런데 운열의 말이 끝나기가 무섭게 지선의 손이 날아와 따귀를 찰싹 때렸다. 갑작스럽게 뺨을 맞게 되자 운열은 굳은 듯 움직임을 멈췄다.

"안 그래도 너랑 끝내려고 온 거야."

곧이어 지선이 악에 받친 듯 소리쳤다.

"이 나쁜 자식아!"

그동안은 사랑했으니까 운열의 비겁하고 졸렬한 행동들을 다 이해하고 넘어갔다. 하지만 그 끔찍한 사랑은 어제부로 끝이 났다. 운열이 연하의 앞에서 무릎을 꿇었던 그때.

"너 같은 쓰레기한테 천사 같은 연하가 가당키나 하니?"

지선이 기가 막힌다는 표정으로 운열을 쏘아보았다. 천천히 그녀 쪽으로 고개를 돌린 운열이 서늘한 웃음을 피식 터뜨렸다.

"그런 쓰레기한테 목매던 게 누군데?"

운열의 뻔뻔한 태도에 지선은 충격받은 얼굴을 했다. 그사이 벌게진 자신의 뺨을 만지던 운열이 두 눈을 부라렸다.

"암튼, 이제 됐지?"

한 대 맞아줬으니 이제 자신과의 관계는 끝난 거라는 의미였다. 지선이 윗니로 아랫입술을 깨무는 것을 보면서 운열은 이를 으득 갈았다.

"한 번만 더 찾아오거나 연락하면 스토커로 신고해버릴 거야."

말을 마친 운열이 현관문을 거세게 닫고 들어갔다. 닫힌 문 앞에서 지선은 털썩 무너져 내렸다. 그녀가 자신의 긴 머리를 두 손으로 쥐어뜯었다.

"아아악!"

저런 놈을 진심으로 사랑했던 자신이 밉고 싫어서 견딜 수가 없었다.

***

오후 4시에 카디건 판매 방송이 예정되어 있었다. 아침부터 연하는 긴장감에 밥도 제대로 먹지 못하고 방송 시간만 기다렸다. 방송 1시간 전, 스튜디오로 온 연하는 쇼호스트의 방송 멘트를 체크한 다음 모델들이 입고 있는 샘플을 꼼꼼히 살폈다.

전체적인 카메라 앵글을 체크하고 있는 사이 시간은 흘러 어느

덧 방송 시작 10분 전이 되었다. 긴장한 연하가 주문 현황 모니터 앞에 섰다. 곧 판매 방송이 시작되고 모니터 화면의 숫자가 빠르게 바뀌어갔다. 연하는 그 모니터 앞에 꼼짝 않고 서서 초조하게 손을 쥐었다 폈다 반복했다.

한 시간 후, 방송이 끝나자마자 연하를 도와주러 왔던 재진이 흥분한 목소리로 소리쳤다.

"또 매진이에요, MD님!"

"그렇네요. 하아!"

연하의 입에서 안도의 한숨이 터져 나왔다. 가슴도 마구 두근두근했다. 여기저기서 축하 인사가 들렸다.

"축하드려요."

"감사합니다."

"이게 얼마 만에 연속 성공이에요?"

"그러게요. 기억도 안 나네요."

방송국 스태프들이 연하의 성공을 진심으로 축하해 주었다. 연하는 오랜만에 느껴보는 뿌듯함에 함박웃음을 지었다. 잠시 후 연하는 미소 띤 얼굴로 스튜디오 뒷정리를 시작했다. 이다음에 방송하는 팀을 위해서 최대한 빠르게 정리해야 했다.

그때 스튜디오로 동훈이 뛰어 들어왔다.

"유 MD님, 유 MD님!"

바삐 움직이던 연하의 손이 멈추고 그녀가 동훈을 향해 돌아섰다. 전에도 그의 이런 파리하게 질린 얼굴을 본 적이 있었다.

"제가 지금 참고삼아 타사 홈쇼핑 채널을 실시간으로 보고 있는데요."

동훈이 들고 있는 휴대폰을 연하의 앞으로 가져왔다. 그가 떨리는 손가락으로 화면을 가리키면서 말을 이었다.

"아무래도 이거, 우리 바지인 것 같아요."

화면을 확인한 연하의 얼굴이 새하얗게 질렸다.

**

딩동. 딩동. 딩동.

연하가 운열의 집 초인종을 연속해서 눌렀다. 레스토랑에 먼저 갔었는데 문이 닫혀 있었기에 급하게 식품 1팀 미숙에게 운열의 집 주소를 알아냈다.

"여기까지 웬일이야?"

연하임을 확인한 운열이 의아한 표정으로 물었다. 연하가 파리하게 굳은 얼굴로 단호하게 말했다.

"긴말하기 싫어."

그녀의 동그란 두 눈이 매섭게 번뜩였다. 처음 보는 그녀의 모습에 운열은 순간 멈칫해서 연하의 입술만 주시했다.

"바지 샘플, 왜 그랬어?"

"뭐?"

운열이 이해할 수 없다는 얼굴을 했다. 연하의 날 선 눈빛이 운열을 쏘아보며 다시 물었다.

"경쟁사에 네가 넘긴 거 아니야?"

"무슨 소리야, 대체?"

운열은 전혀 모르는 소리였다. 하지만 연하의 파리한 얼굴을 보니 보통 심각한 일은 아닌 것 같았다.

"일단 들어와서 얘기해."

운열이 연하에게 손을 뻗어 팔을 잡으려고 하자 연하가 자신의 팔을 뒤로 뺐다. 눈살을 찌푸려 불쾌감을 한껏 드러낸 연하가 말했다.

"허튼수작은 안 부리는 게 좋을 거야. 밖에서 시욱이가 기다리고 있거든."

사실은 거짓말이었다. 시욱은 현재 CC의류 사장 동훈과 함께 사태를 파악하러 다니느라 바빴다. 시욱의 이름이 나오자 운열은 노골적으로 짜증을 냈다.

"빌어먹을!"

욕지거리를 내뱉은 그가 연하를 노려보았다. 운열은 진심으로 연하가 원망스러웠다. 다른 이를 사랑해서가 아니었다. 그 사랑하는 이가 문제였다.

"너는 도대체 왜 조시욱이랑 사귀는 거야? 내 밑바닥까지 다 알고 있는 자식인데!"

그날, 팔이 부러졌을 때 시욱이 위에서 내려다보고 있었는데, 그 눈빛이 꼭 내심 기뻐하고 있는 자신을 꿰뚫어 보고 있는 것만 같았다. 그래서 조용히 지나갈 수 있었지만 일부러 고소를 했다. 너무 쪽팔려서.

"내가 그 자식을 얼마나 증오하는데……!"

도대체 왜 조시욱이냐고 묻고 싶었다. 왜 하필이면 세상에서 유일하게 자신의 더럽고 초라한 밑바닥을 다 본 그 녀석인지.

"바지 샘플 얘기나 해."

하지만 연하는 그의 말을 더는 들어주지 않았다. 차갑게 운열의 말을 잘라낸 연하가 중요한 이야기를 던졌다.

"오늘 타사에서 우리 제품이랑 비슷한 바지가 방송됐어."

"아아……."

그 순간 운열은 저번 주 초에 자신을 찾아왔던 지선을 떠올렸다. 끝내려고 왔다 하더니 진짜 더럽게 끝을 낸 모양이다. 운열의 입에서 웃음이 터졌다.

"크크, 양지선."

"뭐?"

운열의 입에서 나온 익숙한 이름에 연하는 미간을 좁혔다. 입가에 허망한 웃음을 매단 채 운열이 말했다.

"생각났어. 지선이한테 샘플 줬어."

"뭐? 지선이?"

생각지도 못한 지선의 이름으로 인해 연하는 공황 상태에 빠졌다.

그럼 지선이가 경쟁사에 샘플을 넘겼다는 건가? 도대체 그렇게까지 할 이유가……!

딩동. 딩동.

그때 또다시 초인종 소리가 났다. 운열이 천천히 문을 열자 흥분한 동훈이 뛰어 들어왔다.

"야, 도운열! 너 내 바지 샘플 어쨌어?"

동훈은 운열의 멱살이라도 잡아챌 기세였다. 연하가 그를 향해 몸을 틀며 대답했다.

"양지선 MD에게 줬대요."

"양지선?"

그 이름을 알고 있었다. 재빨리 기억을 더듬어본 동훈이 입을 열었다.

"운열이가 6년 사귄 전 여친이요?"

"!"

그 순간 연하의 움직임도 사고 회로도 모두 멈췄다. 방금 자신이 맞게 들은 건지 확신이 서지 않았다.

"뭐, 뭐라고요? 전 여친?"

겨우 정신을 차리고 확인 차 묻는 연하의 목소리가 떨렸다. 그녀의 눈망울도 심하게 흔들렸다. 결국, 모든 걸 자포자기한 운열이 한숨을 내쉬고는 분명하게 알려주었다.

"그래. 너랑 양다리 걸치다가 6년이나 사귀어버린 내 전 여친이야, 양지선이."

말도 안 돼.

너무나 큰 충격이라 다리에 힘이 풀릴 정도였다. 연하는 차가운 바닥에 털썩 주저앉고 말았다. 그녀를 내려다보면서 운열은 고개를 절레절레 흔들었다.

"너도 참 둔하다. 그런 애를 친구라고."

연하는 정신이 아득해지는 기분이었다. 하지만 그렇다고 그대로 정신을 잃고 쓰러질 수는 없었다.

***

어떻게 지선의 아파트까지 이동했는지 기억이 나지 않을 정도였다. 이성을 잃은 연하가 지선의 집 문을 거칠게 두드렸다.

"야, 양지선!"

지선이 문을 열어주자 연하는 구두도 벗지 않은 채 안으로 들어갔다. 그에 대해 지적하려 지선이 입을 뗀 순간 연하가 물었다.

"너 바지 샘플 어쨌어?"

"난 모르는 일이야."

지선의 뻔뻔한 대답이 끝나기가 무섭게 연하는 오른손을 올려 그녀의 뺨을 찰싹 때렸다. 눈썹을 확 구긴 지선이 버럭 소리쳤다.

"너 지금 나 때린 거야? 바지 샘플 따위 난 모른다니까?"

찰싹.

또다시 연하가 지선의 따귀를 때렸다. 뺨에 손을 얹은 지선이 얼굴을 일그러뜨렸다. 그녀를 향해 연하가 서늘하게 말했다.

"네가 그러고도 내 친구냐?"

"뭐?"

"내 남자 친구를 빼앗아서 6년이나 사귀었으면서 끝까지 나를 기만하고, 알게 모르게 나를 이용했으면서 끝까지 뻔뻔하게 굴고!"

그 순간 지선의 눈동자가 격하게 흔들렸다. 평생 숨기고 가려했던 비밀이 밝혀진 게 충격이었다.

"너, 어떻게 알았어?"

쓸데없는 질문을 하는 지선에게 연하가 불같이 화를 냈다.

"언제까지 속일 생각이었어, 대체 언제까지!"

"평생. 죽어도 밝힐 생각 없었어. 너도 모르는 게 낫잖아!"

지선도 목소리를 높였다. 그녀가 이렇게까지 뻔뻔할 수 있는 건 정말 그렇다고 믿기 때문이었다. 연하의 손이 또다시 공중으로 올라갔다. 하지만 이번엔 지선이 그녀의 팔목을 덥석 잡았다.

"그만 때려. 나도 두 대 이상은 못 맞아줘."

친구에게 애인을 빼앗겼다는 사실이 평생 큰 충격과 슬픔으로 남을 것 같아서 숨긴 것뿐이다. 당당하게 구는 지선을 바라보는 연하의 두 눈에 눈물이 고이기 시작했다. 입술을 꽉 다물어 눈물을 삼킨 연하가 다시 입을 열었다.

"네가 원한 게 뭐야? 내가 불행해지길 바랐니?"

"……."

"그런 거라면 네가 이렇게 나쁜 년이라는 걸 최대한 빨리 밝히지 그랬어. 그럼 난 그 즉시 세상에서 최고로 불행해졌을 텐데."

지선의 눈에도 눈물이 고였다. 이런 최악의 상황만은 피하고 싶었는데, 이젠 어쩔 수 없었다.

"변명처럼 들리겠지만, 그래도 들어. 운열이한테 호감을 느끼고 사귄 건 맞지만 그걸 밝히는 게 널 더 상처 준다고 생각했어. 네가 이용당했다고 느낀 것도 나는 못났으니까 잘난 네 도움이 필요했을 뿐이고!"

"그만하자."

연하가 차갑게 지선의 말을 잘랐다. 그 어떤 대단한 말을 듣는다 해도 그녀를 절대 이해할 수 없을 것 같았다.

"우리 이제 다신 보지 말자."

15년 지기에게 절교를 선언한 연하가 매몰차게 돌아섰다. 현관문의 손잡이를 잡는 그녀의 뒤에서 지선이 소리쳤다.

"조시욱도 알고 있었어!"

일순 연하의 움직임이 우뚝 멈췄다.

"뭐?"

자신의 귀를 의심하면서 연하가 천천히 몸을 틀었다.

"너 지금 뭐라고 했어?"

도대체 지금 왜 지선의 입에서 그의 이름이 나온 걸까.

연하의 까만 동공이 일렁이고 작은 턱이 가늘게 떨렸다.

"내가 도운열이랑 사귄 거 조시욱도 알고 있었다고. 그런데 입 다물어준 이유가 뭐겠어?"

그사이 연하의 앞으로 저벅저벅 걸어온 지선이 큰 목소리로 말했다.

"내가 친구로서 널 진심으로 위하고 생각하고 있단 걸 알고 있었으니까!"

"아악! 제발 그만!"

연하가 두 손으로 자신의 귀를 막았다. 지선의 뻔뻔스러운 위선이 그녀를 경악하게 만들었던 것이다.

"위선 떨지 마. 넌 15년 동안 나를 친구로 생각했던 적 한 번도 없잖아!"

귀에서 손을 뗀 연하가 지선을 향해서 소리쳤다.

"네가 진정한 내 친구였다면 어떻게 그렇게 오랫동안 나를 속이냐고!"

운열에 관해선 자그마치 10년 넘게 자신을 속였다. 친구로 지낸 15년 동안 일어났던 많은 일들이 주마등처럼 스쳐 지나갔다.

"필요할 때만 날 부려먹었으면서 그게 무슨 친구야? 정작 뒤에선 내 뒤통수만 쳤으면서 그게 무슨 친구냐고! 우리가 정말 친구였던 적이 있긴 하니?"

배신감에 치를 떨면서 연하가 물었다. 연하를 마주 본 채 지선은 차갑게 웃음을 터뜨렸다. 잠시 후 그녀가 대답했다.

"있었겠지. 한순간 정도는."

끝까지 당당한 지선을 노려보는 연하의 눈에서 눈물방울이 툭 떨어져 내렸다.

***

국장실 안 자신의 자리에 앉은 루화가 턱을 괸 채 심각하게 입을 열었다.

"알잖아. 디자인은 지적재산권이 애매한 거. 그쪽에서 워낙 교묘하게 카피를 했기 때문에 권리를 주장하긴 쉽지 않을 거야."

그 앞에 선 연하의 어깨가 땅으로 축 처졌다. 어느 정도 예상했던 일이긴 하나 루화의 입으로 듣게 되니 절망스러웠다.

"게다가 디자인 등록도 안 했다며? 그 회사에선 이미 디자인 등록까지 마쳤대. 분쟁위원회에 조정 신청을 하든지 내용증명을 보내든지 그건 이제 CC의류의 몫이야."

그렇게 되면 디자인을 되찾기까지 얼마만큼의 시간이 걸릴지 알 수 없었다. 되찾지 못할 가능성도 크고.

다음 순간 루화가 화려하게 화장한 눈으로 연하의 부은 눈을 지그시 바라보았다. 얼마나 울면 저렇게 팅팅 부을 수 있는 걸까.

"그러니까 우리는 이제 CC의류한테서 손 떼자."

"하지만 어떻게 그렇게 매정하게……."

안쓰러운 표정으로 연하가 하는 말에 루화는 이맛살을 팍 구겼다. 자리에서 벌떡 일어서며 루화가 강한 어조로 말했다.

"또 맘 약하게 굴지 마. 협력업체 사정만 봐주다가 또 나락으로 떨어지고 싶어? 네가 지금 그 자리에 어떻게 있는 건데?"

이에 연하는 얌전히 시선을 바닥으로 떨어뜨렸다. 그녀가 더는 반박할 수 없도록 루화가 냉정하게 말을 이었다.

"애초에 그 협력업체 사장이 샘플 보관만 잘했다면 일어나지 않았을 일이야."

착한 연하를 위해서라도 루화는 지금 자신이 더 모질게 굴어야 한다고 생각했다. 잠시 후, 연하가 다시 눈을 들어 루화를 바라보았다. 조금 전보다 선명해진 눈빛이었다.

"국장님."

"절대 안 돼. CC의류하고 끝내."

연하의 말을 들어보지도 않고 루화는 단호하게 대답했다. 그러자 연하가 작게 고개를 저었다.

"그게 아니라, 전에 소원 들어주신다고 하셨죠?"

생뚱맞게 느껴지는 말이었다. 의아한 얼굴을 한 루화가 잠시 뜸을 들인 다음 말했다.

"아직 2연승인데. 두 개밖에 성공 못 했잖아."

"구부 바지요. 타사에서지만 매진 기록했잖아요. 그거 원래 저희가 기획했던 건데."

"그래서?"

루화의 다갈색 눈동자가 호기심에 반짝거렸다. 그 순간 연하가 다부진 표정으로 입을 열었다.

"3연승이니까 전에 약속하신 소원 하나 들어주세요."

원래 이렇게 막무가내로 구는 성격이 아니란 걸 잘 알기에 루화는 문득 연하의 의도가 궁금해졌다.

"일단 소원이 뭔지 들어나 보자."

어젯밤 연하는 배신감에 울면서 결심한 게 하나 있었다. 가능하다면 꼭 그렇게 하고 싶었다.

"식품 3팀 부활시켜주세요."

"뭐?"

당황한 루화의 두 눈이 휘둥그레졌다. 전혀 예상치 못한 일이었던 것이다. 하지만 그녀를 당황시킨 연하의 얼굴에는 생기가 돌았다.

"죽을힘을 다해서 식품 1팀을 뛰어넘어볼게요."

루화는 지금 8년 전 처음 입사했을 때처럼 반짝반짝 빛나는 연하를 보고 있었다.

***

시욱은 오피스텔 복도에서 연하를 발견하자마자 급하게 달려왔다. CC의류 샘플 분실 사건으로 인해 동동거리면서 다니느라 못 만난 것까진 이해하는데, 연락마저 닿지 않았기에 시욱은 꽤 속을 태웠다.

"하루 종일 연락도 안 되고, 대체 뭐 했어요?"

연하는 시욱의 앞에서 얌전히 시선을 바닥으로 내리고 있었다. 그래서인지 무사히 연하의 얼굴을 보게 된 지금도 시욱은 여전히 불안했다.

"회사에 휴가도 냈다면서요? 왜 그랬어요?"

게다가 오는 길에 루화에게 연하가 3일간 휴가를 냈다는 말을 들었다. 자신을 보고 있지 않은 연하의 어깨를 시욱이 부드럽게 잡았다.

"대답 좀 해 봐요."

그제야 연하가 시선을 올려 그와 눈을 맞추었다. 연하의 초롱초롱 맑았던 눈빛이 건조하게 시욱을 응시하자 시욱은 안 좋은 예감이 들었다.

"나야말로 묻자."

연하가 힘겹게 입을 열었다. 잠겨 있던 목소리가 갈라져 나왔다. 시욱의 미세하게 흔들리는 까만 눈동자를 향해 그녀가 물었다.

"왜 말 안 해 줬어?"

"네?"

아래로 내린 두 손에 주먹을 꽉 움켜쥐면서 연하가 아랫입술을 깨물었다. 그를 이해해 보려고 노력했지만, 결국 하지 못했다.

"운열이랑 바람피운 여자가 지선이라는 거. 이미 알고 있었잖아, 너."

뱉어내듯 연하가 하는 말에 시욱의 두 눈이 크게 벌어졌다. 안타까운 표정으로 입술만 달싹이던 그가 한참 후에야 겨우 말했다.

"나는 그저 당신이 상처를 받을까 봐 그랬어요."

예상했던 대답이었다. 그를 만나기 전까지 수백 번도 넘게 질문해 보고 가상의 대답을 만들어 들어봤기 때문이다. 하지만 그럼에도 이해가 되지는 않았다.

"듣기 싫다, 이제. 상처받을까 봐 그랬다는 말."

지선도 시욱도 내가 상처받을까 봐 숨겼다고 말한다. 그들에게 나는 대체 얼마나 약한 존재였단 의미일까.

"이게 도운열 일이랑 같은 거야? 지선이 일은 말해 줬어야 하잖아! 상처받더라도 내가 알고 있었어야 하는 거잖아!"

상처받아도 괜찮았다. 지금은 차라리 빨리 상처를 받는 편이 더 나았을지도 모른다고 생각되니까.

"내가 지선이를 어떻게 생각하는지 제일 잘 알고 있었으면서! 어떻게 나한테 그걸 숨기고, 흐윽……!"

말을 다 잇지 못하고 연하는 울음을 터뜨렸다.

지선에 대한 배신감은 운열과는 비교할 수 없는 충격이었다. 그건 마치 연하의 몸 일부분을 갉아먹은 듯한 큰 상처였다.

"미안해요. 근데, 그래서 그랬어요. 당신이 양지선을 얼마나 좋아하고 의지하는지 잘 알고 있어서, 차마 입이 떨어지지 않았어요."

울고 있는 연하를 보는 시욱의 마음이 괴로웠다. 그녀의 이런 모습을 보고 싶지 않아서 했던 행동이 결국 그녀를 더 크게 상처 입혔다.

"다만 당신에게서 서서히 양지선을 떼어내야겠다는 생각만 했어요. 하지만 내 생각이 짧았던 것 같네요. 정말 미안해요."

무조건 숨기는 것만이 해결책은 아니었을 텐데. 시욱은 이제야 후회가 밀려왔다.

"넌 그러지 말았어야 했어. 이제는 내가 너도 못 믿을 것 같거든."

눈물을 닦은 연하가 시욱을 노려보면서 말했다. 그 순간 시욱의 얼굴이 울 것처럼 일그러졌다. 하지만 연하는 아랑곳하지 않고 말을 이었다.

"그러니까 우리도 그만하자."

"네?"

"나는 이제 아무도 믿을 수 없어. 친구도 애인도 아무도."

시욱의 흔들리는 동공을 마주한 채 연하는 입술을 굳게 다물었다. 시욱이 믿을 수 없다는 듯이 물었다.

"지금 헤어지자는 거예요?"

"그래."

연하가 시욱의 붉어진 눈가를 보다가 시선을 뗐다. 왼쪽 귀로 시욱의 한층 낮아진 목소리가 들려왔다.

"후회하지 않을 자신 있어요?"

곧바로 연하는 고집스럽게 고개를 끄덕였다.

"응."

시욱도 어쩔 수 없이 받아들이는 듯 보였다.

"그래요, 그럼."

***

본인의 사무실에서 동훈은 새파랗게 질린 얼굴로 통화를 하고 있었다. 긴장한 그의 손이 휴대폰을 고쳐 잡았다.

"네, 유 MD님, 알겠습니다. 감사합니다."

연하와의 전화를 끝낸 동훈이 책상에 털썩 앉았다. 그의 어깨가 한없이 축 처졌다.

타 홈쇼핑 회사에서 자신의 구부 바지를 카피했다는 심증은 있는데, 물증이 없는 상태라서 무척 답답했다.

"이제 어쩌지?"

동훈의 입에서 무거운 한숨이 새어 나왔다. 조금 전 연하와의 통화 내용을 떠올린 그가 작게 중얼거렸다.

"정말 기다리고만 있으면 되나?"

연하는 자신이 해결해 볼 테니 조금만 시간을 달라고 했다. 그녀를 전적으로 신뢰하고 있었지만 그럼에도 불안한 건 어쩔 수 없었다.

똑똑.

그때 사무실에 노크 소리가 들렸다. 동훈이 자리에서 일어서는 순간 문이 열리고 깔끔한 슈트 차림의 시욱이 들어왔다.

"조 팀장님?"

패션 팀에서 제일 바쁜 MD라고 알고 있는 시욱이 또 자신의 회사에 방문한 것이다.

큰 키의 시욱이 동훈에게로 성큼성큼 걸어왔다.

"일단, 그 회사에 내용증명을 먼저 보내보시죠. 그쪽에서 찔리는 게 있으면 뭔가 반응이 올 겁니다."

발만 동동거리고 있는 자신을 대신해서 대책을 가져온 그에게 동훈은 머리를 숙여 감사 인사를 전했다.

"정말 감사해요. 못난 제 실수로 일어난 일인데, 이렇게까지 신경을 써주시고……. 담당 MD님도 아니신데."

'담당 MD'란 표현에 시욱은 잠시 멈칫하더니 이내 거짓말을 했다.

"유 MD님은 현재 몸이 좀 안 좋아서 제가 대신 온 겁니다."

사실 그는 연하 몰래 이 사태를 해결하러 온 것이었다. 그런데 그 순간 동훈이 고개를 갸웃했다.

"네? 유 MD님 어디 아프세요? 방금 통화할 땐 그런 느낌 못 받았는데."

"유 MD님이랑 통화하셨어요?"

시욱의 두 눈이 동그랗게 벌어졌다. 그를 향해서 동훈이 다부지게 고개를 끄덕였다.

"네. 유 MD님이 자기만 믿고 조금만 기다려달라고 하시더라고요. 제 디자인, 꼭 되찾아주겠다고 약속하셨어요."

지선에 대한 배신감에 힘들어하면서도 연하는 뒤에서 동훈을 챙기고 있었던 것이다. 시욱은 그녀 생각에 코끝이 찡해졌다.

"아아, 역시 제가 존경하는 선배님답네요."

나직하게 중얼거리는 시욱의 입가에 옅은 미소가 서렸다.

14화. 착한 복수

늦은 밤, 루화의 부름에 연하는 헐레벌떡 그녀의 펜트하우스로 향했다. 실크로 된 홈드레스를 입은 루화가 소파에 다리를 꼬고 앉아 그녀를 맞이했다.

"휴가 끝나면 식품 3팀으로 출근해."

마치 오늘 날씨가 어땠는지, 저녁 식사 메뉴가 뭐였는지 같이 평범한 이야기를 하는 것처럼 그녀는 아무렇지도 않게 말했다. 하지만 그 순간 연하의 두 눈과 입은 크게 벌어졌다.

"저, 정말이요?"

이렇게 빨리 결정이 날 줄은 몰랐다. 아니, 이뤄질지조차 확신이 없었다. 그저 바람을 말해 본 것뿐인데, 정말 그렇게 되어버렸다.

그때 루화가 눈에 힘을 준 채 연하를 바라보았다. 기쁨과 놀람이 뒤섞여 어쩔 줄 몰라 하던 연하가 입술을 꾹 다물고 그녀를 마주 보았다.

"똑똑히 기억해 둬."

"네. 뭔데요?"

루화의 다갈색 눈동자가 아름답게 빛났다. 살짝 긴장한 연하가 마른 입술을 축이자 루화가 뒷말을 이었다.

"난 이번 식품 3팀 부활에 내 국장 자리를 걸었어."

"네?"

연하의 두 눈이 더욱 동그랗게 커졌다. 이내 그녀의 까만 눈동자가 요동치기 시작했다. 당황한 기색이 역력한 연하에게 루화가 말했다.

"내가 그 정도로 널 믿고 있다는 거야."

진심이 느껴지는 단호한 태도에 연하는 뭐라 대꾸할 말이 없었다. 그녀는 그저 루화를 향해 허리를 깊이 숙였다.

"감사합니다, 정말!"

허리를 숙인 채 연하는 입술을 앙다물었다. 굳게 결심한 얼굴로 그녀가 말을 덧붙였다.

"실망시켜드리지 않을게요."

90도로 숙여 있는 연하의 작은 몸을 보면서 루화는 피식 웃음을 터뜨렸다. 잠시 후 상체를 일으키는 연하를 향해서 루화가 물었다.

"근데 정말 혼자 괜찮겠어?"

"네. 괜찮아요. 팀원까지 바라는 건 욕심이죠."

연하는 식품 3팀이 부활만 된다면 혼자서 몸이 부서져라 일하겠다고 약속했었다. 그녀에게 팀원은 나중 문제였다.

"사무실은……."

루화가 어두워진 표정으로 이렇게 서두를 꺼내자 연하가 재빨리 입을 열었다.

"그것도 욕심 안 내요. 지하 창고라도 괜찮아요."

"맞아. 지하 창고야."

쌈박한 루화의 대답에 연하는 눈빛이 잠깐 흔들렸지만 이내 입가를 늘어뜨리며 웃었다. 다소 어색하게 웃고 있는 그녀를 향해 루화가 장난스럽게 한쪽 눈을 찡긋했다.

"청소부터 시작해야 할 거야. 괜찮지?"

"당연히 괜찮죠. 저 청소 좋아해요."

말끝으로 연하는 두 주먹을 올려 불끈 쥐는 시늉을 해 보였다. 씩씩하게 행동하려고 노력하는 그녀를 지그시 바라보면서 루화가 중얼거렸다.

"거기 안 쓴 지 2년 넘었다던데."

"그런 곳도 감지덕지죠. 식품 3팀이 다시 살아난 사실 하나만으로 저는 다 괜찮습니다."

정말이었다. 연하는 자신의 팀이었던 식품 3팀의 부활이 아직도 꿈만 같았다. 상기된 표정의 연하가 루화를 향해 말했다.

"그럼, 전 이만 가볼게요."

급히 발을 떼려는 연하를 루화가 목소리로 붙잡았다.

"벌써 가게?"

"네. 제가 지금 이 순간부터 다시 바빠졌거든요. 방송 준비하려면 1분 1초가 아쉽단 말이에요."

현관으로 저벅저벅 걸어가는 연하의 뒤에서 루화가 몸을 일으켰다. 그녀가 중문을 통과하는 연하를 향해서 제안했다.

"시욱이 온다고 했는데, 보고 가지 그래?"

그 순간 연하는 심장이 쿵 하고 크게 반응했다. 루화에게로 천천히 몸을 튼 연하가 고개를 저었다.

"아, 아뇨. 제가 지금 너무 아파서 아니, 너무 졸려서 이만 갈게요."

솔직히 그녀는 아직 시욱을 똑바로 볼 자신이 없었다. 결국, 횡설수설 대답한 연하는 도망치듯 그 집에서 나왔다.

***

3일 만에 돌아온 회사는 조금도 변함이 없었다. 여전히 분주하고 바빴으며 웃음소리가 들리는 곳도 긴장감이 흐르는 곳도 많았다.

연하는 로비를 지나 비상계단으로 걸어갔다. 이곳이 창고로 향하는 유일한 길이었기 때문이다. 지하로 내려가니 다소 어두운 복도가 그녀를 반겼다. 복도를 따라 걷다가 중간쯤에 있는 창고의 철문을 열었다. 어지럽게 쌓여 있는 상자들과 거미줄이 낀 플라스틱 선반이 눈에 들어왔고 그와 동시에 퀴퀴한 냄새가 풍겼다.

"웃샤!"

연하는 일부러 입으로 힘차게 기합 소리를 내서 침울해지려는 마음을 다졌다. 두 팔을 걷어붙인 그녀가 창고 청소를 시작했다. 불필요한 쓰레기들을 차곡차곡 한 곳에 쌓아두면서 걸레로 이곳저곳 꼼꼼히 닦았다. 그녀가 먼지 쌓인 책상을 닦고 있던 그때 노크 소리가 들렸다.

똑똑.

곧 문이 열리고 서글서글한 인상의 재진이 씩씩하게 들어왔다.

"안녕하십니까!"

"재진 씨?"

갑작스러운 재진의 등장에 연하는 깜짝 놀라면서도 반가워했다.

"혼자 고생하고 계실 것 같아서 도와드리러 왔어요. 이거 옮기면 되나요?"

성큼성큼 다가온 재진이 책상을 벽 쪽으로 밀어 옮겨주었다. 연하의 입가에 환한 미소가 걸렸다.

"고마워요, 재진 씨."

"뭘요. 당연히 도와드려야죠."

말을 마친 재진이 주위를 둘러보더니 선반으로 다가갔다. 선반을 벽 쪽으로 밀면서 그가 말했다.

"그리고 업무 많으시면 저한테 시키세요."

"업무를요?"

연하의 두 눈이 휘둥그레졌다. 선반의 위치를 세심하게 조절하던 재진이 만족한 듯 미소를 짓고는 그녀를 향해 돌아섰다.

"경쟁 상품이나 경쟁사 분석, 이런 건 제가 잘하거든요."

재진이 일을 잘하는 건 패션 1팀에 있을 때 충분히 보고 느꼈다. 그의 말에 연하는 든든한 기분이 들었다.

"그래주면 저야 고맙죠. 사실 이번에 론칭 준비 중인 게 있거든요."

"그래요? 뭔데요?"

"제가 3일 동안 그냥 쉰 게 아니에요."

신이 난 연하가 구석에 둔 가방에서 서류 뭉치를 꺼냈다. 그러곤 3일간 밤낮으로 자료 조사를 해서 론칭을 결정한 상품을 재진에게 보여주었다. 서류를 천천히 읽어보던 재진이 고개를 끄덕거렸다.

"그럼, 이거 경쟁 상품들 분석해드릴게요. 가격대랑 방송 시간대랑 판매 실적 등등 다."

감격한 연하가 한 손으로 자신의 입을 틀어막았다. 그녀의 반짝거리는 눈이 재진을 뚫어지게 응시했다.

"재진 씨, 저한테 너무 잘해 주는 거 아니에요?"

"이 정도 가지고 뭘요."

이에 재진은 쑥스러운 듯 미소를 지었다. 그 모습을 지그시 바라보던 연하가 문득 두 눈을 동그랗게 떴다.

"앗, 혹시 저 좋아해요? 저 재진 씨보다 다섯 살이나 많은데."

"풉!"

재진의 입에서 크게 웃음이 터졌다. 귀에 꽂힌 너무나 큰 웃음소리에 연하는 머쓱한 기분을 느꼈다.

"그렇게 웃으니까 기분이 상하네요. 재진 씨 사람 그렇게 안 봤는데."

"죄송해요. 정말 생각지도 않은 말이라."

입을 가리고 웃음을 참아낸 재진이 새침한 표정을 짓고 있는 연하의 눈치를 살피면서 고백했다.

"저 따로 좋아하는 사람 있어요."

"아하, 그렇구나. 다행이다."

다소 뻘쭘한 상황이었지만 연하는 싱그럽게 웃었다. 서류를 내려놓고 다시 걸레를 손에 든 그녀가 사뭇 진지하게 말했다.

"그럼 이제 오지 마세요. 좋아하는 사람이 괜히 오해하면 어떡해요."

"저 혼자 짝사랑 중인 거라서 괜찮아요."

재진이 귀엽게 웃으면서 하는 말에 연하는 살짝 당황했지만 이내 다시 싹싹하게 말했다.

"그게 아니더라도 재진 씨 일 많잖아요. 바쁜 거 내가 다 아는데, 뭐."

그러곤 책상을 열심히 닦기 시작했다. 그녀의 뒤에서 재진은 일순 고민하는 표정을 지었다. 잠시 후 그가 조심스럽게 입을 열었다.

"사실은 팀장님이 협력업체를 하나 빼주셨어요. 대신 유 MD님 일 좀 도와주라고."

"뭐라고요?"

연하는 꽤 당황스러운 기분이었다. 쥐고 있던 걸레를 더욱 꽉 움켜쥐며 연하가 난감해했다.

"무슨 그런 쓸데없는 짓을……!"

광대가 발그레 붉어진 그녀를 보면서 재진은 안절부절못하는 모습이었다.

"앗, 혹시 화나셨어요? 제가 괜한 말을 한 건가요?"

"아니, 그런 건 아니고요."

그때 재진에게 전화가 걸려왔다. 그가 복도로 나가 전화를 받는 사이 연하는 복잡한 머릿속을 정리하느라 바빴다.

아니, 분명하게 끝난 사이인데, 왜 또 뒤에서 도와주고 그런담? 나 참.

역시 사람은 쉽게 변하는 게 아닌 모양이다. 시욱의 반듯한 얼굴을 떠올린 연하가 표정을 딱딱하게 굳혔다.

"암튼, 애가 참 성격이 이상해. 이상한 고집이 있어."

헤어진 시욱이 자신을 위해 그런 지시를 내렸다는 게 솔직히 부담스럽고 신경 쓰였다.

"다음에 만나면 그런 짓 하지 말라고 똑똑히 말해 둬야지."

중얼중얼하는 연하의 볼은 여전히 붉었다.

**

편성전략팀의 과장인 세나는 한적한 휴게실 안에서 시욱을 발견하고 반색했다. 그녀에게 시욱은 꽤 매력적인 남자였다. 키 크지, 일 잘하지, 매너 좋지, 거기다 잘생기기까지.

아마 결혼만 안 했다면 한 번쯤은 대시를 해 봤을 것이다. 세나는 웃으면서 그림같이 앉아 있는 시욱을 향해 걸어갔다. 그때 그녀의 눈에 그가 오물거리면서 무언가를 먹고 있는 게 보였다.

"조 팀장, 뭐 먹어?"

시욱의 앞에 선 세나가 호기심 어린 눈빛을 보냈다. 곧바로 시욱이 손에 쥔 봉투를 들어 보였다.

"아, 이거 육포예요."

"점심 안 먹었어?"

"아뇨. 먹었는데 허기가 져서요."

"응? 근데 이거 '참숯불 육포' 아니네?"

시욱이 들고 있는 봉투를 자세히 보던 세나가 고개를 갸웃했다. 현재 사내에서 제일 핫한 '참숯불 육포'가 아닌 '진짜 육포'라 써진 생소한 상품이었던 것이다.

"드셔보세요. 진짜 맛있어요. 제가 먹어본 것들 중에 최고예요."

세나는 자연스럽게 시욱이 건네는 봉투를 받아 육포의 맛을 보았다. 그녀의 두 눈이 번쩍 떠졌다.

"어머, 진짜 맛있네. 대박."

감탄하는 세나를 향해서 씩 웃어 보인 시욱이 자리에서 몸을 일으켰다.

"과장님 다 드세요."

"진짜 나 다 먹어도 돼? 고마워."

세나가 봉투를 든 채 자리를 뜨자마자 시욱의 앞으로 연하가 빠르게 달려왔다.

"조 팀장!"

휴게실을 지나가다 우연히 창문으로 그들의 다정한 모습을 본 연하가 시욱을 쏘아보았다.

"너 뭐야? 방금 뭐 하는 짓이야?"

"제가 방금 무슨 짓을 했습니까?"

곧바로 시욱이 의아하다는 눈빛을 보냈다. 전혀 영문을 모르겠다는 얼굴인 그에게로 연하가 목소리를 높였다.

"왜 자꾸 나 도와줘? 방금 그 육포도!"

"저 원래 육포 좋아하는 거 아시잖습니까?"

시욱이 연하의 말을 도중에 자르며 되물었다. 연하가 다시 발끈했다.

"그래도 저 육포는……."

"자의식도 과잉이면 병이라던데."

도끼병.

이 단어를 마지막으로 귀에 속삭여주며 시욱이 연하를 스쳐 지나갔다. 연하가 벌게진 얼굴로 몸을 확 틀었다. 그러곤 멀어지고 있는 시욱의 등 뒤에 대고 소리쳤다.

"너야말로 병이다, 병! 키다리 아저씨 병!"

역시 사람은 쉽게 변하지 않는다.

그도 그럴 것이 시욱이 편성전략팀 과장에게 준 '진짜 육포'는 연하의 첫 론칭 상품이었던 것이다.

***

국장실 문이 살짝 열려 있었기에 연하는 손에 든 것을 뒤로 감추고 문 사이로 몸을 집어넣었다.

"똑똑."

"입으로 노크하지 마."

넓은 국장실 중앙에 서서 스트레칭을 하고 있던 루화가 연하를 밉지 않게 흘겨보았다. 그때 연하가 손에 든 것을 몸 앞으로 가져왔다. 그것을 확인한 루화의 눈이 더 가늘어졌다.

"야, 너 혹시 팀원 없다고 나를 부려먹으려는 속셈은 아니지?"

그 순간 연하가 멈칫하더니 이내 배시시 웃었다.

"아이참, 들켰네."

"나가."

루화가 반지 낀 손끝으로 문을 가리켰지만 연하는 아랑곳하지 않고 루화에게 더욱 가까이 다가왔다.

"이거 딱 하나만 봐주세요!"

연하가 들고 있던 '진짜 육포' 봉투를 두 손으로 잡아 루화의 앞으로 내밀었다.

"식품 3팀의 첫 론칭 상품입니다."

시선을 내려 상품 봉투를 확인한 루화의 눈썹 끝이 올라갔다.

"육포?"

"네. '참숯불 육포' 뺨치게 맛있어요."

"그래도 요즘 '참숯불 육포'가 워낙 강세인데."

이미 '참숯불 육포'가 인기 상품으로 자리를 잡은 상태인데, 첫 론칭 상품으로 육포는 너무 모험이 아닌가란 생각이 들었다.

하지만 연하는 이 '진짜 육포'로 '참숯불 육포'를 밀어낼 자신이 있었다. 다음 순간 연하가 육포를 꺼내 루화에게 건넸다. 맛을 본 루화의 두 눈이 동그래졌다.

"확실히 맛있긴 하네. 오리지널 맛이 확 나. 달고 짜고 난리 났다, 야."

"그쵸? 충남 서산에 육포 전용 공장이 있는 회사인데, 매주 품질 검사를 한대요. 대단하지 않아요?"

"품평회 반응은 어때?"

루화가 조금 전보다 진지해진 눈빛으로 묻자 연하가 두 팔을 교차시켜 팔짱을 척 꼈다. 그녀가 기세등등하게 대답했다.

"제가 누굽니까. 당연히 1위로 통과했죠."

"이러다 잘하면 편성에서 '참숯불 육포'가 밀리겠는데?"

말을 하면서 루화는 계속 육포를 꺼내 먹었다. 그녀의 모습에 함박웃음을 지은 연하가 다시 입을 열었다.

"알아보니까 '참숯불 육포'는 반품이 좀 있더라고요. 재구매율도 낮은 편이고."

"그 틈을 노려보시겠다?"

육포를 입안에 넣고 우물거리던 루화가 미간을 살짝 좁혔다. 이 윽고 그녀가 나직하게 물었다.

"근데 처음부터 좋은 편성 잡기가 쉽지 않을 텐데?"

"그래서 편성전략팀에다가 한 번만 믿어달라고 떼써보려고요."

"그게 떼써서 될 일이니?"

말도 안 된다는 듯 루화가 헛웃음을 터뜨렸다. 그녀의 눈치를 살피면서 연하는 관자놀이를 긁적였다.

"될 일 같아요."

"뭐?"

의아함을 담은 루화의 다갈색 눈동자를 마주한 연하가 어색한 미소를 지었다.

"편성전략팀 과장님이 이 육포를 굉장히 좋아하거든요."

국장님 조카분 덕분에.

"진짜? 그럼 얘기가 훨씬 쉬워지지."

루화의 시원스러운 입매가 꽃 같은 미소를 만들었다. 다음 순간 그녀가 연하를 향해 윙크를 찡긋 날렸다.

"사고 한 번 쳐 봐."

"넵!"

연하는 장난스럽게 거수경례를 해 보였다.

***

왜 매번 이렇게 훔쳐보는 형식으로 그를 보게 되는지 모르겠다.

로비를 통과해 지하 창고 아니, 식품 3팀 사무실로 가려던 연하가 카페테리아에 앉아 있는 시욱과 세영을 발견하고 걸음을 멈추었다. 그러면 안 된다는 걸 아는데 자꾸 그쪽으로 마음이 가고 발이 향하고 귀가 기울여졌다. 카페테리아 근처 대리석 기둥 뒤로 가서 몸을 숨긴 연하가 그들을 주시했다.

"팀장님한테 잘 어울리실 것 같아요."

세영이 샘플로 만든 반팔 셔츠를 들고 시욱에게 대보려고 하자 시욱이 그것을 제 손으로 가져왔다.

"근데 개인적으로 나는 밝은 건 별로야."

"왜요? 이목구비가 반듯반듯해서 원색도 잘 어울리실 것 같은데, 호호."

세영의 웃음소리가 너무나도 맑게 들려오자 연하는 가슴이 찌르르 저려왔다. 가슴에 손을 얹은 연하가 중얼거렸다.

"여기가 왜 이렇게 아프지."

그때 그녀의 바로 뒤에서 남자 목소리가 들렸다.

"저도요."

아, 깜짝이야. 화들짝 놀란 연하가 황급히 몸을 틀었다. 동그래진 그녀의 눈에 침울해 보이는 재진이 들어왔다.

재진의 어두운 얼굴과 세영이 있는 테이블을 번갈아 쳐다보던 연하가 깨달음을 얻고는 자신의 입을 가렸다.

"혹시 좋아하는 사람이 세영 씨예요?"

"네."

"어머."

연하는 재진이 안쓰럽게 느껴졌다. 그도 그럴 것이 세영은 전부터 시욱을 좋아하고 있다는 티를 팍팍 내고 있지 않은가.

다음 순간 연하가 손을 올려 재진의 머리를 살포시 쓰다듬었다.

"힘내요."

그때였다.

"유 MD님이랑 박 MD?"

그들이 있는 기둥 쪽으로 시욱이 다가왔다. 고개를 돌려 시욱의 얼굴을 확인한 연하가 잽싸게 재진의 머리에서 손을 내렸다.

"둘이서 뭐 합니까?"

시욱의 낮아진 음성을 듣자마자 연하는 두 손을 마구 저으며 말했다.

"오해야!"

정말이지 반사적으로 튀어나온 말이었다. 그때 시욱의 뒤에서 걸어오던 세영이 고개를 갸웃했다.

"오해?"

마른침을 꿀꺽 삼킨 연하가 작은 목소리로 중얼거렸다.

"아니, 말이 잘못 나온 거야. 변명할 필요 없었는데."

그러자 그녀를 지그시 바라보고 있던 시욱이 덤덤하게 말했다.

"그렇죠. 변명할 필요 없죠. 우린 끝난 사이니까."

그의 말에 그곳에 서 있는 세 사람 모두 깜짝 놀랐다. 연하는 입을 동그랗게 벌렸고 세영과 재진은 눈을 크게 떴다.

"끝난 사이?"

세영이 방금 들은 단어를 곱씹었다. 이윽고 그녀는 믿을 수 없다는 듯이 시욱과 연하를 향해 물었다.

"혹시 두 분 사귀셨던 거예요?"

이에 연하가 얼른 입을 열었다.

"아니, 그게……"

"어. 아주 잠깐."

하지만 연하의 말은 시욱이 크게 낸 목소리에 묻혀버렸다. 연하와 세영의 얼굴이 동시에 일그러졌다. 그럼에도 불구하고 시욱은 말을 멈추지 않았다.

"내가 차였어, 유 MD님한테."

왜, 왜 저래?

당황한 연하가 눈에 힘을 주고 시욱을 쏘아보고 있는 사이 세영은 울상을 지은 채 어딘가로 뛰어가 버렸다.

"가, 같이 가요, 세영 씨!"

재진이 재빨리 그녀의 뒤를 쫓았다. 다음 순간 이성을 되찾은 연하가 시욱의 앞으로 성큼 다가갔다.

"뭐 하는 거야, 너? 그런 얘길 왜 해?"

"하면 안 되는 얘기였습니까?"

"당연하지!"

"알겠습니다. 이제 안 할게요."

너무나도 깔끔한 대답이었기에 연하는 더 이상 할 말이 없었다. 입술만 달싹이고 있는 그녀에게 시욱이 고개를 살짝 숙였다.

"그럼 전 이만 가보겠습니다, 유 MD님."

그가 그대로 자신을 스쳐 지나가버리자 연하는 복잡한 표정으로 머리를 긁적였다. 그녀의 얼굴에 서운한 기운이 감돌았다.

다음 순간 시욱에게로 고개를 확 돌린 연하가 다급하게 목소리를 내뱉었다.

"그리고……!"

그러자 시욱이 그 자리에 우뚝 멈춰 섰다. 천천히 어깨를 트는 시욱을 바라보면서 연하가 말했다.

"이제 재진 씨 보내지 않아도 돼."

그녀 쪽으로 완전히 몸을 돌린 시욱이 표정을 딱딱하게 굳혔다. 곧 연하가 말을 덧붙였다.

"솔직히 네가 도와주는 거, 부담스러워."

시욱의 정갈한 눈썹이 살짝 꿈틀하고 움직였다. 하지만 그의 입에서 흘러나오는 목소리는 차분하고 점잖았다.

"나는 설사 세영 씨가 유 MD님이랑 같은 상황에 처했다 해도 재진이를 보냈을 겁니다."

"뭐?"

연하의 눈동자가 흔들렸다. 그녀를 응시한 채 시욱이 말을 이었다.

"그게 누구든 도움을 줬을 거란 뜻입니다."

그러고는 바로 연하에게서 등을 돌렸다. 멀어지는 그의 뒷모습을 보면서 연하는 씁쓸하게 입맛을 다셨다.

그러고 보니 이제 '선배'라고 부르지도 않는구나.

이런 생각이 스치자 그녀는 더 씁쓸해졌다.

***

동훈이 운열의 레스토랑 문을 거칠게 열고 들어왔다. 저녁 식사 타임이라 식당 안에는 손님들이 많았지만 동훈은 개의치 않고 운열에게로 걸어갔다.

"네가 그러고도 내 친구냐?"

셰프복을 입고 있는 운열의 앞에 멈춰 선 동훈이 소리쳤다. 그 때문에 식당 안 손님들이 모두 그들을 쳐다보았다.

"진정해. 여기 내 가게야."

운열이 점잖게 타일렀지만, 동훈은 지금 제정신이 아니었다. 자신의 구부 바지를 카피한 것으로 추정되는 회사에 내용증명을 보냈지만, 그들은 그런 디자인의 바지는 흔하다며 뻔뻔한 태도로 일관했다. 디자인 등록을 하지 않아 자신이 만든 바지란 명백한 증거가 없어서 미칠 지경이었다.

"유 MD님이 자기만 믿고 조금만 기다려달라고 했지만, 더 이상은 못 기다리겠어. 운열아, 네가 좀 도와줘. 우리 친구 아니었어?"

"글쎄, 나는 모르는 일이라니까. 양지선한테 가서 알아보라고."

물론 운열이 바지 샘플을 줬다는 지선에게도 연락을 취해 봤지만, 그녀 역시 모르는 일이라고 잡아떼고 있었다. 잃어버린 바지는 있는데 잃어버렸다는 사람이 없는 상황이었다.

"난 너를 믿고 내 바지 샘플을 맡겼어! 근데 믿었던 너 때문에 나는 내 디자인을 빼앗겼어!"

"일단 진정해, 김동훈. 흥분 좀 가라앉히고……."

"내가 지금 진정하게 생겼어? 내 목숨 같은 디자인을 잃었는데!"

흥분한 동훈이 버럭 소리쳤다. 이성을 잃은 듯한 그의 모습에 운열은 난감한 표정으로 주변을 살폈다.

"이제 어쩔 거야! 우리 회사 문 닫게 생겼어!"

그때 동훈이 운열의 멱살을 덥석 잡아챘다. 눈썹을 확 구긴 운열이 그를 노려보았다.

"그만해."

"네가 다 책임져! 우리 가족도 다!"

"그만하라고, 이 새끼야."

살벌하게 말을 내뱉은 운열이 거칠게 동훈의 손을 떼어냈다. 흐트러진 셰프복을 단정하게 정리하면서 운열이 비아냥거렸다.

"네 바지, 되게 평범한 디자인이었어. 그렇게 특색 없이 만들기도 힘들겠더라."

동훈은 큰 충격을 받은 얼굴을 했다. 운열이 그다지 좋은 성격이 아니란 걸 알고는 있었지만 그래도 친구인 자신에게까지 이렇게 모욕을 줄 줄은 정말 몰랐다.

"네가 이렇게 쓰레기 자식이니까 그 착한 유 MD님도 널 끔찍하게 싫어하지."

동훈이 나직하게 뱉어낸 말에 운열의 움직임이 멈칫했다.

"뭐?"

"네 얘기만 나와도 소름 끼친다는 듯이 싫어하더라. 그 착한 사람이."

그 순간 운열이 이를 으득 갈았다. 그가 살기를 띤 눈으로 동훈의 멱살을 잡았다.

안 그래도 짜증 나 죽겠는데.

울컥한 운열이 동훈의 얼굴에 주먹을 내리꽂았다.

퍽-

"내가 네 디자인 빼돌렸냐? 왜 나한테 화풀이야?"

화가 나서 견딜 수가 없었다. 안 그래도 연하의 앞에 다시 나타
난 것을 미치도록 후회하고 있는데, 왜 그 부분을 건드리느냔 말이
다.

운열의 흥분한 주먹이 또다시 동훈에게 날아갔다.

퍽-

"그 큰 회사랑 싸울 힘은 없으니까 만만한 나를 건드리냐? 어?"

바닥으로 동훈이 넘어졌지만 운열은 그에게 한 번 더 주먹을 날
렸다.

퍽-

그제야 건장한 남자 둘이 다가와서 운열을 말렸다. 하지만 대다
수의 사람들은 휴대폰을 들고 그 모습을 찍고 있었다.

***

예상보다 빠른 편성이 잡힌 '진짜 육포'의 판매 방송은 대성공
이었다. 목표 매출의 175% 달성했고 실시간 반응도 뜨거웠다. 매
진까진 아니었지만 재고의 90% 이상을 판매했기에 연하는 여기
저기서 축하를 받았다. 그들 사이에 시욱도 있었다.

"축하드립니다, 유 MD님."

연하는 그에게 활짝 웃으며 감사 인사를 전했다.

"덕분에 좋은 편성 잡을 수 있었어. 고마워."

그러고는 지체 없이 그를 스쳐 지나갔다. 바로 다음 상품을 물
색해야 했기 때문에 그녀에게는 늘 시간이 부족했다. 팀원이 없다
는 건 이럴 때 불리하다. 씩씩하게 복도를 걷고 있는 연하의 뒤에

서 시욱이 따라왔다. 연하가 슬쩍 그의 눈치를 살피자 그가 말을 걸었다.

"식품 3팀으로 가신 건 복수입니까?"

연하의 걸음이 우뚝 멈췄다. 그녀가 시욱을 향해 돌아서고는 당당하게 고개를 끄덕였다.

"응, 맞아. 나 못됐지?"

식품 3팀을 부활시킨 건 지선을 무너뜨려야겠다는 복수심 때문이었다. 그런데 그녀의 말을 들은 시욱은 싱긋 미소를 지었다.

"유연하답다란 생각을 했습니다."

"응?"

연하가 미간을 좁히고 고개를 갸웃 기울였다. 이해할 수 없다는 얼굴을 하고 있는 그녀에게 시욱이 말했다.

"복수인데도 착한 복수인 것 같아서."

그러자 연하가 질색하는 표정을 지었다.

"복수에 착한 게 어디 있어."

"진짜 더러운 복수를 모르시네."

머리를 설레설레 흔든 시욱이 세상 진지하게 말을 시작했다.

"지금 도운열은 인기 셰프니까 그가 과거에 바람피웠던 사실을 인터넷에 올려버리면 되죠. 거기에 양지선 MD 실명도 거론하고. 그게 아니더라도 사내 게시판에 양지선 MD의 만행에 대해 글을 올려도 되고요. 제목은 '식품 1팀 양지선 팀장의 자질에 대한 의문'이 좋겠네요."

그의 말이 재미있는지 연하가 순간 피식 웃음을 터뜨렸다. 그러나 시욱은 계속 진지했다.

"얼마든지 진흙탕 싸움 만들 수 있었는데, 실력으로 무너뜨리겠다는 느낌이라 멋있다고 생각했어요."

말을 마친 그가 두 손을 들더니 박수를 치는 시늉을 해 보였다.

"역시 내 선배님."

시욱이 덧붙인 말에 연하는 심장이 두근 하고 뛰었다. 볼을 발그레 붉힌 그녀가 새침하게 말했다.

"나, 나한테 또 반하지 마."

"노력해 볼게요."

살짝 웃으며 한 그 대답 역시 연하의 가슴을 떨리게 했다. 그녀가 요동치는 마음을 진정시키려 헛기침을 시도했다.

"흠흠. 근데……."

"네."

시욱은 얌전히 그녀의 다음 말을 기다렸다. 연하가 두 눈을 빛내며 시욱을 쳐다보았다.

"내 진정한 복수는 아직 시작도 안 했어."

***

식품 1팀 사무실이 아침부터 시끄러웠다. '참숯불 육포'를 만든 협력업체 사장이 와서 한바탕 난리를 치고 있었기 때문이다.

"'참숯불 육포'가 왜 이렇게 거지 같은 편성을 받은 겁니까? 반응 좋았잖습니까!"

편성이 잡히기만을 기다리고 있었는데, 차일피일 미뤄지더니 끝내 새벽 시간대로 편성이 잡혔다. 결국, 성질이 불같기로 유명한

박 사장이 식품 1팀 사무실을 쳐들어왔다.

팀장실에서 나온 지선이 언짢은 얼굴로 그를 맞이했다. 한숨을 내쉬고 싶은 걸 겨우 참아낸 지선이 침착하게 말했다.

"겨우 한 번 밀린 것뿐이에요. 다음에 다시 좋은 시간대로 잡아드릴게요."

"다른 육포가 대박 터졌잖아요? 그럼 이제 늦은 거 아닙니까?"

어제 방송에서 '진짜 육포'가 좋은 반응을 얻자 박 사장은 불안해졌다. 편성도 그렇고 이래저래 불안해서 아침 일찍부터 부랴부랴 식품 1팀을 찾은 것이다.

"그러게 진작에 편성 팀을 구워삶든지 해서 어떻게든 좋은 편성을 잡았어야죠."

답답한 소리를 큰 목소리로 늘어놓는 박 사장 때문에 지선은 머리가 지끈거리는 것만 같았다. 결국 그녀의 목소리도 다소 높아졌다.

"그게 말처럼 쉬운 줄 아십니까? 이 회사에 저희 팀밖에 없는 줄 아세요?"

홈쇼핑 회사는 경쟁이 엄청난 곳이다. 타사뿐만 아니라 같은 회사 내에서도 혹은 같은 팀 내에서도 경쟁을 한다. 그런 곳에서 살아남기 위해서는 아주 특별한 센스가 있거나 죽을 만큼 뛰어다녀야 한다.

날 선 지선의 눈빛을 마주한 박 사장이 눈썹을 사납게 구겼다. 그가 지선의 얼굴을 향해 삿대질을 하며 소리쳤다.

"그쪽 MD들이 무능한 걸 저한테 화풀이하는 겁니까, 지금?"

"무능?"

그 순간 지선의 눈매가 더욱 날카롭게 변했다. 무능. 그녀는 그 단어가 세상에서 제일 싫었다.

울컥 화가 난 지선이 자신보다 스무 살은 많은 듯한 박 사장을 향해 똑같이 삿대질을 했다.

"너네 육포는 어떻고? 맛이 밍밍하다고 반품 들어오는 거 몰라? 재구매율 낮아진 건 어쩔 건데? 그거까지 우리가 책임지니?"

"뭐? 너 지금 반말하냐, 협력업체 사장한테?"

박 사장이 달려들 듯이 지선을 향해서 소리쳤다. 두 사람의 갈등이 거세지자 팀원들은 다급하게 그들을 말렸다.

"그만하세요, 팀장님."

팀원들에 의해 사태가 어느 정도 진정이 되자 박 사장은 욕지거리를 내뱉으며 사무실을 빠져나갔다. 그가 가고 난 후 지선은 애먼 팀원들에게 화풀이하기 시작했다.

"너네는 대체 뭐 하는 거야? 편성 회의 때 다들 조니? 프로모션 내용이 그따위니까 편성을 못 따내지! 좀 더 참신하게 기획 못 해?"

좋은 편성을 못 받고 있는 상황인 데다 기존에 매출이 좋았던 상품들 역시 신선한 상품들에게 밀리고 있었다.

"그리고 다들 론칭할 거 안 찾고 뭐 해? 계속 같은 상품만 우려먹을 거야?"

그런 상황에서 벌써 한 달 넘게 제대로 된 신상품을 론칭하지 못하고 있었다. 그동안 반응 좋았던 상품들만으로 버티는 것도 이제 곧 한계가 올 것이다.

"너희들은 뇌가 없니? 바보천치들이야? 왜 그렇게 상품 보는 눈들이 없어?"

이건 팀원들에게 하는 말이 아니었다. 지선이 자기 자신에게 하는 말이었다. 온갖 신경질을 다 부린 다음 지선은 사무실을 빠져나왔다. 그럼에도 그녀는 분노를 가라앉힌 상태가 아니었다.

"악! 짜증 나."

윗니로 아랫입술을 깨무는 지선의 눈가가 붉어졌다.

***

병실 앞에 선 운열이 길게 한숨을 내쉬었다. 충동적으로 사람을 때렸다. 게다가 상대는 유학 시절부터 친구인 동훈이었다. 전치 3주의 진단이 나온 동훈은 운열을 고소했다. 게다가 동훈을 때리고 있는 사진과 동영상이 인터넷에 퍼지는 바람에 레스토랑 문도 닫아야 했다.

일단 고소 취하가 제일 급했기 때문에 운열은 동훈의 병실을 찾았다. 문을 열고 들어서자마자 동훈은 불쾌감을 드러냈다.

"여기가 어디라고 와?"

반깁스를 하고 있는 목과 여기저기 반창고가 붙어 있는 얼굴을 살피면서 운열이 천천히 다가갔다.

"미안하다. 내가 잘못했어."

동훈의 앞에서 운열이 고개를 푹 숙이며 사과했다. 하지만 동훈은 노골적으로 짜증을 내며 시선을 피했다.

"꺼져. 네 얼굴, 더는 보고 싶지 않아."

"동훈아, 그땐 내가 미쳤었나 봐. 제정신이 아니었어. 엄청 반성하고 있으니까 나 한 번만 봐줘. 응?"

운열이 비굴하게 구는 모습에 동훈은 헛웃음이 터졌다. 자신에게 주먹을 휘두를 때와는 완전히 다른 사람이었다. 동훈이 다시 시선을 돌리자 운열이 침대 쪽으로 상체를 숙이며 말했다.

"합의금이라면 얼마든지 줄게."

"얼마든지?"

동훈이 입가를 비스듬히 올리며 물었다. 그 순간 운열은 자신의 안 좋은 상황을 떠올렸다.

"아니, 근데 지금 기자들이 몰려와서 식당까지 문을 닫고 있는 상황이야. 이대로 가다간 폐업해야 할지도 몰라."

"그게 나랑 무슨 상관이야?"

차갑게 대꾸하며 동훈은 운열을 노려보았다. 디자인 문제로 이리저리 뛰어다녀도 모자를 시간에 꼼짝없이 병실에만 있어야 한다는 사실이 그를 더 화나게 만들었다.

"나는 너 때문에 한 달이나 병원 신세를 지게 생겼어."

"내가, 디자인 되찾는 거 도와줄게. 도와줄 테니까······!"

"닥쳐."

확 바뀐 운열의 태도가 가증스럽게 느껴졌다. 그래서 동훈은 그를 절대 용서하지 않을 생각이었다.

"나한테 독하게 퍼부어댈 때는 언제고 이제 와서 착한 척이야?"

"동훈아······."

"당장 꺼져. 꺼지라고!"

화가 치민 동훈이 운열의 어깨를 세게 밀쳤다. 그로 인해 운열은 바닥으로 꼬꾸라졌다.

"윽······!"

넘어지면서 운열은 반사적으로 땅에 오른손을 짚었다. 그런데 그럼에도 불구하고 턱을 바닥에 찧고 말았다.

"!"

엎어진 채로 운열은 천천히 오른손을 들어보았다. 왼손과 달리 힘이 잘 들어가지 않았다.

"왜, 왜 또 이러지?"

이 느낌을 안다. 전에도 한 번 겪어봤으니까.

서서히 운열의 얼굴이 일그러졌다.

"아악! 안 돼. 안 돼!"

운열은 마비가 온 듯한 오른손을 부여잡고 소리를 질렀다.

***

팀장실에서 나오고 있는 시욱의 눈에 막 사무실로 들어오는 재진이 보였다. 그에게로 다가가며 시욱이 물었다.

"식품 3팀 다녀온 거야?"

"네."

"그래, 수고했어."

곧바로 자신의 자리로 걸어간 재진이 책상 위를 정리하고는 짐을 챙기기 시작했다. 그러다 문득 시욱을 돌아보며 말했다.

"전 이제 퇴근할 건데, 유 MD님은 밤새워서 일하신대요."

그 순간 시욱이 눈썹 끝을 치켜올렸다.

"그 창고 같은 사무실에서?"

"네. 거기 꽤 춥던데."

걱정스럽게 중얼거린 재진이 시욱을 향해 꾸벅 인사를 하고는 사무실을 빠져나갔다. 시욱도 퇴근하려던 길이었기에 천천히 사무실에서 나왔다. 로비로 내려온 시욱은 점점 걸음이 느려지더니 이내 지하 창고로 발길을 돌렸다. 도저히 걱정돼서 그냥 갈 수가 없었던 탓이다.

조심스럽게 식품 3팀의 문을 열자 책상에 엎드려 있는 연하의 모습이 눈에 들어왔다. 그녀는 상품 자료를 손에 꼭 붙든 채 불편하게 자고 있었다.

"유 MD님……?"

연하 곁으로 걸어간 시욱이 나직한 목소리로 그녀를 깨웠다. 하지만 그녀는 꿈쩍도 하지 않았다. 시욱이 서늘한 기운이 감돌고 있는 사무실 안을 훑어보고는 다시 연하를 깨웠다.

"유 MD님!"

그제야 연하가 어깨를 움찔하더니 고개를 들어 올렸다.

"음? 뭐, 뭐야? 너 왜 여기 있어?"

시욱을 발견한 연하가 깜짝 놀란 얼굴을 했다. 그녀의 휘둥그레진 눈을 바라보면서 시욱이 제안했다.

"잠은 집에 가서 자지 그래요?"

"안 돼. 일이 많아."

단호하게 대답한 연하가 늘어지게 하품을 했다. 시욱은 피곤해 보이는 그녀에게서 시선을 떼지 못했다. 잠시 무언가를 생각하던 그가 불쑥 입을 열었다.

"이러는 거 국장님은 알아요?"

"응?"

"창고 사무실에서 밤을 새우면서까지 일하는 거 알면 국장님이 참 좋아하시겠다. 그죠?"

이렇게 말하면서 그가 주머니에서 휴대폰을 꺼냈다. 자리에서 벌떡 일어선 연하가 시욱의 행동을 말렸다.

"안 돼. 국장님한텐 절대 말하지 마!"

국장님에게 괜한 걱정을 끼치고 싶지 않았다. 연하의 애절한 눈빛을 마주한 시욱이 말했다.

"그럼, 집에 가서 자요."

연하가 대답을 망설이자 시욱이 짧게 채근했다.

"빨리."

"그래, 알았어."

결국 연하는 고개를 끄덕이고 말았다.

"일어나요, 어서."

"알았다니까."

집에 가자는 시욱을 향해 대답하면서 연하는 느릿느릿 가방을 챙겼다. 그때 그녀가 코를 훌쩍거렸다. 눈살을 살짝 찌푸린 시욱이 툭 던지듯 말했다.

"거봐요. 감기 걸렸잖아요."

"감기 아니야."

슥

상체를 숙이며 손을 뻗은 시욱이 손끝으로 연하의 이마를 짚었다.

"미열 있잖아요. 감기 맞아요."

갑작스러운 시욱의 행동에 연하는 일순 굳어졌다가 이내 그의 손을 떼어냈다.

"그깟 감기가 대수겠어? 내가 지금 절박한데."

정말 연하의 까만 눈동자에선 절박함이 느껴졌다. 그녀를 안타까운 눈빛으로 바라보면서 시욱이 말을 뱉어냈다.

"나도 지금 절박해요. 선배가 아플까 봐."

그 순간 두 사람 사이에 어색한 침묵이 흘렀다. 잠시 후 시욱이 먼저 그 침묵을 깼다.

"아프면 복수도 못 하잖아요."

시욱이 진지하게 하는 말에도 연하는 고집스럽게 고개를 좌우로 저었다.

"아니. 아파도 할 거야."

그 모습을 보는 시욱의 입에서 한숨이 새어 나왔다. 곧 표정을 딱딱하게 굳힌 그가 문 쪽으로 걸어가기 시작했다. 그의 등을 쳐다보면서 연하는 가방을 어깨에 멨다. 그사이 사무실 문 앞에 선 시욱이 전등의 스위치로 손을 뻗었다.

"안 나오시면 그냥 불 끕니다."

스위치에 손을 얹은 채 시욱이 협박 아닌 협박을 하자 연하가 황급히 걸음을 뗐다.

"그러지 마. 무섭단 말이야."

창문도 없는 이곳은 불을 끄면 아무것도 안 보일 정도로 캄캄해서 정말 무서웠다. 연하가 사무실을 빠져나오자마자 시욱이 불을 끄고 문을 닫았다.

연하와 나란히 복도를 따라 걷던 시욱이 무심코 어두운 복도 끝을 쳐다보고는 말했다.

"꼭 귀신 나올 것 같은 복도네요."

"하지 말라니까."

연하가 겁을 먹은 얼굴로 시욱을 돌아보았다. 그녀의 반응이 귀여워서 시욱은 괜스레 장난이 치고 싶어졌다. 다시 복도 끝으로 시선을 돌린 그가 갑자기 그곳으로 검지를 뻗었다.

"엇, 저기에……!"

꼭 뭔가를 본 것 같이 행동하는 시욱 때문에 연하는 소스라치게 놀라며 시욱에게로 달려들었다.

"꺅!"

연하가 안기듯이 양손으로 시욱의 외투 자락을 움켜쥐자 시욱은 쿡 하고 웃음이 터졌다.

"복수의 칼날을 가는 사람치곤 되게 겁쟁이네요."

시욱의 장난기 가득한 목소리를 들은 연하가 그를 흘겨보았다.

"우씨, 나 먼저 간다!"

그러곤 바로 걸음을 떼고 가려 하자 시욱이 그녀의 팔목을 덥석 잡아챘다. 고개를 돌리는 연하에게 시욱이 말했다.

"귀여워서 그랬어요. 이제 안 그럴게요."

그 순간 연하의 두 볼이 발그레 붉어졌다. 결국 연하는 화끈 달아오른 얼굴로 다시 시욱과 나란히 걸어야 했다.

***

편성 회의에 식품 3팀인 연하와 패션 1팀의 팀장 시욱, 그리고 식품 1팀의 팀장 지선이 참석했다. 더 이상 물러설 데가 없어 절박한 지선이 제일 먼저 입을 열었다.

"이번에 준비한 것은 황금시간대에 어울리는 스테디셀러 장어입니다."

프로모션 자료를 보여주면서 당당하게 말했지만 다들 시큰둥한 반응이었다. 그때 그녀의 반대편에 앉아 있던 연하가 자리에서 일어섰다.

"자주 본 장어 말고 새로운 한우, 어떠세요?"

모두의 시선이 연하에게로 쏠렸다. 연하가 생글생글 웃으며 프로모션 자료를 나눠주자 편성전략팀 과장 세나가 고개를 갸웃했다.

"여기는 들어본 적이 없는 곳인데?"

"이게, 안 그래도 찾는 손님이 많으니 굳이 방송에 내보낼 생각이 없다는 사장님을 열흘 넘게 꼬셔서 론칭한 상품입니다."

열흘 동안 그 회사의 문턱이 닳도록 방문했다. 홈쇼핑에 자신들의 상품을 내보내고 싶어서 줄을 선 업체들이 아니라 특별한 곳을 찾고 싶었고 결국 론칭까지 성공했다. 이제 남은 것은 좋은 편성을 따내서 방송에 내보내는 것뿐이다.

"다들 맛 궁금하시죠? 그러실 줄 알고 제가 다 구워왔죠."

능청스럽게 말한 연하가 테이블 아래에서 5단짜리 찬합 두 개를 양손으로 들어 올렸다. 그러곤 빠른 손놀림으로 찬합을 열었다.

"짜잔. 1등급 한우 '한국 한우'입니다."

찬합 안에는 먹음직스럽게 구워진 한우 고기가 담겨 있었다. 연하는 회의실을 한 바퀴 돌면서 회의에 참석한 직원들의 앞에 일일이 찬합 용기를 놓아주었다. 물론 나무젓가락도 잊지 않았다.

직원들은 코를 자극하는 고기 냄새와 맛깔스러운 한우의 자태에 시선을 빼앗겼다. 세나가 제일 먼저 맛을 보고는 말했다.

"따끈따끈하네?"

"고기는 식으면 질겨지니까 제가 여기 들어오기 바로 직전까지 구운 거예요. 옷에서 한우 냄새 나죠? 상큼하게?"

회의에 들어오기 직전까지 연하는 열심히 한우를 구웠다. 냄새가 배었을 블라우스를 손끝으로 집으면서 연하가 옆자리의 남직원에게 장난스럽게 묻자 그가 웃음을 터뜨렸다.

다들 즐겁게 그리고 맛있게 한우를 먹고 있었지만 지선만은 나무젓가락조차 건드리지 않고 있었다. 대신 지선은 자신의 옆자리에 앉아 있는 시욱을 흘겨보며 나직하게 속삭였다.

"넌 말 좀 하지?"

그러자 시욱이 고개를 쓱 돌려 무심한 눈길로 그녀를 쳐다보았다. 어깨를 한 번 으쓱한 그가 입을 열었다.

"맛있네요."

그 말을 하란 게 아니잖아.

지선의 눈썹이 사납게 구겨졌다. 요즘 그녀를 괴롭히고 있는 편두통이 또다시 밀려오는 것만 같았다. 결국, 오늘 편성 회의의 황금시간대 주인공은 연하가 차지했다. 누구도 그걸 부정하지 못했다.

신이 난 연하가 가벼운 발걸음으로 회의실을 나섰다. 그런 그녀의 뒤를 지선이 따라갔다.

"연하야."

지선이 연하를 불렀지만 연하는 못 들은 척 계속 걸어갔다. 결국 지선은 복도 끝까지 연하를 쫓아가야 했다.

"연하야, 잠깐만!"

그제야 연하가 어깨를 틀어 지선을 돌아보았다. 연하의 앞에 선 지선이 어두운 표정으로 말했다.

"그래. 내가 미안했어. 그러니까 우리 이제 그만하자."

"뭘?"

연하가 말간 눈동자를 깜박거렸다. 아무것도 모른다는 듯한 순진한 그 눈빛에 지선은 울컥했다.

"너 일부러 나 괴롭히고 있잖아, 지금!"

"괴롭히다니? 난 그냥 일을 하고 있을 뿐이야."

"아니. 너는 지금 식품 1팀을 없애려고 하고 있어."

첫 론칭 상품으로 육포를 고른 것은 '참숯불 육포'를 위기에 몰아넣기 위해, 그리고 그다음으로 선택한 1등급 한우로는 식품 1팀의 스테디셀러인 장어를 누르기 위해서인 게 분명했다.

다음 순간 연하가 차갑게 대꾸했다.

"틀렸어. 널 없애려는 거야."

"!"

지선은 뒤통수를 한 대 얻어맞은 듯한 표정을 지었다. 하지만 연하는 눈썹 하나 꿈쩍하지 않았다.

"식품 1팀 팀장 자리에는 내가 더 어울릴 것 같아서."

지선의 얼굴이 천천히 일그러졌다. 울상을 지은 지선이 두 손을 마주 잡았다. 그러곤 애원했다.

"제발, 그만해, 연하야. 나 지금 너무 괴롭고 힘들어."

그러나 이번에도 연하는 무덤덤했다. 오히려 다음 순간 입가에 옅은 미소마저 띠었다.

"벌써 이러면 어떡해? 이제 시작인데."

당당한 연하의 표정과 목소리가 무척 낯설게 느껴졌다. 지선은 당황한 얼굴로 다시 입을 열었다.

"내가 어떻게 해야 멈출래? 무릎이라도 꿇을까? 응?"

이쯤 하면 마음 약한 연하가 멈출 거라 생각했다. 하지만 그건 오산이었다.

"무릎은 됐고."

맑고 또렷한 눈동자로 지선을 보면서 연하가 단호하게 말했다.

"네가 구부 바지 샘플 경쟁사에 넘긴 거 자백해. 그리고 CC의류가 그 바지에 대해 판매금지 가처분 소송할 수 있게 도와줘. 그럼 용서해 줄게."

처음부터 연하의 가장 큰 목적은 이거였다. 지선이 자신이 지은 죄를 직접 해결하는 것.

"미쳤어? 그럼 내 인생 끝장인데?"

지선은 그럴 수 없다며 펄쩍 뛰었다. 그녀의 반응을 예상이라도 한 듯 연하는 입가를 비틀어 웃었다.

그럼 어쩔 수 없다. 끝까지 가는 수밖에.

"몰랐니? 어차피 네 인생은 끝났어. 네가 나 없이 뭘 할 수 있는데?"

연하의 냉정한 말을 지선은 차마 부정할 수 없었다. 지선의 눈동자가 흔들리자 연하는 더욱 서늘하게 말을 덧붙였다.

"주제 파악 좀 해."

***

지선은 요즘 딱 죽을 맛이었다. 론칭한 상품들이 모두 조용히 묻히고 있었고 기존에 좋은 매출을 기록했던 상품들의 반응도 시들해지고 있었다.

"요즘 실적이 왜 이래?"

결국 국장인 루화에게까지 한 소리 듣게 되자 지선의 기분은 더욱더 바닥을 쳤다. 그야말로 절망적인 상태였다.

"너 이번이 마지막 기회야. 한 번만 더 매출이 이렇게 바닥이면 부산 지사로 보내버릴 줄 알아."

냉정할 땐 무섭기로 유명한 루화에게서 마지막 경고를 들었다. 그때부터 지선은 잠도 줄이고 예정된 판매 방송에 온 힘을 기울였다. 그리고 오늘, 마지막 기회인 방송이 있었는데, 목표 매출의 45%를 기록했다. 이는 식품 1팀 역사상 최하의 매출이었다.

지선은 믿을 수 없다는 듯이 방송 스태프를 붙잡았다.

"주문 수량이 잘못된 거 아니에요?"

"아뇨. 정확한 겁니다."

남자 스태프는 귀찮다는 얼굴로 자리를 떴다. 여전히 지선은 믿지 못하겠다는 표정이었지만 스튜디오는 이미 치워지고 있었다. 다음 방송인 '한국 한우'의 판매 방송을 위해서였다. 결국 지선은 미숙과 다른 팀원을 데리고 무대 세트 뒤쪽으로 자리를 옮겼다. 그녀가 팀원들을 향해 목소리를 높였다.

"너네 주문수 계속 체크했어? 어떻게 그딴 숫자가 나와? 매출이 분당 십만 원도 채 안 나온 거잖아!"

지선의 격앙된 태도에 팀원들은 어쩔 줄 몰라 하는 모습이었다. 잠시 우물쭈물하던 미숙이 겨우 말을 시작했다.

"품평회에서 지적받은 부분들 보완하고 내보낸 건데도 이 정도일 줄은……."

"그걸 변명이라고 해?"

이곳이 방송국 스튜디오임을 잊은 듯 지선의 목소리가 더욱 날카로워졌다.

한편, 무대 세트 앞쪽에는 연하가 서 있었다. 합판으로 된 무대 세트 너머로 지선의 격앙된 목소리가 계속 들려오자 연하의 표정도 어두워졌다. 그런데 그때 그녀의 눈에 무대 세트 꼭대기에 걸린 액자가 흔들거리는 게 보였다. 연하는 그 액자를 똑바로 고정시키기 위해 근처에 있던 사다리를 그 앞으로 옮겼다.

연하가 천천히 사다리를 타고 올라가는 사이 스튜디오를 지나가던 시욱이 무심코 그 모습을 보고 발을 멈췄다. 아무래도 위험할 것 같아서 시욱은 급히 그녀에게로 다가갔다. 자신이 대신해 줄 생각이었다. 그런데 그때였다.

"너네 때문에 다 망했어!"

무대 세트 뒤쪽에 있던 지선이 합판으로 된 세트를 발로 세게 걷어찼다. 그 바람에 무대 세트가 흔들리면서 그 앞에 있던 사다리를 건드렸다.

"어엇!"

사다리가 흔들리자 연하는 깜짝 놀라 발을 헛디뎠다.

"선배!"

시욱은 사다리에서 떨어지는 연하를 향해 달려갔다. 두 팔 벌려 온몸으로 연하를 받아낸 시욱이 그대로 그녀의 밑으로 깔린 채 넘어졌다.

쿵!

순식간에 벌어진 일이었다. 스튜디오 안은 그야말로 아수라장이 되었다.

"꺄악!"

그때 연하를 감싸고 있던 시욱의 팔이 힘없이 바닥으로 툭 떨어졌다.

"조 팀장님! 유 MD님!"

바닥으로 떨어진 시욱과 연하는 둘 다 정신을 잃은 상태였다. 그런데 넘어지면서 바닥에 머리를 다친 듯 시욱의 머리 아래에선 피가 흘러나오고 있었다. 새빨간 피를 본 직원들은 크게 당황했다.

"빠, 빨리 119! 119 불러!"

아수라장이 된 스튜디오 안에서 한 젊은 PD가 다급하게 휴대폰으로 전화를 걸었다. 웅성웅성하는 직원들 틈으로 걸어 나온 지선의 얼굴이 새하얗게 질려 있었다.

"나, 나 아니야. 나는, 내가 그런 게……."

그녀가 계속 중얼거렸다. 무대 세트가 자신의 발길질 한 번에 그렇게 크게 흔들릴 줄은 상상도 하지 못했다. 화들짝 놀라 무대 세트가 앞으로 넘어가는 것까진 가까스로 막았는데, 세트 너머에 사다리가 있었을 줄은 정말 몰랐다.

게다가 그 사다리에 연하가 타고 있었을 줄은 더더욱…….

몹시 당황한 지선의 손이 바들바들 떨렸다. 쓰러져 있는 연하의 모습과 시욱의 피를 보는 그녀의 눈가가 붉어졌다. 그때, 어수선한 스튜디오 안으로 루화가 뛰어 들어왔다.

"이게 대체 무슨 일이야?"

안절부절못하고 있는 직원들을 밀치고 안쪽으로 들어온 그녀가 바닥에 있는 연하와 시욱을 발견했다.

"시욱아! 연하야!"

루화가 황급히 무릎을 굽혀 두 사람의 상태를 확인했다. 시욱에게로 뻗어진 그녀의 손에 피가 묻어났다.

"피! 피 나잖아!"

심장이 내려앉을 정도로 놀란 루화가 바닥에 털썩 주저앉았다. 다음 순간 가까스로 이성을 찾은 그녀가 직원들을 향해 물었다.

"구급차 불렀어? 빨리 불러!"

소리치는 루화의 눈에서 눈물이 흘러내렸다. 그녀의 뒤에서 지선은 그저 온몸을 바들바들 떨고만 있었다.

15화. 발각 아니, 발칵

연하는 사다리에서 떨어지는 자신을 온몸으로 받아낸 시욱에게 완전히 안긴 후 정신을 잃었다. 눈을 떠보니 하얀 병실 천장이 먼저 보였다. 몸을 일으켜보려고 했지만 온몸이 쑤시고 아팠다.

"시욱이……."

연하는 곧바로 자신을 구하고 쓰러진 시욱을 떠올렸다. 그가 무사한지 확인하고 싶었다. 거추장스러운 링거 바늘을 거칠게 떼어내고 침대에서 내려왔다. 복도로 나온 연하는 자신의 옆 병실부터 살폈다. 병실의 환자 이름을 확인한 그녀가 천천히 문을 열었다.

침대에 누워 있는 시욱의 머리에는 붕대가 감싸져 있었고 그의 두 눈은 꼭 감겨 있었다. 입을 틀어막은 연하가 조심스레 그에게로 다가갔다.

"시욱아?"

시욱의 이름을 불러보았지만 그는 꿈쩍도 하지 않았다. 창백하게 질려 있는 얼굴을 들여다보는 연하의 눈에 눈물이 고였다.

자신의 밑에 깔려 넘어진 그가 얼마나 아팠을까.

이런 생각이 들자 너무 괴롭고 힘들었다. 숨을 쉬는 것조차 고통스럽고 아팠다.

"흐윽……!"

결국 연하는 울음을 터뜨렸다. 시욱의 앞에 서서 입을 막은 채 소리 죽여 울었다.

"왜 그랬어. 대체 왜……."

그런 위험한 상황에서 자신을 구하려고 뛰어든 시욱 때문에 연하는 가슴이 미어지는 것만 같았다. 그녀가 자신의 괴로운 가슴에 손을 올려 옷자락을 부여잡았다. 링거 바늘을 뽑은 팔뚝에서 새어 나온 피가 환자복에 번졌다.

"흐윽. 미안해. 미안해, 시욱아……."

연하의 눈에서 눈물방울이 계속 떨어져 내렸다. 시욱이 아니었다면 그녀는 분명 크게 다쳤을 것이다.

"나 때문에 네가, 흑……."

자신 대신 크게 다쳐서 누워 있는 시욱을 보면서 연하는 죄책감에 힘들어했다. 그렇게 서서 얼마나 울었을까. 한참 후, 시욱의 병실 문이 갑자기 열리더니 익숙한 목소리가 들려왔다.

"연하야, 너 여기서 이러면 안 돼."

"!"

연하는 순간 소름이 돋았다. 지선의 목소리였던 것이다. 연하의 고개가 천천히 문 쪽으로 돌아갔다.

"너도 아직 안정이 필요해."

황급히 다가온 지선이 연하의 팔을 잡아끌자 연하는 그녀의 손을 찰싹 소리 나게 쳐냈다.

"꺼져, 양지선."

분명 연하는 사다리에서 떨어지기 직전 지선의 목소리와 걷어차는 소리를 들었다. 끔찍한 사고를 일으킨 주제에 어딜 뻔뻔스럽게 나타났단 말인가.

"네가 감히 여길 와?"

연하가 지선을 노려보았지만 지선은 꿋꿋하게 그녀의 팔을 다시 잡았다.

"병실로 돌아가자, 연하야."

그때 지선의 시야로 연하의 손목에 굳어 있는 핏자국이 들어왔다. 지선이 놀라 굳어진 사이 그녀의 손을 쳐낸 연하가 이를 갈 듯이 말했다.

"당장 나가."

지선의 흔들리는 동공이 연하의 손목을 다시 한번 확인했다. 링거 바늘을 강제로 뽑은 것 같았다. 연하의 피 묻은 손목과 통통 부은 눈을 확인한 지선이 두 눈을 질끈 감았다.

다음 순간 지선은 연하의 앞에서 무릎을 꿇었다.

"정말 미안해."

지선은 고개를 푹 숙이고 연하에게 진심 어린 사과를 했다. 하지만 연하는 그녀를 차갑게 노려볼 뿐이었다. 이윽고 고개를 들어 연하의 서늘한 눈을 마주한 지선이 다급하게 입을 열었다.

"그런데 나, 정말 일부러 그런 거 아니야. 순간 욱해서 한 실수였어."

"아니. 넌 누군가를 죽이고 싶다는 의도로 세트를 걷어찬 거야."

연하가 흔들림 없는 또렷한 눈동자로 지선을 노려보면서 말을 뱉어냈다.

"넌 살인자나 다름없어."

그토록 착하고 다정했던 연하가 이토록 차갑고 무섭게 느껴지는 날이 오게 될 줄은 상상도 하지 못했다.

"미안해. 내가 정말 잘못했어."

지선은 다시 고개를 푹 숙이며 사과했다. 그런 그녀의 앞으로 연하가 한 발자국 가까이 다가왔다.

"일어나."

연하의 목소리에 지선은 다시 고개를 들었다. 그러나 또 한 번 연하의 냉랭한 눈빛을 마주해야 했다.

"그리고 사과하지 마."

상체를 살짝 숙인 연하가 손으로 지선의 어깨를 움켜쥐었다. 그녀가 살벌하게 경고했다.

"시욱이 잘못되면 널 절대 가만두지 않을 거니까."

연하에게서 살기가 느껴졌기에 지선은 아랫입술을 파르르 떨었다. 그사이 연하가 말을 이었다.

"내가 그동안 너한테 너무 점잖게 굴었지? 그래서 지금 미치도록 후회하고 있어. 그 결과로 난 죽을 뻔했고 시욱인 의식조차 못 찾고 있으니까."

자신의 복수 방법이 옳지 않았던 거다. 지선이 이렇게까지 구제 불능인 줄도 모르고 끝까지 그녀에게 기회를 주려고 했다.

"널 진작에 회사에서 내쫓았어야 하는 건데! 멍청하게도 나는 네가 반성하고 스스로 나갈 거라고 굳게 믿고서……!"

마지막까지 지선을 믿었던 연하는 또 배신을 당한 기분이었다. 이제 그녀는 지선보다 자기 자신이 더 원망스러웠다.

연하의 싸늘한 눈빛을 마주하고 있는 지선의 눈에서 눈물이 한 줄기 주르륵 흘러내렸다.

어쩌다 이렇게까지 됐을까.

어디서부터 잘못됐던 걸까.

대체 어디서 멈췄어야 했던 걸까.

그때 지선의 주머니에서 전화가 울렸다.

Rrrrr.

발신자의 이름을 확인한 지선은 마른침을 꿀꺽 삼켰다. 그 전화가 꼭 지옥에서 걸려온 전화처럼 느껴졌다.

전화받기를 망설이고 있는 지선을 내려다보면서 연하가 서늘하게 말했다.

"그분은 나만큼 점잖지 않을 거야."

지금 어쩌면 연하보다 더 화가 나 있을 한 사람. 온루화 국장에게서 걸려온 전화에 지선은 심장이 쿵쾅거렸다.

"각오해, 너."

차갑게 경고한 연하가 그녀의 휴대폰을 빼앗아 통화 버튼을 눌렀다.

***

그 시각, 패션 1팀 사무실 안은 몹시 혼란스러운 분위기였다.

"이게 도대체 무슨 일이야? 팀장님이 사다리에서 떨어지는 유 MD님을 구하다가 같이 쓰러졌다며?"

"어. 둘 다 기절한 채로 실려 갔어."

팀원들은 모두 동요로 인해 얼굴이 상기된 상태였다.

"저번에 방송 대박 내고 이번엔 프라임 시간대까지 따냈는데, 사고라니."

김 대리의 말에 팀원들은 승승장구하던 연하를 떠올리며 안타까운 표정을 지었다. 초조한 얼굴로 자리에 앉아 손톱을 물어뜯고 있던 세영이 혼잣말처럼 중얼거렸다.

"팀장님이랑 유 MD님, 많이 다치셨으면 어떡하죠?"

팀원들의 분위기가 급격히 어두워졌다. 그때 탕비실에서 나온 재진이 세영의 앞에 커피가 담긴 종이컵을 내려놓았다.

"일단 진정하고 커피 마셔요, 세영 씨."

세영이 그를 쳐다보았지만, 재진은 이미 그녀를 보고 있지 않았다. 다음 순간 그가 팀원들을 향해 말했다.

"지금 이러고 있을 때가 아닙니다, 여러분."

"뭐?"

팀원들은 꽤 황당해하는 표정이었다. 그들을 죽 둘러보며 재진이 강한 어조로 말을 이었다.

"일들 하셔야죠. 일단, 메가 상품으로 선정된 후드티 말인데요. 기획 팀에 넘길 프로모션 자료가 시급합니다. 그리고 곧 있을 편성 회의 준비도 바로 시작해야 하고요."

"팀장님도 없이 편성 회의에 참석하려고?"

"네. 팀장님도 그걸 바라실걸요?"

당황한 팀원들에게 재진은 단호하게 대답했다. 그때까지 가만히 재진을 쳐다보고만 있던 세영의 눈에 꽉 쥔 채 가늘게 떨고 있는 그의 주먹이 포착되었다.

"그래요. 일해요, 우리. 일 끝내고 병문안도 가야죠."

세영이 자리에서 벌떡 일어서며 재진을 거들었다. 그제야 팀원들은 다시 일을 시작했다.

***

국장실을 향해 걸어가는 지선의 발걸음이 추를 매단 듯 무거웠다. 불편해 보이는 얼굴로 지선은 국장실의 문을 두드렸다.

"양지선 MD."

평소처럼 화려한 옷차림이 아닌 검은색 바지 정장을 입은 루화가 문 앞에서 지선을 맞이했다.

"내가 무슨 일로 부른지는 알고 있겠지?"

지선이 안으로 들어오자 루화가 물었다. 곧바로 지선은 허리를 꾸벅 숙였다.

"죄송합니다."

지선의 정수리를 보는 루화의 입가에 조소가 서렸다. 금방 얼굴에서 웃음기를 거둬낸 루화가 딱딱하게 굳은 얼굴로 입을 열었다.

"네가 감히 내 조카를 다치게 해?"

"정말 죄송해요. 죄송합니다."

지선은 구급차가 오고 나서 직원들이 119대원들에게 사고 상황을 설명할 때 일그러지던 루화의 표정을 기억하고 있었다. 곧바로 자신을 죽일 듯이 노려보던 눈빛도 아직 생생했다.

"그렇지만 일부러 그런 건 절대 아니에요."

"방송 준비 중인 무대 세트를 발로 차 놓고 일부러 그런 게 아니야?"

이렇게 소리친 루화가 왼손을 뻗어 지선의 어깨 부분 셔츠를 확 잡아당겼다. 그 힘에 의해 지선이 상체를 들게 되자 루화의 오른손이 날아갔다.

"이 살인마 같은 게!"

찰싹!

그대로 루화가 지선의 뺨을 때렸다. 지선은 놀라 굳어져 아무런 행동도 하지 못했다. 그녀는 그저 공포에 질려 있었다. 지선에게서 손을 뗀 루화가 재킷 안주머니에서 손수건을 꺼내 자신의 손을 닦았다. 그러면서 나직하게 말했다.

"너 내가 홈쇼핑 쪽에는 두 번 다시 발도 못 들여놓게 할 거야."

"그, 그게 무슨……?"

지선의 눈동자가 세차게 흔들렸다. 다음 순간 루화는 손수건을 뭉쳐 쓰레기통에 던져 넣었다.

"10년 가까운 경력을 찢어진 종잇조각 취급받게 해 줄게."

무섭게 경고한 루화가 팔짱을 끼고는 서늘하게 말을 뱉어냈다.

"해고야, 너!"

각오했던 일이긴 하지만, 이쪽 일을 아예 못하게 될 줄은 몰랐다. 당황한 지선이 입술을 달싹거리자 루화가 말을 이었다.

"그리고 너 때문에 방송이 하나 펑크 나고 직원이 둘이나 다쳤어. 손해배상 청구했으니까 꼭 처리하고 나가."

지선의 얼굴이 서서히 파리하게 질려갔다. 하지만 루화는 말을 멈출 생각이 없었다.

"그게 끝인 줄 아니? 연하랑 시욱이 병원비랑 정신적인 피해 보상까지 다 받아낼 거야."

지선은 정말이지 눈앞이 캄캄해지는 기분이었다.

"단단히 각오해, 너. 아주 탈탈 털어줄 테니까."

***

오늘도 연하는 자신의 병실이 아닌 시욱의 병실에 있었다. 자신은 내일이면 퇴원을 하지만 시욱은 아직도 눈을 뜨지 못하고 있었던 것이다.

"시욱아, 이제 좀 일어나줘. 응?"

시욱의 침대 옆에 의자를 끌어다 앉은 연하가 울상을 지으며 애원했다.

"내가 정말 미안했어. 흐윽……."

연하의 눈에서 또다시 눈물이 흘러내렸다. 시욱이 침대에 누워 있는 삼 일 내내 울었지만 그래도 눈물은 마르지 않고 또 나왔다.

"깨어나면 내가 정말 잘할게."

가만히 시욱의 손을 잡은 그녀가 나직하게 중얼거렸다.

"제발 깨어나기만 해 줘."

이렇게 삼 일 동안 얼마나 기도했는지 모른다. 하지만 시욱은 한 번도 눈을 뜨지 않았다.

"내가 뭐든 다 해 줄게."

그가 눈을 뜨기만 한다면 뭐든지 해 줄 자신이 있었다. 그만큼 연하는 삼 일 내내 너무 괴롭고 힘들었다.

"시욱아, 제발……."

또르르 흐르는 눈물을 손등으로 닦아낸 그녀가 울먹이면서 고백했다.

"나 아직도 너 많이 좋아한단 말이야."

이대로 그가 눈을 뜨지 못하면 어떡하나 불안했다. 이대로 그를 잃을까 봐, 사랑하는 그를 다신 못 보게 될까 봐 너무나 무서웠다.

"많이 좋아하는 주제에 헤어지자고 해서 정말 미안해."

고해성사하듯 연하는 계속 말을 이었다.

"후회하지 않을 거라고 거짓말하고 허세 부려서 미안해. 내가 다 미안해."

그러면서 잡고 있는 시욱의 손을 더욱 꽉 잡았다. 그때 시욱이 천천히 눈을 떴다. 고개를 들다 그 모습을 본 연하가 깜짝 놀랐다.

"시욱아……!"

시욱의 까만 눈동자가 그녀에게로 향했다. 그와 눈이 마주치자 연하의 얼굴에 안도의 미소가 피어올랐다.

"다행이다! 다행이야, 정말……."

그 순간 시욱이 입술을 열었다.

"누구세요?"

그의 건조한 음성과 눈빛에 연하의 움직임이 우뚝 멈췄다. 그건 분명 영화나 드라마에서나 나올 법한 대사였다.

"나, 나?"

연하는 일단 주위를 빠르게 둘러보았다. 혹시 이 병실 안에 자신이 아닌 다른 사람이 있는 건 아닌지 확인하기 위함이었다. 하지만 시욱은 분명 자신을 향해 던진 질문이었다.

"설마, 날 기억 못 하는 거야? 정말?"

두 눈이 크게 벌어진 연하가 믿을 수 없다는 듯이 물었다. 이윽고 그녀의 흔들리는 동공이 시욱의 붕대 감은 머리에 고정되었다.

머리를 다치더니 기억상실에라도 걸린 건가.

"나야, 시욱아. 유연하라고, 유연하."

"유연하……?"

연하의 이름을 따라 말해 보던 시욱이 갑자기 손으로 머리를 감쌌다.

"앗, 머리가……."

그 행동에 화들짝 놀란 연하가 황급히 자리에서 몸을 일으켰다.

"머리 아파? 의사 부를까?"

"아뇨. 그 정돈 아니고요."

쿨하게 대답하면서 시욱이 머리에서 손을 내렸다. 그러곤 침대에서 상체를 일으키더니 기대앉았다.

"그보다 시원한 물 좀 주세요."

"응? 응. 잠깐만 기다려."

연하는 컵을 들고 정수기로 가서 차가운 물을 따라 가져왔다. 물을 한 모금 마신 시욱이 그 컵을 다시 연하에게 건넸다. 연하가 컵을 치우는 사이 시욱이 부탁했다.

"담요 좀 갖다주세요."

곧바로 연하는 구석에 있는 보조 침대로 걸어갔다. 그 위에 놓인 담요를 집어서 시욱에게 가져오자 시욱이 그걸 받아들 생각은 않고 말했다.

"털어주셔야죠."

"아."

어색하게 웃은 연하가 담요를 들고 병실 밖으로 나가려고 하자 시욱이 그녀를 말렸다.

"나가지 말고 여기서요."

그러자 연하가 담요를 든 채 몸을 뱅글 돌렸다.

"여기서?"

"네. 창문 열고."

다음 순간 연하는 얌전히 창문으로 다가가 문을 열었다. 그러곤 담요를 밖으로 내밀고 손으로 팡팡 털었다. 잠시 후 연하가 깔끔해진 담요를 다시 가져오자 시욱이 두 손으로 그걸 받았다. 담요를 펴서 하체 부분에 덮은 시욱이 연하를 향해 말했다.

"TV 좀 틀어주세요."

연하는 바로 리모컨을 찾아 TV 전원을 켰다. TV 화면을 잠시 바라보던 시욱이 다시 침대에 누우며 말했다.

"재미없네요. 꺼주세요."

리모컨으로 TV 전원을 끈 연하는 그제야 조금 이상한 느낌을 받았다. 그녀가 고개를 갸웃하며 시욱을 돌아보았다.

"어째 날 좀 부려먹는 느낌인데?"

"제가요?"

시욱이 정색하며 반문했다. 이내 그가 단호하게 고개를 저었다.

"그럴 리가요. 제가 잘 모르는 연하 씨를 왜."

그의 입에서 나오는 '연하 씨'라는 표현이 연하는 괜스레 어색했다. 그래서 헛기침을 몇 번 하고는 입을 열었다.

"근데 내가 네 선배였거든?"

그러자 시욱이 머리를 주억거렸다.

"네. 그래 보여요."

"그래 보여?"

묘하게 기분 나쁜데?

머쓱해진 연하가 자신의 두 볼에 손을 올렸다. 겨우 두 살 많을 뿐인데, 그렇게 극명하게 티가 나나?

그때 시욱이 이렇게 서두를 뗐다.

"문득……."

"응?"

멋있게 손으로 턱을 긁적이던 시욱이 무척 진지한 얼굴로 연하를 바라보았다.

"A커피 전문점 아메리카노랑 B베이커리 에그 샌드위치가 먹고 싶네요."

자연스럽게 A브랜드 커피 전문점과 B베이커리의 위치를 떠올려보던 연하의 표정이 살짝 굳어졌다.

"B베이커리는 여기서 꽤 먼데?"

"그래서요?"

정색한 시욱이 자신의 턱에 있던 손을 붕대로 옮겼다. 자석에 이끌리듯 연하의 시선이 그 손을 따라갔다.

"못 사다주겠다는 거예요?"

"아니. 지금 바로 갈게."

연하는 재빨리 병실 문을 향해 뛰듯이 걸어갔다. 그런 그녀의 뒤에서 시욱은 가볍게 손을 흔들었다.

"잘 다녀와요, 연하 씨."

연하가 사라진 방향을 보면서 시욱은 작게 미소를 지었다.

***

그 시각 지선은 AZ홈쇼핑 건물 로비에서 친구를 기다리고 있었다. 구석에 마련된 소파에 앉아 있는 지선에게로 친구인 예란이 다가왔다.

"지금 일하는 시간 아니야?"

지선의 옆자리에 앉으며 예란이 물었다. 그녀의 동그란 안경 너머로 지선의 굳어 있는 얼굴이 보였다.

"그만뒀어."

"뭐? 왜?"

놀란 예란이 안경을 밀어 올리며 빠르게 물었다. 지선이 덤덤한 표정으로 대답했다.

"죄를 졌으니까."

그 말에 예란의 짙은 눈썹이 찡그려졌다.

"너 지금 무슨 소리 하는 거야?"

대답 대신 지선은 자리에서 몸을 일으켰다. 그녀가 예란을 내려다보며 말했다.

"나 이제 경찰서 갈 거야."

"경찰서?"

화들짝 놀란 예란이 자리에서 벌떡 일어섰다. 그녀를 향해 지선이 단호하게 말을 이었다.

"내가 이쪽 회사에 바지 샘플 넘겼잖아. 경찰에 그거 자백하러 가."

"뭐? 너 미쳤어?"

예란은 펄쩍 뛰었지만 지선은 진심이었다. 회사에서 해고당하고 이제 어떤 일을 해야 하나 막막하기만 한데, 피해보상금 때문에 아파트도 팔아야 했다. 악착같이 쥐고 있던 모든 걸 잃고 나니까 오히려 홀가분했다. 그래서 완전히 다 털어버리기로 결심했다.

"그건 네가 나한테 선물로 준 거잖아!"

"선물 아닌 거 알고 있었잖아?"

지선의 냉정한 대꾸에 예란은 이를 으득 갈았다. 그때 지선에게서 바지 샘플을 받은 게 지금 너무나 후회되었다. 두 주먹을 콱 움켜쥔 예란이 지선을 쏘아보았다.

"지금 같이 죽자는 거야?"

"응. 내가 진짜 못된 성격이라 혼자서는 죽어도 못 죽겠거든."

가방을 고쳐 멘 지선이 발걸음을 뗐다. 따라오려 하는 예란을 돌아보며 지선이 차갑게 말했다.

"따라오지 마. 나 CC의류한테도 들러야 하거든. 당장 판매금지 가처분 신청하라고 알려줘야지."

"야, 양지선!"

소리를 빽 지른 예란이 신경질적으로 자신의 머리를 헝클어뜨렸다. 그대로 지선은 택시를 타고 CC의류 사무실로 이동했다. 작은 건물의 2층으로 올라가 사무실을 확인한 지선이 문 앞에서 심호흡을 크게 한 다음 문을 두드렸다.

"엇, 당신은……!"

문을 연 동훈이 지선을 알아보고 표정을 굳혔다.

"죄송합니다."

그 앞에서 지선은 허리를 깊이 숙였다. 허리를 편 그녀가 동훈을 향해 나직하게 말했다.

"제가 저지른 일이니까 제가 다 끝낼 거예요. 그러니까 그 회사에 제조 판매금지 가처분 신청하세요. 손해배상도 같이 청구하시고요."

동훈에게 다시 한번 머리를 숙인 뒤 지선은 몸을 돌렸다. 계단을 내려가고 있는 그녀의 뒤를 동훈이 따라왔다.

"저기요!"

지선이 천천히 몸을 틀었다. 계단 위에서 동훈이 잠시 주저하다가 입을 열었다.

"벌받고 돌아오면 여기에서 한 번 일해 볼래요?"

"네?"

동훈은 지금 자신을 직원으로 채용하겠다는 말을 하고 있었다. 지선이 이해할 수 없다는 표정을 짓자 동훈이 말을 시작했다.

"사실, 저도 별로 내키지는 않는데, 유 MD님이 부탁하셨거든요. 만약에 지선 씨가 다 해결하고 돌아오면, 친구였던 애니까 잘 좀 부탁한다고."

지선의 동공이 크게 흔들리더니 이내 두 눈에 눈물이 고였다.

"지선 씨한텐 남은 게 아무것도 없을 거라고."

아랫입술을 깨무는 지선의 입 주변이 파르르 떨렸다. 결국 그녀는 울음을 터뜨렸다.

"흐윽……."

그녀는 지금 보석처럼 소중했던 친구를 완전히 잃었다는 걸 절실히 깨달았다.

***

병실에만 있는 게 무료했던지 시욱이 자리에서 상체를 일으켰다.

"저 산책하고 싶어요."

갑작스러운 그의 말에 연하는 보조 의자에서 일어나 허둥지둥했다.

"어, 그래. 그럼, 잠깐만. 가서 휠체어 가져올게."

그녀가 급히 병실 문을 향해 걸어가자 침대에 걸터앉은 시욱이 그녀를 불러 세웠다.

"휠체어는 왜요?"

"아직 걷긴 좀 불편할 테니까."

"괜찮은데."

그러나 시욱의 말을 듣지도 않고 연하는 문을 열고 병실을 나갔다. 얼마 지나지 않아 그녀가 휠체어를 밀면서 안으로 들어왔다.

"그거 없어도 진짜 괜찮은데."

나직하게 중얼거리는 시욱이 있는 침대로 휠체어를 밀고 간 연하가 단호하게 대꾸했다.

"너 아직 환자야. 그것도 중환자."

"그쪽도 환자잖아요."

말하면서 시욱이 연하가 입고 있는 환자복을 눈으로 훑었다. 그때 연하가 진지해진 얼굴로 입을 열었다.

"나는 내일 퇴원해. 네가 나 대신 다친 거거든."

그런 다음 휠체어를 손바닥으로 툭툭 건드렸다.

"그러니까 타."

결국, 시욱은 얌전히 휠체어에 앉았다. 곧바로 연하는 시욱이 탄 휠체어를 밀면서 병원 산책로로 나갔다. 해가 지고 있는 불그스름한 오후, 양쪽으로 늘어선 나무와 꽃들을 지나가면서 시욱이 뒤쪽의 연하를 향해 말했다.

"질문 하나만 할게요."

"응. 해."

"그쪽이랑 전 무슨 사이였어요?"

시욱의 질문에 연하는 시선을 내려 그의 정수리를 쳐다보았다.

"글쎄, 우린 대체 무슨 사이였을까."

연하는 아무것도 기억하지 못하는 것 같은 시욱에게 어떤 대답을 해야 할지 망설였다. 하지만 곧 굳이 길게 설명할 필요도, 뭔가 포장할 필요도 없다는 걸 깨달았다. 그래서 솔직하게 대답했다.

"내가 널 좋아했어. 아주 많이."

놀란 시욱은 뒤를 돌아보고 싶었지만, 얼굴이 화끈거리고 있었기 때문에 그러지 못했다.

***

"저 보리차 좀 끓여서 갖다주세요."

"보리차?"

"네. 직접 끓인 보리차가 마시고 싶어요."

시욱의 부탁에 연하는 병원복도 던져버리고 곧장 집으로 향했다. 시중에 파는 보리차 음료는 싫다 해서 굳이 보리차 티백을 사서 팔팔 끓였다.

보리차를 담은 보온병을 든 연하가 병실로 들어서자 시욱이 보고 있던 휴대폰을 내려놓으며 물었다.

"기사 봤어요? 도운열이 사람을 패서 식당 문을 닫았다네요."

그건 연하도 이미 알고 있는 사실이었다. 워낙 많은 기사가 쏟아져 나왔기 때문에 안 볼 수가 없었다.

"당연히 봤……."

대답하려던 연하가 순간 멈칫했다. 머리를 갸웃 기울인 그녀가 시욱에게 의구심 어린 눈빛을 보냈다.

"도운열은 기억하나 봐?"

자신을 기억 못 하는 그가 운열을 기억하고 있는 게 이상했다.

"네?"

그 순간 시욱의 까만 동공이 흔들렸다. 그를 주시하면서 연하는 앞으로 걸어갔다. 그녀가 의자에 보온병을 내려놓는 사이 시욱이 다시 입을 열었다.

"도, 도운열은 스무 살 때 만난 적이 있어요. 그, 내가 한창 권투할 땐데……."

"그때 나도 만났을걸?"

시욱의 앞에 멈춰 선 연하가 하는 말에 시욱은 눈동자를 또르르 굴렸다.

"앗, 맞아요. 그러고 보니……."

아무래도 그의 행동이 수상했다.

"설마 첫사랑 얼굴도 잊은 거야?"

결국 연하는 시욱에게로 얼굴을 들이밀면서 빠르게 물었다. 그녀를 빤히 보던 시욱이 두 손으로 그녀의 얼굴을 감쌌다.

"그럴 리가요. 한순간도 잊은 적 없죠."

그의 세상 달콤한 표현에도 연하는 울컥 화가 났다. 그녀의 주먹이 시욱의 가슴을 가격했다.

퍽-

"야!"

연하가 버럭 소리를 질렀다. 단 하루였지만 속으로 얼마나 걱정했는지 모른다. 그가 이대로 자신을 기억 못 하면 어떡하나 하고.

"정말 기억상실인 줄 알고 얼마나 마음 졸였는지 알아?"

"미안해요. 잠깐만 장난치려고 했는데, 선배의 당황한 얼굴이 너무 귀여워서 그만."

생글 웃은 시욱이 두 팔을 뻗어 연하의 허리를 끌어안았다.

"사랑해요."

"그렇게 얼렁뚱땅 넘어가려고 하지 마."

뾰로통해진 연하가 시욱의 손을 떼어냈다. 그녀의 가늘어진 두 눈이 시욱을 흘겨보았다.

"사람을 그렇게나 시켜 먹었으면서!"

"깨어나면 뭐든 다 해 준다기에 한 번 이것저것 부탁해 본 거예요. 근데 정말 다 들어주시던데요? 너무 착한 거 아니에요?"

의심도 않고 군말 없이 다 들어주는 연하의 모습에 시욱은 감동도 느꼈지만 한편으론 걱정이 되기도 했다. 또 누군가에게 이용당

할까 봐. 다음 순간 연하가 화끈거리는 얼굴을 돌리며 발을 뗐다.

"너 누워서 다 듣고 있었구나! 나 갈 거야!"

침대에서 일어난 시욱이 잽싸게 그녀의 팔뚝을 잡았다. 연하가 고개를 돌리자 시욱이 그녀의 손을 끌어가 잡았다.

"이제 이 손 안 놓을 거예요."

연하의 손에 깍지를 끼며 시욱이 말했다.

"선배는 바보같이 착해서 내가 꼭 곁에 있어야 하거든요."

연하가 헤어지자고 했을 때도 그는 한 번도 그녀의 곁에서 멀어진 적이 없었다. 그녀에겐 자신이 꼭 필요했으니까. 아니, 그렇다고 굳게 믿고 있으니까. 시욱의 말에 연하는 작게 웃음을 터뜨렸다. 그건 그녀도 인정하지 않을 수 없었다.

"맞아. 난 너 없으면 안 돼."

연하에겐 그가 너무나 필요했다.

"넌 내가 유일하게 못되게 굴 수 있는 남자니까."

원래 남에게 화를 잘 못 내는 성격인데, 그동안 시욱에게만 얼마나 화를 냈던가. 그건 그가 만만해서도 편해서도 아니었다. 특별해서였다. 다음 순간 연하가 발꿈치를 들고서 시욱의 입술에 뽀뽀를 쪽쪽 했다.

"넌 특별해. 소중해. 사랑해."

"마지막 말, 한 번만 더 해 줄래요?"

연하의 입술 위에서 시욱이 달콤하게 부탁했다.

"사랑해, 시욱아."

녹아내릴 것 같은 달달한 목소리로 사랑을 속삭인 연하가 시욱의 입술에 깊게 키스했다.

"이제부턴 내가 널 지켜줄게."

예쁘게 고백하며 연하가 두 팔로 시욱을 끌어안았다. 그가 오랫동안 키다리 아저씨 역할을 해온 것 이상으로 이제부턴 자신이 그를 지켜낼 것이다.

"그럼 전 하던 대로 할게요."

대답하면서 시욱이 양팔로 연하를 꽉 끌어안았다. 두 사람 사이에는 종이 하나 비집고 들어갈 틈이 없었다.

"사랑해요. 사랑하고 있어요."

그녀보다 두 살 어린 키다리 아저씨가 다시 한번 진하게 고백했다.

"너네 지금 뭐 하냐?"

그때 갑자기 들린 서늘한 목소리에 연하와 시욱의 고개가 동시에 돌아갔다.

"흭!"

병실 문 앞에는 루화가 서 있었다.

"어머나!"

루화의 일그러진 얼굴을 발견한 연하가 시욱을 밀쳐냈다. 성큼성큼 다가오는 루화에게 그녀가 할 수 있는 말은 이것뿐이었다.

"조카분을 저에게 주십시오!"

멈칫한 루화가 황당하다는 듯이 벌어진 눈으로 두 사람을 번갈아 쳐다보았다. 그녀의 머릿속이 매우 혼란스러웠다.

"안 될 말이다!"

일단 루화는 단칼에 거절했다. 연하가 괘씸하게 느껴졌던 탓이다. 반면 연하는 예상치 못한 루화의 냉한 반응에 진심으로 당황했다.

"전에는 달라면 주신다고 하셨잖습니까?"

"내가? 언제?"

루화가 화려하게 화장한 얼굴을 쳐들었다. 기뻐하며 바로 허락할 거라 믿어 의심치 않았던 터라 연하는 급격히 침울해졌다.

"이런 거짓말쟁이!"

아랑곳하지 않고 루화는 도도하게 두 팔을 교차시켜 팔짱을 꼈다. 그사이 무언가를 생각하던 연하가 황급히 입을 열었다.

"그럼, 소원이요!"

"뭐?"

"전에 말씀하신 소원 쓸게요!"

연하가 다부진 표정으로 말하자 루화의 입가가 비스듬히 올라갔다.

"흥, 속을 줄 알고? 전에 한 번 썼잖아!"

"안 통하네."

나직하게 중얼거린 연하가 루화의 앞에 다소곳이 손을 모으고 섰다. 루화의 다갈색 눈동자가 그녀를 위아래로 훑었다.

"제가 조카분을 사랑합니다."

연하의 진지한 고백에 그때까지 반쯤 장난이었던 루화의 동공이 흔들렸다. 그녀들 사이에서 시욱은 흥미롭다는 표정을 짓고 있었다. 다음 순간 루화가 입을 열어 물었다.

"언제부터야?"

"네?"

루화의 곱지 않은 눈길이 시욱과 연하를 번갈아 노려보았다.

"너네 언제부터 이런 사이였냐고!"

그러자 연하의 뒤쪽에서 시욱이 먼저 대답했다.

"10년 넘었지, 아마?"

"시, 십 년?"

루화의 눈이 화등잔만 하게 커졌다. 그녀만큼이나 놀란 연하가 재빨리 시욱을 나무랐다.

"아니, 그렇게 말하면 오해하시잖아."

그사이 루화는 두 사람에게 더욱 가까이 다가섰다. 그녀의 목소리가 높아졌다.

"근데 왜 나한테 말 안 했어! 엉?"

성이 난 루화의 눈빛을 덤덤히 마주하면서 시욱이 대답했다.

"10년 전에 처음 만났고 그때 내가 반해서 쭉 좋아했어. 서로 마음이 통한 지는 얼마 안 돼."

"사귀자마자 나한테 말했어야지!"

시욱에게 버럭 서운한 마음을 드러낸 루화가 이번엔 연하를 향해 몸을 틀었다.

"내가 너흴 얼마나 아끼는데!"

"죄송해요."

후배인 자신을 각별하게 생각하는 루화의 마음을 잘 알기에 연하는 머리를 조아렸다.

"이건 명백한 배신이야, 배신!"

루화는 격하게 아끼는 시욱과 연하가 연인 사이라는 걸 너무 늦게 알게 된 것이 못내 서운했다.

"너 내가 반대하면 결혼 힘들어진다? 알지?"

루화의 협박 아닌 협박에 연하는 그녀의 팔을 붙잡으며 귀엽게 애원했다.

"반대하지 말아 주세요. 제발."

그 순간 시욱이 연하에게로 손을 뻗었다.

휙-

손으로 연하의 어깨를 끌어온 시욱이 나직하게 말했다.

"내가 권투를 그만둔 이유야."

"뭐?"

루화가 놀란 눈으로 시욱을 쳐다보았다. 시욱이 당당하게 말을 이었다.

"이 여자가 내가 권투를 그만둔 결정적인 이유라고."

시욱은 루화를 단번에 설득할 방법을 알고 있었다. 그건 꽤 간단했다.

"결혼을 반대할 이유가 있어? 이모한테나 엄마한테나."

"없지. 절대 없어."

루화가 고개를 마구 저었다. 그녀와 그녀의 언니는 시욱이 권투를 그만둔 사실을 은근히 기뻐하고 있었기 때문이다.

"결혼해, 어서."

루화의 태도가 급변했다. 그 때문에 연하는 조금 당황한 낯빛이었다.

"날 잡자, 빨리."

연하가 어색한 미소를 짓자 루화가 그녀의 손을 끌어가 잡았다.

"고마워, 연하야."

루화의 진심 어린 인사에 연하는 웃으며 손을 마주 잡았다.

16화. 해피엔딩

　의사를 앞에 둔 운열은 무척 초췌한 얼굴을 하고 있었다. 그가 긴장한 표정으로 자신의 오른손을 쓰다듬었다.

　"마비의 원인이 대체 뭡니까?"

　마른침을 꿀꺽 삼킨 운열이 긴장감이 묻어나는 목소리로 물었다.

　"최근에 부러지거나 크게 다친 적은 없다고 하셨죠?"

　"네."

　"흐음."

　잠시 생각에 잠긴 것처럼 가만히 있던 의사가 심각하게 입을 열었다.

　"그럼 정신적인 문제일 수가 있겠네요."

　의사의 말에 운열은 크게 놀라는 표정을 지었다. 동그랗게 벌어진 눈을 깜박이며 운열이 물었다.

"정신적 문제요?"

"검사상으로는 아무런 문제가 발견되지 않았습니다. 아무래도 정신적인 문제로 인해 마비가 온 것 같아요."

의사가 운열에게 X-ray와 MRI 검사 사진을 보여주었다. 그러곤 예리하게 눈을 빛내며 질문했다.

"혹시 최근에 오른손을 함부로 쓰신 적이 있으십니까?"

"……."

생각해 보니 너무나 많았다. 화가 나서 벽을 치거나 함부로 휘두른 적도 있었다. 운열의 얼굴이 급격히 어두워지자 의사의 표정 역시 어두워졌다.

"전에 마비를 한 번 겪으셨다면서요? 그럼 손을 좀 더 소중하게 쓰셨어야죠."

의사가 강한 어조로 운열을 나무랐다. 다음 순간 그에게로 상체를 기울인 운열이 다급하게 물었다.

"나을 방법은 있는 거죠?"

그러자 의사가 무겁게 대답했다.

"다시 재활 치료 시작하셔야죠, 뭐."

"얼마나 걸릴까요? 그때는 반년 정도 걸렸는데."

"아무도 예측할 수 없습니다. 몇 년이 걸리는 분들도 있으니까."

"낫기는 하는 거죠?"

운열의 표정은 절박해 보였다. 하지만 그를 보는 의사의 눈빛은 차갑게 가라앉아 있었다.

"그것도 확답을 드릴 수는 없습니다."

냉정한 답변이 들려오자 운열은 눈썹을 일그러뜨렸다. 그러곤 감각이 무뎌진 오른손을 들어 올려보았다. 자신은 셰프였다. 음식을 맛있게 만들어야 하는.

그때 운열이 갑자기 다른 손으로 자신의 머리카락을 움켜쥐었다.

"아악! 으아아악!"

이제야 그림이 아닌 더 잘할 수 있는 걸 찾았는데, 또 잃게 생겼다.

"왜 또 이러는 거야, 왜 또! 왜!"

이번엔 내가 원한 게 아니잖아!

미친 것 같이 소리를 지르는 운열의 행동에 놀란 의사가 간호사를 불렀다. 그러는 동안 운열은 머리카락을 계속 쥐어뜯었다.

"내가 뭘 그렇게까지 잘못했다고⋯⋯!"

급기야 보안 직원까지 와서 운열을 말렸다. 그럼에도 운열은 절망의 구렁텅이에서 빠져나올 수가 없었다.

***

퇴원 수속을 마친 연하는 사복으로 옷을 갈아입은 상태였다. 시욱의 병실로 쭈뼛거리며 들어온 그녀가 어색하게 말했다.

"나 먼저 퇴원해서 미안."

"그런 말이 어디 있어요."

정색한 시욱이 그녀의 손을 끌어가 잡았다. 그런 말을 들으려고 그녀를 구한 게 아니다.

"선배가 많이 안 다쳐서 진심으로 기뻐요."

그의 따뜻한 눈빛이 연하를 지그시 응시했다. 그를 마주 보던 연하가 갑자기 피식 웃음을 터뜨렸다.

"왜 웃어요?"

그녀의 웃는 얼굴을 본 시욱이 고개를 갸웃했다. 연하가 달달한 눈빛으로 시욱을 바라보면서 대답했다.

"난 네가 말하는 그 '선배'란 소리가 이상하게 좋더라."

'선배'는 자칫 잘못하면 거리감이 느껴지고 딱딱하게 들릴 수 있는 표현이 분명한데, 그의 다정한 목소리와 어우러져 매우 특별하게 들렸다. 역시 호칭은 누가 어떻게 부르느냐에 따라 굉장히 다른 모양이다.

시욱이 싱긋 웃으며 고개를 끄덕였다.

"하긴. '누나'보단 낫죠?"

"어. '누나'라고 하기만 해."

'누나'란 표현에 질색한 연하가 시욱을 흘겨보았다. 이에 시욱은 장난스럽게 거수경례를 했다.

"네, 누님."

"야."

연하는 순간 버럭 했다가 이내 헛웃음을 터뜨렸다. 다음 순간 두 사람은 동시에 예쁜 미소를 지었다. 자신을 잡고 있는 시욱의 손 위에 손을 얹으며 연하가 부드럽게 말했다.

"자주 올게."

"그러지 마요."

고개를 젓는 시욱의 행동을 연하가 말간 눈동자로 쳐다보았다. 시욱이 곧바로 말을 덧붙였다.

"자주 말고 매일 와요."

그러곤 씩 웃으며 연하의 이마에 뽀뽀를 쪽 했다.

"이제 나가요."

시욱과 연하는 다정히 손을 잡고 병실을 나갔다. 병원 로비로 내려온 두 사람은 자연스럽게 출입문을 향해 걸어갔다. 걷다가 시욱을 돌아본 연하가 그의 환자복 끝자락을 붙잡으며 말했다.

"우리 이제 이 옷 입지 말자."

"네."

"절대 아프지 말자."

"네."

서로를 바라보며 꽃 같이 웃은 후 두 사람은 다시 나란히 걷기 시작했다. 그때였다.

"팀장님! 유 MD님!"

고개를 돌려보니 재진과 세영이 서 있었다. 병문안을 온 듯 그들의 손에는 음료수와 과일이 들려 있었다.

세영의 갈색빛 눈동자가 연하와 시욱을 이어주고 있는 꽉 잡은 두 손을 쳐다보았다. 그 옆에서 세영의 눈치를 살피던 재진이 밝게 말했다.

"두 분이 다시 만나시나 봐요."

"응."

시욱이 고개를 끄덕이면서 연하의 손을 더욱 꽉 잡았다. 재진이 서글서글하게 웃으며 축하 인사를 건넸다.

"축하드려요."

"고마워."

다음 순간 시욱의 시선이 세영에게로 향했다. 축하 인사를 바라는 눈빛이었기에 세영은 느리게 입을 열었다.

"저도 축하드려요. 두 분이 굉장히 잘 어울리세요."

그사이 연하가 시욱의 손을 놓고 세영을 향해 가까이 다가섰다.

"여러 가지로 고맙고 미안해, 세영 씨."

진심이 느껴지는 연하의 까만 눈동자를 마주한 세영이 싱긋 웃었다.

"두 분 다 건강해 보이셔서 정말 다행이에요."

***

힘없이 병원 밖 벤치까지 걸어간 세영은 그곳에 털썩 앉았다. 그녀의 뒤로 재진이 따라왔다.

"괜찮아요, 세영 씨?"

솔직히 괜찮지가 않았다. 세영이 멍한 눈빛으로 허공을 보면서 재진에게 대답했다.

"솔직히 사고 났을 때 팀장님이 유 MD님을 구했다기에 어느 정도 눈치는 챘었는데, 막상 눈으로 직접 보니까 마음이 아프네요."

입사하고 1년 가까이 좋아했던 남자를 포기해야 하는 세영의 마음이 아려왔다. 울컥 눈물이 차오른 세영이 코를 훌쩍거렸다. 그녀의 옆자리에 앉으며 재진이 말했다.

"세영 씨가 팀장님 좋아하는 거 저도 이해가 가요. 팀장님 너무 멋있는 분이잖아요. 제가 여자였어도 분명히 좋아했을 거예요."

다정다감한 목소리에 세영의 고개가 그에게로 돌아갔다. 그녀의 촉촉하게 젖은 눈동자를 마주 보면서 재진이 말을 이었다.

"근데 팀장님이 유 MD님 좋아하는 마음도 이해가 되더라고요. 유 MD님 굉장히 매력적인 분이라."

"저는 매력이 없다는 건가요?"

세영의 표정이 새치름하게 변했다. 재진은 조금 당황한 듯 동공이 흔들렸지만 이내 다시 입을 열었다.

"그런 의미가 아니라, 사람마다 좋아하게 되는 포인트가 다르잖아요. 저는 솔직한 여성을 좋아하거든요. 세영 씨처럼."

"네?"

갑작스러운 재진의 말에 이번엔 세영이 당황해서 눈이 커졌다. 그녀에게서 시선을 떼지 않으며 재진이 진지하게 말을 정정했다.

"아니. '처럼'이 아니라 좋아해요, 세영 씨."

재진이 드디어 자신의 마음을 고백했다. 그도 세영만큼이나 긴 기간 동안 몰래 간직했던 마음이었다.

"네?"

세영은 너무 놀라서 심장이 쿵 떨어지는 줄만 알았다. 그녀가 당황한 기색이 역력한 표정으로 물었다.

"저, 그동안 팀장님 좋아하는 티 엄청 냈는데요?"

"네. 그래서 좋아하게 된 거예요. 뭐든 얼굴에 다 표가 나서."

처음엔 어떻게 저렇게 좋아하는 티가 확 나나 신기해서 눈이 갔고 그다음엔 혼자 그러는 게 안쓰러워서 눈길이 갔다. 그러다 보니 어느 순간부턴 좋아하고 있었다.

"일단, 같이 밥부터 먹으러 갈래요?"

재진이 호쾌하게 제안했다. 세영은 한참이나 망설이더니 더듬거리며 대답했다.

"치, 친구로서 가는 거라면."

발그레 볼이 붉어진 그녀를 향해서 재진이 씩 웃었다.

"물론이죠."

***

운열은 병원 복도 의자에서 두 시간 넘게 멍하니 앉아 있었다. 한참 후에야 그는 겨우 정신을 차리고 걷기 시작했다. 로비로 나온 그의 눈에 시욱과 연하의 모습이 포착되었다. 절망의 늪에 빠져 있는 그와는 대조적으로 그들은 무척 행복해 보였다.

"나 핸드폰 놓고 왔어요. 같이 병실로 돌아가요."

시욱이 연하의 팔을 잡으며 하는 말에 연하는 헛웃음을 터뜨렸다. 아까부터 시욱은 퇴원을 해서 집에 가야 하는 연하를 붙잡기 위해 계속 핑계를 만들어내고 있었다.

"아까는 지갑 두고 왔다며?"

"이번엔 핸드폰이에요."

대답하면서 시욱은 그녀의 팔을 부드럽게 잡아끌었다.

"나중에 찾으면 되잖아."

"아니에요. 지금 필요해요."

"이게 대체 몇 번째야? 병실에서 로비까지 올라갔다 내려갔다."

웃음기 섞인 연하의 목소리에 시욱 역시 환한 미소를 지었다.

"딱 두 번만 더 하죠."

시욱이 태연하게 대꾸하는 순간 연하가 그의 팔을 붙잡으며 물었다.

"이러다 나 집에 못 가는 거 아니야?"

"안 가면 되죠."

시욱의 쿨한 대답에 연하는 후후 웃음을 터뜨렸다. 그런 그녀에게 시욱이 진지하게 제안했다.

"제 병실에서 잘래요?"

"나 유혹하는 거야?"

이에 시욱은 다부지게 고개를 끄덕였다. 또다시 두 사람은 까르르 웃음을 터뜨렸다. 그러는 사이 아직 헤어지고 싶지 않은 연인들에게로 검은 그림자가 다가오고 있었다.

"허."

시욱과 연하의 뒤쪽에서 들린 노골적인 헛웃음 소리에 그들의 고개가 돌아갔다.

"도운열?"

운열을 발견한 두 사람의 눈이 크게 벌어졌다. 그들을 빤히 쳐다보면서 운열이 비아냥거렸다.

"꽤 즐거워 보인다?"

시욱과 연하의 표정이 딱딱하게 굳어졌다. 다소 야윈 얼굴의 운열이 두 사람을 향해 뚜벅뚜벅 걸어왔다.

"둘이 진짜 좋아 보이네."

그가 빈정거리며 시욱과 연하의 앞에 멈춰 섰다.

"행복해 보여, 아주."

연하가 경계하는 눈빛으로 그를 보면서 물었다.

"여긴 웬일이야?"

병원에서 마주쳤기 때문에 건넨 질문이었다. 그러나 운열은 아무런 대답도 하지 않았다. 그때 그를 조용히 관찰하고 있던 시욱이 입을 열었다.

"너……."

운열과 연하의 시선이 자연스럽게 시욱 쪽으로 돌아갔다. 시욱은 운열의 오른손을 물끄러미 쳐다보았다.

"설마 또 마비 온 거야?"

그 순간 운열이 눈썹을 확 구겼다. 그렇게 단번에 눈치채지 말란 말이다.

"닥쳐, 조시욱."

나직하게 말을 뱉어낸 운열이 시욱을 노려보았다. 아랑곳하지 않고 시욱은 다시 운열의 오른손을 보면서 말했다.

"어쩌다 그랬냐? 조심 좀 하지."

감정이 조금도 묻어나지 않는 시욱의 무덤덤한 말투와 표정 때문에 운열은 울컥했다.

"너는 정말 끝까지……!"

주먹을 움켜쥔 운열이 달려들 듯이 시욱에게 다가서자 연하가 재빨리 앞으로 나서서 그를 막았다.

"뭐 하려는 거야, 지금?"

"비켜."

운열이 자신의 앞을 막아선 연하를 서늘하게 쏘아보았다.

"싫어."

"비키라고."

운열의 강압적인 말투에도 연하는 요지부동이었다. 눈살을 찌푸린 운열이 한 발자국 앞으로 디디려는 순간 연하가 말했다.

"시욱이 지금 환자야."

"나도 환자야."

이를 으득 갈면서 운열이 대꾸했다. 그러나 돌아온 연하의 반응은 차디찼다.

"네가 환자인 건 관심 없어."

얼음장같이 냉랭한 그녀의 태도에 운열은 깊게 한숨을 내쉬었다. 이윽고 그가 나직하게 부탁했다.

"조시욱이랑 잠깐만 얘기하게 해 줘."

"안 돼."

"얘기만 할 거야."

"그래도 안 돼."

꼼짝도 하지 않고 서서 단호하게 거절하는 연하로 인해 운열은 적잖은 상처를 받았다. 그때 그들에게로 시욱이 다가왔다.

"선배, 나 괜찮아요."

시욱이 부드럽게 건넨 말에 연하가 몸을 돌려 그를 쳐다보았다.

"그래도……."

"별일 없을 거예요. 날 믿어요."

"……."

연하가 걱정스러운 표정을 짓자 시욱이 그녀의 양어깨를 손으로 잡았다. 그가 나긋나긋한 목소리로 말했다.

"난 선배 믿는데, 선밴 나 못 믿어요?"

결국 연하는 무겁게 고개를 끄덕였다.

"알았어. 얘기하고 와."

아직 환자인 그를 운열과 함께 보내는 것이 못내 마음에 걸렸지

468

만, 시욱의 청을 거절할 수는 없었다.

"금방 돌아올게요."

연하를 향해 싱긋 웃은 시욱이 그녀를 스쳐 지나갔다. 그러곤 운열의 팔을 툭 치며 낮게 말했다.

"나가서 얘기하자."

***

병원 건물의 뒤쪽 공터까지 운열은 말없이 걸어갔다. 앞장서는 그를 따라가는 시욱의 얼굴이 다소 떨떠름했다. 으슥한 곳에서 발을 멈춘 운열이 시욱을 돌아보았다. 시욱이 걸음을 늦추며 그와 시선을 마주했다.

"할 말이 뭔데?"

운열은 바로 대답하지 못했다. 침묵을 견뎌내며 시욱은 어색하게 굳어 있는 운열의 오른손에 시선을 고정시켰다. 그때 운열이 입을 열었다.

"미안해."

갑작스러운 사과에 시욱의 황망한 시선이 위로 올라갔다.

"뭐?"

운열은 결연한 표정으로 시욱을 보고 있었다. 시욱이 낯설어하는 사이 그가 다부지게 말을 이었다.

"사실은 내 자신이 너무 싫었었어. 내가 싫은 거였는데, 널 대신 원망하면서 살았어. 그렇게 버텼어."

제일 원망스러웠던 건 그림에 재능이 없는 자신이었다. 그런데 그림을 못 그리게 만든 시욱의 잘못이라며 그를 탓하면서 살았다. 그래서 인생이 늘 불안했고 조금도 즐겁지 않았다.

"변명을 좀 하자면, 재능도 없는 주제에 그림을 그려야 했어. 그래서 도망치고 싶었는데, 구실이 필요했어."

여기까지 말하자 시욱이 고개를 끄덕거렸다.

"그래서 그날 일부러 넘어진 거겠지."

"그래. 널 이용했어."

그날 그들의 운명은 이전과는 확연히 다르게 바뀌었다. 운열이 진지하게 다시 한번 사과했다.

"미안하게 생각하고 있고, 후회하고 있어."

그때 내가 좀 더 솔직했더라면 나는 지금 행복했을까. 분명 지금보단 나았겠지. 그날 이후 운열은 단 한 번도 제대로 웃지 못했다. 운열의 어두운 표정을 지그시 응시하던 시욱이 입을 열었다.

"진심 같네."

혼잣말인 것처럼 나직한 그 목소리에 운열은 피식 웃음을 터뜨렸다.

"넌 역시 뭐든지 다 꿰뚫어 보는구나."

시욱이 원래부터 예리한 것인지 아니면 자신에 관해서만 그리 예리한 것인지 알 수 없었지만, 그래서 더 그가 불편한 건 분명했다.

"치료 잘 받아라."

그때 시욱이 툭 던지듯 말했다.

"!"

놀란 운열이 의외라는 표정으로 그를 바라보았다.

"내 마지막 인사야."

시욱이 덧붙인 말에 운열은 천천히 고개를 끄덕였다. 그러다 문득 움직임을 멈추고 시욱을 쳐다보았다.

"연하랑은 마지막 인사······."

머뭇거리다 말을 내뱉었지만 시욱이 그 뒷말을 잘랐다.

"안 되지."

"힘들겠지."

그와 동시에 운열이 나머지 말을 이었다. 그를 향해 시욱이 피식 웃으며 중얼거렸다.

"잘 아네."

그런 다음 그는 주머니에 손을 찔러 넣으면서 돌아섰다.

"이제 우리 다신 보지 말자."

마지막 말을 남기고 시욱은 미련 없이 가버렸다. 운열은 그의 뒷모습을 한참 동안 바라보다가 오른손을 들어 만져보았다. 감각이 아주 조금 돌아온 느낌이었다.

***

다시 병원 로비로 들어온 시욱의 눈에 어깨를 움츠린 채 의자에 앉아 있는 연하의 뒷모습이 보였다.

"선배."

시욱이 다정하게 부르자 연하가 어깨를 획 틀었다.

"시욱아!"

시욱을 발견한 연하가 자리에서 벌떡 일어나 그에게 달려왔다. 시욱이 자신의 앞에 서는 연하를 향해 말했다.

"봐 봐요. 나 괜찮죠?"

"정말 괜찮은 거야? 멱살 잡히거나 그런 거 아니야?"

연하가 손으로 시욱을 잡고는 이리저리 살펴보았다. 그녀의 행동에 시욱은 환한 미소를 지었다.

"선배가 걱정해 주니까 진짜 너무 행복하네요."

이렇게 말하면서 시욱이 두 팔을 뻗어 연하를 끌어안았다. 연하의 어깨에 이마를 갖다 대며 시욱이 입을 열었다.

"나 있잖아요."

"응."

포옹한 상태 그대로 연하가 부드럽게 대답했다. 다음 순간 시욱이 나머지 말을 이었다.

"선배랑 같이 살고 싶어요."

갑작스러운 그의 말에 연하의 눈이 동그랗게 벌어졌다.

"뭐?"

서, 설마 프러포즈인가? 했는데, 정말이었다.

"우리 결혼해요."

연하가 두 눈을 깜박거렸다. 그 흔한 꽃다발 하나 없는 프러포즈였다. 게다가 환자복 차림인 꽤 멋없는 청혼이었다.

"그래, 좋아."

그런데 그런 거 아무래도 상관없었다. 프러포즈 자체가 눈물이 날 만큼 기뻤으니까.

"결혼하자."

그가 아니라면 대체 누구와 미래를 꿈꿀 수 있을까. 환자복이 아니라 수영복 차림이었다 해도 허락했을 것이다.

사랑하니까.

세상에서 제일 사랑하니까.

우리네들은 결국 사랑으로 사니까.

서로를 마주 보며 결혼을 약속한 연인들의 눈빛이 다이아몬드보다 더 반짝반짝 빛났다.

***

EE홈쇼핑 1층 로비에 인사 발령 공고문이 새로이 붙었다.

〈인사발령 대상자 : 식품 3팀 유연하 – 식품 1팀 팀장〉

그 공고문을 바로 앞에서 읽은 연하의 표정이 감격스럽게 변했다. 식품 3팀이 부활하고 고작 반년 만에 이뤄낸 쾌거였다. 두 주먹을 불끈 쥔 채 연하는 당당히 식품 1팀으로 향했다. 복도를 걷는 그녀의 발걸음이 깃털처럼 가벼웠다. 식품 1팀 사무실 문을 열고 들어서자 팀원들이 서서 그녀를 기다리고 있었다. 그들이 연하에게 박수를 보냈다.

"환영합니다, 유 팀장님!"

"고마워요, 다들."

팀원들에게 손을 들어 보이며 인사를 건넨 연하가 활짝 웃었다. 반짝거리는 눈동자로 자신을 주시하고 있는 팀원들을 향해 연하가 다부지게 말을 이었다.

"우리 앞으로 진짜 잘해 봅시다."

그때 그녀에게로 그 안에서 제일 친숙한 미숙이 다가왔다. 그녀가 서글서글하게 웃는 얼굴로 물었다.

"자, 저희 이제 뭐부터 할까요?"

다음 순간 연하가 두 팔에 팔짱을 꼈다. 그러곤 팀원들을 죽 둘러보며 대답했다.

"그대들이 할 일은 아직 없죠. 제가 진행 상황을 파악하는 게 먼저니까."

말을 마친 연하가 팀원들을 향해서 싱긋 웃어 보였다. 팀원들의 얼굴에도 미소가 피어올랐다.

"그래도 시키실 일 있으면 시키세요. 뭐 할까요?"

미숙이 적극적으로 나서서 하는 말에 연하는 잠시 생각하는 표정을 지었다. 이윽고 연하가 팀원들을 돌아보며 대답했다.

"밥부터 먹읍시다."

팀원들의 미소가 더욱 짙어졌다. 그 순간 연하가 비장하게 말을 덧붙였다.

"소고기 살게요."

이에 팀원들은 환호성을 지르며 좋아했다. 잠시 후 연하가 먼저 사무실 문을 나서자 그 뒤를 팀원들이 따라왔다. 자연스럽게 연하의 양옆은 미숙과 다른 여직원이 차지했다. 그들이 고깃집에 다다랐을 때 연하의 휴대폰이 울렸다.

Rrrrrr.

연하가 발신자를 확인하고는 휴대폰을 다시 주머니에 넣어버렸다. 옆에 있던 미숙이 의아해하며 물었다.

"안 받으셔도 돼요?"

식당 안의 의자를 빼고 앉은 연하가 싱긋 웃으며 고개를 끄덕였다.

"네. 이해할 거예요."

"누군데요?"

재빨리 연하의 왼쪽 자리를 차지한 여직원이 물었다. 그사이 미숙은 연하의 오른쪽 자리에 앉았다.

"약혼자요."

"약혼자?"

연하의 대답에 여직원의 두 눈이 동그랗게 벌어졌다. 그녀보다 미숙이 더 크게 놀랐다.

"팀장님, 결혼하세요?"

"네. 패션 1팀 팀장이랑."

또다시 연하가 수줍게 대답했다. 그로 인해 그 자리에 있는 팀원들은 모두 깜짝 놀라는 얼굴을 했다.

"패, 패션 1팀 팀장님이요?"

"조시욱 팀장님이랑 결혼하신다고요?"

회사 사람들에게는 결혼 소식을 처음 알리는 거였다. 연하의 심장이 기분 좋게 두근두근했다.

"네."

당당히 대답하는 그녀의 입가에 행복한 미소가 걸렸다.

***

미팅을 마치고 동대문 시장으로 온 연하가 드높은 쇼핑 건물들을 올려다보며 휴대폰을 꺼내 들었다. 이 근처에서 시장조사를 하는 시욱과 만나기로 약속했기 때문이다.

"시욱아, 어디야?"

연하가 발랄한 목소리로 묻자 전화기 너머 시욱이 다정하게 대답했다.

-저 지금 시장 입구에 있어요.

"어? 진짜? 나돈데."

아무래도 시욱이 그녀와 멀지 않은 곳에 있는 것 같았다. 연하의 눈이 이리저리 돌아가고 발걸음이 빨라졌다. 휴대폰을 손에 쥔 그녀가 시욱을 찾아 황급히 걸음을 옮기고 있던 그때.

툭-

커다란 옷감을 어깨에 들쳐 멘 채 걷고 있던 상대와 어깨가 부딪쳤다.

"앗, 죄송합니다."

연하가 재빨리 사과했다. 상대 역시 연하에게 고개를 까닥 숙였다. 자연스럽게 두 사람의 시선이 공중에서 맞닿았다.

"!"

부딪친 이는 지선이었다. 말없이 서로에게서 시선을 뗀 연하와 지선은 그대로 스쳐 지나갔다. 그렇게 그들은 서로 모르는 척 멀어졌다.

"유 팀장!"

갑자기 자신을 부르는 소리가 들렸기에 연하는 몸을 획 틀었다. 뛰어오고 있는 시욱의 모습이 보였다.

"유 팀장이라고 불렀어, 방금?"

연하의 물음에 시욱이 숨을 고르고는 대답했다.

"네."

"설마 이제 선배라고 안 부르는 건 아니지?"

"안 부를 건데요."

당당한 시욱의 대답을 들은 연하는 황당해했다. 그녀에게 윙크를 찡긋하며 시욱이 말을 이었다.

"이제 결혼할 사이잖아요."

연하가 피식 웃으며 광대를 핑크빛으로 물들였다. 그녀의 앞에 선 시욱이 뭔가 생각난 표정으로 입을 열었다.

"그나저나 우리 결혼한다고 사내에 소문이 쫙 났던데."

오늘 하루 종일 시욱은 만나는 직원마다 결혼에 대해 물어서 정신이 하나도 없을 정도였다. 연하가 그의 눈치를 힐끔 보았다.

"나야. 사실 내가 자랑 좀 했어."

그러자 시욱이 고개를 갸웃했다.

"아닌데."

"응?"

연하가 말간 두 눈을 동그랗게 뜨자 시욱이 씩 웃었다.

"사실은 제가 막 자랑하고 다녔거든요."

시욱과 똑같이 웃은 연하가 부드럽게 대꾸했다.

"누구면 어때. 어차피 다음 주면 청첩장 나오는데."

이제 다음 달이면 그들의 결혼이었다. 새로운 인생의 시작을 앞둔 두 사람이 서로를 향해 미소 지었다. 다음 순간 시욱이 연하 쪽으로 손을 뻗었다.

"이제 갑시다, 유 팀장."

"그 호칭 싫어."

질색한 연하가 시욱의 손을 피했다. 멀어진 연하를 서운한 눈빛으로 쳐다보면서 시욱이 다시 말했다.

"그럼, 유연하 씨?"

"그것도 좀……."

이번에도 연하는 내켜 하지 않는 모습이었다. 잠시 고민하던 시욱이 그녀에게로 성큼 다가섰다.

"연하야."

이렇게 부르며 그가 연하의 손목을 덥석 잡았다.

"!"

연하는 순간 심장이 쿵 하고 내려앉는 느낌이 들었다. 그녀를 자신의 앞으로 확 끌어온 시욱이 속삭이듯이 물었다.

"오늘 밤에 우리 집으로 가서 잘래요?"

넘치도록 유혹적인 눈빛과 목소리였다. 연하의 심장이 콩닥콩닥 뛰었다.

"너희 집?"

연하가 망설이는 표정으로 시욱을 올려다보았다. 깊어진 까만 눈동자가 자신을 빤히 보고 있었다.

"잠이 안 올 것 같은데……."

연하의 중얼거림에 시욱은 헛웃음을 터뜨렸다. 그가 한층 낮아진 음성으로 대꾸했다.

"무슨 소리예요? 나는 애초에 재울 생각이 없는데."

매혹적인 그를 마주 본 연하가 마른침을 삼켰다. 그녀는 결국 시욱이 잡아끄는 대로 못 이긴 척 따라갔다.

***

결혼식장 앞에 차가 멈춰 서고 그 안에서 하얀 웨딩드레스를 입은 신부가 내렸다. 계단을 올라가려던 신부가 무심코 고개를 오른쪽으로 돌렸다.

"!"

그녀의 눈에 저 멀리 파지를 가득 담은 리어카를 끌고 있는 할머니가 보였다. 그 모습이 많이 위태로워 보여서 시선을 뗄 수가 없었다. 그런데 그때 그 리어카에서 파지가 와르르 떨어지는 장면이 포착되었다. 결국 신부는 드레스를 움켜쥐고 달리기 시작했다.

떨어진 파지들을 리어카에 다시 담고 있던 할머니가 신부의 등장에 깜짝 놀라 눈을 동그랗게 떴다.

"제가 도와드릴게요!"

"하지 말아요. 예쁜 옷 더러워져."

드레스 더러워진다고 할머니가 말렸지만, 신부는 아랑곳하지 않고 파지들을 주워 담았다. 한참을 그러고 있는데, 결혼식장 앞에서 사라진 신부를 찾아 신랑이 달려왔다.

"연하야!"

연하가 있는 곳까지 달려온 시욱이 거친 숨을 몰아쉬었다. 그의 눈이 더러워진 웨딩드레스로 향했다.

"결혼식 10분 전인데, 여기서 대체 뭐해?"

황당해하는 신랑에게 연하는 재빨리 가까이 오라는 손짓을 했다.

"시간 없으니까 빨리 도와드리자."

"하!"

시욱은 기가 막혔지만, 사랑하는 그녀의 말을 무시할 수는 없었다. 결국, 턱시도 차림의 시욱도 파지를 줍는 일에 동참했다.

"내가 진짜 유연하 너 때문에 못 살겠다."

할머니를 무사히 보낸 후 시욱이 연하를 믿게 않게 흘겨보았다. 그런 그를 향해 연하는 배시시 웃어 보였다.

"무슨 소리야? 이제부턴 나 때문에 살아야지."

연하의 말에 웃음이 터진 시욱이 무릎을 꿇더니 그녀의 먼지 묻은 드레스를 손으로 털어주었다.

"빨리 가자. 신랑 신부가 같이 도망간 줄 알겠어."

그제야 발을 동동 구르며 연하가 시욱에게로 손을 뻗었다. 그녀의 손을 잡으며 시욱은 피식 웃었다.

결혼식장을 향해 달리는 신랑 신부의 얼굴이 꽃같이 예뻤다.

-마침-